우리가 원했던 것들
ALL WE EVER WANTED

ALL WE EVER WANTED: A NOVEL

Copyright ⓒ 2018 Emily Giffin
Korean translation rights ⓒ 2021 Mirae Jihyang
All rights reserved.
This translated edition published by arrangement with Emily Giffin c/o The
Park Literary Group, LLC and Shinwon Agency.

이 책의 한국어판 저작권은 신원에이전시를 통해 저작권자와 독점 계약한
도서출판 미래지향에 있습니다. 저작권법에 의해 한국 내에서 보호를 받는
저작물이므로 무단 전제 및 복제를 금합니다.

우리가 원했던 것들

에밀리 기핀 지음 | 문세원 옮김

도서출판 미래지향

일러두기

1. 주석은 모두 옮긴이 주이다.
2. 21장부터 원문을 그대로 따라 현재 시제를 사용하였음.

에드워드와 조지에게
사랑과 긍지를 담아

1

니나

특이하달 것 없는 토요일 밤에 시작된 일이었다. 특이하달 것 없댔으나 그렇다고 흔한 미국식 토요일 밤이었단 뜻은 아니다. 이웃을 불러 바비큐 파티를 하거나 영화 보러 극장에 가는 등, 어릴 적 토요일이면 내가 집에서 늘 하던 그런 것은 하나도 하지 않았으니 말이다. 커크가 운영하던 소프트웨어 회사를 매각하고 우리 삶의 수준이 편안함에서 호화, 그것도 엄청난 호화로움으로 변한 뒤의 일상에서 보면 그저 어느 전형적인 날이었다는 뜻이다.

"천박하기는." 나의 어릴 적부터 절친인 줄리는 그렇게 말한 적이 있다. 아, 우리 얘기가 아니라 멜라니 얘기였다. 멜라니는 또 다른 친구이다. 멜라니가 어머니날에 스스로에게 주는 선물이랍시고 다이아몬드 박힌 롤렉스 시계를 구입하고는 우리가 연 디너파티에 와서 자기 아이들이 손수 만들어준 도자기가 '별 볼 일 없는 것'이라는 말을 심드렁하게 던진 날이었다.

"저 시계를 팔면 시리아 난민수용소에 1년 치 식량을 대고도 남겠네." 손님들이 모두 떠난 후 줄리가 내 부엌에 들어와 구시렁거렸다. "천박하기는."

나는 까르띠에 시계를 찬 손목을 대리석 아일랜드 식탁 밑으로 숨기느라 어정쩡한 자세로 고개를 끄덕여야 했다. 그러면서 속으로 내 시계는 멜라니의 것과는 차원이 다르니, 내 삶도 멜라니의 삶과 같지 않다고 나를 타일렀다. 우선, 이 시계는 내가 나를 위해 충동적으로 산 것이 아니라 커크가 결혼 15주년 기념 선물로 준 것이다. 그뿐 아니라, 나는 핀치가 어릴 때 나를 위해 선물이나 카드를 손수 만들어 갖다 주는 것을 늘 기쁘게 받았으며 이제는 그런 것들이 과거의 유물이 되어버림을 깨닫고는 슬퍼했단 말이다.

그중에서도 가장 중요한 차이는, 나는 적어도 부를 과시하지 않는다는 점이다. 돈이 많다는 게 자랑이라면 창피할 노릇이다. 그런 덕분에 줄리는 돈 문제로 우리를 비난한 적은 없었다. 줄리가 우리 재산이 얼마나 되는지는 정확히 모를지언정 대충 감은 잡고 있을 터였다. 너무 바쁜 커크 대신 내가 이사할 집 찾는 일을 도맡아야 했을 때, 같이 집도 보러 다니고 벨 미드에 있는 이 집을 골라준 것도 줄리였다. 줄리 부부와 그의 딸들은 우리의 호숫가 별장과 낸터킷 별장에 정기적으로 머무르는 손님들이며 그녀는 내가 곱게 입고 물려주는 디자이너 브랜드의 옷들도 좋다고 챙겨가는 친구란 말이다.

이따금 줄리가 커크에 대해 지적질을 하기도 하지만, 이 역시 멜라니처럼 허세에 대한 것이 아니라 그의 엘리트 의식에 대해서다. 4대째 내슈빌 금수저로 통하는 가문에 태어난 남편은 사립학교와 컨트리클럽의 세계에서 자랄 수밖에 없었다. 환경이 그러하다 보니 잘난 척하는 데에는 일가견이 있는 편이었다. 가진 재산이라곤 집안에서 물려받은 것밖에 없던 시절에도 그랬다. 그럼에도 커크는 천박과는 거리가 멀었다. 한마디로 커크는 '좋은 가문' 출신이다. '좋은' 가문이라……. 누구도 정확히 규정하거나 정의하기 애매한 표현이긴 하다. 어쨌건, 부유한 부모 밑에서 태어나 품위를 갖춘 상류사회 출신이라는 뜻으로 통하는 말이다. "그 사람, 브라우닝 가문이잖아"라는 식으로 말이다.

내 처녀적 성은 실버Silver였다. 어떤 출신도 말해주지 않는 이름이다. 테네시주와 버지니아주 경계선에 자리한 작은 마을 브리스톨에서조차 별 볼 일 없는 이름이었다. 브리스톨은 내가 자란 곳이며 줄리가 여전히 살고 있는 곳이다. 그렇다고 아주 형편없는 집안은 아니었다. 아빠는 〈브리스톨 헤럴드 쿠리어〉의 신문 기자였고 엄마는 4학년을 가르치는 초등학교 교사였다. 그래 봤자 빼도 박도 못하는 중산층이다 보니 우리가 생각할 수 있는 최고의 사치란 프랜차이즈 레스토랑이 아닌 곳에 가서 식사한 후 가족 모두가 디저트까지 주문하는 정도가 고작이었다. 돌아보면 그래서 엄마가 돈에 그렇게 집착했나 싶기도 하다. 돈을 너무 좋아한다기보다는 항상 누구네 집에 돈이 없고 누구네 집엔 있는지, 누가 돈에 인색하고 누가 분에 넘치는 생활을 하는지를 죄다 꿰고 있었다. 브리스톨에 사는 누군가의 사정을 알고 싶으면 우리 엄마에게 물으면 될 정도였다. 그렇다고 우리 엄마가 남들 입방아 찧기 좋아하는 떠버리란 얘기가 아니다. 적어도 악질 험담꾼은 아니니 말이다. 엄마는 그저 사람들에게 유달리 관심이 많을 뿐이다. 남들의 재산과 건강부터 시작해서 그들의 정치적 견해와 종교까지 아우를 정도로.

어쩌다 보니 유대인인 아빠는 감리교도인 엄마와 결혼했다. '나는 내 방식대로, 너는 네 방식대로'가 두 사람의 기도문이자 만트라*가 되었고 이를 나와 내 오빠 맥스가 고스란히 물려받았다. 우리는 두 종교가 가진 이로운 부분만 쏙 빼먹었는데, 이를테면 두 종교의 매력적인 요소, 산타클로스라던가 유월절 축제 같은 것은 모두 받아들이고 유대교의 죄의식이나 기독교적 심판론은 모르는 척 멀리 걷어차 버렸다. 이 점은 대학에 간 후 커밍아웃을 한 맥스에겐 특히 괜찮은 조건이었다. 우리 부모님은 눈 하나 깜짝하지 않았다. 굳이 두 사람의 마음을 불편하게 하는 점이 있었다면 그건 커크의 돈이었지, 맥스의 성 정체성 문제는 아니었다. 적어도 우리가 처음 교제하기 시작하던 때에는 그랬다. 엄마는 내가 고등학교 시절 사귀던 남자친구인 테디에게 돌아가지 않는 것을 너무나 슬퍼했다. 엄마가 테디를 마음에 들어 한 것은 사실이지만 가끔은 그러는 엄마의 모습이 열등감에서 비롯되었다는 느낌을 지울 수 없었다. 브라우닝 집안이 나와 우리 가족을 깔보면 어쩌나 걱정하는 것처럼 보였기 때문이었다.

---

* 불교나 힌두교에서 기도 또는 명상 때 외우는 주문.

따지고 보면 브라우닝 집안에선 굳이 브리스톨 출신에 유대인 피가 섞이고 게이 오빠를 둔, 거기다가 부모가 남겨준 자산이라곤 한 푼도 없는 여자아이를 외동아들 배필 일 순위로 선택할 이유는 없었다. 그래, 나는 이론상 며느릿감 일 순위는 아니었을지 모른다. 하지만 어쩌라고? 커크가 선택한 건 나였잖나. 난 항상 자신을 타이르곤 했다. 그가 사랑에 빠진 것은 나라는 인격, 그러니까 '나'라는 사람이라고. 내가 그와 사랑에 빠진 이유도 꼭 그러하듯이 말이다. 그런데 최근 몇 년 전부터 난 우리 두 사람의 관계에 의문을 품기 시작했다. 같은 대학에 다니던 우리 두 사람은 어떤 공통점이 있어서 끌렸던 것일까?

우리의 관계를 얘기할 때마다 커크가 자주 내 외모를 언급한다는 사실을 인정해야겠다. 사실 항상 그랬다. 그렇기에 바보가 아닌 이상 우리가 만나게 된 이유가 내 외모와 무관하다고 주장할 수는 없다. 나 역시 그에게 끌린 이유 중 일부가 '좋은 가문'이 주는 기품과 안정감임을 마음속 깊은 곳에서부터 수긍할 수밖에 없듯이 말이다.

이런 걸 인정해야 하는 게 몹시 싫었다. 하지만 커크와 우버 택시 안에 앉아있던 그 토요일 밤, 이 생각을 떨칠 수가 없었다. 우리는 올해 다섯 번째 열리는 갈라 행사에 참석하기 위해 허미티지 호텔로 향하는 중이었다. 어느새 우리가 그런 부부가 되어버렸네, 하는 생각이 검은색 링컨 타운카 뒷좌석에 앉은 내 머리를 스쳤다. 아르마니 턱시도와 디오르 드레스를 입고 자동차 뒷좌석에 앉아 대화를 거의 나누지 않는 그런 부부 말이다. 우리 관계에서 뭔가가 빠져버린 기분이었다. 돈 때문인가? 커크가 돈에 너무 집착하게 되어서? 아니면 내가 좀 이상해졌나? 핀치가 커가면서 아들에게 엄마 노릇 할 일은 적어지고 풀타임 자선가 행세에 너무 많은 시간을 쏟다가?

아빠가 최근에 한 말이 떠올랐다. 아빠는 왜 나와 내 친구들은 갈라 파티 따위를 주최하는 데 쓸 돈을 몽땅 자선 단체에 기부하지 않느냐고 물었다. 엄마가 옆에서 "검은 넥타이 대신 청바지를 입고 할 수 있는 일이 얼마나 많은데"라며 거들었다. 나도 지지 않았다. 나 역시 실질적으로 도움이 되는 일을 하고 있노라고, 그러면서 매달 내가 내슈빌 자살 상담 전화 봉사에 쓰는 시간을 상기시켜주었다. 물론 커크가 "그냥 수표 몇 장 써주는 편"이 낫지 않겠냐며 그런 종류의 자원봉사를 우습게 여긴다는 점은 굳이 언급하지 않았다. 커크는 시간을 쓰느니 돈을 기부하는 게 훨씬 낫다고 믿는 사람이다. 그는 돈으로 해결하는 것이 폼도 더 나고 사람들의 찬사까지 덤으로 얻을 수 있다고 생각한다.

그래도 커크는 좋은 남자다. 나는 스스로에게 되뇌며 그가 빨간색 일회용 플라스틱 컵에 버번을 따라 마시는 모습을 지켜보았다. 내가 이이에게 너무 빡빡하게 굴었다. 우리 두 사람 모두에게.

"당신, 오늘 근사한데." 커크가 나를 건네다 보며 갑자기 이렇게 말했다. 내 마음이 한층 더 풀어졌다. "그 드레스, 죽이는데."

"고마워, 여보." 나는 목소리를 낮추고 말했다.

"빨리 벗기고 싶어 죽을 지경이군." 커크는 운전기사가 듣지 못하도록 낮은 소리로 속삭였다. 그는 잠시 유혹하는 듯한 눈길을 보내더니 한 잔을 더 따라 들이켰다.

오랜만에 듣는 말이네, 나는 그렇게 생각하며 미소 지었다. 그리고 술 좀 적당히 마시라고 말하고 싶은 것을 꾹 눌러 참았다. 커크에게 알코올 의존증이 있거나 그런 것은 아니라지만, 못해도 레드와인 정도의 술기운 없이 지나는 날은 하루도 없는 것 같았다. 아무래도 우리 두 사람 다 사교모임을 좀 자제할 필요가 있겠다. 그만 좀 산만해지자. 현재를 살자. 가을에 핀치가 대학에 입학하고 집을 떠나게 되면 그런 날이 오려나.

"그래서, 당신, 누구누구에게 말했어? 프린스턴 말이야." 그가 물었다. 그 역시 핀치를 생각하던 중이었나 보다. 핀치가 전날 프린스턴 대학교로부터 받은 입학허가서 얘기다.

"친정 식구 빼곤 줄리와 멜라니한테만 말했어." 내가 말했다. "당신은?"

"오늘 우리 4인방 녀석들한테만." 그러면서 골프 친구들 이름을 줄줄 읊기 시작했다. "자랑할 생각은 없었어… 그렇지만 참을 수가 있어야 말이지."

내 기분을 정확히 표현한 말이었다. 자랑스러우면서도 믿어지지 않는 그런 기분. 핀치는 우수한 학생이다. 지난겨울에 일찌감치 밴더빌트와 버지니아 대학교로부터 조기 입학 허가서를 받은 터였지만 프린스턴은 승산이 없을 줄 알았다. 그렇기에 프린스턴 합격 소식은 오랜 세월 차곡차곡 쌓아온 우리의 교육 관련 결정들이 정점을 찍으면서 마침내 그간의 노고를 보상하는 것처럼 여겨졌다. 이 여정은 핀치 나이 겨우 다섯 살에 내슈빌에서 가장 명망 있고 실력 있다는 사립학교인 윈저아카데미에 입학 서류를 넣던 때부터 시작된다. 그날 이후 우리 부부에게는 핀치의 교육이 언제나 최우선순위에 있었다. 필요할 때면 과외교사를 붙이고 다양한 예술 분야에 노출시켰으며 전 세계 구석구석을 안 간 데 없이 다 데리고 다녔다. 지난 3년간 여름방학마다 에콰도르에 봉사활동을 보냈고 프랑스로 사이클링 캠프를 보냈으며 갈라파고스 군도에서 열리는 해양생물학 과정을 수강하게 했다. 우리가 다른 지원자들에 비해 재정적으로 월등히 우위에 있었던 것은 사실이다. 그리고 그 점에 있어서 내 마음속에 약간의 죄책감이 있다는 사실을 인정한다. (우리가 프린스턴에 기부금 조로 보낸 수표가 특히 그렇다.) 하지만 어디 아이비리그가 돈만 있다고 입학이 되더냐며 자신을 타일렀다. 이게 다 핀치가 열심히 공부한 덕분이었다. 나는 그 점에서 우리 아들이 자랑스러웠다.

그 점에 집중하자, 나는 속으로 생각했다. 좋은 쪽을 보는 거야.

커크는 다시 휴대전화를 들여다보는 중이었다. 나도 휴대전화를 꺼내어 인스타그램을 열었다. 핀치의 여자친구 폴리가 둘이 함께 찍은 사진을 막 올렸다. '우리 둘 다 타이거[*]! 클렘슨과 프린스턴, 기다려라, 우리가 간다!'라는 캡션이 붙어있다. 나는 그 사진을 커크에게 보여주고는 오늘 밤 행사에서 만나게 될 이들의 자녀들이 댓글로 단 축하 메시지를 읽어주었다.

---

[*] 클렘슨대학교와 프린스턴대학교 모두 학교를 상징하는 동물이 호랑이다.

"가여운 폴리." 커크가 말했다. "한 학기도 안 가서 끝날 사이인데."

커크가 사우스캐롤라이나와 뉴저지 사이의 지리적 거리를 두고 하는 말인지 아니면 어린애들 연애의 얄팍함을 두고 하는 말인지 분간하기 어려웠다. 나는 얼마 전 핀치의 침대 밑에서 발견한 콘돔 포장지를 떠올리지 않으려고 애쓰면서 중얼거리듯 수긍했다. 아이 나이를 생각하면 충격적인 일이라고 하기는 어렵지만 그래도 어느새 내 아들이 이렇게 자라서 변해버렸는지를 생각하면 서글픈 마음을 지울 수 없었다. 재잘거리기 좋아하던 꼬마 핀치는 그날 있었던 일을 전부 들려주어 엄마를 기쁘게 하던 조숙한 외동아들이었다. 내가 녀석에 관해 모르는 일은 없었고 녀석이 엄마에게 숨기는 비밀은 하나도 없었다. 하지만 사춘기에 접어들면서 시작된 거리감은 한번 자리 잡으니 영 걷힐 줄 몰랐다. 최근 몇 달간 우리가 대화를 나눈 기억이 거의 없다. 그가 친 방어벽을 부수어 보려고 숱하게 노력했지만 모두 허사였다. 커크는 그게 둥지를 떠나기 전 아들이 보이는 전형적인 모습이라며 '지극히 정상'이라고 주장했다. 당신은 걱정이 너무 많아 탈이야, 그는 항상 그렇게 말하곤 했다.

나는 휴대전화를 다시 가방에 넣고 크게 숨을 내쉬며 말했다. "오늘 밤, 준비됐지?"

"준비라니, 뭘?" 차는 6번가로 들어서고 있었고 그는 버번을 목에 털어 넣으며 물었다.

"우리가 할 연설 말이야." 우리라기보다는 그가 할 연설이긴 하다. 내 역할은 남편 옆에 얌전히 서서 정신적 지지를 해주는 것이 전부다.

커크의 눈빛이 멍하다. "연설? 그게 뭐였지? 지금 우리가 무슨 갈라 행사에 가는 거더라?"

"설마, 당신 지금 농담하는 거지?"

"일일이 다 기억하며 살긴 어렵다고."

내가 한숨을 내쉬며 말한다. "우리 지금 호프 갈라The Hope Gala 가는 길이야, 여보."

"정확히 뭘 '희망'하는 행사인 거지?" 그가 히죽거린다.

"자살 방지와 의식 고취." 내가 말한다. "우리는 그 행사 귀빈으로 가는 거고. 이제 기억나?"

"우리가 뭘 했길래 귀빈이 되었나?" 그가 또 묻는다. 이제 슬슬 짜증이 나기 시작한다.

"우리가 내슈빌에 정신의학 전문가들을 모셔오는 일을 했잖아." 사실은 우리가 기부한 5만 달러 덕분이라는 것은 우리 둘 모두 잘 알고 있다. 지난여름 윈저아카데미의 9학년 여학생이 스스로 목숨을 끊은 사건 직후였다. 내겐 무척이나 감당하기 힘든 일이었다. 벌써 몇 달이 지난 일인데도 말이다.

"장난이야." 커크가 손을 뻗어 내 허벅지를 두드리며 말한다. "당연히 준비됐지."

나는 고개를 끄덕였다. 커크는 언제나 준비되어있다. 언제든 진격 준비 완료. 내가 아는 사람 중에 가장 자신만만하고 가장 능력 있는 남자.

잠시 후 차가 호텔 앞에 다다랐다. 젊고 잘생긴 주차 요원이 내가 앉은 쪽 문을 활짝 열며 활기찬 인사로 맞아준다. "체크인하십니까, 부인?" 그가 묻는다.

나는 아니라고, 갈라 행사에 참석하러 왔노라고 말한다. 그는 고개를 끄덕이며 차에서 내리는 내게 손을 내민다. 나는 검은 드레스의 주름을 매만지며 인도로 내려선다. 저 앞에 친구들과 지인들에게 둘러싸여 수다를 떨고 있는 멜라니가 보인다. 익숙한 무리다. 멜라니는 나를 보더니 에어 키스와 찬사를 날리며 내게 달려온다.

"너도 근사해. 새로 샀구나?" 나는 멜라니의 얼굴로 손을 뻗어 샹들리에처럼 반짝이는 다이아몬드 귀걸이를 만지작거리며 물었다.

"새로 생긴 건 맞는데 빈티지야." 그녀가 말했다. "'그분'이 가장 최근에 저지른 일에 대한 사과의 선물이라고나 할까."

나는 웃으면서 두리번거리며 그녀의 남편을 찾았다. "그런데 토드는 어디 있어?"

"스코틀랜드 갔잖아. 남자들끼리 가는 골프 여행 말이야, 기억 안 나?" 멜라니가 눈동자를 굴리며 말했다.

"그래, 맞다." 나는 그렇게 말하며 토드의 헛짓거리는 당해낼 재간이 없다고 생각한다. 커크보다 더 심한 남자다.

"오늘 밤 이 친구 나 좀 빌려줘도 되죠?" 멜라니가 차에서 내려 막 우리 쪽으로 온 커크를 향해 어깨를 살랑거리며 물었다.

"그이야 당연히 괜찮다고 하지." 내가 웃으며 말했다.

커크는 능숙한 선수처럼 멜라니의 양 볼에 키스를 하고는 고개를 끄덕였다. "눈부시게 아름다우십니다." 커크가 멜라니에게 말했다.

멜라니는 웃으며 고맙다고 인사하더니 갑자기 외쳤다. "아 참! 엄청난 소식이 들려오던 걸요! 프린스턴이라니! 정말 날아갈 듯 자랑스럽겠어요!"

"맞습니다. 고마워요, 멜. 아, 보는 결정했나요?" 커크가 대화의 초점을 멜라니의 아들에게 옮기며 물었다. 보와 핀치의 우정은 두 아이가 초등학교 1학년 때부터 시작되었다. 멜과 내가 이토록 가까워진 것도 아이들 덕분이었다.

"켄터키 주립대로 좁혀졌어요." 멜라니가 말했다.

"전액 장학금?" 커크가 물었다.

"반액." 멜라니가 밝은 얼굴로 대답했다. 보는 성적은 그만그만해도 뛰어난 야구 선수다. 꽤 여러 학교로부터 비슷한 조건으로 입학 제의를 받은 상태였다.

"그 정도만 해도 정말 대단한 일이죠. 보에게 잘된 일이군요." 커크가 말했다.

지난 몇 년간 나는 커크가 보의 야구 경력을 질투한다는 인상을 지울 수 없었고 그 점이 나를 불편하게 했다. 그는 종종 멜라니와 토드가 아들이 잘나가는 운동선수라고 자랑질 하는 것이 꼴 보기 싫다며 욕을 하곤 했다. 하지만 이제는 커크가 관용을 베풀 자리에 올랐다. 최후 승자는 핀치였으니 말이다. 프린스턴이 야구를 이겼다. 적어도 남편 관점에서는 그랬다.

멜라니가 다른 친구에게 인사하기 위해 자리를 뜨자 커크는 바에 다녀오겠다고 말했다. "당신도 뭐 마실래?" 그가 물었다. 시작은 항상 이토록 정중한 그였다. 가끔 이상하게 구는 것은 밤이 끝나갈 때다.

"응. 나도 같이 갈래." 나는 그렇게 말하며 두 사람만의 시간을 가져보자고 결심했다. 비록 군중 사이에서지만 말이다. "우리 오늘은 너무 늦지 않게 귀가하는 게 어때?"

"그래, 좋아." 커크는 그렇게 말하며 팔을 내 허리에 감았다. 그렇게 우리는 반짝거리는 호텔 로비로 걸어 들어갔다.

그날 저녁은 전형적인 갈라 행사처럼 흘러갔다. 칵테일파티 후 입찰식 경매가 이어졌다. 갖고 싶은 것은 아무것도 없었지만 경매로 모금된 전액이 좋은 일에 쓰인다는 점 때문에 사파이어가 박힌 반지에 입찰했다. 내가 소비뇽 블랑을 홀짝거리며 사람들과 한담을 나누고 이따금 커크에게 너무 많이 마시지 말라는 말을 건네기도 하는 사이 시간이 흘러갔다.

디너를 알리는 종소리가 들려왔다. 그 소리와 함께 로비에 차려진 바는 더는 음료 서빙을 하지 않았고 우리들은 거대한 연회장으로 우르르 옮겨가 지정 테이블을 찾아 착석했다. 커크와 내 자리는 열 개의 중앙 테이블 중 하나였다. 그중 맨 앞 한가운데 놓인 테이블에 비교적 잘 알고 있는 다른 세 커플, 그리고 멜라니와 동석했다. 멜라니는 연회실 장식(꽃장식을 너무 높이 달았네)과 요리(또 닭고기 요리야?)에 대한 비평과 갈라 공동의장들이 입고 나온 고동색과 빨간색 의상이 얼마나 충돌을 일으키는지(어쩜 사전에 협의할 생각을 못 할 수 있지?) 등의 품평을 연신 늘어놓으며 나를 즐겁게 해주었다.

웨이터 군단이 초콜릿 무스 디저트를 들고 줄지어 나오는 순간 갈라 의장이 커크와 나를 소개하는 소리가 들려왔다. 이 자선사업과 수혜자들을 위해 우리가 기여한 공헌에 대한 찬사와 함께 우레와 같은 박수가 쏟아졌다. 잔뜩 긴장한 나는 최대한 꼿꼿이 앉으려고 애썼다.

그럼, 더 이상 설명이 필요 없는 두 분을 소개합니다. 니나 그리고 커크 브라우닝 씨!

객석의 박수 소리와 함께 커크와 나는 자리에서 일어나 무대로 올라가는 계단을 밟았다. 커크의 손에 이끌려 계단을 오르는 순간, 스포트라이트가 비추면서 아드레날린이 솟구치고 심장이 쿵쾅거리기 시작했다. 연단에 올라서자 커크가 곧바로 한발 앞으로 나서더니 마이크를 차지했다. 나는 그의 옆에 서서 만면에 환한 웃음을 띤 채 어깨뼈를 쭉 폈다. 박수 소리가 잦아들자 커크가 연설을 시작했다. 먼저 공동의장, 여러 위원, 동료 후원자 그리고 모든 기부자에게 감사의 말을 전했다. 그런 후 우리가 오늘 행사에 모인 이유를 상기시키는 그의 목소리가 한층 무거워졌다. 나는 그의 선 굵은 옆얼굴 라인을 바라보며 그가 얼마나 잘생긴 남자인지 새삼 실감했다.

"제 아내인 니나와 저에게는 아들이 하나 있는데 이름이 핀치입니다." 그가 말했다. "여기 계신 몇 분들의 자녀가 그러하듯 핀치도 두어 달 후면 고등학교를 졸업하고 가을에는 대학을 가기 위해 집을 떠나게 됩니다."

커크가 연설을 이어가는 사이 나는 눈부시게 밝은 조명 사이로 보이는 무수한 얼굴들을 바라보았다. "지난 18년간 우리의 삶은 우리 아이 중심으로 돌아갔던 것 같습니다. 저희에게는 아이가 이 세상에서 가장 소중한 존재이기 때문입니다." 그는 거기서 말을 잠시 멈추고 몇 초간 눈을 내리깔고 있다가 다시 말을 이었다. "제겐 아이를 잃는다는 것은 상상도 할 수 없을 만큼 끔찍한 일입니다."

나도 시선을 아래로 하고 고개를 끄덕였다. 자녀의 자살이 가족들에게 가져다주었을 절망감을 생각하니 슬픔과 연민이 칼로 찌르는 듯한 고통으로 밀려오면서, 우리 삶 앞에 펼쳐진 엄청난 기회들로 인한 죄책감마저 들기 시작했다. 하지만 커크가 단체에 관한 이야기를 계속 이어가는 동안, 내 죄책감은 점점 아들의 미래에 대한 생각으로 옮겨가기 시작했다. 앞으로 핀치에게 펼쳐질 엄청난 기회들…….

남편의 말에 깜짝 놀라 정신이 다시 돌아왔다. "그러므로 니나와 저는 이 중대한 사안을 위해 여러분들과 이 자리에 함께하게 되어 영광입니다. 이 싸움은 우리 모두의 자녀들을 위한 싸움입니다. 대단히 감사합니다. 좋은 밤 되시길 바랍니다."

객석에서 박수가 다시 한번 터져 나왔다. 가까운 친구들 몇 명은 실제로 자리에서 일어나 기립박수를 보내고 있었다. 커크가 몸을 돌려 내게 윙크를 보냈다. 그는 자신의 연설이 성공적이었음을 잘 알고 있었다.

"완벽했어." 내가 속삭였다.

하지만, 실제로는 완벽과 상당히 거리가 먼 상황이었다.

바로 그 순간, 도시 저쪽 편에서 우리 아들이 인생 최악의 결정을 하고 있었기 때문이었다.

2

톰

아버지의 직감이랄까, 나는 그 일을 알게 되기 전 이미 라일라에게 뭔가 나쁜 일이 생길 거라는 것을 알았다. 나의 본능적 직감은 직관력과는 상관이 없다. 아버지와 딸 사이의 끈끈한 유대감 때문도 아니고 그녀를 네 살 때부터 혼자 키워온 홀아비라는 사실과도 상관이 없다. 어쩌면 몇 시간 전에 그녀가 집을 나설 때 입으려 했던 노출이 심한 복장 때문일지도 모른다.

부엌 청소 중이던 내 옆을 살금살금 지나가는데 아이가 입은 드레스를 보아하니 짧아도 너무 짧았다. 엉덩이가 훤히 드러날 지경이 아니던가. 8백 명의 인스타그램 팔로워를 거느리신 우리 따님의 신체 일부가 말이다. 그녀의 인스타그램 인기는 수많은 '예술적'(라일라의 말에 따르면 그렇다) 비키니 사진 덕분이다. 물론 내가 라일라에게 수영복 입은 사진은 소셜미디어에 포스팅할 수 없다는 선을 분명히 긋기 전 얘기다.

"다녀올게요, 아빠." 아이는 짐짓 태연한 척하며 인사를 건넸다.

"워워." 현관을 빠져나가려는 아이를 가로막으며 내가 말했다. "그 차림으로 어딜 가는 중인지?"

"그레이스 집에요. 그레이스가 밖에 막 차를 댔는걸요." 라일라가 길 쪽으로 난 창문을 가리키며 말했다. "보이죠?"

"아빠 눈에는 말이다." 나는 곁눈질로 창문 너머 그레이스의 하얀 지프를 확인했다. "드레스의 아랫부분이 실종된 것으로 보이는구나."

아이는 이해할 수 없다는 듯 눈알을 굴리며 커다란 가방을 어깨 위로 걸친다. 가만히 보니 얼굴에 화장도 하지 않았다. 아직은. 내가 도박을 좋아하는 건 아니지만, 그레이스의 차가 파이브 포인츠*에 도달할 무렵이면 라일라의 눈두덩이가 시커멓게 칠해져 있고 저 끈도 매지 않은 운동화는 부츠로 바뀌어 있으리라는 것에 100달러를 걸겠다. "이런 걸 패션이라고 해요, 아빠."

"그 패션이라는 걸 소피가 빌려주더냐?" 소피는 라일라가 종종 베이비시터로 돌봐주는 꼬마 여자아이다. "그 옷은 소피에게도 너무 짧다 싶다만."

"참 재미있네요." 라일라가 무표정한 얼굴로 말하며 한 눈으로 나를 쏘아본다. 다른 눈은 앞으로 늘어뜨린 짙은 빛깔의 곱슬머리

---

* 이스트 내슈빌에 위치한 클럽, 레스토랑, 카페 등의 밀집 지역.

에 가려있다. "아예 스탠드업 코미디언이 되시죠."

"그러마. 어쨌건, 라일라, 그 옷으로는 이 집에서 못 나간다."

나는 최대한 낮고 차분한 목소리를 유지하려고 애썼다. 십 대 자녀들에게 이야기할 때는 그렇게 하라고 일러주던 심리학자의 조언을 따라서다. 최근 라일라의 학교에서 있었던 강의를 통해 알게 된 얘기였다. 우리가 소리를 치는 순간 아이들은 우리가 하는 말을 아예 무시하죠. 그 심리학자는 단조로운 목소리로 말했다. 나는 강당에 모인 사람들을 둘러보다가 많은 부모들이 이를 받아적고 있는 모습에 깜짝 놀랐다. 이 사람들에게는 아이들과 언쟁이 벌어졌을 때 노트를 꺼내 펼쳐 들 시간이 있단 말인가?

"아빠아~." 라일라가 조르는 투로 말했다. "난 그냥 그레이스랑 같이 공부하려는 거라니까요. 그레이스랑 친구 몇 명이랑……."

"토요일 밤에 공부를 하신다? 진짜? 아빠더러 그 말을 믿으라고?"

"곧 시험 기간이라고요……. 그리고 큰 그룹 프로젝트도 앞두고 있고요." 아이는 배낭의 지퍼를 열어 생물 교과서를 끄집어내더니 증거라도 되듯 내민다. "자, 맞죠?"

"그 스터디그룹에 남자아이들은 몇 명이지?"

라일라의 얼굴에서 웃음기가 사라졌다.

"가서 갈아입거라. 당장." 나는 손가락으로 아이 방 쪽을 가리켰다. 아이가 저런 옷을 입고 실제로 생물학 공부를 하게 될지도 모른다는 끔찍한 상상이 마음속에서 떠나지 않았다.

"좋아요. 아빠랑 이 옷을 가지고 실랑이를 벌이는 동안 내 성적이 분당 1퍼센트씩 낮아졌다는 점만 알아두세요."

"드레스 길이만 길어진다면 C 학점이라도 받아들이마." 나는 그렇게 말하고는 대화의 종료를 알리듯 부엌 청소를 다시 시작했다.

곁눈으로 보니 아이가 나를 노려보다가 곧 몸을 돌려 발을 쾅쾅 구르며 자기 방으로 돌아갔다. 몇 분 뒤 감자 포대 같은 옷을 걸치고 나타난 아이를 보고는 근심이 더욱 커졌다. 나가서 옷을 갈아입을 것이 더 분명해졌기 때문이었다. 얼굴에 화장을 덕지덕지 바른 후에 말이다.

"귀가 시간은 11시다. 잊지 말거라." 내가 집에 돌아오는 시간이 그보다 훨씬 늦기 때문에 실질적으로 단속할 방법은 없었음에도 괜히 한 번 더 얘기했다. 내 직업은 목수지만 부업으로 일주일에 몇 차례 밤에 우버와 리프트 택시 기사로 일하고 있었다. 토요일 밤은 가장 쏠쏠하게 벌리는 시간대다.

"그레이스 집에서 자고 온다고 했잖아요. 기억 안 나세요?"

나는 한숨을 쉬었다. 그걸 내가 허락했었는지에 대한 기억도 가물가물한 데다가 그레이스의 어머니에게 전화해서 확인한다는 사실도 잊어버렸기 때문이었다. 나는 괜히 라일라를 의심할 이유는 하나도 없다고 속으로 말하며 자신을 타일렀다. 아슬아슬하게 반항적으로 굴기는 해도 다른 십 대들이 흔히 그러듯 경계선을 시험할 뿐, 라일라는 대부분의 경우 착한 딸이었다. 똑똑하고 공부도 잘했다. 8학년까지 공립학교에 다니던 라일라가 9학년부터 원저 아카데미에 들어올 수 있었던 것도 성적 덕분이었다. 그 변화는 우리 두 사람 모두에게 쉽지 않았다. 내게는 수송(아이가 더는 버스를 타고 학교에 갈 수 없기 때문이었다)과 경제(수업료가 일 년에 3만 달러가 넘었다. 물론 그중 80퍼센트가 학자금 지원으로 해결이 되었기에 망정이지만 말이다)의 어려움이 있었다. 아이에게는 학업적인 부담보다 '사립학교라는 사회에 적응하는 것'이 더 어렵고 큰 도전일 수밖에 없었다. 간단히 말하자면, 한 번도 이렇게 많은 부자 아이들에 둘러싸여 지낸 적이 없었던 라일라로서는 이들이 사는 세련된 특권층의 세계에 발맞춰 살기 위해 가랑이가 찢어질 지경이었다. 하지만 어느덧 10학년 말이 된 지금, 라일라에게는 친구들도 생겼고 학교생활도 전반적으로 행복해 보였다. 그레이스는 라일라의 가장 친한 친구로 점화플러그같이 거침없는 여자아이였다. 그녀의 아버지는 음악산업에 종사한다고 했다. "그레이스 부모님은 집에 계시니?" 내가 물었다.

"네. 뭐, 그레이스 엄마는 그런 셈이죠. 아빠는 아마도 출장 중이실걸요."

"그레이스에게도 통금 시간이 있고?" 분명 그러리라 믿으며 한 번 더 물었다. 그레이스의 어머니는 몇 번 정도 만나봤을 뿐이지만 머리를 분별 있게 쓰는 그런 사람 같았다. 열여섯 살짜리 딸에게 지프를 신차로 뽑아준 것은, 뭐, 내 기준에선 미심쩍은 일이었긴 하지만 말이다.

"있어요. 열한 시 반이에요." 그렇게 대꾸하는 라일라의 얼굴이 의기양양하다.

"열한 시 반? 10학년이?"

"그렇다니까요, 아빠. 나 빼고 모두 통금 시간이 그 정도는 된다고요. 아니면 더 늦던가요."

밀어지지 않는 이야기지만 오늘 이 자리에서 이 싸움까지 할 필요는 없다는 걸 잘 알기에 한숨을 쉬는 것으로 대신했다. "좋아. 하지만 그레이스 집에 열한 시 반까지, 단 일 분도 넘지 않게 돌아가야 한다."

"고마워요, 아빠." 라일라가 현관문을 나가며 내게 키스를 날려 보냈다. 어릴 적 종종 하곤 했던 행동이다.

나는 공중에서 키스를 잡아채어 내 볼에 갖다 붙이는 체했다. 아이가 에어 키스를 보내면 내가 항상 그랬듯이. 하지만 오늘 라일라는 내 반응을 미처 보지 못했다. 자기 휴대전화를 내려다보느라 너무 바빴기 때문이었다.

새벽 1시 반에 귀가해 냉동고에서 얼린 잔을 꺼내 밀러라이트 맥주를 따르고 이틀 묵은 치킨 테트라치니*를 전자레인지에 데우면서 내 머리에 먼저 떠오른 생각은 어떤 이유에선지 그 에어 키스였다. 그것이 딸과 나 사이의 마지막 소통이었고 그 이후 아무런 문자나 전화도 없었다. 물론 이런 적이 처음은 아니다. 내가 밤늦게 일하는 날에는 더욱 일상적이었다. 그렇지만 오늘은 뭔가 찜찜했다. 마음속으로 불편한 동요가 일고 있었다. 재앙이나 세상의 종말 같은 공포심은 아니지만 어쩐지 딸이 남자와 자게 될지도 모른

---

* 닭고기와 버섯을 이용한 크림 파스타의 일종.

다는 불안감 같은 것이었다.

 몇 분 뒤, 전화가 울렸다. 라일라였다. 안도감과 불길함이 동시에 몰려오는 것을 느끼며 전화를 받았다. "별일 없지?"
 잠시 아무 소리도 들리지 않더니 다른 여자아이의 목소리가 들려왔다. "저어, 볼피 아저씨세요? 저 그레이스예요."
 "그레이스? 라일라는 어디 있고? 괜찮은 거지?" 나는 허둥거리며 물었다. 머릿속으로는 벌써 아이가 구급차에 실려 누워있는 모습을 그리고 있었다.
 "아, 네네. 여기 있어요. 저랑 같이요. 우리 집에요."
 "어디 다친 거니?" 라일라가 직접 전화하지 못할 다른 이유를 생각해내지 못해 그만 그렇게 묻고 말았다.
 "아뇨. 저, 그게…… 꼭 그런 건 아니고요."
 "그게 무슨 말이니, 그레이스? 라일라를 바꾸거라. 당장."
 "저, 그게, 그럴 수가 없어요, 아저씨…… 얘가 말을 하기…… 어려운 상황이라서요."
 "말을 못 하다니, 어째서 그렇다는 게냐?" 점점 이성을 잃어가는 것을 느꼈다. 나는 전화를 들고 우리 집의 조그만 부엌을 미친 듯이 돌아다니기 시작했다.
 "저, 그게요." 그레이스가 다시 입을 열었다. "지금 제정신이 아니라서요……."
 나는 발걸음을 멈추었다. "대체 무슨 일이니? 약이라도 한 게야?"
 "아뇨, 아저씨, 라일라는 마약 하지 않아요." 그렇게 말하는 그레이스의 어조가 차분하고 단호하여 마음이 약간 놓였다.

"어머니 계시니?"

"저어, 아뇨. 외출 중이서요. 자선행사인가 뭐 그런 걸로요. 하지만 곧 오실 거예요." 그러더니 그레이스는 자기 엄마의 사교 행사 일정을 줄줄이 늘어놓기 시작했다. 나는 아이의 말을 잘랐다.

"제길, 그레이스! 대체 무슨 일이 일어난 건지 얼른 말해줄 순 없겠니?"

"아, 네, 그게요…… 라일라가 술을 너무 많이 마셨나 봐요. 그런데, 사실은, 얘가 그렇게 많이 마신 것도 아니거든요. 그냥 와인 조금, 한 잔 정도요. 우리가 파티에 갔었거든요. 아, 물론 공부를 마친 다음에요……. 그런데 얘가 저녁을 안 먹었어요. 아마도 그게 문제였던 것 같아요."

"그러면…… 의식은 있는 게냐?" 내 심장이 빠르게 뛰었다. 그레이스더러 당장 내 전화를 끊고 119를 부르라고 하는 게 옳을까?

"아, 네네. 기절한 것은 아니고요…… 그냥 완전히 정신이 나갔을 뿐이에요. 좀 걱정이 되어서요. 아저씨도 아셔야 할 것 같아서 전화드렸어요. 정말이지, 약을 한 것도 아니고 술을 많이 마신 것도 절대로 아니에요…… 제가 아는 한은요. 하지만 우리가 잠시 떨어져 있긴 했어요. 그렇게 길게는 아니었지만……."

"알았다. 지금 당장 가마." 나는 차 열쇠를 움켜쥐며 그레이스 집이 어디였는지 기억해내려고 애썼다. 원저 학생들 대부분이 사는 벨 미드라는 것까지는 알겠는데 라일라를 몇 번 데려다 줬을 뿐이라 정확한 위치는 기억이 희미했다. "문자로 주소 좀 보내주겠니,

그레이스?"

"네, 아저씨. 그럴게요." 그레이스는 그렇게 대답하며 또다시 실토와 축소를 오가는 지리멸렬한 변명을 늘어놓기 시작했다.

나는 현관문과 내 차 사이 어디서쯤 전화를 끊어버리고는 곧바로 시동을 걸었다.

그레이스 집에서 반쯤 정신을 잃은 라일라를 데려온 뒤, 나는 구글로 '술독'을 검색하고, 또 라일라의 소아과 의사와 긴급 상담을 하고 나서야 비로소 내 딸이 위급한 상태가 아니라는 결론을 내릴 수 있었다. 아이는 그저 지극히 평범한 십 대들의 바보 같은 음주 실수를 저질렀을 뿐이었다. 내가 할 수 있는 일이라고는 화장실 타일 바닥에 누운 아이 곁에 앉아 있는 것이 전부였다. 아이는 계속해서 신음하거나 울거나 웅얼거렸다. "아빠, 정말, 정말 미안해요." 라일라는 이따금 나를 '빠빠'라고 부르기도 했다. 하지만 애석하게도 그 이름으로 날 부르지 않은 지는 벌써 몇 년이 되었다.

내가 입지 못하게 했던 그 드레스 차림에 눈두덩이는 판다의 눈처럼 시커멓게 칠해져 있었음은 당연지사다. 잔소리를 늘어놓을 생각은 없었다. 지금 말해봤자 깨어나면 아무것도 기억 못 할 테니까. 물론 몇 가지는 물어보았다. 술이 자백제의 역할을 할 수 있다는 희망에서였다. 충분한 증거를 미리 확보해두면 내일 아침 반대심문을 할 때 유리하지 않을까.

질의응답은 꽤 뻔한 내용으로 이어졌는데 우리의 대화는 대략 이랬다.

약 했니? 아뇨.

술 마셨니? 네.

얼마나? 별로 많이는 아니에요.

어디 갔었니? 파티에요.

누구의 파티? 보라는 남학생이요.

그 아이도 윈저 학생이니? 네.

거기서 무슨 일이 있었지? 기억이 나지 않아요.

그게 전부였다. 아이가 정말로 기억을 못 하거나 혹은 그저 기억이 나지 않는다고 말하는 중이거나 둘 중 하나였다. 어쨌건 그 이야기 속의 빈칸을 채우는 상상은 그다지 유쾌하지 않았다. 아이는 몇 번이나 변기로 기어가서 토했는데 그때마다 나는 아이의 헝클어진 머리카락을 뒤로 잡아주어야 했다. 배 속이 완전히 텅 비었음을 확인하고 나는 아이에게 물과 함께 타이레놀 두어 알을 먹이고 양치와 세수를 할 수 있도록 도와주고는 아이를 침대에 뉘었다. 여전히 그 드레스 차림이었다.

아이 방에 있는 팔걸이의자에 앉아, 자는 아이의 얼굴을 보고 있노라니 술이 떡이 되도록 마신 십 대 딸을 둔 아버지가 경험할 만한 온갖 분노와 걱정, 실망감이 파도처럼 밀려오는 것을 느꼈다. 하지만 거기서 끝나지 않는 찜찜함이 나를 괴롭히고 있었다. 그리고 아무리 생각하지 않으려고 애를 써도 베아트리즈에 대한 기억을 멈출 수가 없었다. 내가 라일라만큼 소중히 여긴 유일한 다른 사람.

3

니나

 그 많은 사람 중에 나는 왜, 꼭, 굳이 캐시 파커에게 핀치가 저지른 일에 대해 들었어야 했을까.

 어렸을 때 내게도 프레너미*가 있었다. 친하긴 친한데 옆에서 계속 약을 올려서 결국 내 밑바닥이 드러나게 만드는 그런 여자 친구 말이다. 어른이 된 후에는 캐시가 내게 앙숙이라면 앙숙인 인물이다. 겉으로만 보면 우리는 잘 지낸다. 어울리는 사람들도 같고 같은 컨트리클럽 회원이며 파티에도 같이 가고 여자들끼리 떠나는 여행에도 동행한다. 하지만 속으로 나는 캐시를 못 견디도록 싫어한다. 그리고 나는 캐시 역시 나에게 같은 마음임을 종종 눈치채곤

---

* 친구 행세하는 적. 친구를 뜻하는 'friend'와 적을 뜻하는 'enemy'의 합성어다.

한다.

 캐시는 커크처럼 대대로 부유한 가문의 내슈빌 출신으로 어떻게든 나를 깎아내리지 못해 안달이었다. 다른 이들 앞에서 브리스톨이나 내 가족들에 대한 황당한 질문을 던짐으로써 내 출신을 은근히 드러내는 것이 그녀의 취미다. 그렇게 해서라도 내가 아무리 대단한 가문에 시집을 왔더라도 나라는 사람은 그저 '뉴 내슈빌' 딱지를 뗄 수 없다는 것을 보여주고 싶은 모양이었다. (심지어 캐시는 그 괴상한 용어를 내 앞에서 사용한 적도 있다.) 그녀는 또한 칭찬을 가장한 모욕 주기의 대가이기도 했는데, 주로 "어머나, 저런 어째"라고 말하면서 칭찬을 가장해 모욕을 주기 일쑤였다. 그녀는 내게 와서 "어머, 그 드레스 너어무 마음에 든다. 내가 잘 아는 솜씨 좋은 재봉사가 있는데 그이가 단을 좀 줄여줄 수 있을 거야"라고 하거나 아니면 스피닝 클래스가 끝나고 나를 졸졸 따라와 주차장에 세워진 내 차 뒷좌석을 들여다보고 "세상에, 나도 너처럼 느긋한 성격이면 얼마나 좋을까! 나도 저렇게 너절하게 늘어놓고도 아무렇지 않을 수 있다면 좋을 텐데"라고 말하기도 한다. 그러고는 곧 이런 말이 뒤따라 나온다. "얘, 너 이렇게 땀 흘려 운동할 수 있으니 얼마나 다행이니? 몸속에 쌓인 저 독소들이 다 빠져나갔을 거야!"

 멜라니는 나더러 캐시의 말을 그저 칭찬이려니 하고 여기란다. 커크의 회사 매각과 동시에 내가 내슈빌 엘리트 사회에서 여왕벌 노릇하던 캐시의 왕위를 찬탈한 것이나 다름없다는 것이 그녀의 논리였다.

 "그딴 여왕벌 같은 거 관심 없어. 게다가 브리스톨 출신이 무슨 수로 여왕벌 자리에 오르니?" 내가 말했다.

"커크 브라우닝과 결혼했으니 당연히 가능한 일이지." 멜라니가 말했다. "전부 가졌잖아. 헌터와 비교해보렴."

나는 캐시의 남편을 떠올리며 어깨를 으쓱했다. 커크처럼 헌터 역시 내슈빌의 상류 지주 계층 출신이었다. 하지만 소문에 의하면 노름으로 가문의 재산 상당 부분을 탕진했다고 한다.

"네가 예뻐서 걔가 널 미워하는 거야." 멜라니가 특유의 직설적인 말투로 말했다. "돈도 네가 더 많고 얼굴도 네가 더 예쁘고. 게다가 더 젊기까지 하잖아."

나는 그 말을 웃어넘겼지만, 캐시의 공격이 늘어난 이유가 결국 내가 '돈이 더 많아져서'라는 생각을 떨칠 수가 없었다. 게다가 캐시는 성경 운운하는 그녀의 이중적인 모습을 내가 꿰뚫어 보고 있다는 사실도 알고 있었다. 여기서 짚고 넘어가자면, 나는 다른 이들의 종교나 그들의 신앙심 여부에 관심이 없다. 자신의 신앙심을 노골적으로 드러내며 강요하는 사람들도 얼마든지 참을 수 있다. 하지만 내가 정말 못 견디게 싫은 것은 남을 판단하려 드는 위선자들이다. 대단한 기독교인 행세는 하면서 황금률*을 지키려는 피상적인 시도조차 하지 않고, 귀에 못이 박혔을 십계명마저도 가뿐하게 무시하는 이들 말이다. 캐시는 다른 이의 불행을 먹고 살 뿐 아니라 남의 비극을 자신의 독실한 신앙심을 자랑할 기회로 사용하

---

* 마태복음 7장 12절의 '남에게 대접받고자 하는 대로 남을 대접하라'는 구절에서 유래.

는, 한마디로 남의 불행을 고소해하는 고약한 즐거움을 취미로 가진 인간이었다. 나쁜 일이 일어난 현장에 그 누구보다 먼저 달려가고 페이스북을 통해 기도해주겠노라고 떠벌리며 요란스레 음식을 해다 나르거나 특별 성경 공부 모임을 열곤 한다. (어떻게 된 성경 공부 모임이 버킹엄 궁전에서 열리는 가든파티나 되는 것처럼 특별한 초대장이 있어야만 갈 수 있다. 내가 안 가겠다고 거절한 것을 그리 큰 모욕으로 받아들인 것도 아마 그래서였나 싶다.) 물론 캐시가 하는 기도에도 일부 진심이 담겨있으리라고 말하는 것이 온당하겠다. 누군가의 죽고 사는 문제에서는 그렇지 않겠는가. 하지만 나는 그녀가 기도를 통해 다른 이들이 겪는 감정적 시련을 즐기고 심지어는 남들의 결혼 실패나 자녀 교육 실패를 응원하고 있다고 믿어 의심치 않는다.

그런 면에서 호프 갈라 행사가 열리던 밤, 화장실에서 나를 마주친 캐시 입장에서는 제대로 잭팟을 맞은 날이었다. "어머나, 니나, 안녕?" 세면대에서 손을 씻고 있는데 캐시가 고음의 가식적인 목소리로 말을 걸며 옆 세면대로 다가왔다. 나는 화장을 고치고 있었고 우리는 거울을 통해 눈을 마주치며 미소를 주고받았다. "너 오늘 너무 사랑스럽다, 얘."

사랑스럽다라는 말은 그녀가 단골로 쓰는 표현이다. 덕분에 나는 내 단어장에서 그 말을 아예 걷어내 버렸다. "너도 그래! 이탈리아로 여행 가게 된 거 축하해." 내가 말했다. 캐시는 방금 경매에서 멜라니를 제치고 로마로 가는 일등석 항공권 2매와 토스카나 양식의 빌라에서 1주일간 머물 수 있는 숙박권을 따냈다.

"고마워, 자기! 멜라니가 너무 속상해하지 말아야 할 텐데. 걔 괜찮을까?" 그렇게 말하는 캐시의 목소리에서 조금도 진심이 느껴지지 않았다.

"그럴 리가, 전혀." 나는 멜라니의 자존심을 지켜주기 위해 거짓말을 했다. 사실 멜라니는 의기양양하게 잘난 체하며 입찰금을 올린 캐시에게 잔뜩 약이 오른 상태였다. "속으로는 이기지 않은 걸 다행으로 여기는 것 같던데. 토드가 여행 상품에 입찰하는 걸 그렇게 싫어한다나 봐."

"그렇구나." 그녀가 고개를 끄덕였다. "토드가 좀 그렇다며⋯⋯ 조금 인색하다고⋯⋯."

"무슨 소리야, 그런 이유는 아니고, 그냥 블랙아웃 기간*이 성가셔서 그러는 거야." 나는 노골적인 심술과 찬물 끼얹기 사이에서 줄타기를 하며 말했다. 속이 빤히 들여다보일 것 같았고, 또 나도 그녀와 똑같은 수준으로 비열한 짓을 하고 있다는 죄책감이 들어 금방 명랑한 어조로 덧붙였다. "그래도 토스카나는 일 년 중 언제 가도 좋은 곳이니까 괜찮을 거야."

"그렇지." 그녀도 경쾌하게 맞받아쳤다. "게다가 그 돈은 꼭 여행 가고 싶어서라기보다는 자선을 위해 쓴 거잖니."

"당연하지." 나는 그렇게 말하면서 캐시가 눈을 좀처럼 깜빡이지 않는다는 사실을 다시 한번 깨달았다. 저 커다랗고 널찍한 눈은 그녀를 한층 더 거슬리게 만드는 요인이었다.

---

* 성수기나 주말에 상품권이나 쿠폰을 사용할 수 없도록 막아둔 불통용 기간.

우리가 원했던 것들　37

그런데 캐시가 나를 보는 표정이 꽤 심각하여 나는 무슨 일이냐고 묻지 않을 도리가 없었다.

그녀는 깊은 한숨을 짓더니 힘을 모으기라도 하는 것처럼 양손을 꼭 맞잡고는 천정을 올려다보았다. "자기야, 이 일을 어쩜 좋니. 너, 아직 모르는 거야……?" 캐시가 말꼬리를 흐리며 물었다.

나는 캐시의 남 위하는 척하는 가식을 잘 알고 있었다. 저런 위장은 가십거리로 이어질 전조다. 또 누군가 디너 테이블에서 기절한 모양이로군. 아니면 누군가 다른 사람의 배우자와 부적절한 춤을 추었거나. 혹은 누군가 볼썽사나운 유방 확대 수술을 하고 나타났을지도 모른다. 갈라 행사는 이런 가십거리의 소재가 넘치는 곳이다.

"뭘 모른다는 거야?" 나는 무시하고 넘어가는 편이 나으리라는 것을 알면서도 묻고 말았다.

캐시는 움츠러드는 듯 입을 오므리더니 또다시 놀랄 정도로 느린 속도로 숨을 들이마셨다. "핀치의 스냅챗*말이야." 그녀는 날숨과 함께 속삭이듯 말했다. 순간적이지만 분명 고소해하는 표정이 스치고 지나갔다.

가슴이 철렁했다. 하지만 약한 모습을 보이지 않기로 작정했다. 캐시의 덫에 걸려들지 말고 아무 말도 하지 말자. 그래서 나는 거울 속에 비친 내 얼굴만 응시하며 립스틱을 바른 입술 위에 립글로

---

* 사진과 영상을 일시적으로 올려 대화하는 소셜미디어 앱.

스를 덧발랐다.

내 침묵이 제대로 먹혀든 모양이었다. 잠시 혼란과 당혹감에 빠져있던 캐시가 확인 사살을 하고 싶은지 다시 입을 열었다. "그러니까 못 본 거 맞지……?"

"못 봤어. 난 스냅챗 같은 게 없어서." 나는 그렇게 말하며 소셜미디어 같은 것에서는 손을 떼고 있다는 암시에서 오는 도덕적 우위를 차지한 기분이 들었다.

그녀는 피식 웃었다. "그거야, 당연히 나도 없지. 그리고 내게 스냅챗 계정이 있다고 하더라도 핀치가 내게 그런 걸 보낼 리는 없잖니. 자기 친구들에게만 보낸 모양이던데."

"그럼 넌 그걸 어떻게 봤는데?" 나는 립글로스를 가방에 넣으며 캐시에게 물었다.

"누가 스크린 샷을 찍어서 퍼뜨렸나 봐. 마치 들불처럼 번져나갔다고나 할까. 루신다가 몇 분 전에 내게 보냈더라고. 하필 커크의 연설 중이었지 뭐야. 하지만 걱정하지 마. 다른 데 보내지는 않았을 테니까. 걔가 이런 문제에서는 대단히 신중하단다. 우리도 소셜미디어의 바른 사용에 대해 엄격하게 가르치고 있고."

"어머나, 착하기도 하지." 캐시의 딸 루신다, 자기 엄마 닮아 남의 일에 간섭하기에 일가견이 있는 아이다. 나는 있을 법한 온갖 가능성을 머릿속으로 떠올리기 시작했다. 핀치가 대체 어떤 걸 올렸기에 캐시가 이 난리를 부리는 것일까? 프린스턴 합격한 것을 과하게 자랑했나? 아니면 합격을 자축하며 맥주라도 마셨나? 소문의 근원을 상기하자. 캐시의 전형적인 방식에 넘어가면 안 된다. 고의로 풍파를 일으켜 자신의 우월함을 입증한 후에는 구세주 코스프레를 하곤 했지. 그래도 신중할 필요가 있었다. 나는 거울에서 몸을 돌려 캐시의 커다란 눈을 정면으로 응시했다. "그래, 캐시, 어떤 사진이었길래 그러는 거야?"

"어떤 여자애 사진이더라고." 캐시가 재빨리 목소리를 낮춰 귓속말이랍시고 하는데 그 소리가 어찌나 큰지 주변에서 다 들을 수 있을 정도였다. 동네방네 소문내고 싶어서 대놓고 하는 행동이다.

"그래? 그런데?" 나는 동요한 기색을 내지 않으려고 애를 쓰며 말했다.

"그러니까…" 캐시가 다시 입을 열었다. "그게 말이지…… 그 여자애가 벗고 있더라니까."

"뭐? 벗고 있었다고?" 나는 도무지 믿기지 않는 이야기에 팔짱을 끼며 되물었다. 그럴 리가, 내 아들이 그런 어리석은 짓을 했을 리가 없다. 그게 윈저에서 퇴학당하는 지름길이라는 것은 누구나 아는 상식이다. 학교에서 절도와 동일한 선상에 두고 있는 행동이란 말이다.

"그래, 뭐, 반쯤 벗었지. 어쨌든……."

나는 아랫입술을 깨물며 머릿속으로 란제리 모델을 상상했다. 어쩌면 폴리의 아슬아슬한 사진이었을지도 모른다. 폴리의 옷차림이 약간 선정적인 것은 사실이다. 하지만 요즘 그렇게 입는 여자아이들이 어디 한둘인가. "그래." 나는 출구를 향해 몸을 돌리며 입을 열었다. "아이들이란 그렇게…"

캐시가 내 말을 가로막았다. "니나. 그 애는 인사불성이었어. 그것도 침대 위에서."

"그 애라니, 누구를 말하는 거야?" 나는 쏘아붙이듯 물었다.

"이름이 라일라래. 원저 10학년이라지? 히스패닉 여자애야. 차라리 네 눈으로 직접 보는 게 낫겠구나……." 캐시는 샤넬 백에서 휴대전화를 꺼내더니 문자함을 열었다. 사진 하나가 화면에 떴다. 캐시가 팔을 뻗어 화면을 내게 내밀었다.

나는 심호흡을 하며 화면을 들여다보았다. 첫눈에 침대에 등을 대고 누운 여학생이 보였다. 옷을 입고 있으니 벗었다고 하기엔 어려웠다. 일단 안심이 되었다. 하지만 좀 더 가까이 들여다보니 다른 것들이 눈에 들어오기 시작했다. 그 아이가 입은 블랙 미니드레스가 위에서는 끌어 내려져 있고 아래쪽은 위로 올라가 있었다. 마치 누군가 벗기려다가 실패한 장면 같았다. 아니면 억지로 다시 입힌 것처럼 보이기도 했다. 허벅지는 약간 벌린 채 종아리 부분을 침대의 끄트머리에 걸치고 있어 맨발이 바닥에 닿지 않고 붕 떠 있었다. 자세히 보니 왼쪽 가슴이 브래지어 밖으로 흘러나와 있었는데 유두까지 완전히 드러난 상태였다.

점점 다른 것들도 보였다. 여학생의 모습만큼 끔찍하진 않지만, 여전히 보기 불편한 것들이었다. 그 아이가 누운 곳은 우중충하고 어수선한 십 대 남자아이의 침실이었다. 황갈색 이불. 맥주병과 구겨진 크리넥스 뭉치로 뒤덮인 탁자. 벽에 붙은 포스터 속 밴드는 전혀 낯선 이들이었는데 멤버들 모두 문신으로 온몸을 뒤덮은, 지저분하고 위협적으로 보이는 이들이었다. 더욱 괴상한 것은 그 여자아이가 왼손에 쥐고 있는 초록색 우노 카드였다. 카드를 감싸 쥔 손가락에는 진홍색 매니큐어가 칠해져 있었다.

나는 숨을 몇 번 들이쉬고 내쉬면서 진정하려고 애썼다. 분명 뭔가 사연이 있는 사진이겠지. 적어도 그 사진만으로는 핀치와의 연관성은 찾을 수 없다.

"캡션 읽었니?" 캐시가 여전히 전화기를 내 코앞에 들이민 채로 물었다.

눈을 가늘게 뜨고 사진을 다시 들여다보니 이번에는 핀치의 이름이 보였다. 사진 속 이불 이미지 위에 캡션을 달아서 한 번에 눈에 들어오지 않았을 뿐이었다. 캡션을 읽는데 핀치의 목소리가 들려오는 것 같았다.

누군가 막 그린카드*를 취득하셨군.

심장이 쿵 하고 내려앉았다. 내 자식을 방어하려 했던 마음이 순간 사라지는 것 같았다.

"이 일을 어쩌니." 캐시는 그렇게 말하며 전화기를 천천히 가방 속에 집에 넣었다. "하필이면 너와 커크가 영예의 자리에 오른 순간에 이런 일이 일어나다니, 나도 정말 속상하다, 얘……. 난 그냥…… 네가 모르면 안 될 것 같아서 알려준 거야."

"고마워." 소식을 전해줬을 뿐인 캐시에게 화풀이하고 싶은 마음 (혹은 얼굴을 한 대 갈기고 싶은 마음)이 가득했으나 지금은 캐시에게 신경 쓸 때가 아니었다. "먼저 갈게. 커크에게 가봐야겠어."

---

* 이민자들에게 합법적인 체류와 취업 권한을 부여하는 미국 영주권을 부르는 속칭으로 불법체류자들의 꿈과 희망을 상징한다.

"그럼, 그래야지." 캐시가 음울한 목소리로 속삭이며 내 팔을 토닥였다. "딱해서 어쩌니. 너희 모두를 위해 내가 기도할게."

그로부터 30분도 지나지 않아 커크와 나는 집에 돌아왔다. 그 사이 두 명이나 더 내게 그 사진을 보내왔다. 그중 한 명은 멜라니였는데, 그녀는 사진의 배경이 자기 아들의 침실임을 깨닫고 히스테리를 일으켰다. 멜라니도 즉시 집으로 향했다.

"애가 대체 무슨 생각으로 이랬을까?" 나는 부엌의 아일랜드 식탁 맞은편에 선 커크에게 물었다.

"나도 모르지." 커크가 고개를 저으며 말했다. "자기들끼리만 하는 바보 같은 농담 같은 거 아니겠어?"

"자기들끼리만 통하는 인종차별 농담?" 좌절감이 파도처럼 밀려오는 것이 느껴졌다.

"뭐, 그 자체로는 꼭 인종차별적이라고 볼 순 없잖아······." 커크가 말했다.

"진심이야? 그린카드를 언급했는데도? 그거 완전한 인종차별 발언이야. 캐시 말이 그 여자애 히스패닉이래." 내가 말했다.

"뭐, 별로 히스패닉으로 보이지 않던데. 그냥 뭐랄까, 짙은 머리색이니까······ 이탈리아계일 수도 있잖아?"

나는 그를 잠시 노려보다가 고개를 저었다. 대체 어떻게 반응해야 할지 몰라서였다.

"캐시가 뭘 알아." 커크는 그렇게 말하며 부엌 테이블에 남기고 간 위스키병으로 손을 뻗었다. 나는 그가 잡지 못하도록 병을 밀어버렸다.

"그래, 좋아, 여보. 그 애가 혹시 히스패닉이 아니라고 하더라도 핀치가 거기에 단 글은 여전히 히스패닉들을 향한 모욕이고 인종차별적 발언이란 말이야." 나는 내 언성이 서서히 커지는 것을 감지했다. "그 여자애의 인종이나 민족이 무엇이건 간에 애의 유두가 드러난 사진이잖아! 그러니 그게 핀치가 한 짓이 맞다면, 그게 농담이건 아니건…"

"그렇다면 큰일 난 거지." 커크가 말했다. "그건 분명해. 하지만 그렇게 된 데에는 다 이유가 있을 거야."

"예를 들어?" 내가 말했다.

"모르지. 누군가 핀치의 전화를 가져가서 벌인 일이거나, 혹은 조작된 사진일 수도 있고. 나도 몰라, 여보. 하지만 일단 진정해. 일의 자초지종을 곧 알게 될 테니."

나는 고개를 끄덕이며 심호흡을 했다. 그때 현관문 열리는 소리가 나더니 입구로 걸어들어오는 핀치의 발소리가 들려왔다.

"핀치, 우리 부엌에 있어!" 내가 외쳤다. "이쪽으로 좀 오겠니?"

곧 아들이 모습을 드러냈다. 하늘색 티셔츠에 카키색 반바지 차림이다. 구불거리는 금발 머리는 평소보다 헝클어진 모습이었다. 전형적인 사립학교 분위기를 풍기는 세련되면서 헐렁한 옷차림을 하고 있었다.

"여기 계셨네요." 핀치는 그렇게 말하며 곧장 냉장고로 향했다. 우리에게는 눈길 한 번 힐끗 준 게 전부다. 그는 냉장고를 열고는 그 안을 물끄러미 쳐다보더니 얇게 저민 로스트비프 한 봉지를 꺼냈다. 그중 몇 장의 고기를 뜯어내고는 고기 봉지를 다시 냉장고에 넣고 팔꿈치를 이용해 문을 닫았다.

"샌드위치 만들려는 것 아니었니?" 내가 물었다.

"귀찮아서요." 핀치가 말했다.

"접시 쓸래?" 그렇게 말하는 내 뱃속에서 분노가 부글거리는 것이 느껴졌다. "그걸 접시에 담는 게 좋지 않겠니?"

그는 고개를 저으며 종이 타월을 뜯었다. 그러고는 패밀리룸으로 방향을 돌렸다. 걸어가면서 이미 로스트비프를 입에 구겨 넣는 중이었다.

"어디 가니?" 내가 아들의 등을 향해 외쳤다.

"TV 보러요." 그는 고개도 돌리지 않은 채 대꾸했다.

"이리로 돌아오렴." 나는 그렇게 말하며 카운터를 돌아 커크와 나란히 섰다. "아빠와 엄마가 네게 할 말이 있단다."

나는 커크를 쳐다보았다. 그는 아무렇지도 않은 얼굴로 카운터 모서리에 손가락 드럼을 치는 중이다. 나는 그를 팔꿈치로 쿡 찌르며 인상을 썼다.

"핀치, 어머니 말 들어라." 그가 말했다. "얘기 좀……."

핀치가 몸을 돌리는데 애 얼굴이 걱정스럽다기보다는 어리둥절한 얼굴이었다. 대체 얼마나 마신 것일까 궁금해졌다. "무슨 일인데요?" 핀치는 마지막 남은 로스트비프 조각을 입에 쑤셔 넣고 우물거리며 말했다.

"이쪽으로 와서 좀 앉겠니?" 내가 카운터의 높은 의자를 가리키며 말했다.

순순히 와서 앉기는 하지만 그 얼굴이 반항적이다.

"어디서 뭐 하다 오는 길이니?"

"보 집에 갔었는데요."

"파티?" 내가 물었다.

"아뇨. 파티는 아니었어요. 그냥 애들을 불러서 놀았을 뿐이에요. 왜요? 이 심문하는 분위기는 뭔가요?"

나는 팔꿈치로 커크를 다시 한번 찔렀다. 그러자 형식적인 말이 자동으로 흘러나왔다. "네 어머니에게 그런 식으로 말하면 못 쓴다."

핀치가 손가락으로 머리를 쓸어넘기며 중얼거리듯 "미안해요"라고 말했다.

나는 핀치의 시선이 다시 내게 돌아오기를 기다렸다가 다음 질문을 던졌다. "술 마셨니?" 내가 무슨 대답을 기대하고 이 질문을 하는 것일까? 나도 알 수 없었다. 이렇게 하는 것이 상황을 악화시키는 것은 아닐까.

"네." 핀치가 말했다. "맥주 몇 캔 마셨어요."

"얼마나?" 내가 물었다. 아아, 커크와 내가 아이의 음주와 관련하여 좀 더 엄격히 다스렸더라면. 아이더러 술 마시도록 허락한 적은 한 번도 없었지만 이따금 마시는 맥주에 대해서는 모른 척 넘어가주곤 했었다. 아이가 우버 택시에 쓰는 돈을 무제한으로 허락해준 것도 사실상 그런 이유에서였다.

"세어 보지 않았는데요." 핀치가 말했다. "한 서너 캔이요?"

"많이 마셨구나." 내가 말했다.

"운전한 것도 아닌데요."

"그래, 아주 잘했구나." 내가 말했다. "메달감이야."

핀치가 한숨을 내쉬더니 말했다. "엄마, 갑자기 왜 그러세요? 내가 술 마시는 거 다 알고 계셨으면서."

"엄마 아빠는 지금 아주, 몹시 화가 난 상태야. 단순히 네가 술을 마셔서만은 아니다." 나는 그렇게 말하고 숨을 깊게 들이마셨다. 그리고 가방에서 휴대전화를 꺼내어 저장해둔 사진을 찾아 화면에 띄웠다. 그리고 휴대전화를 카운터 건너로 밀어 보내고는 핀치가 고개를 숙이고 들여다보는 모습을 지켜보았다.

"이 사진 어디서 났어요?" 그가 물었다.

가슴이 철렁 내려앉았다.

"파커 부인이 엄마에게 보여주신 사진이다. 방금 우리가 다녀온 저녁 행사에서 말이다." 커크가 대답했다.

핀치가 나를 흘깃 바라봐서 내가 고개를 끄덕였다. "그래. 그 경로에 대해서는 여기까지만 해두자. 그런데, 솔직히 말해서, 이 상황에서 그게 중요한 일이니? 내가 그 사진을 어디서 구했는지가?"

"그냥 궁금해서요." 핀치가 말했다.

나는 숨을 들이쉬고는 다시 입을 열었다. "네가 찍은 사진이니?"

"엄마, 얘기하자면 길어요……. 보이는 것처럼 상황이 나쁜 게 아니었어요……. 걔도 그렇게 기분 나빠하지 않을 거라고요."

"걔가 누군데?"

"어떤 여자애 하나 있어요." 그가 말했다.

곱씹을수록 역겨운 표현이었다. "그 어떤 여자애에게 이름이 있을 텐데?" 내가 물었다.

"네, 라일라 볼피요……. 그건 왜요?"

"왜? 네가 포스트 한 반라 사진의 주인공이라서 그렇지, 핀치. 그게 이유겠지." 애 앞에서 내가 점점 신경질적으로 되어가는 것이 느껴졌다.

"포스트한 것 아니었어요. 그냥 몇 명에게 보냈을 뿐이라고요. 그리고 걔 반라 아니었어요, 엄마."

"유두가 훤히 보이더구나, 핀치." 내가 말했다. "그 정도면 내 눈엔 다 벗은 거나 다름없다."

"그렇지만 제가 그 아이의 옷을 벗긴 것도 아니고……."

"그래, 아주 다행이로구나." 내 목소리에서 비아냥거림이 묻어났다. "그랬다면 성폭력이었겠지."

"성폭력이요? 왜 이러세요, 엄마. 지금 너무 흥분하셨어요." 핀치가 피곤하다는 듯이 한숨을 내쉬며 말했다. "아무도 그 여자애를 폭행하지 않았어요. 그냥 걔가 술을 너무 많이 마셔서 뻗은 거라고요. 그건 제 잘못이 아니잖아요."

"그 반대다, 아들아. 이건 네 잘못이야." 커크가 말했다. 남편이 사태의 심각성을 이제야 감지한 모양이다. "많은 사람이 이 사진을 보았다. 이미 돌아다니고 있어."

"그리고…… 그린카드라니, 핀치? 진심이니?" 내가 말했다.

"그건 그냥 농담이었어요, 엄마."

"인종차별적 발언이야." 내가 말했다. "반쯤 벗은 채로 정신을 잃은 여자의 사진을 찍은 것도 모자라 거기에 인종차별적인 말을 농담이랍시고 써놓다니."

"잘못했어요." 핀치가 눈을 내리깔고 낮은 목소리로 말했다.

"뭐가? 네가 한 짓이? 아니면 들킨 것이?" 내가 물었다.

"엄마, 왜 이러세요. 제발요, 그만 해요. 진짜로 죄송하다니까요."

"무슨 생각으로 그런 거니? 그러니까, 정말로, 요즘 대체 무슨 생각을 하고 사는 거니?" 내가 말했다.

핀치가 어깨를 으쓱했다. "아무 생각 없었어요."

"아무 생각 없다고? 아무것도?" 나는 핀치의 대답에 이성을 잃고 말았다. 물론 내 아이가 남을 해칠 궁리를 하고 산다는 대답을 듣는 것보다는 훨씬 낫겠지만 그래도 이러나저러나 결과는 똑같지 않은가. 아무 생각 없었다고 해서 상대의 고통이 줄어드는 것은 아니다.

핀치가 아무 말도 하지 않자 나는 더 화가 나기 시작했다. "어떻게 이런 짓을 했니, 핀치? 정말 이해가 되지 않는다. 이건 정말⋯⋯ 너무 잔인하구나! 엄마 아빠는 너를 이렇게 키우지 않았어!"

"그리고 너, 이런 짓 때문에 지금 네 인생이 어떤 위험에 처했는지 알기나 해?" 커크가 물었다. 이이도 드디어 언성을 높이는군. "지금 네가 한 짓이 얼마나 멍청하기 짝이 없고 무책임한 일인지 아느냔 말이야? 퇴학당할 수도 있어!"

"아이, 아빠, 왜 그래요. 말도 안 돼요." 핀치가 말했다.

"아니, 말 되고말고." 내가 말했다. "실제로 충분히 가능한 이야기야. 망할, 지금 윈저가 중요한 게 아니야. 고소당해서 법정까지

갈 판이라고."

"무슨 근거로?" 커크가 이번에는 내게 물었다. 마치 내가 소송전 문가라도 되는 것처럼.

"모르지. 내가 무슨 변호사야?" 나는 언성을 높였다. "명예 훼손? 아동 포르노그래피?"

"포르노그래피라뇨? 엄마, 대체 왜 이러세요." 핀치가 말했다.

"그래, 이건 포르노라고 보기 어렵지." 커크도 맞장구를 쳤다.

"포르노그래피, 여보." 내가 말했다. "포르노라고 부르지 않은지 한참 됐어."

"그래, 알았어. 이 상황에서 참으로 중요한 지적이군." 커크가 구시렁거렸다.

"생각해 봐. 소송 거리가 충분하다니까." 내가 말했다. "그 점에 있어선 확실해. 다른 걸 떠나서라도 이 여자아이와 그 부모는 정신적 고통이라는 명목만으로도 충분히 고소 가능하다니까!"

"엄마, 정신적 고통 같은 건 없었어요." 핀치가 말했다.

"없었다고?" 나는 어이가 없었다. "그걸 네가 어떻게 아니? 그 애에게 물어봤니? 그 애의 기분이 어떨지 생각은 해봤니?"

"엄마, 걔는 아무렇지도 않을 거예요. 이런 일은 맨날 일어난다니까요."

"일어나? 이런 일이 어떻게 그냥 '일어나'니? 네가 '저지른' 일이지!" 나는 다시 고함을 치기 시작했다.

커크가 손을 들어 올리더니 끼어들었다. "자, 자, 이 문제는 그 여자애에 관한 게 아니잖아."

"아니라니?" 내가 말했다. "그럼, 뭐에 대한 문젠데, 여보? 설명 좀 해보시지."

커크가 헛기침을 했다. "이 문제는 우리 아들의 개떡 같은 판단력에 관한 거라고." 그는 눈길을 핀치에게 돌리더니 이렇게 말했다. "아들, 오늘 밤 네가 보여준 판단력은 아주 형편없었다. 네 미래를 위협할 정도였으니 말이다. 그러니 넌 정말로 잘 생각해서…"

"생각만으로는 부족해. 느낄 줄도 알아야지." 나는 커크의 말을 자르며 끼어들었다. "사람을 이런 식으로 대하면 안 돼."

"저 안 그래요, 엄마. 이건 그냥…"

"판단 착오였지." 커크가 핀치의 말을 대신 마무리해주었다.

"글쎄, 미안하지만, 그렇게 간단한 문제가 아니야." 내가 말했다. 왜냐하면 혹여나 세상 사람들 모두가 그 사진을 삭제하여 라일라와 그 부모, 그리고 윈저의 행정실이 그 낌새조차 알아채지 못한 채 넘어간다고 하더라도, 그리고 핀치가 진심으로 사죄하는 마음을 갖는다고 하더라도, 이미 모든 것이 달라져 버렸음을 내 마음속 깊은 어딘가에서는 이미 알고 있었기 때문이었다. 적어도 한 사람에겐 그랬다.

4

톰

베아트리즈를 처음 본 순간은 영원히 잊지 못할 것이다. 그날 밤, 나는 파이브 포인츠에 있는 허름한 바에 앉아있었다. 당시만 해도 이스트 내슈빌은 지금처럼 잘나가는 번화가가 아닌, 싸구려 동네 술집만 즐비한 곳이었다. 내 수준의 술집들 말이다. 그런 술집에 미인이 나타나는 일은 좀처럼 없었고, 더군다나 그런 미인이 혼자 나타나는 일이란 아예 없었다. 그런데 그녀가 혼자서 그곳에 걸어들어온 것이다. 그 장면 하나만으로도 충분히 매혹적이었는데 그녀는 내 이상형이기까지 했다. 짙은 머리칼과 갈색 눈동자, 구릿빛 피부, 곡선을 그리는 몸매. 주인의 의도를 조금도 훼손하지 않은, 달라붙는 빨간 드레스.

"너, 꿈도 꾸지 마." 나는 그녀에게서 눈길을 떼지 못한 채 같이 앉은 친구 존에게 말했다.

존이 웃음을 터뜨렸다. "누구? 저기 제니퍼 로페즈 스타일?"

나는 그래, 저 여자, 라고 말했다.

"왜? 같이 잔 사이냐?" 존은 그녀를 빤히 쳐다보며 빨대를 질겅질겅 씹으면서 말했다. 존은 목청도 크고 잘생긴 덕인지 섹시한 여자들을 끄는 매력을 가진 녀석이었다. 늦은 밤 술집에서 특히 그랬다.

"아니. 하지만 그래 보려고." 나도 웃으며 말했다. "그런 다음에 결혼할지도 몰라."

존이 웃었다. "그래라, 짜아식." 그는 그렇게 말하고 바 의자에서 뛰어내렸다. 그는 내 등을 손바닥으로 한 대 치더니 그녀 귀에도 들릴 만큼 큰소리로 이렇게 말했다. "행운을 비네, 친구."

그녀는 그를 흘깃 쳐다보더니 행운이 왜 필요한지 이해하기라도 한 듯 나를 향해 미소를 지어 보였다.

"앉아도 될까요?" 그녀가 공석이 된 의자를 가리키며 물었다.

"그럼요." 내가 말했다. 그녀의 머리칼에서 풍기는 향기가 코를 스쳤다. 여자들이 몸에 바르는 선탠오일 같은 냄새였다. 코코넛 향이군, 이라고 속으로 생각했다. 뭔가 재치 있는 말을 하고 싶었지만, 아무것도 떠오르지 않았다. 그래서 그냥 사실대로 말해버렸다. "제가 작업 멘트를 쓰는 사람은 아닙니다만…… 정말로 제가 여태껏 본 사람 중 가장 아름다우시군요." 그 말이 입 밖으로 나오는 순간 내 귀에 너무나 저급하게 들려 나도 모르게 바보 같은 말을 덧붙이고 말았다. "이 바에서 그렇다는 겁니다."

"이 바에서?" 그녀는 저음의 섹시한 웃음소리를 내며 물었다. 가만 보니 그녀의 왼쪽 앞니가 덧니라 귀여웠다. 그녀는 주변을 두리번거리다가 내 반대편에 앉은 그다지 예쁘지 않은 여자들 무리를 유심히 들여다봤다.

"좋아요, 인정합니다. 온 세상 통틀어서 가장 미인이십니다." 나는 정정했다. 저급하게 들리거나 말거나, 더는 중요하지 않았다. 그녀는 그 정도로 예뻤다.

"그러고도 그게 작업 멘트가 아니라고요?" 그렇게 말하는 그녀의 말투에 억양이 있었다. 더 마음에 들었다.

나는 고개를 저으며 말을 더듬었다. "아, 아닙니다…… 그게, 그렇게 들렸을 수도 있지만…… 하지만 작업 걸려고 한 말이 아니었습니다. 그저 당신이 어떤 사람인지 알고 싶어서요……. 당신에 대한 전부를 알고 싶어요."

그녀는 그 웃음을 또 터뜨렸다. "전부?"

"전부." 나는 그렇게 말하고는 곧바로 질문을 이어갔다. "이름이 어떻게 되세요? 몇 살인가요? 어디 출신인가요?"

"베아트리즈. 스물다섯. 리우." 그녀는 입술을 도톰하게 오므려 마지막 단어를 내뱉었다. 그녀가 입은 드레스와 입술이 꼭 같은 색이다.

"브라질의 리우?"

그녀는 웃으며 거기 말고 다른 리우도 있느냐고 물었다. 때마침 바텐더가 다가왔다. 보통의 여자들처럼 머뭇거리거나 하지 않고 그녀는 내가 한 번도 들어본 적 없는 음료를 주문했다. 'r' 발음 굴러가는 소리가 많이 나는 이름이었다. 그녀는 자신의 큼직한 밀짚

가방을 잡으러 손을 뻗었다. 왠지 마리화나 냄새가 날 것 같은, 아니면 적어도 향 피우는 냄새가 날 것 같은 가방이었다. 나는 그녀의 손을 붙잡았다. "제가 계산합니다."

그녀는 웃으며 내 눈을 쳐다보았다. "당신 이름은?"

"토미, 톰, 토머스." 실제로 나는 이 세 가지 이름으로 불렸다.

"어떻게 불리는 걸 좋아해요?" 그녀가 물었다.

"당신 원하시는 대로." 내가 말했다.

"토머스, 나 춤추고 싶어요." 그녀는 그렇게 말하고는 어깨를 젖히고 머리를 뒤로 넘겼다.

그녀가 내 이름을 완전히 불러주어 기분이 썩 좋았지만 나는 고개를 절레절레 흔들었다. 춤은 아니었다. "춤만 빼고는 뭐든지." 나는 웃음을 터뜨렸다.

그녀는 장난스레 토라진 얼굴을 해 보였다. 그 순간 나는 기도했다. 언젠가 우리가 정말로 토라지고 열렬히 싸우고 다시 뜨겁게 화해할 정도로 가까워지기를. "같이 춰요, 네?" 그녀가 머리를 살짝 옆으로 기울이며 물었다.

"춤 못 춥니다." 나는 솔직히 털어놓았다. 바텐더가 음료를 준비해 그녀 앞에 내려놓았다.

"춤은 누구나 출 수 있답니다." 그녀는 그렇게 말하며 흘러나오는 노래에 맞춰 어깨를 흔들기 시작했다. "그냥 음악에 따라 움직이면 되죠." 그녀는 자신의 술잔에 라임을 짜 넣고는 가느다란 빨대로 저어 한 모금 마셨다. 술잔을 동그랗게 감싸는 그녀의 입술과 얼굴로 흘러내리는 머리칼을 바라보고 있노라니 호흡곤란이 올

지경이었다. 나는 술이라도 한 잔 더 주문할까 싶어 일부러 눈길을 돌렸다. 이미 약간의 취기가 돌고 있었지만, 술이라도 있어야 용기가 날 것 같았다. 하지만 마음을 바꾸어 그러지 않기로 했다. 오늘 밤 우리가 나눌 대화를 단 하나도 빼놓지 않고 기억하고 싶어서였다. 대신 나는 그녀에게 무슨 일로 내슈빌에 왔는지 물었다. 브렌트우드에서 쌍둥이 돌보는 보모 일을 하고 있는데 주말에는 쉬는 날이라 놀러 나왔다고 했다. 내슈빌을 고른 이유는 음악 산업이 발달한 곳이기 때문이라고도 덧붙였다.

"그러면 뮤지션인가요?" 더욱 흥미가 생겼다. 물론 이곳에서는 발에 채는 게 뮤지션들이지만 말이다.

그녀는 고개를 끄덕였다. "가수예요. 정식 가수가 되고 싶어서 알아보는 중이에요."

"어떤 음악을 하시나요?"

"세르타네주. 브라질의 컨트리 음악이죠. 파티와 사랑 그리고 실연에 대한 노래들……."

나는 홀린 듯이 고개를 끄덕였다. "언젠가 저를 위해서도 불러주시겠습니까?"

"그럴 수도 있겠죠." 그녀가 느리게 미소 지었다. "당신은요, 토머스? 내슈빌 사람인가요?"

"그렇습니다. 여기서 나고 자랐으니까요."

"어느 동네에서요?" 그녀가 물었다.

"지금 보시는 바로 이곳에서요." 내가 말했다.

그녀는 웃음을 터뜨리며 엄지손가락을 입술 안으로 밀어 넣었다. "바에서 태어났다고요?"

"아니요." 나도 웃으며 말했다. "이스트 내슈빌 말입니다. 강의 이쪽 편이요."

그녀는 내 말이 무슨 말인지 알겠다는 듯이 고개를 끄덕였다. 컴버랜드 강은 현란한 다운타운과 내가 사는 투박한 동네를 가르며 흐른다.

"왜 로어 브로드*로 가시지 않고요?" 이 질문에는 '예쁜 여자들이 다 그러하듯'이라는 말이 숨겨져 있었다.

"거기엔 당신 같은 남자가 없으니까." 그녀가 미소 짓고 나도 함께 미소 지었다. 우리는 몇 초간 아무 말 없이 가만히 앉아있었다. 그녀가 다시 입을 열었다. "어떤 일을 하나요, 토머스? 직업이 뭐예요?"

"목수입니다." 나는 카운터를 두드리는 내 엄지손가락을 물끄러미 내려다보았다. 그 표정을 보기 싫어서다. 내 직업이 사무직이 아니며, 대학은 돈이 모자라 일 년 반만 다녔을 뿐이고 대학 중퇴 후 목공 일을 시작했다는 것을 듣는 순간 여자들이 짓는 그 표정 말이다.

그런데 그녀 역시 실망했는지는 모르겠지만 적어도 얼굴에는 전혀 드러나지 않았다. 나만의 착각이었는지 모르겠지만 그녀는 오히려 관심을 보이는 것 같았다. 이럴 때 괜스레 손으로 일해 먹고

---

* Lower Broadway를 줄여 부르는 이름으로 컨트리뮤직 팬들이 몰려드는 유흥지구.

우리가 원했던 것들

사는 남자들을 좋아한다며 말하는 여자들에게 한두 번 속은 것이 아니었다. 그래서 나는 그녀가 그런 말 대신 이런 질문을 해서 기분이 좋았다. "그러니까, 가구를 만든다는 얘기?"

"그렇습니다."

"어떤 가구요?"

"뭐든 만들죠." 내가 말했다. "식탁, 찬장, 옷장, 책상. 저는 서랍장을 좋아합니다."

그녀가 웃었다. "서랍장?"

"네, 서랍장이요." 내가 말했다. "쇠붙이 덜그럭거리는 싸구려 서랍장은 만들지 않습니다. 나무와 나무가 연결되어 매끈하고 부드러운, 손으로 깎아 만든 이음새 덕분에 서랍을 여닫을 때마다 속삭이는 소리가 나는 그런 서랍장입니다." 나는 그렇게 말하며 그녀에게 낮은 음으로 숨소리가 섞인 휘파람을 불어주었다.

그녀는 나를 향해 몸을 돌려 앉았고 내가 설명하는 장인의 기술을 다 이해하기라도 한다는 듯이 고개를 끄덕였다. 물론 아직 내 실력으로는 가구가 아닌 예술, 집안 대대로 물려줄 가보가 될 만한 그런 가구를 만들어내지는 못했다. 아직은. 도제 연한을 채우긴 했지만, 아직도 갈 길이 멀었다.

"그럼 골동품 같은 거? 골동품이 되는 그런 가구?" 그녀는 내 쪽으로 더 몸을 숙였다. 그녀의 입김에 내 볼이 따스해졌다.

"그렇죠." 내가 말했다. 그녀는 절대적인 자기장을 가진 자석 같았다. 그녀의 입술에 키스하지 않고는 배길 수 없었다. 그녀의 입술에 닿으니 라임과 알코올 맛이 났다. 그녀의 입술은 완벽했고 내

심장은 가슴 속에서 폭발하고 있었다. 그렇게 아찔한 몇 초가 지나간 후 그녀는 몸을 뒤로 살짝 빼더니 내가 춤추는 법은 모를지라도 키스하는 법만큼은 확실히 아는 것 같다고 말해주었다.

나는 간신히 숨을 돌리고는 이렇게 대답했다. "당신도요."

"질문 하나 해도 돼요, 토머스?" 그녀가 내 귀에 속삭였다.

나는 고개를 끄덕였다. 여전히 아찔하여 눈앞이 뿌옇게 보였다.

"사랑은 어떻게 나누죠? 춤추는 것처럼? 아니면…… 키스처럼?"

내 온몸은 이미 불타고 있었다. 나는 그녀의 눈을 들여다보며 이렇게 말했다. 직접 알아보는 게 어떻겠냐고.

우리는 그렇게 술을 몇 잔 더 마시고 춤을 추었고 몇 시간 후 내가 사는 형편없는 원룸에서 사랑을 나눴다. 믿어지지 않을 정도로 훌륭했다. 나는 스물아홉 살의 싱글이었고 그렇기에 만난 지 얼마 되지 않은 여자와 같이 잔 것이 처음이라고 할 수는 없었지만, 이번엔 뭔가 달랐다. 진짜 사랑을 나눈 것이었다. 베아트리즈를 만나기 전까지 나는 사람이 첫눈에 사랑에 빠지는 건 불가능하다고 주장했었다. 하지만 그녀는 내가 그동안 세워온 모든 규칙과 논리를 창밖으로 내던지게 했다. 베아트리즈는 그 정도로 대단한 여자였다. 마법과 같은 여자였다.

이후 석 달이 채 되기 전에 우리는 결혼식을 올렸고 그녀는 임신을 했다. 사실 그 순서가 뒤바뀌긴 했지만 그런 것은 중요하지 않았다. 임신이 아니었더라도 나는 그녀에게 청혼할 생각이었기에 임신이 그 일정을 좀 앞당겼을 뿐이었다. 또한 이는 그녀의 몸에 커브를 가져왔을 뿐 아니라 우리의 삶에도 커브볼을 던졌는데, 우선 어머니가 베아트리즈의 임신에 다른 동기가 있는 것은 아니냐며 의심의 눈길을 보냈다. 그녀가 미국에 체류하려고 나를 이용한다는 것이 어머니의 논리였다. 나는 그만 이 이야기를 베아트리즈에게 털어놓는 실수를 저지르고 말았다. 베아트리즈가 큰 상처를 받았음은 물론이며, 이 일은 그녀의 특기에 용서는 없다는 것을 뼈아프게 배우는 계기가 되었다.

이러한 기질은 브라질 축구 대표팀의 정형외과 팀 닥터였던 그녀의 아버지로부터 온 것인데 그는 딸이 가수가 되겠다고 미국으로 떠난 것만으로도 잔뜩 화가 난 상태였다. 더군다나 목수의 아이를 가졌다고 하니 부녀 사이의 관계는 좋아지려야 좋아질 수가 없었다. 게다가 그는 이 모든 문제가 베아트리즈가 의붓어머니 손에서 자란 탓이라고 했다. 친모를 본 적도 없는 베아트리즈를 키워준 사람 입장에서는 별안간 신데렐라 계모 취급을 받은 셈인데, 날벼락을 맞은 기분이었으리라. 웃기는 신데렐라 스토리다.

그래서, 아무튼, 우리는 그렇게 양가 부모님과의 관계가 껄끄러워졌고 대부분의 친구들과도 소원해지면서 한순간도 떨어지지 않고 함께 보냈다. 지금 생각하면 건강하지 않은 방식이었지만 당시 우리는 세상과 맞서 싸우는 기분이었다. 우리의 사랑은 지칠 줄 몰랐고 아무도 막을 수 없었다. 적어도 우리 생각엔 그랬다. 우리의 삶 한가운데로 불쑥 나타난 라일라가 배앓이를 하며 밤낮으로 울고 베아트리즈는 산후우울증과 싸우고 나는 먹고살기 위해 온갖 자질구레한 일로 돈을 버는 상황에서도 서로를 향한 열정으로 여전히 불타고 있었다.

그러다가 라일라가 두 살 생일 즈음이 되자 우리 사이에도 변화가 찾아오기 시작했다. 더는 사랑이 아닌 욕망만 남은 것 같았고 사랑으로 모든 것을 극복하기에는 지쳐가고 있었다. 기질상 두 사람 다 격동적이어서 우리는 쉽게 질투심에 불타올랐고 싸움은 점점 더 격해졌다. 섹스가 줄어들면서 다툼이 심해진 것인지도 모른다. 베아트리즈가 나더러 항상 지쳐만 있고 더는 데이트를 하거나 "뭐라도 하려고" 들지를 않는다며 비난하곤 했다. 한동안 나는 그녀의 논리에 수긍하며 나의 태만함에 대한 죄책감을 느꼈다. 나는 그녀에게 일을 줄이고 재미있는 시간을 더 많이 갖겠노라고 거듭 약속했지만, 베아트리즈에게 유일한 재미는 파티뿐임을 나는 알게 되었다. 진탕 노는 파티. 나 역시 맥주 몇 잔 마시며 긴장 푸는 것의 유익을 알지만, 베아트리즈는 언제나 한잔 더, 한잔 더, 하며 고주망태가 될 때까지 마시고 싶어 했다. 그래놓고 다음 날이면 숙취와 우울감으로 무기력에 빠지곤 했다. 종일 정신을 못 차리는 날도 있어서 그런 날은 내가 일을 쉬고 집에서 라일라를 봐야 했다. 우리 형편은 날로 쪼들릴 수밖에 없었다.

설상가상으로 나는 그녀가 내게 숨기는 것들이 있다는 것을 알게 되었다. 대단한 것들은 아니었다. 전화나 노트북에서 수상한 흔적들이 발견될 뿐이었다. 하지만 그런 것들이 쌓이면서 그녀에 대한 신뢰가 무너지기 시작했고 나는 진절머리가 났다. 그럼에도 나는 여전히 그녀를 사랑했다. 누가 뭐래도 그녀는 베아트리즈였고 라일라의 엄마였으니까.

그러다가 우리는 에이번데일에 있는 크래프츠맨 양식의 단층집 (라일라와 내가 지금도 사는 이곳)으로 이사 오게 되었는데 그로부터 얼마 지나지 않은 어느 여름밤, 화약고가 터지고 말았다. 우리는 아침부터 다투었다. 나는 우리 가족만의 시간을 보내고 싶어서 동물원에 가거나 컴버랜드 공원으로 피크닉을 나가자고, 아니면 우리 어머니를 방문하자고 제안했다. (베아트리즈는 여전히 어머니를 못 견뎌했지만 공짜로 아이를 맡길 수 있다는 장점 때문에 참아야 한다는 것을 배운 상태였다.)

나는 난파선처럼 변한 우리 관계를 어떻게든 인양해보려고 무진장 애를 쓰는 중이었는데 베아트리즈는 나의 이러한 노력을 바로 묵살해버렸다. 친구들과 이미 바비큐 파티 약속을 했다는 것이었다. 어떤 친구들이냐고 내가 물었고 그녀가 대답했다. 나는 그 사람들이 싫다고 했다. 그리고 그녀가 그들과 어울리면서 변한 것 같다고도 말했다. 그녀는 말도 안 되는 소리 말라며 자기는 어쨌거나 갈 거고, 라일라도 데려가겠다고 내게 쏘아붙였다.

"그럼, 난 초대받기는 한 거야?" 내가 물었다. 찌질해 보였지만 물어봐야만 할 것 같았다.

그녀는 어깨를 으쓱하며 그렇다며, 내가 원하면 가도 된다고, 하지만 내가 안 간다고 하더라도 괜찮다고 말했다. 나는 이것을 작업실로 가서 일해도 된다는 신호로 해석했다. 작업실로 가서 일하라는 신호처럼 들렸다. 당시 나는 점점 더 작업실에서 안식을 찾고 있었다. 하지만 그날 오후, 작업을 마치고 연장을 치우는데 이상한 느낌과 함께 불길한 기분이 찾아왔다. 나는 잉글우드에 산다는 그 친구들의 주소를 수소문하여 차를 몰고 찾아갔다.

차를 세우자마자 베란다에 나와 있는 베아트리즈가 보였다. 그녀의 마이스페이스*에서 본 적이 있는 한 찌질이와 그녀는 춤을 추고 있었다. 그 자식의 두 손이 베아트리즈의 엉덩이 부근에 있는 걸 보아하니 두 사람의 사이가 보통이 아닌 것 같았다. 그런데 라일라가 보이지 않았다. 분노가 치민 나는 차에서 뛰어내려 그 집을 향해 곧장 걸어가서는 베란다의 계단을 올라갔다. "라일라는 어디 있어?" 그 자식을 한 대 갈기지 않기 위해 최대한 자제하면서 물었다. 그는 즉시 두 손을 내렸고 죄지은 사람처럼 어쩔 줄 몰라 하고 있었다. 나는 아내에게서도 똑같은 표정을 보기를 기대했지만, 그녀는 창피는커녕 멍한 얼굴을 하고 있었다. 술에 취했거나 약에 취한 모양이었다. 분명 둘 다였으리라.

"라일라는 어디 있냐고!" 이번에는 고함을 쳤다.

주변이 순식간에 조용해지더니 모든 눈길이 나를 향했다. 그리고 그녀는 이렇게 말했다. "세상에, 토머스, 진정해. 우리 애는 바로 여기 있었어. 조금 전까지만 해도 말이야."

횡설수설하는 그녀가 민소매 셔츠 안으로 비키니 수영복을 입고 있다는 사실이 눈에 띄었다. 머리도 젖은 채로 돌돌 말려 있었다. 수영을 했다는 증거였다. 그 말은 이 거지 같은 등신들 집에 수영

---

* 소셜미디어 웹사이트.

장이 있다는 뜻이었다. 갑작스럽게 공포심이 밀려왔다. 모두를 밀치며 집을 가로질러 뒷문으로 달려갔다. 높은 데크가 있어서 계단을 한참 내려가야 잔디가 펼쳐지는 그런 집이었다. 재빨리 뒷마당을 훑어보니, 예상대로 그곳에 수영장이 있었다. 마르코폴로 게임을 하는 큰아이들 뒤로 라일라가 보였다. 완전히 혼자였고 수영장 모서리에 쪼그리고 앉아있었다. 옆면에 검은 페인트로 '0.9미터'라고 적혀 있었다. 나지막한 깊이였지만 수영 레슨 두어 번 받은 게 전부인 네 살짜리 꼬마에겐 너무나 깊은 수심이었다.

나는 딸의 이름을 부르며 계단을 뛰어 내려갔다. 이론적으로 아이가 안전하다는 것은 눈으로도 알 수 있었지만, 당시의 나는 눈앞에서 당장에라도 사고가 일어날 것만 같은 비이성적 감정에 사로잡혀 있었다. 내 고함에 아이는 화들짝 놀라며 겁을 집어먹었고 (아마도 자기가 혼나게 될 줄 알았던 것 같다) 그러는 바람에 몸이 앞으로 기울면서 하마터면 진짜로 물에 빠질 뻔했다. 나는 아이를 번쩍 안아 들고 얼굴에 키스를 퍼부었다. 이렇게 행동하는 것이 아이에게 트라우마를 줄 수 있다는 것을 알면서도 멈출 수가 없었다. 나는 아이를 품에 안고 내 차를 향해 달려갔다. 이번에는 집을 관통하지 않고 돌아서 나갔다. 그렇기에 베아트리즈가 여전히 베란다에 서서 우리를 보았는지는 알 수 없었지만 혹시 봤더라면, 보고서도 우리를 따라나오지 않은 셈이었다. 나는 라일라를 카시트에 앉혀 벨트를 매고는 곧장 집으로 데려갔다. 목욕을 시키고 간식을 주면서 머릿속으로 방금 목격한 공포스러운 장면을 계속해서 떠올렸다. 마침내 아이를 내 침대에 눕혔고 우리는 둘 다 잠이 들었다. 그러는 사이 베아트리즈에게서는 단 한 번도 전화가 걸려오지 않았다. 아이의 안부가 궁금하지 않았던 것으로 해석할 수밖에 없었다.

그녀가 마침내 비틀거리며 집에 돌아온 것이 몇 시였는지는 나도 모른다. 아무튼 한밤중이었다. "나가." 내가 말했다. "당신은 여기서 못 자."

"이 침대는 내 침대이기도 해."

"오늘 밤은 아니야."

"그럼 나더러 어디서 자라고?" 그녀가 말했다.

"알 게 뭐야. 소파에서 자던가. 여기만 빼고 어디든."

그리고 우리는 싸우기 시작했다. 사과는 없었다. 비난과 구차한 변명뿐이었다. 내가 그녀를 민망하게 했단다. 내가 과민반응 보인 거란다. 내가 피해망상 환자에 질투의 화신이란다. 그녀가 라일라를 혼자 둔 것은 단 몇 분일 뿐이었단다.

"애가 빠져 죽는 데 걸리는 시간은 단 3분이야!" 나는 고래고래 소리를 질렀다. "180초 만에 아이를 잃게 된다고. 영원히!"

다툼은 아무 진전 없이 같은 이야기만 반복하며 제자리를 맴돌았다. 그러다가 내가 그녀를 술꾼이라고 불렀다. 그러자 그녀는 내게 뭘 기대했느냐고 따졌다. 바에서 만난 여자와 사랑에 빠진 주제에. 그게 뭐 대단한 자랑거리라도 되냐며.

"그래, 좋아. 하지만 지금 당신은 빌어먹을 엄마잖아!" 내가 소리쳤다.

"그렇다고 나라는 사람이 바뀌는 게 아니잖아." 그녀는 도전적으로 턱을 치켜올리며 말했다.

"당신이라는 사람이 누군데?" 내가 물었다. "처음 만난 남자와 자는, 파티에 미친 여자?"

내가 혹시 그녀의 얼굴을 한 대 쳤다고 하더라도 그 순간처럼 충격받은 표정은 짓지 않았으리라. "그게 정말 당신이 생각하는 나야?" 그녀는 센 억양이 묻어나는 말투로 물었다. 한때 사랑스러워 미칠 것 같았던 그 억양이 지금은 견딜 수 없이 싫었다.

나는 그렇다고 말했다. 라일라를 수영장 모서리에 혼자 앉혀놓은 장면을 내가 보게 한 것에 대한 벌을 주고 싶었다. 그래서 나는 그녀를 존중하는 마음이 하나도 없고 그녀는 형편없는 엄마이며 라일라에게 차라리 엄마가 없는 편이 더 낫겠다고 말해버렸다. 그녀 같은 엄마가 있을 바에는 엄마가 아예 없는 것이 낫겠다고 말이다. 그리고 내가 싸움이 더 격해질 것을 예상하며 마음의 준비를 하는데 그녀는 그저 입술만 깨물더니 이렇게 말했다. "이제야 당신이 나에 대해 어떻게 생각하는지 제대로 알게 되었네, 톰."

나는 그녀가 몸을 돌려 침실 문을 닫고 나가는 것을 바라보며 당황했다. 내가 도를 넘었다는 것을 알고 있었기 때문이었다. 나라는 사람은 잔인하고도 위선적이었다. 처음 만난 날 잔 것은 나 역시 마찬가지 아닌가. 나의 어느 부분은 여전히 그녀를 사랑하고 있고 앞으로도 영원히 그러리라는 것을 잘 알고 있으면서도 우리의 결혼 생활이 끝나고 있음을 직감할 수 있었다. 이제 아이가 두 집을 번갈아 왔다 갔다 하게 될 것, 우리가 재정적으로 감당하지 못할 어려움에 처할 것이 눈에 선했다. 의붓아버지와 의붓어머니 그리고 의붓형제자매들, 그로 인한 싸움과 상처들을 떠올렸다. 증오심이 떠올랐다.

하지만 다음 날 아침, 나는 단 한 번도 상상해보지 못한 상황을 맞닥뜨려야 했다. 우리를 두고 떠난다는, 대충 갈겨쓴 메모가 식탁 위에 놓여 있었다. 설마, 나는 정말 그럴 리 없다고 생각했다. 분명 다시 돌아올 것이라고 믿었다.

하지만 며칠이 몇 주가 되고 다시 몇 달이 되었다. 전화도 하고 이메일도 보내고 음성메시지도 남겼다. 걱정하는 내용도 있었지만, 대부분 분노의 내용이었다. 그녀에게서는 단 한 마디 회신도 없었다. 화도 나고 당혹스럽기도 하고 굴욕스럽기도 했다. 하지만 그보다 더 큰 것은 슬픔이었다. 나 자신이 서글펐고 라일라를 생각하니 절망스러웠다.

아이를 어떻게 키워야 할지 몰라 막막했기에 더 힘들었다. 그래서 나는 베아트리즈가 죽었다고 생각하기로 했다. 그녀가 떠나기 전날 밤 내가 했던 말을 생각하면 그편이 더 나을 것 같았다. 사실, 그렇게 하는 것밖에는 달리 도리가 없었다. 떠나고 싶은 건 나였는데. 제길, 실제로 내가 선수 칠 뻔한 순간들이 있었다. 적어도 집을 나가는 상상은 했었다. 그런데 딴 사람도 아니고 엄마가 돌아오지 않는다니, 이건 뭐가 잘못된 거였다. 짐 싸서 나가는 것은 아빠들 몫이었다. 새로 가정을 꾸리건 혼자 지내건 말이다. 원래 엄마들이란 어떻게든 자리를 지키는 존재들 아니던가.

엄마는 갔어. 그게 내가 라일라에게 해줄 수 있는 가장 쉬운 설명이었다. "어디로요?" 라일라는 그렇게 묻곤 했다. 가끔은 눈물을 흘리면서 묻기도 했는데 대부분 다른 일로 먼저 울음을 터뜨리면

으레 이 질문으로 이어지곤 했다.

그러면 나는 애매한 대답을 하곤 했다. 아름다운 장소들(천국? 브라질의 해변?)을 언급하면서도 거짓말은 하지 않으려고 애썼다. 이 상황에 굳이 아빠의 거짓말을 더하지 않더라도 아이는 자라면서 많은 심리 상담이 필요할지도 모른다고 생각했다.

시간이 지나면서 엄마에 대한 라일라의 기억도 희미해졌고 "엄마"라는 대화 주제도 점차 사라지기 시작했다. 내 어머니가 아이 엄마의 빈자리를 많이 메꿔주었다. 라일라를 미용실에 데려가거나 옷을 사주는 일, 소녀로서 자라면서 필요한 기본적인 부분 같은 것은 어머니가 도맡아 주었다. 도움이 됐지만, 그래 봤자 나는 아이를 혼자 키우는 홀아비였다. 요리도 하고 청소도 하고 아침이면 스쿨버스 타는 데까지 운전해주고 오후에는 데리러 가고 밤이면 침대에 뉘어 재워주는 것도 내 몫이었다. 나는 내 근무시간을 아이의 활동 시간 위주로 맞춰 짜기 시작했고, 내 사교 활동은 자연히 포기할 수밖에 없었다. 이따금 여자를 만나 데이트하기도 했지만 (그럴 때마다 어머니는 내가 편하게 나갈 수 있도록 기꺼이 우리 집에 와서 아이를 봐주었다) 진지한 관계로 발전한 적은 한 번도 없었다. 마음에 드는 여자를 만난 적이 없다는 것도 그 이유 중 하나겠지만, 실제로 내게는 라일라에게 쓸 것 외에는 시간도, 에너지도, 돈도 남아 있지 않았다. 혹시 내가 불평하는 것처럼 들린다면, 실제로 내 마음이 그래서이기 때문일 것이다. 아이를 키우다 보면 모든 기가 빨려나가기 마련이다. 부부가 그 부담을 반으로 나눠도 모자랄 판에 그걸 혼자 도맡아 하려니, 더럽게 힘들 수밖에.

하지만 우리는 그럭저럭 잘 견뎌냈고 나는 아이를 이만큼 잘 길렀다는 데에 큰 자부심이 있었다. 라일라는 아름답고 똑똑하고 착한 아이로 자라났고 내 딸은 내가 사는 세상의 중심이었다. 우리는 둘 다 베아트리즈의 빈자리를 극복해냈고 우리 둘만의 삶을 잘 꾸려가고 있었다.

그런데 그렇게 5년이 흐른 어느 날, 아무런 사전 경고도 주지 않은 채, 그녀가 돌아왔다. 그날은 라일라의 아홉 번째 생일이었다. 타이밍이 어찌나 기가 막히던지, 나는 전국의 무책임한 부모들에게 갑자기 찾아오려면 아이의 생일 전이나 후에 오라는 권고안을 공표하고 싶은 심정이었다. 아이 생일과 같이 특정한 기념일에 다시 나타나는 것은 지극히 자기도취적이며 파괴적인 행위다. 특히 영영 돌아오지 않으리라 생각하고 있는 경우라면 더욱 그렇다. 그렇게 오래 떨어져 사는 경우, 아이의 머릿속에는 그 부모가 전혀 들어있지 않기 마련이란 말이다.

그날이 바로 그런 상황이었다. 그렇잖아도 아이 생일파티를 준비해놓고 잘 될지 안 될지 몰라 운에 맡기고 있던 차였다. 내가 계획을 세우는 일에는 워낙 젬병이기도 했고 장소를 빌려서 파티를 하려니 너무 비싸서 부담되었다. 그래서 어찌어찌 계획을 세워서 라일라더러 친구 세 명을 초대하여 파자마 파티를 해도 좋다고 허락해 준 상태였다. 생일이 6월이다 보니 라일라의 생일 때는 대체로 날씨가 좋았지만 이날 저녁 날씨는 특히나 상쾌했다. 내가 그릴에서 핫도그와 햄버거를 굽는 사이 아이들은 뒷마당에서 스프링클러 물을 맞으며 뛰어놀고 있었다. 그런 후 우리 어머니가 구워주신 초콜릿케이크를 자르고 라일라는 선물을 열었다. 저녁이 되자 아이들은 침낭을 펴고 옹기종기 모여 앉아서 영화를 보았다. 그 애들 나이에 너무 무섭지 않나 싶은 영화였다. 하지만 내가 사전에 영화평을 점검하고 친구 부모들에게 '13세가' 영화를 보여줘도 괜찮겠느냐고 물어 허락을 받은 상태였다. 홀아비치고 꽤 능숙하며 괜찮았다고 자신을 칭찬하면서 잠자리에 들었다. 그러다가 한밤중에 라일라가 나를 흔들어 깨워 잠이 깼다. 아이의 얼굴이 고통스러워 보였다.

"지금 몇 시니?" 내가 물었다.

"모르겠어요." 라일라가 말했다.

"왜 그래, 라일라?" 흘깃 자명종 시계를 보니 12시가 다 된 시간이었다. "무슨 일 있니?"

바로 그 순간, 라일라는 내 침대 구석에 걸터앉으며 내 인생 두 번째로 큰 폭탄을 투하했다. "엄마가 문 앞에 와 있어요." 아이가 전했다. "엄마가 아빠와 얘기를 하고 싶대요."

내 회상은 거기서 멈췄다.

간밤에 라일라는 실컷 토를 하고는 잠들었고 나도 밤새 아이 방 의자에 앉은 채로 잠이 든 모양이다. 다음 날 아침 일찍, 아이의 전화가 진동하는 소리에 눈을 떴다. 라일라는 여전히 곤히 자고 있었다. 아이의 전화기를 집어 들고 잠금번호 1919를 눌렀다. 며칠 전 아이 어깨너머로 봐둔 바 있었다. 마음 한편으로는 아이가 그사이 잠금번호를 바꿨기를 바랐지만 전화는 바로 잠금해제가 되었고 나는 단숨에 아이의 사생활 속으로 들어갔다. 아이가 책상의 왼쪽 위 서랍에 넣어두는 일기장을 몰래 꺼내어 읽었던 것을 빼면, 이건 궁극적 사생활 침범이었다. 마음속으로 갈등이 일었다. 죄책감이었다. 하지만 자녀의 사생활보다 중요한 것이 자녀의 안전과 안녕이라며 자신을 타일렀다. 더구나 지금은 그 둘 다 위험에 처한 상태가 아닌가. 나는 문자메시지 아이콘을 눌러 받은메시지함을 둘러보았다.

메시지함의 화면을 채운 이름 대부분이 내가 아는 이름들이었고 모두 여자들이었다. 마음이 놓였다. 그렇지만 문자를 주고받은 적이 없는 남자아이들과 간밤에 무슨 일이 있었을지는 여전히 모를 일이었다. 나는 그레이스의 이름을 눌렀다. 조금 전에 온 문자는 그레이스가 보낸 것이었다.

괜찮은 거? 네 아빠에게 전화한 거 미안해. 너무 무서워서 그랬어. 나 때문에 심하게 혼난 거 아님?

나는 몇 초간 엄지손가락으로 화면 위를 맴돌다가 진짜로 선을 넘기로 작정했다. 라일라처럼 생각하고 라일라처럼 말해보자. 나는 그렇게 생각하며 답을 쓰기 시작했다.

으윽. 숙취 장난 아님. 뭔 일 있었음?

상대방이 답을 쓰는 중임을 알리는 점들이 깜빡였다. 그레이스에게서 번개와 같은 속도로 답이 왔다.

흠 기억 안 남?

심장이 쿵쾅거렸다. 나도 최대한 빨리 답을 보냈다.

전혀. 말해 봐.

나는 숨을 멈추었다. 이번에는 아까보다 답이 오는 데 시간이 더 걸렸다.

너 뻗었잖아. 그렇게 오래도록 혼자 둬서 완전 미안. 그 정도로 취했는지 몰랐지. 대체 뭘 마신 거임???? 핀치와 잘된 거?

몰라.

내가 다시 보냈다.

이번에는 그레이스가 슬픈 얼굴의 이모티콘을 보내왔다. 곧이어 문자메시지가 따라왔다.

말해 줄 게 있어… 지금 네 사진 돌아다닌다. 누가 찍었는진 나도 ㅁㄹ. 핀치라고 생각됨.

위장이 뒤틀리는 것 같았다.

무슨 사진? 갖고 있어?

ㅇㅇ.

보내 봐.

나는 대화창에 사진이 올라오는 걸 보며 마음을 다잡았다. 사진 사이즈가 작아서 단번에 알아보기 어려웠다. 사진을 눌러서 확대했다. 내 딸이 침대에 등을 대고 누웠는데 가슴 한쪽이 완전히 드러나 있었다. 토할 것 같았다. 어젯밤 라일라가 그랬던 것처럼. 하지만 사진에 달린 캡션을 읽는 순간 내 구토감은 분노로 변하고 말았다.

누군가 막 그린카드를 취득하셨군.

씨발.

나는 내가 라일라라는 것을 잠시 잊고는 그렇게 답을 보내고 말았다. 라일라였어도 이런 욕을 했으리라.

이게 무슨 개소리야?

ㅁㄹ. 널 불법체류자라고 생각하는 듯. 아마도 네가 브라질 혼혈이라서?

씨발, 나 미국인인데. 그리고 만에 하나 내가 미국인이 아니라고 해도…

나는 너무 화가 나서 문장을 끝맺을 수가 없었다.

그레이스가 답을 보내왔다.

알지. 미안해. 그치만 적어도 너 엄청 섹시해 보인다는 거!

그레이스가 쓴 말의 얄팍함에 어이가 없어서 고개를 저었다. 순간적으로 내가 누구인지 밝히려다가 (어차피 곧 알게 될 일이었다) 그러지 않기로 했다. 지금은 그것까지 감당할 마음의 여유가 없었다.

나중에 다시 얘기해.

내가 보냈다.

ㅇㅋ. ㅂㅂ.

그레이스도 답을 보냈다.

나는 그레이스와의 대화를 지웠다. 내 머리는 온통 끔찍한 장면들로 가득했다. 그중 몇 가지는 상상일 뿐이었지만 하나만은 지극히 사실이었다.

"무슨 일이 있었는지 아빠에게 설명할 준비가 되었니?" 몇 시간 뒤 마침내 침실 밖으로 나온 라일라에게 물었다. 나는 거실에 앉아서 아이를 기다리던 중이었다. 아이의 얼굴이 초조하기도 하면서 멋쩍은 얼굴이었다.

"무슨 일이 일어났는지 이미 아시잖아요." 아이는 작은 목소리로 말했다. 그레이스와 머리를 맞대고 상황 정리를 한 모양이었다. 아이 손에 전화가 들려있었다. 라일라는 전화의 화면을 아래로 해서 거실 테이블에 올려놓으며 내 옆에 와서 앉았다. 내 눈길을 피하려는 속셈이리라. "너무 많이 마셨나 봐요."

"한 잔도 너무 많아. 아직 술 마실 수 있는 나이가 아니잖니." 내가 말했다.

라일라는 내 옆으로 미끄러져 와 가까이 다가앉더니 내 어깨에 머리를 기댔다. "알아요, 아빠." 아이는 한숨을 내쉬며 말했다.

동정심 사려고 꾀를 부리는 것처럼 보여서 넘어가지 않기로 작정했다. "그래. 대체 얼마나 마신 게냐?" 내가 물었다.

"그렇게 많이는 아니었어요. 맹세해요." 딸의 목소리가 약간 떨렸다. 감정에 복받쳐서 그러는지 아직 숙취가 남아서 그러는지는 구분하기 어려웠다.

"항상 그러니?"

"아뇨, 아빠…… 항상 그렇진 않아요."

"그럼, 취한 게 이번이 처음이라는 게냐?"

라일라가 주저하는 걸 보니 이번이 처음이 아닌 모양이었다. 하지만 동시에 거짓말을 할까 망설이는 것도 같았다. 아니나 다를까 아이는 한 치의 흔들림도 없이 그렇다고 대답했다.

나는 일어서서 소파 주변을 돌다가 다시 아이 맞은편에 놓인 의자에 가서 앉았다. "좋아, 그럼 이렇게 하도록 하자." 내가 두 손을 맞잡으며 크지는 않지만 단호한 목소리로 말했다. "아빠에게 솔직하게 말해주길 바란다. 그러면 벌을 주거나 하지는 않을 테니까. 하지만 100퍼센트 정직해야 한다는 점을 명심하렴. 그렇지 않았다간 그동안 네가 살던 세상에서 더 이상 살지 못하게 될 수도 있어. 알겠니?"

라일라는 고개를 끄덕였지만 내 눈을 바라보지는 못했다.

"처음 술 마신 게 언제니?" 내가 물었다.

"작년 여름이요." 아이의 눈은 여전히 자기 무릎에 고정되어 있다.

"그럼 작년 여름부터 쭉 마신 게냐?"

라일라는 몇 초간 주저하더니 고개를 끄덕였다. "네. 매일 마시거나 그런 건 절대로 아니고요. 그렇지만 마시긴 했어요. 어쩌다 가끔이요."

나는 숨을 크게 들이마시고는 말했다. "그럼, 이 문제부터 시작하자꾸나. 음주 문제 말이다."

"아빠…" 아이가 지친 한숨을 쉬며 말했다. "알아요……."

"뭘 안다는 게야?"

"아빠가 무슨 말 하려는지 안다고요."

나는 벌떡 일어나며 엄포를 놓았다. "그래? 좋다, 라일라. 네 선택이야. 벌을 받는 것을 선택하겠다 이거지."

내가 몸을 돌려 걸어가려고 하니 딸 아이가 손을 뻗어 내 셔츠를 잡아당겼다. "아빠, 미안해요. 다시 앉으세요. 들을게요."

나는 아이를 잠시 노려보고는 다시 아이 옆에 가서 앉았다. 베아트리즈가 찾아왔던 생일날이 다시 떠올랐다. 취한 모습으로 나타났음은 물론이다. 돌려보냈더니 다음 날 아침 또다시 찾아왔다. 일주일 정도 마을에 머물면서 라일라를 계속 찾아와 내슈빌로 다시 이사 오겠노라고 약속했다. 내게는 약속이 아니라 협박으로 들렸다. 어느 날 밤 우리 두 사람은 또다시 다투었는데, 베아트리즈는 그 일로 라일라에게 네 아빠가 화를 다스리지 못해서 엄마가 떠나는 거라고 말했다. 그리고 그녀는 또 떠났다.

그게 7년 전 일이다. 그날 이후 그녀가 떠돌며 지낸 도시들은 라일라가 일일이 말해주었건만 따라잡을 수 없을 정도로 많았으며 (몇몇 기억나는 곳만 꼽자면, 로스앤젤레스, 애틀랜타, 샌안토니오, 아, 그리고 다시 리우데자네이루로 돌아가기도 했다) 내슈빌을 거쳐 간 횟수도 그만큼 많았다. 물론 그때마다 그녀는 잔뜩 취한 모습으로 나타나 라일라에게 지키지도 못할 약속만 날리고 또다시 사라지곤 했다. 베아트리즈의 이런 어처구니없는 간섭이 심해지자 나는 학교의 진로 상담 교사의 조언에 따라 라일라 앞에서 엄마를 비난하는 일은 그만두기로 했고 이날 이때까지 그 결심을 잘 지켜왔다. 하지만 지금 이 문제는 그냥 넘어가기엔 너무나 중요한 문제였다. 게다가 알코올 중독은 성향의 문제가 아니라 병이다.

"네 엄마는 알코올중독자라고 말해도 과언이 아니다." 내가 말했다.

라일라는 혀 차는 소리를 내더니 눈동자를 굴렸다. "어, 그렇죠. 나도 그건 알아요, 아빠."

나는 고개를 끄덕이며 단어 선택에 신중을 기했다. "좋다. 그렇다면 알코올중독이 집안 내력이 될 수 있다는 점도 알고 있니?"

"아빠, 제발요! 내가 무슨 알코올중독자도 아니고." 라일라가 우는 소리로 말했다. "전 그런 식으로 마시는 게 아니라고요. 그리고 엄마는 훨씬 좋아졌어요. 알코올중독자 모임에도 나가고 있고요."

"글쎄, 그래도 여전히 알코올중독자는 알코올중독자지." 내가 말했다. "그런 모임에 나간다고 해서 알코올중독이 사라지는 것이 아니야. 네 유전자 속에도 있을 수 있단 말이다. 그래서 너는 항상 조심해야 해."

"나는 많이 마시지 않아요."

"글쎄, 그 '많이'라는 건 상대적이라 점진적으로 늘어가는 거다, 라일라. 점점 나락의 길로 떨어지는 거지. 네 엄마도 그러했고."

"아빠, 나도 다 안다니까요…!"

나는 아이의 말을 잘랐다. "아빠 말 끝까지 듣거라. 거기서 끝이 아니다. 현실적인 문제들이 수반되거든. 술 마셨을 때 사람들이 하는 잘못된 선택 말이다. 어젯밤의 예를 들어보자. 무슨 일이 있었는지 기억이 나기는 하니?"

아이는 어깨를 으쓱하더니 말했다. "그런대로요."

"그런대로? 그럼 네가 기억 못 하는 일이 있다는 얘기구나?"

아이는 다시 어깨를 으쓱하며 대답했다. "그런 것 같아요."

"너…… 혹시 남자와 함께 있었니?"

"아빠아……." 라일라가 어이없다는 표정을 지으며 말했다.

"대답하거라, 라일라."

"남자애들이 있긴 했어요." 아이가 대답했다. "아빠의 말뜻이 그거라면요."

"아니, 그런 걸 물어본 게 아니다. 내가 뭘 묻는지 잘 알 것으로 생각한다만…… 남자와 잤니?" 나는 힘겹게 질문을 이어갔다. "그러니까, 임신 가능성이 있냐고 묻는 거다."

"아빠!" 라일라가 고함을 치며 두 손에 얼굴을 파묻었다. "그만해요! 제발!"

"그럼 아니라는 얘기니? 남자와 자지 않았으니 임신할 가능성이 없다는 게냐? 아니면, 피임해서 괜찮다는 게냐?"

라일라는 벌떡 일어서 소리쳤다. "세상에, 아빠. 그냥 저 벌주세요! 아빠와 더는 이 대화하고 싶지 않아요!"

"앉아라, 라일라." 나는 소리치지 않으려고 애쓰면서 최대한 엄한 말투로 말했다. "아빠에게 감히 그런 식으로 말하다니."

아이는 입술을 깨물며 다시 소파에 털썩 주저앉았다.

"어젯밤 남자와 잔 게냐?" 내가 물었다.

"아뇨, 아빠." 아이가 말했다. "안 잤어요."

"기억이 나지 않는다면서 어떻게 장담할 수가 있지?"

"아빠, 내가 안다고요. 아셨어요? 그러니 그만 하세요."

나는 숨을 크게 들이쉬고는 바로 본론으로 들어갔다.

"그래, 좋다. 핀치는 누구냐?"

자기 손톱만 노려보던 아이의 아랫입술이 떨렸다. "아빠가 무슨 짓을 했는지 알고 있어요. 내 전화로 그레이스와 얘기하셨잖아요. 그레이스가 스크린샷을 보내왔어요. 전부 다 읽었으니 인정하세요."

나는 고개를 끄덕여 인정했다. 딸에게서 자신의 사생활 보호에 관한 연설을 한바탕 듣게 되리라 예상하고는 마음의 준비를 단단히 했다. 그런데 라일라가 다행히 자제력을 발휘해 주었다.

"그 애는 누구냐?" 내가 물었다.

"12학년이에요." 딸이 말했다.

"너희 학교에 다니는 학생?"

아이가 끄덕였다.

"알았다." 내가 말했다. "이 사건에 대해 윈저 교무부에 알리면 되겠구나."

"세상에, 아빠." 아이는 숨이 넘어가기라도 할 듯 눈이 휘둥그레지더니 자리에서 벌떡 일어났다.

"그러지 마세요, 제발요!"

"그렇게 할 수밖에…"

"안 돼요! 제발요……. 다신 술 마시지 않을게요! 내 전화 훔쳐보신 것도 다 용서할게요! 그리고 저를 벌주세요. 뭐든요…… 제발, 제발, 핀치를 고발하지만 말아 주세요." 라일라는 테이블 위로 몸을 구부리고는 기도하는 자세로 두 손을 모으고 소리를 치고 있었다.

나는 딸의 멜로드라마에 꽤 익숙한 편이었고 (십 대 여자아이에겐 흔한 일이다) 아이가 반발하리라는 것도 알고 있었다. 하지만 아이의 반응이 과도하다는 것이 이상했다. 재빨리 머리를 굴려보았다. 혹시 들은 것 이상의 이야기가 숨어있는 것은 아닐까. 그래서 라일라에게 전부를 말한 것이 맞냐고 물어봤더니 그렇다고 말했다. "그냥 별일 아니라니까요." 아이가 덧붙였다.

"당연히 별일이지. 이런 건 대형 사건이야." 나는 최대한 침착한 어조를 유지했다. "뭔가 조처를 해야만 해."

내 말에 고개를 젓던 딸이 이제 울고 있다. 진짜 눈물이다. 나는 라일라의 눈물이 짜낸 것인지 진짜인지 구분할 수 있다. "그렇지 않아요, 아빠. 정말 아니라고요. 그냥 없었던 일로 해주시면 안 돼요?"

"안 된다, 라일라. 없었던 일로 할 순 없어."

"왜요, 아빠? 왜 안 되는데요? 아, 정말! 그냥 이 일이 잊혀졌으면 좋겠다고요. 제발요. 그냥 이 일이 저절로 사라지게 내버려 두면 안 돼요? 괜히 더 큰 일 만들지 말고요, 네?" 이제는 아에 빌고 있었다.

나는 아이의 눈을 들여다보았다. 나도 내가 져주고 아이의 눈물을 멈추게 해주고 싶었다. 그러잖아도 여러 문제로 사는 게 만만찮은 아이가 아니더냐고 스스로에게 말했다. 극복하기 어려운 문제도 아니고, 이것 하나 내버려 둔다고 라일라의 앞길이 막히는 것도 아니었다. 하지만 그런다고 이 문제가 사라지는 것은 아니었다. 이 문제는 현실이다. 일단, 라일라는 돈 좀 있다고 뻐기는 특권층의 자제들로 가득한 학교에 다니는 목수의 딸이다. 게다가 엄마는 진상이다. 그런 걸 생각하면 아이가 원하는 대로 해주고 그 가는 길이 조금이라도 평탄하도록 도와주자는 유혹이 들었다. 하지만 장기적으로 볼 때 그것이 라일라를 위한 최선일까? 아빠로서 딸에게 이보다는 더 나은 것을 해줘야 하지 않을까? 자기 자신을 지키고 정의를 수호하는 것이 얼마나 중요한 것인지 가르쳐야 하지 않을까? 그뿐 아니라, 행여 우리가 물러선다고 해도, 이게 과연 없었던 일이 될 수 있을까? 아니면 이 문제가 언제고, 우리가 가장 예상하지 못한 순간에 다시 수면 위로 떠오르지 않을까? 아이의 엄마가 그랬던 것처럼?

별안간 베아트리즈에 대한 기억이 다시 떠올랐다. 라일라에게 그녀 같은 엄마가 있을 바에는 차라리 엄마 없이 자라는 편이 더 낫겠다고 말하던 날 밤, 그녀가 보여준 얼굴. 그 말은 진심이 아니었다. 하지 말았어야 했던 말이다. 나는 지금 그녀가 이 자리에 함께 있다면 얼마나 좋을까 하고 바라고 있다. 그랬다면 우리가 이렇게 외롭진 않을 텐데.

"두고 보자꾸나, 라일라." 내가 마땅한 답이 없을 때 종종 쓰는 말이다. 나는 자리에서 일어나 라일라에게 잠시 나갔다 오겠다고 말했다. 끔찍하고 죄책감에 사로잡힌 내 감정은 최대한 밀어내고 이 문제를 어떻게 처리할지에만 집중하기로 하자. 우리 딸을 위해서.

"어디 가는데요?" 딸이 물었다. 높고 슬픈 목소리였다.

"작업실에." 나는 최대한 사무적으로 말했다. "물을 많이 마시는 게 좋을 게다."

5

니나

월요일 아침이 되자마자 전화 한 통을 받았다. 오리라고 예상은 했지만 내심 오지 않기를 바랐던 전화이기도 했다. 따로 전화 통화할 일이 없는 사이였지만 월터 쿼터먼의 이름은 내 전화기에 입력되어 있었다. 나는 그의 이름이 화면에 뜨는 걸 보면서도 두려움에 선뜻 전화를 받지 못했다. 대신 나는 울리는 전화기를 물끄러미 바라보며 음성메시지로 넘어가길 기다렸다. 커크와 내게 그날 오후 자기 사무실로 와달라는 호출 전화였다. 그는 "심각한 문제가 발생했다"고 말했다.

아이들이 미스터 Q라고 부르기도 하는 월터 쿼터먼은 윈저아카데미의 교장 자리를 오랫동안 지켜온 수수께끼 같은 인물이었다. 겉으로 보면 전형적으로 진지한 교수 스타일이었다. 흰 머리에 책벌레 같은 느낌의 수염과 금테 안경. 하지만 그가 과거에 히피 운동거였다는 사실이 알려졌고 학생들이 찾아낸 (그리고 학생 신문에 게재한) 사진에서 미스터 Q는 예일대학교에서 열린 베트남 전쟁에 대한 반전 시위에 참여하고 있었다. 사진 속 그의 수염은 더 짙고 길었으며 한 손은 주먹을 쥐고 하늘을 향해 쳐들고 있고 다른 손에는 팻말이 들려있는데 거기에는 이렇게 적혀 있었다.

이봐요, LBJ*! 오늘은 아이를 몇 명이나 죽이셨소?

이 사건으로 그는 아이들 사이에서 신화적 존재로 부상했다. 물론 부모들은 그의 정치적 성향을 탐탁지 않게 여겼지만 말이다. 사실, 월터는 2016년 대선 중에 비난을 받기도 했다. 윈저에 장벽이 아닌 다리를 세우고 싶다며 반 트럼프적 성향을 서슴지 않고 드러내는 바람에 공화당 지지자들의 집단거주지나 다름없는 내슈빌의 보수 인사들을 불편하게 하였다.

커크 역시 이에 강하게 반발하던 부대의 일원이었고, 그해 말 트랜스젠더들을 위한 화장실을 마련하자는 안건이 나오자 더 펄펄 뛰었다. 그의 입장도 이해는 되었다. 적어도 현실적으로 봤을 때 그의 주장은 말이 되었다. 우리가 아는 한 윈저의 트랜스젠더 학생은 단 한 명뿐이었기 때문이었다. 하지만 나는 최대한 문제를 일으키지 말자 주의였다. 그게 윈저가 되었건 지역사회가 되었건 그랬으며, 남편과의 관계에 있어서는 특히 그랬다. 커크에게 내 주장을 강하게 내세운 적도 있지만, 그것은 어쩌다가 가끔 있는 일이었다.

---

* 린든 존슨 대통령의 이름을 줄인 말.

정치적으로 올바르지 않은 표현에 지적하는 정도? 예를 들어, 우리가 보내는 크리스마스카드의 문구를 최대한 포괄적으로 바꾸자고 주장하는 경우다.

"'행복한 연말연시 되십시오'라니, 너무 차갑고 회사 같잖아." 커크가 말했다. 그 논쟁이 붙은 것은 벌써 몇 년 전 이야기였다. 나는 그에게 참견하지 말고 가만히 있으라고 말하고 싶은 것을 꾹 눌러 참았다. 그는 우리 집의 재정을 관리했고, 카드나 선물, 휴가, 집 꾸밈, 뭔가를 축하하거나 우리의 삶을 좀 더 특별한 것으로 만드는 일을 담당하는 것은 내 몫이었다. 50년대식 부부간 역할 분담이긴 했지만 우리 둘에게는 큰 문제가 없었다.

"좋아. 그럼 '기쁘고 빛나는'이나 '평강과 기쁨'이나 '이 땅에 평화'라는 문구는 어때?" 나는 그를 달래보려고 했다.

"나 그런 거 다 싫어한다니까." 그는 히죽거리며 말했다. 웃음으로 넘어가려고 노력하는 중인 게 보였다.

나도 웃었다. 내 남편은 실제로 재미있는 남자였기 때문이었다. 그럼에도 나는 이 카드를 받을 우리 친구들 중에 유대인들이 있다는 점을 상기시켰다. 나의 친정아버지만 해도 유대인 아니던가.

그러면 커크는 "글쎄. 아버님 별로 유대인 아닌데"라고 말했고, 나는 "당신이 개신교도인 것만큼 아버지도 유대인이시거든?"이라고 말하곤 했다.

"그래, 하지만 카드를 보내는 사람은 우리야. 그런데 우리가 개신교도라고. 이해돼?" 커크가 그렇게 말할 때마다 말투에서 하대의 기운이 느껴졌다.

나도 굽히지 않았다. "그렇지만 이 카드를 받는 사람들을 생각해야지. 캐플런 부부에게서 '하누카*를 축하합니다'라고 쓴 카드를 받는다면 이상하지 않겠어?"

"난 괜찮을 것 같은데." 커크가 어깨를 으쓱했다. "누군가 내게 콴자**카드를 보낸다 해도 상관없다고. 하지만 누군가 내게 이래라저래라 하는 것은 싫지."

그래, 그런 거였지. 커크는 정말이지 누군가 자기에게 이래라저래라 하는 것을 못 견딘다. 이 점은 최근 몇 년 새 더 극심해졌다. 늙어가고 있다는 증거이리라. 나는 우리가 점점 과장된 형태로 변해 가고 있다는 생각이 들었다. 커크는 항상 독립적이고 강한 의지의 남자였다. 그러나 나는 그것이 권력욕 때문인 것 같아 걱정스러웠다. 그런 그의 힘에 대한 사랑, 권력욕이 경제적 부를 가져왔겠지만…….

나는 최근 그가 '나이 든 부자 백인 남성의 사고방식'을 갖고 있다면서 비난했다. 그런 인간들이 공항에서 새치기를 하거나 승무원이 전자기기를 꺼달라고 얘기하는데도 들은 척도 않고 계속 전화기에 대고 지껄이거나 또는 차선에 합류하려는 차를 보고도 일부러 모른 척한다면서. (모두 커크에게서 종종 관찰되는 행동들이다.) 그의 대답은 단순하게도 "46세는 '나이 든'에 속하지 않는다"였다.

이런 연유로, 내가 그의 사무실로 전화를 걸어 교장이 남긴 음성

---

* 크리스마스 무렵에 지내는 유대교 명절.
** 미국에서 열리는 아프리카 축제.

우리가 원했던 것들

메시지를 전해주었을 때 그가 내게 보인 반응은 그다지 놀랍지 않았다.

"꼭 오늘이어야 해?" 그가 말했다.

"그렇겠지. 당연히." 내가 말했다. "우리 아이가 가해자잖아."

"그건 나도 알지." 전화기 너머로 키보드 두드리는 소리가 들려온다. "하지만 우리는 이미 어제 하루 종일 아이를 어떻게 처벌할지 고민했다고. 월트는 우리가 이 문제를 얼마나 심각하게 여기고 엄중히 다루고 있는지 알고는 있나?"

"아니. 당연히 모르겠지." 나는 한숨을 내쉬며 속으로 월트가 아니라 월터, 라고 말했다. "말했잖아, 음성메시지로 받았다고. 아직 통화도 못 해봤어."

"그렇다면, 그걸 말해주면 되겠네…"

"여보." 내가 말했다. "우리가 펀치 친구들 못 만나게 하고…"

"운전도 못 하게 한다고 말이야. 학교 갈 때만 빼고." 커크가 말했다.

"아하, 그래 맞다. 메르세데스 벤츠 SUV로 학교 빼고는 어디든 못 가게 하는 거였지?" 내가 덧붙였다.

"당신, 왜 그런 식으로 얘기하는 거야? 당신도 그 차 사주는 데 동의했잖아."

우리 사이의 끝나지 않는 오랜 싸움이다. 열여섯 살짜리에게 벤츠 G클래스라니 터무니없는 과소비라고 주장했던 게 벌써 2년 전이다. 커크는 과소비라는 말은 그걸 구입할 형편이 안되는 사람에게 쓰는 말이라며, 우리는 형편이 되니까 상관없다고 했었다. 그러면서 교묘하게도 거기에 우리 집 가구를 갖다 댔다. 오히려 누군가 내 옷장을 보면 '과소비'라고 생각할 수도 있다면서 말이다. 난 그 말에 잠시 헷갈렸었다. 얼핏 들으면 맞는 말 같았기 때문이었다. 시간이 지난 후에야 그 차이를 알게 되었다. 일단, 나는 십 대 아이가 아니라 성인이었다. 핀치에게 그 차는 횡재요, 방종이요, 특권층이라는 무언의 표시였다. 게다가 커크와 핀치 두 사람 모두 특별한 것을 소유할 수 있는 지위에 있음을 과시하기 위해서 무언가를 갖고 싶어했지만, 나는 결단코 단 한 번도 남에게 잘 보이기 위한 구매를 한 적이 없었다. 언제나 그 디자인과 패션이 마음에 들어서였다. 철저히 나를 위한 것이었단 뜻이다.

"그래, 나도 동의했지." 내가 말했다. "하지만 후회하고 있어. 당신도 그 선택이 이 사태에 기여한 바가 있다고 생각하지 않아?"

"아니." 커크가 말했다. "난 그렇게 생각하지 않아."

"전혀? 이게 아이가 해달라는 대로 다 해줘서 생긴 문제라고 생각하지 않는단 말이야?"

그가 중얼거리면서 혀를 끌끌 차는 소리가 들려왔다. "토요일 밤에 무슨 일이 일어났대도 그건 우리가 아이에게 뭘 사줬는지와는 무관한 일이야. 그 사건은 그냥 멍청하게……" 남편의 목소리가 잦아들었다. 이미 이 대화가 아닌 다른 곳에 정신이 팔린 것이 분명했다.

"여보. 지금 뭐 하는 중이야?"

그는 맡고 있는 컨설팅 일에 대한 기술적 설명을 장황하게 늘어놓았다. 고객관리 프로그램 실행과 관련이 있는 일이란다.

"그래, 일 방해해서 미안해. 하지만 잠시 하던 일 멈추고 핀치 문제에 집중하면 안 될까?"

"알았어. 그렇게." 그는 한숨을 쉬며 말했다. "하지만 수백 번도 넘게 얘기한 문제잖아. 어제 온종일 얘기했다고. 녀석이 잘못한 일, 맞아. 그리고 처벌을 받아야 마땅하고. 실제로 벌을 받는 중이고 말이야. 하지만 녀석은 착한 아이야. 그저 실수를 저질렀을 뿐이지. 그리고 그 차와 우리가 선택한 라이프스타일은 녀석이 토요일 밤에 저지른 판단 착오와 아무런 상관이 없어. 핀치도 일반적인 고등학생 남자애일 뿐이야. 원래 남자아이들은 그 나이에 멍청한 짓을 한다니까."

"그렇다 하더라도," 내가 말했다. "이 상황을 해결은 해야지. 교장에게 회신 전화를 해야 한다니까."

"그럼, 전화하면 되겠네." 그는 마치 내가 자기의 인내심을 시험하기라도 했다는 듯한 말투로 말했다.

"그럴 셈이야." 내가 말했다. "하지만 당신이랑 먼저 확인을 하려고 했던 거야. 비행기가 몇 시라고 했지?" 나는 그가 무슨 일로 어디를 간다고 했는지도 잊어버렸다. 사업상 가는 출장이었는지, 여행으로 가는 거였는지, 아니면 출장을 가장한 여행이었는지.

"세 시 반." 그가 답했다.

"좋네. 그럼 아직 시간이 있잖아."

"별로. 그 전에 회의도 잡혀 있고 전화 통화도 몇 군데 해야 하거든."

나는 크게 숨을 들이쉬었다. "그럼 교장에게 당신은 오늘 더 중요한 일이 있어서 못 간다고 말하면 되는 거지?"

"제발, 여보." 그는 이제 스피커폰으로 말하고 있었다. "그렇게 말하면 안 되지. 우리가 이 상황을 잘 숙지하고 있다고 설명해. 집에서 이 문제를 잘 다루고 있다고 말이야. 그리고 물론 우리는 이 문제를 교장과 상의하고 싶지만, 오늘 일정이 도저히 안 된다고 말해. 나는 이번 주말에 돌아오니까. 아, 아니면 내가 공항 가는 길에 화상 회의를 할까?"

"교장이 화상 회의를 원할 것 같진 않은데." 내가 말했다. "우리더러 오늘 교장실로 오라고 말했다니까. 오늘."

"그렇다면. 내가 말했듯이, 난 못 가. 그럼 당신 혼자 가던가."

"진심이야?"

"당신 혼자서 충분히 해내리라고 믿어. 우리 둘을 대표해서."

나는 고개를 절레절레 흔들었다. 믿을 수가 없었다. 이 사람 지금 나에게 소심한 복수를 하는 걸까? 아니면 현실을 회피하려는 건가? 그것도 아니면 핀치가 저지른 일이 정말로 별일 아니라고 생각하는 건가?

"당신 지금 이 상황이 이해가 안 돼서 그러는 거야?" 나는 그렇게 묻고 말았다. "핀치가 사고를 쳤고 월터 쿼터먼이 그걸 알게 되었다고. 윈저아카데미가 알게 된 거라고. 선정적인 사진에 인종차별적 캡션이 달린 그 포스트. 지금 이게 현실이야."

"왜 이래, 여보. 과장 좀 그만 해. 그 사진이 어디가 선정적이라고 그래. 인종차별적이지도 않던데."

"글쎄, 나는 동의가 안 되네. 더 큰 문제는, 교장도 당신 생각에 동의하지 않을 것이라는 점이야. 그 포스트에 대한 책임을 져야 한다고 생각할 거라고."

"그 말 좀 그만할 수 없겠어? 핀치는 아무것도 포스트 하지 않았어. 그냥 친구 몇 명에게 보냈을 뿐이라잖아." 커크가 말했다.

"그렇게 말하면 뭐가 달라져?" 내가 소리쳤다. "차라리 포스트 하는 게 나을 뻔했다고! 지금 다들 그 사진을 여기저기 전송하는 중이야. 자신의 성기 사진을 보냈다가 윈저에서 퇴학당한 아이 얘기, 당신도 알잖아!"

"그만 좀 해, 니나. 이건 성기 사진이 아니잖아. 그냥 측면에서 약간 보이는 젖가슴에 불과한 걸 가지고."

"여보! 일단, 그 사진은 젖가슴 측면이 아니었어. 이게 유두가 보이는 순간 차원이 달라진다는 건 동네 할머니도 알겠다. 그러니 그 부분은 더 이상 얘기 말자. 게다가 인종차별 발언은 어쩔 건데?"

"그다지 인종차별적이지도 않던데, 뭘 그래."

"그다지 임신한 것도 아닌 것처럼?"

"인종차별에는 급이 있어. 임신에는 급이 없지. 임신하거나 말거나, 둘 중 하나라고." 그가 말했다. "이게 바로 차별적 언어나 행동을 피하라는 규범이 지나치게 적용된 전형적인 예지."

"누군가 그린카드를 취득한 모양이군." 내가 천천히 말했다. "이게 괜찮은 말이라고 생각해, 당신은?"

"아니. 괜찮지 않아. 심각하게 무례한 말이지. 그래, 좀 인종차별적이긴 하다……. 그 점에서 녀석에게 실망스러워. 대단히. 당신도 그건 알지. 핀치도 알고 있고. 하지만 이게 내 비행기 일정을 바꿀 정도의 수준이라고 생각하지는 않는다는 얘기야. 굳이 부모 두 사람이 다 교장실에 불려 가서 잔뜩 화가 난 진보적 성향의 원저 교장에게 꾸지람을 들을 필요는 없단 말이지."

"여보, 이게 정치랑 무슨 상관이야." 이상하게 어제부터 계속 밀리는 기분이다. 어째서 남편에게는 핀치보다 일이 더 중요하단 말인가.

"그건 나도 알아. 하지만 월트는 이 문제를 어떡하든 정치적인 이슈로 바꾸어놓을 거라고. 두고 보기나 해."

"원저에 명예규율이 있는 거 당신도 알잖아."

"하지만 핀치가 명예규율을 어긴 건 아니야, 니나." 그가 말했다. "당신도 읽어봤잖아. 거짓말을 한 것도 아니고 부정행위를 한 것도 아니고 도둑질을 한 것도 아니라고. 이건 그냥 애가 상스러운 말을 지껄인 것뿐이야. 게다가 애가 그걸 사적인 메시지로 보냈잖아. 학교 부지 안에서 일어난 일도 아니고 학교 기기를 사용한 것도 아니고 학교 네트워크를 이용해서 보낸 것도 아니라고. 내 생각엔 이 문제를 너무 침소봉대하고 있는 것 같아. 모두가 과민반응을 보이는 중이야."

"알았어." 나는 쏘아붙였다. "그러니까 당신 말은 내가 이따가 학교에서 당신을 못 만날 거란 얘긴 거지?"

"오늘이라면 그렇지." 그가 말했다. "왜냐하면 난 비행기 일정을 바꿀 생각이 없거든."

"그럼, 당신의 우선순위가 어떠한지 분명해지는 거네. 오늘 나는 교장에게 당신이 바쁘다고 말하면 되는 거고, 우리 아들의 운명이 어찌 될지 당신한테 최신정보 알려주는 거 또한 잊지 않도록 노력할게." 나는 그렇게 말하고 전화를 끊어버렸다.

내가 전화를 끊어버린 것이 통한 건지, 아니면 내가 그에게 사태의 심각성을 충분히 잘 전달한 건지, 혹은 단지 내가 교장과 만나서 그 문제를 자기 방식대로 잘 해결하리라는 믿음이 없어서였는지, 그건 나도 모르겠다. 어쨌건 나는 커크를 참조로 넣고 교장실 비서와 이메일을 주고받으면서 약속을 2시로 잡았고, 그는 내가 학교에 도착하여 차를 주차하고 난 뒤 바로 5초 만에 원저 방문객 주차장에 나타났다. 우리는 차 유리를 통해 눈을 마주쳤고 그는 내게 화해를 요청하듯 손을 흔들어 인사했다. 나는 여전히 화가 난 상태였지만 억지로 미소를 지어 보였다. 무엇보다 학교에 혼자 걸어 들어가지 않게 되었다는 사실만으로도 몹시 안심이 되었다.

"안녕, 자기야." 두 사람 다 차에서 내린 후 그는 나를 향해 멋쩍은 듯이 인사했다. 손으로 내 등을 감싸고 볼에 키스하며 이렇게 말했다. "화나게 해서 미안해."

"고마워." 내 마음도 조금 풀렸다. 커크가 사과를 하는 일은 흔치 않다. 그렇기에 그에게 사과를 받은 것은 내게도 특별했다. "비행기 시간을 늦췄나 보네?"

"응. 그런데 이코노미석이야. 비즈니스석은 만석이래." 그가 말했다.

이런, 펑펑 울어주기라도 해야 하나. 나는 그런 생각을 하며 커크와 함께 건물 입구를 향해 걸어갔다. 고딕 양식의 돌문이 그 어느 때보다 불길한 기운을 뿜어내고 있었다. 12년 전 입학 면접을 위해 핀치를 데리고 이곳을 처음 찾았던 날보다도 더 그랬다.

커크가 나를 위해 문을 열어주었고 우리는 조용하고 에어컨이 지나치게 세서 춥기까지 한 로비로 걸어 들어갔다. 그곳은 앤티크 가구와 유화 액자, 그리고 동양풍 러그로 장식이 되어 있어 학교라기보다는 호텔의 로비 같은 곳이었다. 그곳에서 오랫동안 리셉셔니스트로 일해 온 샤론이 파일 더미에서 고개를 들고는 인사를 건넸다. 지금쯤이면 우리가 누구인지 익히 알고 있을 터이나 그녀는 우리를 모르는 것처럼 대했다.

"안녕하세요. 쿼터먼 교장 선생님을 뵈러 왔는데요." 그렇게 말하는데 긴장한 탓인지 속이 울렁거렸다.

샤론은 가볍게 고개를 끄덕이더니 카운터에 놓인 클립보드를 내밀며 이렇게 말했다. "방명록에 서명 부탁드립니다."

내가 조심스레 우리 부부의 이름을 적는 사이 교장이 로비로 들어왔다. 구식 디자인에 빛이 바래 오렌지색으로 변해가는 가죽 서류 가방을 들고 있었다.

"핀치 아버님, 어머님, 오셨군요. 완벽한 타이밍입니다." 그의 얼굴 역시 샤론의 얼굴처럼 헤아리기가 어려운 표정을 짓고 있었다.

우리도 인사를 하니 교장은 갑작스런 연락에도 불구하고 시간을 내서 와주어 고맙다는 인사를 했다.

"괜찮습니다." 커크가 가볍게 말했다.

"당연히 그래야죠." 내가 고개를 끄덕이며 말했다.

"제 사무실로 가실까요?" 교장은 그렇게 말하며 복도를 가리켰다.

나는 다시 고개를 끄덕이며 그가 안내하는 대로 긴 복도를 따라 내려갔다. 교장은 걸어가면서 학기가 쏜살같이 지나갔다는 얘기로 시작해서 운동 시설 수리 때문에 들려오는 공사 소음에 대한 사과 등을 건넸다.

"잘 돼 가는 것 같군요." 커크가 말했다.

"그렇지요. 아직 시작 단계에 있지만 말입니다. 갈 길이 멉니다." 교장이 말했다.

"모금은 잘 되고 있습니까? 학교의 목표치에 도달했나요?" 커크가 물었다. 그걸 묻는 의도가 뻔히 보였다. 교장도 그걸 눈치챈 것 같았다.

"그렇습니다." 그가 대답했다. "모금에 후하게 기여해주신 것에 대해 다시 한번 감사의 말씀을 드립니다."

"당연히 해야 할 일이지요." 커크가 말했다. 학교에서 보내온 인사장이 떠올랐다. 우리의 후원 약속에 감사해하는 인사장이었는데 끄트머리에 교장이 손으로 쓴 글이 있었다.

고맙습니다! 와일드캣 만세!

잠깐 정적이 흐른 후 우리는 코너를 돌아 교장실에 다다랐다. 생각해보니 그 오랜 세월 이 학교의 학부모로 지내면서 실제로 교장실 안에 들어가는 것은 이번이 처음이라는 사실을 깨달았다. 들어가면서 사무실의 생김새를 관찰했다. 천정을 이룬 짙은 색 나무 들보. 벽을 가득 메운 책들. 서류와 책더미가 산처럼 쌓인 커다란 책상. 방 안으로 완전히 들어서니 윙백 의자에 카키 팬츠와 흰 셔츠에 남색 재킷인 교복을 걸친 핀치가 앉아있는 것이 눈에 들어왔다. 두 손을 무릎 위에 포개고 고개를 푹 숙인 절망적인 모습이었다.

"핀치 왔구나." 교장이 말했다.

"안녕하세요, 교장 선생님." 핀치가 마침내 고개를 들고 말했다. "피터스 부인께서 여기서 교장 선생님을 기다리면 된다고 하셔서요. 그래서 들어와 있었어요……." 아이가 말꼬리를 흐렸다.

교장이 대답도 하기 전에 커크가 먼저 나섰다. "우리는 핀치가 이 자리에 함께하는지 몰랐습니다만." 교장의 결정에 동의할 수 없다는 어조였다. 혹은 우리에게 사전에 알리지 않은 것에 대한 불쾌감.

"그러셨나요?" 교장이 말했다. "제가 어머님께 남긴 메시지에 그 점을 미리 말씀드렸다고 생각했습니다만."

"아뇨. 없었습니다." 커크가 우리를 대표해서 대답했다. "하지만 괜찮습니다."

교장실 비서가 문을 열고는 음료를 마시겠냐고 묻는 바람에 어색함이 잠시 누그러들었다.

"커피나 차 드시겠어요? 아니면 물이라도?"

우리는 모두 사양했고 교장은 우리에게 핀치 옆쪽에 놓인 빈 의자들을 가리키며 앉으라고 했다. 우리가 자리를 잡고 그도 의자를 끌고 와서 앉음으로써 네 사람은 동그란 원을 그리고 마주 보게 되었다. 그는 한쪽 다리를 다른 무릎에 올리며 고쳐 앉더니 목을 가다듬고는 이렇게 말했다. "그럼, 이 자리에 무슨 일로 오신 건지 모두 알고 계신다고 봐도 괜찮겠지요?"

커크가 안다고 대답하는 목청이 얼마나 크던지 나는 순간적으로 움츠러들었다.

월터가 핀치를 바라보니 핀치도 "네, 교장 선생님"이라고 대답했다.

"그렇다면 제가 이 자리에서 핀치가 찍고 다른 윈저 학생들에게 보냈던 그 사진을 다시 보여 드릴 필요는 없겠군요. 두 분 다 보셨습니까?" 교장은 그렇게 말하며 나와 커크를 차례로 응시했다.

나는 고개를 끄덕였다. 목구멍이 타들어 가는 것 같아 말이 나오지 않았다. 물을 달라고 할 걸 그랬나. 그러는 사이 커크가 대답했다. "네. 안타까운 일이지만 저희도 그 사진에 대해 잘 알고 있습니다. 핀치가 토요일 밤 집에 와서 저희에게 보여주더군요. 아이가 깊이 뉘우치고 있습니다."

나는 깜짝 놀라 커크를 쳐다보았다. 상황을 이렇게 교묘히 바꾸어 설명하다니, 더 심한 것은 아이 앞에서 거짓말을 했다는 점이었다. 하지만 동시에 그리 충격받을 일도 아니었다. 이전에도 수도 없이 편의상 거짓말을 해온 그였다. 생각해보니 나도 다를 바 없었다. 상황적으로 그가 했던 것보다 좀 무해했을 뿐이다.

"그렇다면 핀치가 사진에 쓴 캡션에 대해서도 잘 알고 계시겠군요." 교장이 말했다.

"네. 사진에 손으로 직접 썼다고 할 수는 없지만 말입니다." 커크는 그렇게 말하며 키득거렸다.

교장은 입을 앙다문 미소를 잠깐 지어 보였다. "비유로 드린 말씀입니다. 어쨌건 보셨다는 말씀이시지요?"

"네." 내가 나지막한 목소리로 대답했다. 이제 초조함이 아닌 창피함에 몸 둘 바를 모를 지경이었다.

교장이 두 손을 기도 자세로 맞잡더니 손가락 끝을 입술에 댄 채로 뭔가를 곰곰이 생각하는 듯 보였다. 잠시 교장실에 무거운 침묵이 흘렀다. 나는 자세를 고쳐앉고 심호흡을 하면서 기다렸다.

"불행히도 핀치가 쓴 말이 명백한 잘못을 드러내고 있습니다만, 저는 우리 모두가 듣는 이 자리에서 핀치에게 설명할 기회를 주고 싶습니다. 우리가 모르고 있는 그 안에 담긴 어떤 맥락이나, 잃어버린 퍼즐 한 조각처럼 빠진 부분은 없니?"

모두 핀치를 돌아보았다. 나는 내 안에 두 가지 본능이 일어나는 것을 느꼈다. 아들을 보호해주고 싶은 마음과 당장 목이라도 조르고 싶은 심정이 동시에 들었다. 몇 초가 흐른 뒤 마침내 그가 어깨를 으쓱하며 말했다. "아뇨, 교장 선생님. 없습니다."

"당시의 상황에 대해서 우리에게 하고 싶은 말은 없니?"

나는 핀치가 거짓말하지 않기를 기도했다. 대신 힘없는 여학생을 조롱하고 인종차별적인 발언을 하고 그 여학생이 마치 이곳에 속하지 않기라도 한 것처럼 하대한 것에 대한 진심 어린 사과의 말을 꺼내길.

하지만 마침내 입을 연 핀치는 이렇게 말했다. "어, 아뇨, 없습니다, 교장 선생님. 정말 따로 설명할 게 없어요. 그냥 농담이었거든요…… 별생각 없이……."

커크가 핀치의 이름을 부르며 그의 말을 잘랐다. 남편의 눈썹이 위로 잔뜩 치켜 올라가 있다.

"네?" 핀치가 아빠를 쳐다보며 대답했다.

"아빠는 분명 뭔가 더 설명할 부분이 있다고 생각하는데?" 이건 정말 유도 신문의 극치다.

핀치가 목청을 가다듬더니 다시 이야기를 시작했다. "그게, 이 사진이 이런 식으로 돌지 생각도 못 했고요. 저는 정말 라일라에게 모욕을 주려고 한 게 아니었어요. 저는 그냥…… 웃기려고 한 거예요. 그냥 농담이었어요. 그런데 이제 보니 웃기지 않다는 걸 알게 되었고요. 사실 그날 밤, 그게 웃기지 않다는 걸 바로 알게 되었어요. 부모님께 말씀드리면서요."

내 아들마저 자기 아버지를 따라 진실을 왜곡하는 것을 들으니 속이 온통 뒤틀리기 시작했다. 거짓말이 완전체가 되었다. 그리고 아이 입에서 여전히 죄송하다는 말이 나오지 않았다는 점도 실망스러웠다. 커크도 그 점을 눈치챘는지 이렇게 덧붙였다. "그래, 그래서 네가 정말 정말 죄송하게 생각하고 있지, 그렇지, 아들?"

"아, 맞다, 그럼요. 그런 일을 저질러서 죄송합니다. 그런 말을 쓴 것도요. 정말 그런 뜻으로 쓴 게 아니었어요." 그리고 핀치가 숨을 들이마시며 다음 말을 하려는데 커크가 또다시 끊고 나섰다.

"자, 그러니까, 월트 교장 선생님 말씀대로 그 사진은 정말 문제입니다. 고상하지 못한 사진이죠. 잘못된 사진이에요. 하지만 제 생각에 핀치가 하려는 말은 그 안에 어떤 악의적 의도가 담겨있지 않았다는 얘깁니다. 그렇지, 핀치?"

"바로 그거예요." 핀치가 고개를 끄덕이며 말했다. "절대로 그렇지 않습니다."

커크가 이어서 말했다. "이 일로 핀치가 집에서 엄격한 처벌을 받는 중이라는 점을 말씀드리고 싶군요. 판단 착오에 대한 책임을 지는 중입니다. 이 점은 제가 확실하게 해두겠습니다, 월트 교장 선생님."

"그렇군요." 교장이 말했다. "하지만 안타깝게도, 이 상황은 좀 더 복잡한 문제를 안고 있어서 단순히 가정에서의 훈육으로 끝나기가 어렵겠습니다."

"아, 그런가요?" 커크가 앉은 자세를 바꾸며 말했다. 그것은 커크가 공격 모드로 갈아탄다는 뜻이다. "어째서 그렇지요?"

교장은 소리가 나도록 코로 숨을 크게 들이쉬더니 입으로 내뱉었다. "일단, 라일라 볼피의 아버지가 그 사진을 보시고 학교로 연락을 주셨습니다. 단단히 화가 나신 것은 당연한 일이겠지요."

나는 교장이 '당연'하다는 단어를 사용했음을 놓치지 않았다. 하지만 커크는 계속 질문했다. "그러면 이제 어떻게 됩니까?"

"네," 교장이 차분한 어조로 말했다. "핀치의 행동은 윈저의 명예 규율에 명시된바, 우리 학교가 추구하는 가치에 위배되는 행동이었습니다."

"하지만 윈저 밖에서 일어난 일이잖소." 커크가 주장했다. "친구 집에서 일어난 일이었단 말이오. 개인 집이니 엄연한 사유지죠. 그리고, 이 여자아이가…… 소수자라도 된답니까?"

나는 입을 떡 벌린 채로 그를 노려봤다. 어떻게 이런 질문을 할 수가 있담.

"명예규율에는 지리적 제한이 없습니다. 원저에 등록된 모든 학생에게 적용되는 규율이며 이 점은 학생이 어디에 있든 마찬가지입니다." 교장이 차분하게 대답했다. "그리고, 맞습니다. 라일라는 라틴계 다문화자녀입니다."

핀치를 보니 그 역시 아버지의 말투에 질린 얼굴을 하고 있었다. 아니면 그냥 당황한 것일 수도 있다. 어쩌면 아이가 사태의 심각성을 마침내 피부로 느끼게 된 걸지도 모르겠다. 핀치가 교장에게 시선을 돌리고 이렇게 물었다. "교장 선생님, 그럼 저…… 정학 받게 되나요?"

"그건 나도 모르겠다, 핀치. 하지만 이 문제가 명예위원회까지 상정이 되면 그럴 가능성이 충분히 있지. 정학 여부는 궁극적으로 그곳에서 결정하거든."

"명예위원회에는 어떤 사람들이 있소이까?" 커크가 물었다.

"8명의 학생과 8명의 교직원으로 구성되어 있습니다."

"그리고요? 어떤 식으로 진행이 됩니까?" 커크의 말투가 취조라도 하는 것 같았다. "핀치가 대리인을 세울 수 있습니까? 우리 변호사를 데려와도 괜찮은 겁니까?"

교장이 고개를 저었다. "안 됩니다. 학교는 이런 문제를 그런 절차로 다루지 않습니다."

"그렇다면 아이가 공정한 재판을 받지 못한다는 뜻이잖소?"

"이건 재판이 아닙니다. 그리고 학교는 이 방법이 대단히 공정한 방식이라고 생각하고 있습니다."

커크는 한숨을 내쉬었다. 잔뜩 성이 난 얼굴이었다. "그럼 아이가 결국 정학을 당하게 되면요? 그로 인한 결과는 무엇이오? 그게 무슨 뜻인지 정확히 말씀해 주시오."

"여러 변수가 있습니다. 하지만 핀치가 정학을 당하면 졸업식에는 참석 못 하게 될 겁니다. 학교는 핀치에게 입학허가를 내어준 대학교들에 학생의 정학 사실을 통보할 의무가 있고요."

"막 프린스턴에 합격이 되었소만." 커크가 말했다.

교장은 고개를 끄덕이며 알고 있다고 말했다. 그러면서 축하 인사를 덧붙였다.

"고맙습니다." 커크와 핀치가 한목소리로 말했다. 커크가 다시 입을 열었다. "그러니까, 이제 어떻게 된다는 겁니까?"

"무슨 말씀을 하시는지 모르겠습니다만."

"그러니까, 프린스턴 입학은 어떻게 되는 것이오?" 커크가 다시 물었다.

교장은 양 손바닥을 위로 향하며 어깨를 으쓱했다. 대놓고 무관심하다는 표정이었다. "핀치의 정학 문제를 프린스턴이 어떻게 처리할지는 그쪽에서 결정하겠지요."

핀치의 눈이 휘둥그레졌다. "저를 안 받아줄 수도 있다는 말씀이신가요?"

"합격 철회 말이니?" 교장이 말했다. "물론 그런 일도 있을 수 있지. 거기도 우리처럼 사립학교라서 상황에 따라 가장 적절하다고 생각하는 판단을 직접 내리거든."

"와아." 핀치가 낮은 소리로 말했다.

"맞아." 교장이 말했다. "그러니 너도 이제 알겠지만…… 이게 엄청난 파문을 가져올 수도 있는 일이란다."

"이게 말이 됩니까?" 커크가 고함을 쳤다. "겨우 30초간의 판단 착오가 지난 18년간의 노력을 허사로 만들 수 있다는 얘기요?"

"아버님." 교장의 목소리와 자세에 미묘한 위엄이 더해졌다. "이번 사건에 대한 결과는 아직 나오지 않았습니다. 만일 핀치가 정학을 당한다고 하더라도 프린스턴이 이에 어떻게 반응할지도 아무도 모를 일이고요. 그렇지만 아버님께서도 그 사진의 심각성과 아드님이 쓴 말에 담긴 인종차별적 성질에 대해 충분히 이해하시리라 생각됩니다."

드디어 나왔다. 인종차별이라는 단어. 올 것이 온 것이다. 커크와 핀치에게도 누차 말한 바 있지만, 타인의 입을 통해 들으니 훨씬 더 끔찍했다. 눈물이 핑 돌았다.

커크는 전열을 가다듬기라도 하는 듯 크게 심호흡을 했다. "좋소. 그럼, 이 문제를 비공개로 해결할 방법이 있소이까? 우리 아들의 미래가 위험에 처했단 말이오, 월트 교장."

"명예위원회는 비공개로 열립니다. 위원회에서 주고받은 모든 내용은 철저히 비밀로 유지될 겁니다."

"그렇겠지요. 하지만 내 말은……. '사적인' 비공개 말이오."

"명예위원회 회부를 아예 피하시겠다는 말씀이신가요?" 교장이 눈썹을 치켜올리며 물었다.

"그렇죠. 그러니까…… 우리가 여학생의 부모와 이야기를 한다든가?"

교장은 뭔가를 말하려다가 입을 다물었다. 그러고는 다시 입을 열었다. "라일라의 부친께 전화하시는 것은 아버님 마음입니다만," 그가 말했다. "그렇게 하는 것이 효과가 있을지는 잘 모르겠군요. 하지만 제 경험상, 이런 상황에서 진심 어린 사과를 하는 것은 나쁠 것이 없겠지요. 일반적으로 우리 삶에서도 그렇듯이 말입니다."

나는 그 순간 커크의 얼굴에서 드디어 자기 방식대로 해결할 길을 찾았다는 표정을 읽었다. 내가 너무나도 잘 알고 있는 표정이었다. 커크가 눈을 반짝이며 얼굴 표정을 갑자기 누그러뜨린다면 그런 뜻이다. "좋소이다." 그가 양손을 맞비비면서 말했다. "그러면 우리가 그쪽 부모에게 연락하겠소. 여기서부터는 우리가 알아서 하겠소이다."

교장이 고개를 끄덕였다. 하지만 여전히 염려하는 것 같은 표정이었다. "아이는 부친과 함께 살고 있습니다."

"좋소. 전화번호는 학부모 요람에 있겠지요?" 커크가 물었다. 자세를 고쳐 앉으며 벌써 시계를 살피고 있다.

"네, 그렇습니다." 교장이 대답했다.

난 커크의 거만한 태도를 상쇄할 만한, 뭐라도 의미 있는 말을 건네고 싶었지만, 도무지 생각이 나지 않았다. 커크의 태도가 어찌나 거침없던지 내가 끊어낼 도리가 없어 보였다.

"그래요, 좋습니다." 그가 별안간 자리에서 일어섰다. "이렇게 급히 나가고 싶지 않지만, 시간 맞춰 비행기를 타야 해서 어쩔 수가 없소. 여기 오느라 이미 한 번 미뤄서 더 미룰 순 없어서 말입니다."

"여행 일정을 변경하셔야 했다니 유감입니다." 교장은 말은 그렇게 하면서도 조금도 미안해하는 기색이 없었다.

우리가 일어서는데 커크는 이렇게 대답했다. "괜찮습니다. 전혀 문제 되지 않습니다."

"좋습니다. 그럼, 저는 이만. 여기까지 와주셔서 감사드립니다." 교장은 나와 커크의 순서로 악수를 했다. 그리고는 핀치에게 몸을 돌려 이렇게 말했다. "자, 수고했어, 핀치. 교실로 돌아가도 좋아."

"네, 교장 선생님." 핀치는 그렇게 대답하며 자리에서 일어설 채비를 했다. 아빠를 슬쩍 건너보더니 약간 뻣뻣한 자세로 일어섰다.

"더 드릴 말씀은 없니, 아들아?" 커크가 핀치를 쿡 찌르며 말했다.

핀치는 고개를 끄덕이더니 심호흡을 하고는 시선을 아버지에게서 교장에게로 옮겼다. "제가 드리고 싶은 말은, 그러니까, 다시 한 번 정말 죄송하다는 말씀입니다. 제가 일으킨 문제에 대해서요. 어떤 결과든 받아들일 준비가 되어있습니다."

아이의 말이 진심으로 들렸기에 나는 핀치가 정말 뉘우치고 있다고 믿을 수밖에 없었다. 누가 뭐래도 내 아들이다. 당연히 죄송해서 어쩔 줄 몰라야 정상이다.

하지만 교장이 고개를 끄덕이며 그의 어깨를 두드리는 사이 나는 핀치의 눈에서 묘한 결의가 번뜩이는 것을 보았다. 그것이 자기 아버지와 통하는 무언가처럼 보여 나는 오싹해짐을 느꼈다.

6

라일라

너무 싫다, 내 인생. 나에 대한 몽땅 전부 다. 그래, 뭐 얼마든지 이보다 더 나쁜 상황도 있겠지. 노숙자로 산다거나 불치병에 걸려 죽어간다거나 학교에 가려는 여자아이들에게 염산 테러를 하는 무장세력이 있는 나라에 태어났을 수도 있겠지. 이렇게 비극적 상황은 아니었지만, 최근엔 정말이지 감사하면서 사는 게 쉽지 않았다.

가장 먼저, 술 마셨다가 아빠에게 딱 걸렸다. 아빠는 잔뜩 화가 났고 내게 크게 실망하셨다. (다른 것보다 내게 실망하셨다는 점에서 가장 아프다.) 둘째, 내 가슴 사진이 학교에 돌아다닌다. 젖꼭지까지 다 나온 사진이다. 하지만 이 두 가지는 내가 극복할 수 있을 것 같은 일들이다. 아빠는 결국 나를 용서하실 거고, 그 사진은, 수치스럽긴 하지만, 적어도 못생기게 나오진 않았으니까. 사실, 좀 예술

적이고 멋지다고 할 만한 사진이다. 그 말을 하는 애들에게 맞장구친 적은 없지만 말이다. 내 절친 그레이스도 잘 나왔다고 해주었다. 머리는 침대 위에 완벽하게 펼쳐져 있었고 내가 입은 검은 슬립 드레스는 완전 이쁜 드레스였다. 베이비시터로 모은 돈을 투자한 것이 하나도 아깝지 않은 드레스다. 솔직히, 그 사진은 마치 내가 일부러 포즈를 취한 것처럼 보이는 사진이었다. 젖꼭지만 뺀다면. 젖꼭지 때문에 쪽팔려 죽겠다. 그리고 그린카드 운운한 그 캡션. 이민자들에게 정말 무례한 말이었다. 우리 집과 뒷마당을 맞대고 사는 사예드 가족이 떠올랐다. 세상에서 그렇게 다정한 사람들은 없을 것이다. 2년 전엔가 미국 시민이 되었는데도 (그 축하연을 하는 동안 내가 그 집 아이의 베이비시터를 해주었다) 그들은 가끔 어떤 한심한 동네 주민들로부터 무슬림 혐오 발언이나 '너네 나라로 돌아가' 수준의 막말을 듣곤 한다. 하지만 극히 일부 이웃만 그러할 뿐 우리 주변에 사는 사람들은 대부분 화가나 음악가들처럼 정말 멋진 사람들이라 그렇게 공격적이거나 편견에 사로잡힌 말들은 절대로 하지 않는다.

그래, 아빠가 내 젖꼭지와 캡션 때문에 왜 그렇게 화가 났는지는 이해한다. 정말이다. 하지만 내 마음이 찢어지는 것은 이게 핀치 브라우닝 짓이라는 점이다. 지난 2년 동안 내가 푹 빠져있던 그가 내게 그랬다니.

핀치는 12학년 인기남이다. 내 수준에서 감히 넘볼 수 있는 존재가 아니다. 게다가 그에게는 이미 폴리라는 완전 예쁜 여자친구가 있다. 그녀 역시 핀치만큼이나 완벽한 존재다. 다른 말로 하면 내가 그를 좋아하는 것은 시간 낭비란 얘기다. 이 사건이 터지지 않았더라도 말이다. 하지만 사람의 감정을 어떻게 조절한단 말인가. 내 감정은 정말 진심이다. 언제나 나를 보호해 주려고 드는 그레이스는 내 감정이 어리석은 짝사랑에 불과하다는 사실을 알려주려고 애쓴다. 걔가 너무 현실적으로 나와서 짜증 날 지경이다. 걔 말로는 내가 핀치를 잘 모른단다. 하지만 나는 그를 이미 잘 아는 것 같은 느낌이 든단 말이다. 허구한 날 그를 유심히 관찰해서 그런가? 예를 들어, 핀치는 자기 친구들 무리 중 다른 남학생들과 비교할 때 조용하고 진지한 편에 속했다. 하지만 동시에 그는 냉소적이면서 절제된 형태로 웃길 줄 아는 사람이다. 또한 핀치가 머리가 아주 좋고 모든 과목에서 우등반 소속이라는 것도 안다. 사물함은 유별나게 잘 정돈되어 있고 그의 차 내부는 깨끗하고 깔끔하다. (한두 번쯤 들여다본 적이 있었다.) 그리고 그는 지각하는 일도 없고 두 번째 종을 듣고 허둥지둥 교실로 들어가는 일도 없다. 그는 자기 일은 자기가 알아서 하는 타입이다. 물론, 상담 선생님이 종종 쓰는 심리학 용어, '실행능력'이 그의 주된 매력 포인트는 아니다. 짝사랑이 흔히 그러하듯 그의 무언가가 나를 끌어당기고 있었다. 그게 뭔지 정확히는 모르겠지만.

핀치는 그냥 완전, 완전 귀엽다. 곱슬거리는 금발 머리와 파랗고 깊은 눈동자, 그의 당당한 걸음걸이가 너무 좋다. 그리고 농구 유니폼을 입었을 때 얼마나 섹시해 보이는지. (물론 교복을 입었을 때마저 멋져 보이지만.) 하지만 그보다도 나를 바라보는 그의 시선이 너무 설렌다. 그가 처음 내게 그런 시선을 보냈던 날을 기억한다. 작년이었는데 아마 개학 후 셋째 날 정도였던 것 같다. 당시 나는 신입생이었다. 우리는 학교 식당에 있었는데 우리 두 사람 모두 식사를 끝낸 쟁반을 갖다 놓는 중이었다. 그는 나를 흘깃 쳐다보더니 다시 한번 고개를 돌려 쳐다보았다. 두 번째 쳐다볼 때 내게 보낸 희미한 미소에 나는 녹아버렸다. 그리고 그런 일은 그 이후에도 계속되었다. 우리 두 사람 사이에는 뭔가 부정할 수 없는 어떤 것이 있었다. 결코 일방적이라고 볼 수 없는 어떤 전기 같은 것이 튀었다고나 할까.

그러다가 한 석 달 전, 나는 마침내 내 마음을 그레이스에게 털어놓았다. 핀치가 자꾸 나를 쳐다본다는 사실도 말해주었다. 그레이스는 내게 핀치가 그냥 시시덕거린 것에 불과하다며 괜히 헛된 꿈꾸지 말라고 일러주었다. 그는 결코 폴리를 떠나지 않을 것이라고 말이다. 하지만 그가 내 인스타그램을 팔로우하면서 내 옛날 셀피들에 일일이 '좋아요'를 눌렀다는 것을 알고는 그레이스도 뭔가 묘한 낌새를 인정했다. 적어도 그가 나를 예쁘다고 생각한다는 점에서는 합의를 본 셈이었다.

그러다가 지난 금요일, 우리는 보의 파티에 초대받았다. 역시 학교 식당에서였는데, 이번에는 핀치가 먼저 다가왔다. 나는 그레이스와 함께 샐러드 줄에 서 있었다.

"안녕." 그가 나를 똑바로 쳐다보며 말을 걸어왔다.

"안녕하세요." 나도 그렇게 인사를 건넸지만 속으로는 죽어버릴 것만 같았다.

"너네, 내일 밤에 뭐 하니?" 그가 물었다.

내가 아무 일도 없다고 막 얘기하려는데 그레이스가 내 말을 자르더니 여기저기서 오라는 곳이 많다는 듯이 굴었다.

"사실은, 보가 몇 사람을 초대했거든. 혹시 관심 있다면 와주면 좋겠어."

"알았어요. 잠깐이라도 들르죠, 뭐." 그레이스가 대답했다. 우리가 12학년 파티에 초대받는 것이 흔한 일이라도 되는 것처럼.

나도 얼른 그레이스를 따라 했다. "네, 그래 보죠. 되도록."

다음 날 우리는 페이스타임을 통해 서로 파티에 갈 준비를 하면서 최대한 아무렇지도 않은 척 행동하기로 했다. 이 옷 저 옷을 서로에게 보여주며 입을 옷을 고르는 사이 아빠에게 어떻게 둘러댈 것인지에 대해 전략을 짰다. 아빠에게 파티 얘기는 꺼내지 않을 셈이었다. 아빠는 그레이스 부모님들보다 엄격해서 괜히 잘못 말했다간 아예 못 가게 할 가능성이 있었다. 거기서 끝나지 않고 아빠가 보의 부모님에게 전화를 걸기라도 하면 더 큰 일이었다. 보나 마나 보의 부모님은 아들의 파티에 대해 깜깜이실 테니 말이다. 보가 부모님 속이는 데 선수라는 사실은 전교생이 알고 있는 일이었다.

예상대로 집을 빠져나오기는 쉽지 않았다. 공부하러 간다며 얼렁뚱땅 넘어가려다가 큰코다칠 뻔했다. 아빠는 내 말을 바로 허튼소리라고 일축했지만 결국 가게 해주셨다. 조심히 다니라며 과잉보호성 설교를 한바탕 늘어놓긴 했지만.

난 진짜 조심했다. 적어도 처음에는 그랬다. 그레이스도 마찬가지였다. 그레이스 집에서 옷을 갈아입으면서 화이트와인 잔에 담은 샤르도네 한 잔을 매우 어른스럽고 문화인다운 자세로 마셨을 뿐이었다. 우리는 괜히 술에 취해 못 볼 꼴 보이지 말자고 맹세를 했었다.

하지만 보의 집에 막상 도착하니 학교 밖에서 핀치를 만난다는 생각에 잔뜩 신경이 날카로워진 데다가 들뜨기까지 하는 바람에 나 자신에게 한 약속을 까맣게 잊어버리고는 잭콜[*]을 들이키기 시작했다.

나는 그레이스와 부엌에 서서 건너편에 있는 핀치와 그 친구들을 슬쩍슬쩍 훔쳐보는 중이었다. 그들은 변종 우노 게임을 하면서 마구 웃어대다가 서로를 놀려대는 중이었다. 몇 분에 한 번씩 폴리가 다가가서는 핀치가 앉은 의자의 팔걸이에 걸터앉아서 그에게 몸을 기대고 귀에 뭐라고 속삭이거나 그의 목을 쓰다듬거나 했다. 폴리는 가벼운 재질의 데님으로 된 미니스커트와 흰색 민소매 셔츠를 입고 종아리까지 가죽끈이 쭉 뻗은 글래디에이터 샌들을 신고 있었다. 그리고 딸기 빛 금발을 뒤로 느슨하게 땋아 내렸고 터키색 귀걸이를 걸고 목에는 가죽으로 된 초커를 매고 있었다. 내 마음에 인 질투심이 얼마나 아프던지 실제로 가슴에 통증을 느꼈다. 그래서 나는 그레이스에게 집에 가자고 했다. 바로 그때 나를 보는 핀치의 시선을 느꼈다. 그는 내게 미소 지었고 나도 그에게

---

* 잭다니엘스 위스키와 콜라를 섞어 제조한 칵테일.

미소를 보냈다. 그레이스도 그 장면을 보고는 자기가 더 흥분했다. "어머머, 웬일이야." 그레이스가 말했다. "핀치, 쟤 폴리를 바로 앞에 두고도 너에게 추근대잖아!"

"그렇다니까." 나는 여전히 핀치와 눈길을 마주치면서 대꾸했다. 내 심장이 요동치고 있었다.

몇 분 뒤, 폴리가 핀치와 다툼을 하면서 한바탕 소란을 피웠고 나와 그레이스는 위층으로 올라가 보의 침실에서 쉬고 있는 다른 이들과 합류했다. 그들은 베이핑을 하면서 약쟁이 음악을 듣고 있었다. 우리도 베이핑을 좀 하고는 보의 욕실에 숨겨둔 맥주를 한 캔씩 꺼내어 마셨다. 그러다가 그레이스는 그 방 분위기가 "너무 나른하다"며 다시 아래층으로 내려가자고 했다. 나는 약간 어지럽기도 하고 피곤하기도 하여 그곳에 조금만 더 있겠다고 말하고는 잠시 몇 초만 눈을 감고 있으려고 보의 침대에 몸을 웅크렸다. 그레이스는 알겠다고 말하고는 곧 다시 돌아오겠다며 내려갔다. 그리고 그게 내가 잠들기 전에 기억하는 마지막 순간이었다.

그다음 장면에선 내가 우리 집 화장실 바닥에 주저앉아 아빠 옆에서 토하면서 울고 있었다.

7

톰

일요일 저녁 내내 라일라는 내게 제발 "핀치를 고자질하지" 말아 달라며 빌었다. 거기에 온갖 이유를 다 갖다 붙였다. 일단 내가 일을 더 크게 만드는 중이란다. 핀치는 원래 착한 학생인데, 아빠가 굳이 그의 미래를 망치길 원하는 거냐고 묻기도 했다. (그래, 맞아. 아빠는 꼭 그러고 싶다.) 또 "내가 큰 소동을 벌이면" 더 많은 사람이 그 사진에 관심을 가지게 될 것이고, 그랬다간 파티에서 술 마신 것까지 밝혀져서 처벌을 받게 될지도 모른단다. (이 부분이 아이의 가장 탄탄한 주장이었지만 내게는 정의를 위해서라면 기꺼이 맞바꿀 의향이 있었다.)

나는 마음을 이랬다저랬다 바꾸면서 곰곰이 생각하는 척했지만, 정작 월요일 아침, 아이를 돈 많은 특권층 자녀들이 바글거리는 학교의 하차 지점에 내려주면서 이 문제를 결코 그냥 넘어갈 수 없다고 다시 한번 마음을 다잡았다. 만일 그랬다간 아이의 자아존중감에 어떤 메시지가 전해지겠는가?

"좋은 하루 보내세요, 아빠." 라일라가 차에서 내리며 애원하는 눈빛을 보냈다.

"그래, 우리 딸." 나는 시선을 피하며 대답했다.

아이는 나를 빤히 쳐다보더니 작은 목소리로 말했다. "아빠, 제발, 오늘 학교에 전화하면 안 돼요."

"사랑한다." 나는 이렇게 대답했다.

"나도 사랑해요, 아빠." 라일라는 그렇게 말하며 차 문을 닫았다. 나는 아이가 몇 발자국 걸어가는 것을 지켜보고는 차를 몰고 나왔다. 구역질이 나는 것 같았다.

아이를 내려 준 후 다시 작업실로 향했다. 하지만 차에서 내리지도 않고 윈저의 교장 전화번호를 찾기 시작했다. 라일라는 교장을 두고 '미스터 Q'라고 부른다. 아이는 교장을 좋아하는 것 같았지만 나는 몇 번 만나보니 지적인 것을 중요시 여기는 엘리트주의 같은 것이 느껴졌었다. 그래서 최악의 사태를 대비하여 마음을 단단히 먹고는 그의 사무실로 전화를 걸었다. 교장이 대놓고 핀치 편을 들 것이라고 상상한 것은 아니지만 세상이 어떻게 돌아가는지 쯤은 나도 잘 알고 있었다. 하나는, 끼리끼리 모이는 법이다. 또 하나는, 핀치 같은 놈들은 언제나 빠져나갈 방도를 찾는다. 그렇게 평생 자기가 저지른 일에 대한 결과를 책임지지 않고 사는 인간들이 있어서 우리 같은 사람들에게 이런 일이 일어나는 거란 말이다.

나는 상대방의 전화벨이 울리는 소리를 들으며 이를 악물었다.

여성의 목소리가 들려왔다. "쿼터먼 교장 사무실입니다."

"지금 계십니까?" 내가 물었다.

그녀는 쿼터먼 교장이 회의 중에 있다며 메시지를 남기겠냐고 물었다.

"그래 주시죠." 나는 딱딱한 말투로 대답했다. "10학년 라일라 볼피의 아버지 톰 볼피입니다."

"네에~. 그런데 어떤 일이신지……?" 비서가 말했다.

순간적으로 신경이 곤두서는 것을 느꼈다. 온당하게 말하자면, 이 여자는 내가 심각한 문제로 전화를 걸었다는 것을 알 도리가 없다. 그렇지만 이 여자의 심드렁한 태도는 못 견디게 싫었다. 나는 숨을 들이쉬고는 입을 열었다. "다른 윈저 학생이 찍은 제 딸의 모욕적인 사진 문제로 전화했습니다만."

"뭐라고 하셨죠?" 이 여자는 마치 내가 자기를 모욕하기라도 한 듯이 말했다.

혈압이 치솟았다. 나는 과장될 만큼 느린 어조로 다시 이야기했다. "윈저 학생 중 하나가…… 그 애 이름이 핀치 브라우닝이라고 합디다……. 그 애가 지난 주말 파티에서 내 딸, 라일라의 사진을 찍었는데…… 가슴이 그대로 노출된 채로 자는 아이의 사진이었습니다. 그러고는 그 사진에 인종차별적 캡션을 달아서 자기 친구들에게 전송했답니다. 저는 이 일로 지금 몹시 격노한 상태이고 이 문제로 쿼터먼 교장을 만나고 싶군요. 오늘."

"네, 네, 물론입니다. 볼피 씨." 그 여자는 즉시 깊은 우려를 표명한다는 어조로 바꾸어 말했다. "지금 즉시 교장 선생님께 메모를 넣겠습니다. 어느 번호로 회신을 드리는 것이 가장 좋을까요?"

나는 내 휴대전화 번호를 불러주고는 인사도 없이 전화를 끊었다.

얼마 지나지 않아 전화가 울렸다.

"월터 쿼터먼입니다. 연락받고 전화드립니다." 그의 목소리는 학교에서 만났을 때보다 부드러웠다. 심지어 온화하게 들리기까지 했다. 나를 무장해제시킬 만한 부드러움이었지만 그렇다고 이자에게 친절하게 굴 생각은 없었다. 나는 곧장 본론으로 들어갔다. 사건의 전말을 모두 이야기했고 라일라가 술을 마셨다는 사실도 빼놓지 않았다. 그는 단 한 번도 내 말을 끊지 않고 내가 이야기를 완전히 마칠 때까지 기다렸다가 자기도 그 사진을 이미 보았노라고 말해주었다. 지난 주말에 다른 학부모가 그에게 보냈단다.

안도감과 분노가 뒤섞인 묘한 감정이 올라왔다. 일단 학교장이 이미 보았다는 점에서 안도했다. 사진이 갖는 폭력성이 말만으로는 설명하기 어려운 미묘한 부분을 가지고 있었기 때문이었다. 하지만 슬슬 부아가 치밀었다. 교장을 비롯한 다른 이들이 내 딸의 그런 모습을 이미 봤다는 점에서 그랬다. 그렇다면, 이 교장이라는 작자는 왜 내게 먼저 전화를 걸지 않은 거지?

"그렇다면 사진에 달린 캡션도 보셨겠군요." 내가 물었다.

"네." 그가 말했다. "충격적이었습니다. 유감입니다."

그가 핀치의 부모에게 벌써 연락을 취했다고 말해주는 바람에 나도 마음을 좀 누그러뜨렸다. "학교는 이 사건의 진상을 반드시 규명하고 해결하려고 하고 있습니다." 그의 어조는 차분했지만 상대방을 무시하는 태도는 아니었다.

"고맙습니다." 내가 말했다.

"아버님께 알려드려야 할 것이 하나 있습니다." 그가 말했다. "이 말씀을 드리기가 망설여지는군요. 사건의 본질을 생각하면 부수적인 부분이라서요. 하지만 원저의 명예규율에 따라 원저 학생의 음주는 학교 밖에서까지 엄격하게 금지되어 있다는 사실을 알고 계십니까?"

"알고 있습니다." 내가 말했다. 사실 어젯밤에 급히 조사하면서 알게 된 거지만, 원저 학생과 학부모를 위한 안내서를 읽다 보니 마약이나 음주 적발이 처음인 학생에게는 학생기록부에 경고로만 기록될 뿐 공식적인 처벌을 적용하지 않는다는 것을 알게 되었다. 라일라에게는 1회 적발이므로 음주에 대한 우리의 대화에 오히려 좋은 윤활유가 되고 미래에 좋은 억제책이 될 것이었다. 나는 쿼터먼 교장에게 그렇게 말하고는 이렇게 덧붙였다. "제가 음주 문제를 대단히 심각하게 받아들인다는 점을 알려드리고 싶습니다."

"감사합니다." 그가 말했다. "아버님께서 들으시면 놀라시겠지만, 아버님처럼 생각하지 않는 부모들이 많이 계십니다. 음주에 있어서 가정과 학교가 서로 다른 신호를 보낼 때 문제는 더 복잡해지거든요."

"그렇지요." 나는 주저하다가 덧붙였다. "라일라의 어머니가 알코올중독자입니다."

"그렇군요. 유감입니다." 그의 말투에서 진심으로 안타까워하는 것이 느껴졌다.

"괜찮습니다." 내가 말했다. "우리와 함께 살고 있지 않아서요. 그냥…… 제 딸이 가진 병력의 일부라고나 할까요. 그래서 말씀드린 겁니다."

"잘하셨습니다."

"그리고 아이의 음주로 인한 결과이지만, 그 사진이 찍힐 때 아이가 제정신이 아니었다는 점을 양지해 주셔야 합니다. 그 사진을 위해 포즈를 잡은 게 아니었다는 말씀입니다……. 의식이 없었으니까요. 이 사진은 아이가 완전히 취약한 상태에서 찍힌 사진입니다."

"알고 있습니다, 아버님."

"사실, 제가 더 화가 나는 부분은 정작 그 사진보다도 거기 달린 캡션입니다." 그래, 신랄할 만큼 정직하자면, 나 역시 한심한 십 대 시절 비슷한 사진을 찍었을지도 모른다. 내가 스마트폰과 함께 성장한 세대이고 술까지 알딸딸한 상황에서 드레스 밖으로 가슴이 비어져 나온 여자아이를 보았다면 말이다. 그렇지만 그 캡션은 완전히 다른 얘기다. 무지를 드러낼 뿐 아니라 (라일라는 그 자식과 똑같이 미국인이란 말이다) 폭력적이었다. "선을 넘은 글이었습니다."

"100퍼센트 동의합니다."

"그 아이는 처벌을 받아야 합니다."

"네, 그 학생이 처벌받게 될 '가능성'은 매우 높습니다."

가능성이라는 단어는 어떤 불길한 전조처럼 느껴졌다. 결국 이렇게 나오려고 내게 고분고분하게 군건가. 일이 이렇게 되도록 아무것도 눈치채지 못했다는 데에 대한 자책감과 더불어 냉소가 치고 올라왔다. "가능성이라고요?" 내가 말했다. "미안하지만, 여기에 어째서 여지가 있는 거죠? 당신도 나도 그 사진을 보았고 거기달린 캡션을 읽었잖습니까? 논란의 여지가 없다고 생각됩니다만."

"네, 맞습니다. 이해합니다, 아버님." 그가 말했다. "하지만 학교에는 절차가 있습니다. 상대방 학생 쪽의 이야기가 무엇이건 간에 들어야만 합니다. 학교는 이 절차를 신뢰하고 있고 그 학생에게도 변호할 기회를 줄 책임이 있습니다."

"그 학생이 라일라에게 한 짓에는 어떤 변호할 내용도 없다고 생각되는데요."

"맞습니다. 하지만 학교로서는 모든 정황을 파악하는 게 우선입니다. 일단 핀치는 잠시 제쳐두고라도, 제가 드리고 싶은 말씀은…… 앞으로 며칠 혹은 몇 주간 펼쳐질 모든 상황이 라일라를 힘들게 할 수도 있다는 점입니다. 이에 대해 미리 아버님의 양해를 구하고 싶습니다."

"아이 음주 사실이 학적부에 올라갈 것이라고 경고하시는 건가요?" 나는 그렇게 물으면서도 혹시 내가 교칙을 잘못 읽었나 하는 생각이 들었다. 하지만 그래도 상관없다고 자신을 타일렀다. 이건 해야만 하는 싸움이다.

"아, 그런 뜻은 아니었습니다만…… 물론, 그 점도 맞습니다. 하지만 제 말은 그보다는 좀 더 크고 실질적인, 그러니까 어쩔 수 없는 파장이 있으리라는 얘깁니다. 라일라에게 말이죠. 안타깝게도, 그리고 정말 억울하게도 그런 일이 생기곤 합니다."

"파장? 어떤 파장을 말씀하시는지?" 내가 말했다. "사회적 파문

같은 것 말씀이십니까?"

"네. 학생들 사이에서 그렇겠지요. 동급생들이나요." 쿼터먼이 목을 가다듬으며 말했다. "있어서는 안 될 일입니다만, 일종의 역풍이 있을 수 있습니다. 과거에도 그런 일이 있었고요."

"그러니까, 핀치가 이 학교에서 힘깨나 쓰는 학생이다? 그래서 라일라의 교우관계에 훼손이 갈 것이다? 그런 얘깁니까?" 나는 다시 흥분하여 목소리가 높아졌다.

"글쎄요, 그 표현이 맞다고 말씀드리기는 어렵습니다만, 라일라의 학교생활이 험난해질 수 있다는 점에서는 동의합니다. 이미 사진 때문에 시끄러운데 불난 집에 부채질하는 꼴이 될 수도 있으니까요. 이점에 있어서 아버님과 라일라 모두 마음의 준비가 되셨는지요?"

"준비되었습니다." 내가 말했다. "일단, 볼 사람은 다 본 사진입니다. 이런 일이 얼마나 금세 퍼지는지 잘 아시잖습니까? 그리고 제 딸이 술을 마신 것은 잘못이지만, 그렇다고 해서 어떤 부끄러운 행동을 한 것은 아닙니다. 부끄러운 행동을 한 것은 그 남학생이지요. 이 사진은 제 딸이 아닌, 그 핀치라는 아이에 대한 것입니다. 바로 이점이 제가 학교가 학생과 학부모들에게 분명하게 전달하기를 바라는 메시지입니다. 자랑스럽게 윈저를 선택한 그들에게요."

"네, 무슨 말씀이신지 잘 알겠습니다." 쿼터먼 교장이 말했다. "지금 제가 어떤 걸로 아버님을 설득하려고 하는 것이 아니라는 점을 믿어주십시오. 절대로 그렇지 않습니다. 학교가 라일라 편이라는 사실을 알아주시길 바랍니다…. 단지, 앞으로 펼쳐질 상황에 대비하시라고 드리는 말씀이었습니다."

잠깐이지만 오늘 아침 애원하던 딸의 눈빛과 간절한 목소리가 스쳐 지나가면서 나를 머뭇거리게 했다. 그리고 다시 그 사진과 무심하면서도 잔인한 문장이 떠올랐다. 그러면서 내가 지금 옳은 일을 하고 있다는 확신이 다시 섰다.

"네." 내가 말했다. "준비되어 있습니다."

그날 오후, 학교를 마치고 차에 탄 라일라는 내게 눈길도 주지 않았다. 내가 먼저 털어놓기도 전에 딸 아이는 창밖을 노려보면서 이렇게 말했다. "핀치의 부모님이 오늘 학교에 나타난 게 아빠 때문이 아니라고 제발 말해주세요."

나는 인도에 세웠던 차를 출발하면서 대답을 하기 전에 심호흡을 했다. "내가 쿼터먼 교장 선생님에게 전화한 것은 맞지만 그분은 이미 그 사진을 보신 상태였어."

"와아." 딸이 특유의 감탄사를 내뱉었다. 내게는 달갑지 않은 표현이었다. "그냥 와아."

"라일라, 아빠는…"

"됐어요, 아빠." 아이가 말했다. "그만 해요. 어차피 이해도 못 하면서. 아빠에게 이걸 설명해봐야 아무 소용도, 가치도 없어."

"그게 무슨 말이니." 내가 말했다. "이거 하나만 말하마. 넌 이렇게 할 가치가 충분한 아이야. 만약 네가 이해를 못 한다면, 내가 뭔가 그동안 잘못한 거겠지."

빨간 불에 차를 정지하고 아이의 옆모습을 응시했지만 아이는 고개 돌리기를 한사코 거부했다. 아이가 완전히 마음의 문을 닫았다는 것을 알 수 있었다. 당분간 나와 이야기하려 들지 않을 것이다. 나는 이런 침묵 요법이 효과가 있다는 것을 지난 일 년을 겪으며 배우게 되었고 아이의 이 방법이 나쁘지 않다고 생각하고 있었다. 다투는 것보다는 훨씬 나은 방법이었다. 나는 어느 정도 시간이 지나면 긴장도 완화되고 많은 문제가 스스로 해결된다는 것을 배웠다.

그래서 나는 그날 저녁 아이를 내버려 두었다. 저녁 시간에 나타나지 않아도 부르지 않았다. 배가 고파지면 스스로 나올 것이었다. 다음 날 아침도 마찬가지였다. 학교 가는 길에 괜한 질문으로 대화를 시도하는 대신 라디오 뉴스를 들으며 아이에게 부담을 주지 않기로 했다.

하지만 나는 그 다음 날 저녁에 폭발하고 말았다. 중국 음식을 사 와서 함께 저녁을 먹는 중에도 라일라는 절대로 입을 열지 않았는데, 내가 그만 아빠가 음주 문제로 벌을 주지 않은 것만으로도 다행으로 여기라며 불만을 터뜨리고 만 것이다.

"그러죠, 아빠." 아이가 반항적인 얼굴로 말했다. "내가 아빠와 대화하길 원하신다는 거죠?"

"그래." 내가 말했다. "그랬으면 좋겠어."

"좋아요, 그럼, 이건 어때요? 아빠가 미워요."

그 말이 가시가 되어 내 심장에 박혔다. 하지만 동요하지 않는 척하기로 했다. "너는 나를 미워하지 않아." 나는 새우볶음밥을 씹으며 말했다.

아이는 젓가락을 접시 위에 내려놓더니 나를 노려봤다. "아빠, 나 지금 정말로 아빠가 밉다고요."

아이가 사용한 '지금'이라는 부사에 마음이 놓였다. 그래서 아이에게 시간이 지나면 괜찮아질 거라고 말했다.

"아뇨, 안 그럴 거예요. 내 전화에 아빠가 한 테러는 용서할 수 있어요. 물론 그것도 완전 지랄 같았지만." 아이는 잠시 말을 멈추었다. 자기가 쓴 언어에 아빠가 반응을 보이길 기다리는 것 같았다. 내가 아무런 반응을 보이지 않자 아이는 말을 계속 이어나갔다. "하지만 이 일은 절대로 용서 안 할 거예요. 내가 부탁했잖아요, 빌었잖아요, 제발 끼어들지 말아 달라고, 학교에 말하지 말아 달라고요."

"라일라, 쿼터먼 교장 선생님이 이미 알고 계셨다니까." 내가 말했다.

"그게 중요한 게 아니잖아요. 일 괜히 크게 만들지 말아 달라고 그렇게 부탁했는데……. 하지만 아빠는 결국 그렇게 하고 말았죠. 이제 내 인생은 아빠 때문에 완전히 망가졌다고요."

나는 비극의 여주인공처럼 굴지 말라고 말했다.

"비극의 여주인공처럼 구는 게 아니라니까요. 아빠가 일을 얼마나 더 악화시켰는지 알기나 하세요?" 아이가 말했다. "이런 일은 고등학교에서 흔하게 일어난다고요……. 다들 그냥 이딴 사진을 막 찍어요. 그리고는 조금 있으면…… 다 사라져요."

"사진은 절대로 사라지지 않아."

"아빠, 내 말이 무슨 뜻인지 알잖아요! 사람들이 잊어버린다고요. 그런데 아빠는 방금 사람들이 잊어버리지 못하게 만들어버렸어요. 그리고 덕분에 전교생이 보게 되었어요. 전교생이요. 그리고 핀치 브라우닝은 정학을 당하게 되었다고요!"

"잘됐구나. 반가운 소식이다. 처벌받아 마땅한 놈이지."

"뭐라고요? 세상에, 아빠! 핀치가 정학을 당하면 프린스턴에 못 가게 된다고요."

"프린스턴?" 역한 기분이 다시 올라왔다. "그딴 자식이 프린스턴에 간다고?"

"아, 제발, 아빠!" 아이가 소리쳤다. "왜 말을 자꾸 딴 데로 돌려요!"

"아니, 딴 데로 돌리는 것은 너야." 지금 라일라는 자기 엄마와 쏙 빼닮은 모습이었다. 이렇게 화를 내는 모습을 보니 아이의 눈동자가 베아트리즈와 똑같았다. 얼굴의 다른 부분도 마찬가지였다. 결국 나도 모르게 그것을 소리 내 말해버렸고 그 말이 입 밖으로 나오는 순간 바로 후회했다. 엄마 얘기를 굳이 꺼내지 않아도 충분히 복잡한 상황이었다.

"지금 엄마 얘기를 꺼내다니 재미있네요." 아이가 팔짱을 끼며 말했다. 표정에서 반항기가 드러났다.

"어째서 그렇지?" 내가 말했다.

"엄마에게 이 얘기를 했거든요."

"그래?" 내가 말했다. "네 엄마는 요즘 뭐 하고 지내신다니? 앨범 녹음 작업이라도 하시나? 근사한 역이라도 따냈다니? 아니면 세 번째 결혼이라도?"

"네, 그 셋 중 둘은 맞네요." 아이가 말했다. "너무 잘 지내고 계세요. 정말로요."

"근사하구나." 내가 말했다. "대단한 소식이야."

"네, 그리고 나더러 엄마 집에 방문해도 된다고 했어요."

"지금은 어디 사는데?" 나는 그렇게 물었지만, 사실은 그녀가 리우데자네이루로 돌아갔다는 것을 알고 있었다. 라일라의 방에 걸려있는 엄마의 부활절 카드에 발송자 주소가 적힌 것을 보았다.

"브라질이요." 라일라가 대답했다.

"그래. 그런데 너는 아직 여권이 없잖니. 그리고 네 브라질 여행에 아빠가 돈을 대줄 생각은 없다."

"여권은 이미 준비 중이에요. 그리고 비행기 티켓은 엄마가 사준다고 했고요."

나는 쓴웃음을 뱉었다. "아하, 그래? 친절도 하시지. 그럼 비행기 삯 내주는 김에 양육비 내는 것도 10년 넘게 밀렸다고 전해주겠니?" 나는 접시를 들고 자리에서 일어나 싱크대로 향했다.

라일라가 아무 말도 하지 않아서 나는 더 화가 났다.

"라일라, 아주 좋은 생각이 떠올랐어!" 내가 식탁으로 돌아오며 말했다. "이번 여름에 엄마한테 가서 지내면 어떻겠니? 이곳에서의 네 인생이 그토록 망가져 버렸고 아빠를 이렇게 계속 미워할 거라니 말이다."

절대로 진심이 아니었다. 진심은 조금도 들어있지 않은 말이었다. 이 말을 내뱉는 순간 바로 후회가 밀려왔다. 라일라의 눈빛이 상처로 흔들렸다.

"정말 훌륭한 생각이에요, 아빠." 아이가 고개를 끄덕이며 말했다. "허락해주셔서 감사해요. 엄마에게 연락해서 그렇게 하고 싶다고 말할게요."

"아주 잘 됐다." 내가 부엌을 뛰쳐나가며 말했다. "설거지부터 하거라. 이 집안에서 내가 모든 걸 다 하다 보니 아주 진절머리가 나는구나."

8

니나

"방금 미팅, 어땠던 것 같아?" 교장실에서 나와 주차장을 향해 걸어가며 커크가 작은 목소리로 물었다.

"끔찍했어." 내가 말했다. 깊은 실망감을 넘어 황폐한 지경에 다다르려고 하는 내 감정을 설명하기엔 턱없이 부족한 단어였다.

"그래. 그 인간 더럽게 잘난 척하더만. 우월감에 빠져서 하대하는 꼬락서니 하고는. 전형적인 진보주의자 같으니라고." 커크가 중얼거렸다. 그는 다소 빠른 걸음으로 걷고 있었다.

"뭐라고?" 하긴, 조금 전에 보여준 쇼를 생각하면 이제 더는 놀랄 일도 없다.

"월트 말이야." 커크가 말했다. "인정사정없더만."

나는 화가 나서 성큼성큼 걷는 커크와 보조를 맞추기 위해 잰걸음으로 쫓아가며 말했다. "월터야. 월트가 아니고."

"알게 뭐람."

"그리고 지금 심판대에 오른 사람은 월터가 아니야. 핀치지."

"아니, 아직은 아니지." 커크가 그렇게 말할 때쯤 우리는 차에 다다랐다.

"하지만 곧 그렇게 될 거잖아. 그 점은 분명한 것 같은데." 내가 차 문을 열며 말했다. 나는 조수석에 가방을 던지고는 남편과 마주 서서 그의 눈을 똑바로 쳐다봤다.

"그래." 커크가 말했다. "지랄 같은 이야기지. 쿼터먼은 뭐든 다 자기 입장을 정한 다음에 얘기하더만. 교장이라면 중립적이어야지 말이야. 핀치도 자기 학생이잖아. 게다가 핀치는 종신 학생이라고."

종신 학생. 유치원부터 졸업할 때까지 쭉 윈저를 다닌 학생을 두고 쓰는 표현이다. 중학교나 고등학교부터 윈저를 다닌 학생들과 구분 짓는 이름이었다. 나 역시 핀치가 그들 중 하나인 점을 썩 마음에 들어 했었고 자부심을 느끼기도 했다. 단, 그 표현이 다닌 햇수를 두고 쓰는 말이라면 괜찮겠지만, 이 상황에서 '종신'이라는 말을 들으니 오그라드는 것 같았다. 남편의 의도는 분명했다. 핀치는 라일라와 비교할 때 윈저 내에서 확실한 우위에 있기에 당연히 특별 대우를 받아야 한다는 얘기다.

"그래. 하지만 지금은 입이 열 개라도 할 말이 없어." 내가 말했다. "그 점은 더할 나위 없이 분명한 것 같아."

"좋아, 니나." 커크가 말했다. "그래, 녀석이 할 말은 없지. 하지만 사실대로 털어놓았고 사과했잖아. 이만큼 했으면 정학은 벗어나야지. 지난 수년 동안 애가 얼마나 모범생으로 지내왔는데. 지금 학교가 크게 실수하는 거야."

"다른 사람들은 그렇게 생각하지 않을 것 같은데." 나는 그렇게 말하면서 그렇다면 대체 남편은 어떤 행동이 '정학 처분을 받아 마땅하다'고 여기는 건지 궁금해졌다. 내 기준에선 핀치가 한 행동이 시험에서 부정행위를 하거나 학교에서 술을 마시거나 주먹다짐을 한 것보다 더 죄질이 나쁜 것으로 보였다. 모두 다 정학감인 행동들이다. "그리고 그건 우리가 결정하는 게 아니잖아. 학교에 달린 일이지."

"글쎄, 난 아들의 운명이 좌파 성향의 학교 관계자들 손에 좌지우지되도록 내버려 두지 않을 셈이야."

나는 입술을 깨물며 몸을 숙여 차 안으로 들어가 버렸다. 나를 바라보는 남편의 시선이 느껴졌다. 대답해 볼 테면 해봐, 라고 말하는 것 같았다.

"당신에게 선택권이 없는 것 같아, 여보." 나는 마침내 그를 바라보며 말했다.

자신의 손아귀를 벗어나는 일이라니 커크에게는 참으로 낯선 개념일 수밖에 없다. 물론 과거의 나는 그의 이런 점을 매력으로 여겼지만, 지금의 내게는 경멸과 넌더리의 경계선을 넘나드는 어떤 것으로 보일 뿐이었다. 차 문을 닫으려는데 커크가 문을 잡고 놔주지 않았다.

"부탁한다, 여보." 그가 말했다.

나는 눈썹을 올리며 다음 말을 기다렸다.

"아무것도 하지 말아줘. 아무와도 이 얘기 하지 마. 멜라니에게도."

"멜라니는 벌써 이 상황을 다 알고 있어." 지난 토요일 밤 이후 우리가 주고받은 전화 통화만 줄 세워도 반 다스는 되리라. 멜라니는 약간의 죄책감을 느끼며 이 불똥이 자기 아들에게까지 튀어 처벌이라도 받을까 봐 전전긍긍하는 중이었다. 어쨌건 그 파티가 열린 곳이 보의 집이었고 멜라니와 토드 부부는 자기들도 모르는 사이에 그 술판에 소비된 술을 제공한 셈이었다.

"그래. 하지만 우리가 방금 교장과 나눈 대화에 대해서는 모르잖아, 안 그래?"

"모르지." 내가 말했다. "하지만 곧 전화해서 물어볼 텐데."

"알았어. 그럼 그냥 잘 만났다고만 하고 자세한 내용은 얘기해주지 마. 내가 알아서 처리할 테니."

'처리'한다니 뭘 처리하겠다는 건지 물어보려다가 말았다. 사실 이미 알 것 같았다. 앞으로 24시간 이내에 커크는 자기의 변호사 친구들에게 전화를 돌려 일이 자기 뜻대로 진행되지 않을 것을 대비하여 방어책을 강구할 것이다. 그리고는 라일라의 아버지에게 전화를 걸어 "남자 대 남자"로 만나자고 할 것이며 무슨 수를 써서라도 그 남자를 끌어내어 "모든 일을 없었던 것으로" 만들어 내는 일에 성공할 것이다. 그리고는 그게 "모든 당사자의 이익에 부합"하는 결과라고 말하겠지.

20여 분 뒤, 나는 평소와 달리 조용한 집으로 돌아왔다. 보통이라면 집안과 정원에 여러 사람들이 돌아다니고 있었을 것이다. 조경사들과 수리공들, 수영장 청소하는 알바생들과 필라테스 강사들, 우리가 일이 있을 때마다 부르는 요리사 트로이. 혹 이들은 없더라도 매일 우리 집 청소를 해주고 있는 가정부 후아나라도 있어야 정상이다. 후아나는 우리가 벨몬트에 살던 시절부터 쭉 우리 집 일을 맡아 해준 가사도우미다. 벨몬트에서는 일주일에 한 번만 우리 집에 왔었지만.

하지만 그날 오후엔 아무도 없었다. 핀치가 학교에서 돌아오려면 한 시간 넘게 남아 있었다. 온전히 나만의 시간을 갖고 싶었지만 막상 혼자만의 시간이 생기니 안도감과 동시에 두려움이 나를 채우는 것 같았다. 나는 부엌에 가방을 내려놓고 점심을 만들어 먹어야 할지 고민했다. 하지만 입맛이 없었다. 그래서 내 사무실로 갔다. 원래는 이 집이 처음 지어지던 20세기 당시 '하인들 숙소'로 만들어진 곳이었다. 나는 이곳을 사무실로 꾸며 자선사업 관련한 업무를 보고 이메일을 회신하고 온라인 쇼핑하는 장소로 사용하는 중이었다.

나는 붙박이 책상에 앉아서 창밖을 내다봤다. 회양목과 파란 수국이 나란히 늘어선 안뜰에 햇빛이 쏟아지고 있었다. 이 아름다운 광경을 보고 있노라면 기분이 절로 좋아지곤 했는데 일 년 중 이때가 특히 그랬다. 하지만 어쩐 일인지 지금은 이 광경이 고통스럽게 느껴졌다.

나는 로만셰이드를 내려 창문을 가리고 내 책상을 내려다보았다. 내 신경을 다른 데로 돌릴 무언가가 필요했다. 수첩을 꺼내어 들춰보기 시작했다. 하지만 수첩을 열어보는 게 이날만 벌써 세 번째라 그날 저녁에 아무런 일정이 없음을 이미 알고 있었다. 텅 빈 우리 집이 어색하듯 아무 일정 없는 내 저녁 스케줄도 그러했다. 가죽 수첩을 덮고는 이번에는 밀린 감사 카드나 그보다 훨씬 더 밀린 위로 카드를 써볼까 하는 마음으로 문구함을 들여다보았다. 하지만 어느 쪽이든 거기에 발휘할 에너지가 남아있지 않았다. 그래서 나는 자리에서 일어나 집안을 서성이기 시작했다. 방마다 어수선한 구석 하나 없이 깔끔하고 깨끗하게 정리되어 있었다. 마룻바닥은 반짝이고 있었고 쿠션들은 예쁘게 부풀려져 완벽한 자리에 놓여 있었다. 방마다 커피테이블 위에 꽃이 활짝 핀 화분이 놓여있었다. 나는 후아나에게 고마움을 표시하는 카드를 써야겠다고 다짐했다. 그녀가 우리 집을 위해 애써주는 수고와 마음 씀씀이가 항상 고마우면서도 그걸 잘 표현 못 하고 살았던 것 같다. 우리 집은 뭣하나 흠잡을 데 없이 정교하고 말끔한 모습이었다.

하지만 창밖의 아름다운 광경이 내게 그랬듯 집안의 아름다운 모습도 내 속을 더 불편하게 하기는 마찬가지였다. 하나의 익살극을 보는 것 같은 기분이 들었다. 식기실을 통과하는데 순간적으로 선반 위의 반짝이는 크리스털 유리 잔 하나를 집어 들고 대리석 조리대에 집어 던져 박살을 내고 싶은 충동이 일었다. 영화를 보면 사람들이 잔뜩 화가 났을 때 종종 그렇게들 하던데. 하지만 현실에서는 그 순간의 만족감이 깨진 조각들을 치우는 뒷수습의 수고보다 약할 것 같았다. 괜히 손이라도 베면 큰일이다. 아하, 그래서 응급실에 간다면 그것도 쏠쏠한 기분전환이 되겠군. 나는 그렇게 생각하면서 와인잔에 손을 뻗었다.

"어리석게 굴지 마." 나는 뻗었던 손을 내리면서 소리 내 혼잣말을 했다. 몸을 돌려 통로를 따라 마스터 스위트[*]를 향해 걸어갔다. 이 집의 마스터 스위트는 90년대에 증축된 공간이다. 방을 둘러보다 내 시선이 하얀 벨벳으로 꾸며진 셰이즈롱[**]에 머문다. 마이애미에 있는 아르데코풍의 가구점에서 사서 여기까지 실어다 나른 의자다. 아무리 브랜드라지만 겨우 의자 하나 사는 데 쓰기에는 과도한 돈을 썼지만 나는 저기에 자주 앉을 것이라며, 아침마다 저기 앉아서 명상도 하고 책도 읽을 것이라며 나의 소비를 합리화했었다. 안타깝게도 그 계획은 좀처럼 실현되지 않았다. 뭔가 항상 바빠서 그럴 새가 없었다. 하지만 나는 지금 이 의자에 걸터앉아서 커크를 떠올리며 그의 성품에 대해 곰곰이 생각하는 중이다. 핀치가 라일라에게 한 짓에 대해 어쩜 그렇게 쉽게 둘러댈 수가 있었을까? 남편은 언제나 이런 식이었을까? 그럴 리가 없다. 그럼, 이게 남편의 원래 모습이 아니라고 한다면 그는 대체 언제부터 이렇게 변한 걸까? 난 왜 그런 변화를 눈치채지 못한 걸까? 내가 또 놓치고 있는 것은 무엇일까?

생각해보니 요즘 들어 남편의 출장이 잦아졌고, 더불어 우리 둘의 관계도 부쩍 소원해졌다. 그가 바람을 피운다고 의심할만한 이

---

[*] 침실 중에서도 별도의 욕실과 때로는 거실까지 따로 구비된 경우에 부르는 이름.
[**] 프랑스어로 '긴 의자'라는 뜻으로 여성이 다리를 뻗고 앉을 수 있도록 고안된 긴 의자로 한쪽 혹은 양쪽에 등받이가 있다.

유나 징조는 없었다. 오히려 일에 완전히 몰두해 있어서 외도를 생각할 겨를이 없어 보였다. 그래도 일단은 남편이 신의를 지킬 공산을 8대 2에 두기로 하자. 그러면서 내심으로는 7대 3까지 낮춰보았다. 이혼 변호사를 제일 친한 친구로 둔 부작용인지도 모르겠다.

줄리와 연락을 못 한 지도 며칠이 되었다. 우리 사이를 생각하면 문자도 없이 보낸 시간이 꽤 길게 이어지고 있다. 내가 줄리를 피하는 중이었다고 인정하지 않을 수 없겠다. 적어도 무의식의 레벨에서는 그랬다. 핀치가 저지른 일을 줄리에게 털어놓을 용기가 나지 않아서였다. 줄리가 대단히 고결한 체하는 그런 친구여서가 아니다. 실제로 줄리는 매우 높은 도덕적 규범을 따르면서도 그 누구보다도 남에 대한 도덕적 판단을 하지 않는 친구임을 인정한다. 7학년 이후 줄리는 내게 언제나 솔직하게 대해왔다. 그 때문에 언쟁을 벌인 적도 있고 그녀의 직설화법에 상처를 입기도 했지만 나는 이게 단순한 애정을 넘어선 진정한 절친의 조건이라 믿으며 우리의 이러한 스스럼없는 관계를 소중히 여겼다. 좋을 때나 나쁠 때나 나를 가장 투명하게 보일 수 있는 사람이 누구인가? 내게는 줄리가 언제나 그런 사람이었다.

내가 프린스턴 합격 소식을 전하기 위해 줄리에게 연락했을 때에도 그녀가 이 일로 조금도 경쟁심을 느끼거나 시기하지 않으리라는 것을 알고 있었다. 그렇기에 이 문제에서도 줄리를 믿기로 했다. 나는 주방에서 전화를 가져와 셰이즈롱 의자로 돌아가서는 줄리에게 전화를 걸었다.

줄리는 벨이 한참 울린 후에야 전화를 받았다. 계단을 몇 차례 뛰어 올라왔는지 숨찬 목소리였다. 아니면, 자기 집의 복도 끝에 꾸민 변호사사무실로 뛰어 온 걸 수도 있다.

"통화 가능하니?" 나는 그렇게 물으며 마음 한편으로는 통화하기 어렵다는 답을 듣고 싶기도 했다. 그러잖아도 에너지가 하나도 없는데 굳이 지금 이 이야기를 털어놓는 것이 좋은 생각일까 하는 의문이 들었다.

"응." 그녀가 말했다. "민간조사보고서*를 읽는 중이었어. 아주 특이하네."

"너희 쪽 보고서?" 내가 물었다.

"아니, 불행히도 상대방 거야." 줄리는 한숨을 쉬며 말했다. "나는 아내 쪽 대리인이거든."

"내가 아는 사람?" 나는 줄리가 비밀유지조항 때문에 세부내용은 말해줄 수 없다는 걸 알면서도 괜히 물었다.

"아마 아닐걸. 우리보다 어려. 30대 중반쯤인가……. 어쨌건 내 고객께선 월마트 주차장에서 유부남 남자친구와 키스하며 주물럭거려도 괜찮다고 생각하신 모양이다."

"세상에. 사진이…… 그렇게 선명해?" 한편으로는 시간을 끌고 싶었고 다른 한편으로는 내 인생만 혼란에 빠진 게 아니구나 하는 생각에 묘한 위안을 얻고 있었다.

---

* 미국의 경우 이혼소송을 준비하는 과정에서 합법적으로 사설탐정을 고용할 수 있다.

"그렇네." 줄리가 말했다. "카메라가 훌륭해."

나는 숨을 크게 들이쉬고는 말을 꺼냈다. "어쩌니. 저기, 스캔들 사진 얘기가 나와서 말인데…… 할 얘기가 있어."

"이런," 그녀가 말했다. "무슨 일이야?"

"핀치 일이야." 그렇게 말하는 데 위경련이 일어나고 머리가 쾅쾅 울리기 시작했다. "이 얘기 들을 시간 되는 거 맞지? 얘기가 좀 긴데……."

"물론이지. 시간 있어." 그녀가 말했다. "잠깐만. 방문 좀 닫고 올게."

몇 초 뒤 그녀가 돌아와 이렇게 말했다. "무슨 일인데 그래?"

나는 목을 가다듬고는 그간 있었던 일을 전부 들려주었다. 캐시가 화장실에서 사진을 보여준 얘기부터 시작해서 원저 주차장에서 커크와 나눈 대화까지. 줄리는 얘기를 듣는 중에 몇 번 내 말을 멈추고 질문을 하기도 했지만 어디까지나 변호사다운 자료 수집 작업이었을 뿐 끼어든 것은 아니었다. 내가 이야기를 마치자 그녀가 말했다. "좋아. 그럼 잠시 전화 끊고 그 사진 좀 내게 보내줘."

"왜?" 나는 이미 사진에 대해 구체적이고 생생하게 설명했다고 생각했기에 의아했다.

"나도 좀 봐야겠어." 그녀가 말했다. "상황 파악을 제대로 하려면 말이야. 그러니까 보내, 알았지?"

그녀의 평소 말투와 어우러져 거슬릴 정도로 권위적으로 들리는 요청이었다. 동시에 이상하리만치 마음이 편안해졌다. 줄리는 우리 둘 사이에서는 언제나 보스인 알파독*이었고 그녀의 이런 기질은 위기 상황에서 특히 빛을 발했다.

그래서 나는 순순히 줄리의 말을 따랐다. 전화를 끊고 사진이 전송되는 사이 그 사진을 물끄러미 바라보았다. 줄리가 다시 전화 걸어오기를 기다리는 시간이 진저리나도록 길게 느껴졌다. 사진 전송이 실패한 것은 아닌지, 아니면 그 사진을 보고 파악하는 데 그리 긴 시간이 필요했던 것인지 궁금해서 미칠 것 같던 차에 마침내 전화가 울렸다.

"그래, 봤어." 내가 전화를 받자마자 그녀가 한 말이었다.

"그리고?" 나는 마음을 단단히 다잡으며 물었다.

"너무 심하더라."

"그래, 나도 알아." 눈물이 핑 돌았다. 창피해서 그러는지 슬퍼서 그러는지 분간이 되지 않았다.

수화기 반대편에서 침묵이 흘렀다. 우리가 통화할 때 좀처럼 침묵이 흐르는 일은 없었다. 적어도 이렇게나 어색한 침묵은. 줄리는 마침내 목을 가다듬고 이렇게 말했다. "핀치가 이런 일을 저지르다니 정말 놀랐어. 참 착한 아이였는데……."

줄리가 착한 아이라는 말에 과거형을 썼다. 더 많은 눈물이 흘렀다. 어릴 적 핀치와 나, 그리고 줄리가 함께 보냈던 많은 시간이 떠올랐다. 예전에 나는 한 달에 한두 번은 핀치를 데리고 브리스톨을

---

* 서열에서 우위를 차지하는 지배적 성향의 개를 일컫는 말로, 이와 같은 성향이 있는 남자 혹은 여자에게 사용되는 표현이다.

찾곤 했다. 주로 커크가 출장으로 하루 이틀 집을 비울 때를 이용했다. 외할머니 외할아버지 집에서 묵으면서도 핀치는 항상 줄리 이모 타령이었다. 한번은, 줄리가 불임으로 고생하고 있을 때였는데, 그녀는 핀치랑 있으면 마음이 평화로워진다고 했다. 자기 아이를 갖지 못하게 되더라도 대자(代子)가 있음을 알기 때문이라고 했었다. 핀치와 줄리 사이에는 그런 특별한 끈끈함이 있었다.

줄리의 쌍둥이 딸인 페이지와 리스가 태어난 후에도 우리는 계속해서 같이 시간을 보냈다. 그 아이들이 태어났을 때 핀치의 나이는 다섯 살쯤 되었던 것 같다. 우리는 매년 여름이면 일주일간 같이 휴가를 보내곤 했는데 그때마다 핀치는 줄리의 딸들에게 상냥하게 대해주었다. 서핑을 나가고 싶어 할 나이였음에도 불구하고 아이들과 모래사장에서 몇 시간씩 놀아주며 모래성도 쌓고 굴도 파고 아이들이 자기를 모래에 파묻도록 내버려 두는 등, 아이답지 않은 참을성을 보여주었다.

나는 줄리에게 만일 딸들에게 이런 일이 일어난다면 엄마로서 어떻게 하겠느냐고 물어보았다.

줄리는 잠시 주저하더니 이렇게 말했다. "아이들이 겨우 7학년이라 상상이 잘 안 되네…… 아직은."

"아니야, 너 상상할 수 있잖아." 줄리가 가진 많은 재능 중 하나가 상상력이다. 상당히 진화된 공감 능력의 부산물이다.

"그래, 네 말이 맞다." 그녀는 한숨을 쉬었다. "그…… 그 자식의 불알을 뽑아버리고 거꾸로 매달겠지."

배를 한 대 맞은 기분이었다. 하지만 그게 사실이었다. 이 문제가 학교 담을 넘어 밖으로 나갈 경우 생길 수 있는 법적 파급력을 생각하니 아찔했다. "그게 정확히 무슨 뜻이니?" 내가 물었다.

"고소하겠다는 뜻이지." 줄리의 목소리에서 분노가 묻어났다. 줄리는 지금 나에게 화가 난 것일까, 아니면 핀치에게 화가 난 것일까? 아니면 어린 여학생을 위한 정의감에 분노하는 중일까?

"그런 경우 기소 내용은 어떻게 되는 거야?" 나는 조심스레 물었다.

줄리는 목을 가다듬더니 이렇게 말했다. "글쎄. 테네시에는 새로운 법이 생겼어. 섹스팅 법안이 작년에 통과되었거든. 미성년자가 선정적인 사진을 전송하는 행위는 아동포르노와 연관된 중범죄 혹은 성범죄에 해당할 수 있어. 그런 사람은 스물다섯 살이 될 때까지 성범죄자 신상등록부에 그 기록이 남아. 그리고 모든 취업 혹은 대학 지원서에 이 사실을 기록할 의무가 있고."

난 이제 대놓고 우는 중이었다. 더 말을 할 수도 없었.

"미안해, 니나." 줄리가 말했다.

"어쩌겠니." 나는 간신히 대답했다. 내가 얼마나 속상해하는지 줄리가 눈치채지 못했으면 좋겠다고 바랐다.

"물론, 애덤은 내가 고소하지 못하게 막겠지." 애덤은 그녀의 남편으로 느긋하고 여유로운 소방관이다. 어쩌다 보니 그는 내 고등학교 시절 남자친구이자 지금은 경찰이 된 테디와 친구가 되어 종종 만나는 사이다.

"어째서?" 내가 물었다.

"나도 모르겠어. 왠지 그이는 학교가 알아서 하도록 놔두라고 말할 것 같아서. 도움이 되는 소린지는 모르겠지만 말이야. 내 생각에도 이 문제가 법정까지 가지는 않을 것 같다……. 너희가 학교에 내는 기부금만 생각해도, 안 그래? 이 여학생의 아버지도 학교가 이 문제를 처리하도록 맡길 것 같아."

"그럴지도." 내가 말했다.

줄리가 한숨을 쉬었다. "그런데 핀치는 그 여학생에게 사과는 했겠지?"

"아니. 아직."

"흠, 일단 그게 우선이겠네."

"나도 그렇게 생각해. 그것 말고도 우리가 해야 할 게 뭐가 더 있을까?"

"글쎄, 한번 보자……. 내 아이가 자기 반 친구에게 이런 짓을 했다면?" 줄리가 생각에 잠기면서 혼잣말을 했다.

"네 아이들이 그럴 일은 절대로 없어." 줄리의 딸들은 정말이지 못된 구석이 전혀 없는 아이들이다.

"그래……. 하지만 아무도 장담할 수는 없는 일이잖니." 내 마음을 편하게 해주려고 하는 말이다. 지푸라기라도 붙잡는 심정으로 나를 위로하려는 것이 보였다. "어쨌건…… 우리라면 어떻게 했을지는 나도 잘은 모르겠다. 하지만 분명한 것은 내 아이가 처벌을 면하도록 빼내어 주는 일은 하지 않을 것 같아."

몸이 뻣뻣해지는 것을 느꼈다. "우리는 핀치를 빼내어 주려는 게 아니야, 줄리."

"정말 그럴까?" 그렇게 묻는 줄리의 목소리에 의심이 가득하다.

"그럼 커크가 그 여자애의 아버지에게 전화를 걸어서 뭐라고 할까?"

"글쎄, 일단, 사과하겠지." 아까 커크 얘기는 뺄 걸 그랬다. 적어도 커크가 뭔가를 꾸미려는 것처럼 보인다는 내 추측을 곁들이진 말았어야 했다. 따지고 보면 커크가 그렇게 하겠다고 자기 입으로 말한 적은 없었다. 누가 알겠는가, 혹시 커크의 마음도 온통 사과할 마음으로 가득 찼을지?

"그다음에는?" 줄리가 물었다.

"모르지." 내가 말했다.

더 긴 침묵이 흘렀다.

"보아하니," 줄리가 입을 열었다. "핀치가 지금 중대한 갈림길에 선 것 같네. 그리고 커크는 지금 오로지 프린스턴밖에 머리에 없을 거고. 하지만 정말 중요한 건 따로 있어."

나는 줄리가 무슨 말을 하려는지 정확하게 이해하고 있었다. 하지만 그 말을 듣는 것은 여전히 아팠다. 괜스레 화가 나려고도 했다. 줄리는 때때로 가혹한 말을 하곤 했는데 커크 문제라면 특히 그랬다. "다 저절로 해결되겠지, 뭐." 그렇게 말하는 내 목소리가 내 귀에도 껄끄럽게 들렸다.

줄리는 그러한 긴장감을 눈치챘는지 못 챘는지, 전혀 모르는 척을 하고 있었다. "글쎄다, 이런 유형의 일이 '저절로 해결'되었단 얘기는 못 들어봐서." 줄리는 그렇게 이야기를 시작했다. "내가 이 말을 해야 하는 건지 모르겠지만…"

"그럼 하지 마." 나도 모르게 입 밖으로 툭 뱉은 말이었다. "어떤 건 말하지 않고 담아두는 게 나을 때도 있더라."

 이런 식의 대화 전개는 우리 사이에 좀처럼 없던 일이다. 생각해보니 내 외동아들의 인성에 대해 그녀가 의구심을 보인 것은 이번이 처음이었다. 핀치는 그녀의 유일한 대자였다. 그렇지만 나조차 아들의 성품에 의문이 들었다는 것을 인정하는 것보다는, 그녀가 내 아들을 의심한다는 사실에 화를 내는 편이 훨씬 쉬웠다.

 "알았어." 줄리의 목소리는 한결 부드러웠지만 그렇다고 미안해하는 기색은 없었다.

 나는 줄리에게 그만 끊어야겠다고, 그리고 조언 고마웠다고 말했다.

 "당연한 일이지." 줄리가 말했다. "언제든 연락해."

9

톰

월요일 저녁이었다. 설거지를 하고 있는데 발신자표시제한 번호로 전화가 울렸다. 왠지 받아야 할 것만 같아서 전화를 받으니 모르는 남자의 목소리가 들려왔다. "안녕하십니까. 토머스 볼피 씨 되십니까?"

"그렇습니다. 제가 톰입니다만." 나는 하던 일을 멈추고 말했다.

"안녕하시오, 톰." 그자가 말했다. "나는 커크 브라우닝이오. 핀치의 아버지 되는 사람입니다."

나는 순간적으로 굳어버렸다.

"여보세요?" 그가 말했다. "내 말 들리시오?"

"들립니다. 제게 무슨 용건이라도?" 나는 한 손으로는 전화를 움켜쥐고 다른 한 손으로는 주먹을 불끈 쥐며 말했다.

그자는 번드르르하고 빠른 말투로 말했다. "용건이 있어서라기보다는, 내가 당신에게 뭔가를 해주고 싶은 게 있어서 전화했소. 내 아들이 저지른 일에 대한 보상을 하고 싶어서 말이오."

"하." 내가 말했다. "그게 가능하기라도 한 건지 모르겠소만."

"저는 가능하다고 봅니다." 그가 말했다. "일단 우리가 만나서 대화를 좀 했으면 하는데, 어떻습니까?"

본능적으로 싫다고, 당신 만나서 하고 싶은 얘기 없다고 말하고 싶었다. 아예 말도 섞고 싶지 않았다. 하지만 이 인간의 면전에 해주고 싶은 얘기들을 되뇌며 생각을 바꾸었다. "좋소." 내가 말했다. "언제?"

"흠, 한번 봅시다. 지금은 출장으로 다른 곳에 와 있고…… 수요일 아침에 돌아갈 예정이니, 수요일 저녁 어떻습니까? 우리 집에서 여섯 시?"

"아니, 그 시간은 안 되오. 저녁이면 딸과 같이 있는 시간이라." 나는 강조해서 말했다.

"그럼, 좋은 시간을 말해보시오." 그가 말했다. 진작에 이렇게 나올 것이지.

"수요일 12시." 제발 이자에게 불편한 시간이기를 간절히 바라면서 대답했다. 이 시간 맞추려면 더 이른 비행기로 바꿔 타고 오기를.

그는 잠시 망설이더니 이렇게 말했다. "좋습니다. 그 시간으로 하죠. 11시가 비행기 도착시간이니, 안전하게 12시 반 어떻겠습니까?"

"좋소." 내가 말했다.

"잘 됐군요. 그럼 주소를 불러드릴까요?"

"문자로 보내주시오. 그리고 이번에는 발신자번호차단 따위는 하지 마시길."

내슈빌 같은 도시에서 평생을 살면서 근사한 집들을 꽤 많이 보아온 나였다. 그자가 보내온 벨 미드 주소를 보는 순간 브라우닝 가도 대단한 집 중 하나이리라는 것을 익히 예상했었다. 그런데도 나는 그 집의 기다란 진입로로 들어서서 생울타리를 따라가다가 벽돌과 돌을 이용해 영국 튜더 양식으로 지은 저택을 마주하고는 숨이 멎을 뻔했다. 동화책에서나 나올 법한 집이었다. 나는 이런 오래된 집을 정말 좋아한다. 이 집의 건축 디테일에 감탄하지 않을 수 없었다. 가파르게 위로 솟은 슬레이트 지붕은 교차형으로 디자인되어 있었다. 목재 골조는 노출형이어서 건물의 뼈대가 드러나 보이도록 지어져 있었다. 높고 좁은 유리창들은 스테인드글라스와 착색 처리가 되어 있었다. 나는 차에서 내려 문을 닫고는 웅장한 양문형 현관문을 향해 걸어갔다. 마호가니에 정교한 문양이 조각된 문이었는데 문 옆으로는 깜빡이는 등이 달려있었다. 매달 내야 할 대출금은 차치하고서 한 달에 가스비만 상상해도 몸이 부르르 떨렸다. 생각해 보니, 이런 인간들은 처음부터 대출 따위는 받지 않겠군.

현관 베란다 쪽으로 걸어가면서 지금 내가 느끼는 이 감정이 무엇인지 점검해보았다. 운전해서 오는 길에는 분명히 단단히 화가 나 있었는데 지금 느끼는 감정은 뭔가 다르다. 이 기세에 눌렸나?

아니다. 부러운가? 전혀. 이들이 부자라서 속이 뒤집히는가? 그것도 아닌 것 같다. 초인종을 물끄러미 바라보며 생각해보니, 내가 기분이 더러운 이유는 이런 부잣집 아들이 우리 딸같이 가난한 집 여자아이에게 이따위로 형편없이 구는 것이 너무나 예측 가능하다는 사실에 있었다. 우리가 이런 뻔한 스토리의 주인공이 되었다는 점이 더 싫었다. 더 화가 나는 것은 그 아버지라는 멍청한 작자가 자기 인식이 터무니없이 부족하다는 사실이었다. 완전히 대책 없는 멍청이가 아니고서야 누가 이런 집에 낯선 사람을 들여 만나자고 하겠는가? 게다가 버르장머리 없는 자기 자식이 잘못을 저지른 상황에서? 나나 라일라에 대해 뒷조사도 안 했단 말인가? 라일라가 윈저에서 몇 안 되는 학자금 지원 대상자라는 사실을 알기나 하는 건가? 구글만 몇 번 돌리면 내가 목수라는 사실 따위는 금세 알아낼 수 있는 세상이다. 돈 가지고 더럽고 치사하게 구는 이런 인간들에게 고용되어 시달리다가 볼 장 다 보는 그런 목수 말이다. 둘 중 하나다. 우리를 전혀 상관하지 않았던지 조사를 해보고도 내 감정 같은 건 신경조차 쓰지 않았던지. 어느 편이 더 나쁜 것인지 확실친 않았지만 두 번째 이유라면 그가 더 미워졌다.

나는 그렇게 잔뜩 예민해진 채로 그 집 초인종을 눌렀다. 집 안으로 울려 퍼지는 에스러운 초인종 소리가 문 바깥쪽에서도 들렸다. 나는 이런 인간들이 우리보다 나은 것이라고는 돈뿐이고 나는 저들보다 도덕적으로 우월하니 균형이 맞다고 스스로를 타일렀다. 그렇게 기다리는 사이 30초는 족히 흘렀던 것 같다.

마침내 문이 열리고 나이 든 라틴계 여성이 나타났다. 그녀는 브라우닝 씨에게 기별을 넣겠다며 나를 집 안으로 안내했다. 내가 기대했던 그 장면 그대로였는데 특히 그 '브라우닝 씨'라는 분이 그 여자 뒤에 즉시 모습을 나타냈다는 점에서 더욱 그랬다. 이 자는 자기가 직접 문을 열어줄 수 있었음에도 불구하고 자신의 라틴계 가정부가 문을 열어주길 기다리고 있었던 거다. 어떤 상황에서든 있어 보이게 행동해라, 이게 이 자가 목숨처럼 지키는 규율일 게다.

그래놓고는 가정부에게 고맙다고 인사를 건네기는커녕 도리어 그녀를 밀어젖히듯 앞으로 나와서는 입구를 막아섰다. 일단 그의 외모부터 마음에 들지 않았다. 골프장에서 한잔한 것 같은 불그레한 혈색. 원래 자기 머리색이라고 하기엔 과도하게 짙은, 젤을 발라 가지런히 넘긴 머리. 단추를 두 개나 풀어 보기 불편한 핑크색 리넨 셔츠.

"안녕하시오, 톰." 그는 손을 뻗어 악수를 청했다. 있는 집 놈들에게 흔히 볼 수 있는 우렁찬 목소리는 멍청할 정도로 꽉 쥔 손과 잘 맞아떨어졌다. "커크 브라우닝이라고 합니다. 들어오시죠."

내가 들어오도록 뒤로 한발 물러나는 그에게 나는 고개를 끄덕이며 억지로 인사를 건넸다. 현관에 들어서며 둘러보니 놀랍게도 실내 인테리어는 시원한 현대식으로 꾸며져 있다. 광택 처리를 한 검은색 서랍장 위로 담청색의 거대한 추상화가 걸려 있었다. 내 취향은 아니었지만 정말 근사하다는 것은 인정하지 않을 수 없었다.

"와 주셔서 고맙습니다." 커크가 희색이 만면하여 말했다. "내 사무실로 가서 얘기를 나눌까요?"

"좋습니다." 내가 말했다.

그는 고개를 끄덕이며 손님용으로 쓰는 거실을 가로질러 널찍한 복도를 따라 목판으로 꾸며진 어두운 방으로 나를 안내했다. 벽에는 사슴 머리와 새 머리가 장식용으로 걸려있었다. 이 방의 디자인에서도 정통을 벗어난 획기적인 터치가 느껴졌다.

"내 아지트에 오신 걸 환영합니다." 그가 키득거리며 말했다.

내가 입술을 앙다문 억지 미소를 보내주자 그는 내게 술병이 가득 담긴 왜건 쪽을 가리키며 권했다.

"스카치 한잔하기엔 너무 이른가요? 지구상 어딘가에선 벌써 다섯 시인 곳도 있을 텐데요?"

"사양하겠소." 내가 말했다. "신경 쓰지 말고 편히 드시오."

그는 혼자만 술 마시기가 고민되는지 잠시 망설이더니, 결국 마시기로 한 것 같았다. 그러고는 내게 방 한가운데 놓인 팔걸이의자 두 개를 가리켰다. 이 순간을 위해 따로 세팅한 것 같다는 느낌을 지울 수 없어 오싹한 기분이 들었다. "자," 그가 말했다. "앉으시죠."

나는 입구를 바라보고 있는 팔걸이의자를 선택했다. 등 뒤로는 가스 벽난로가 있었다. 역시 찌질한 자식답게 진짜 장작을 태우지 않는군, 내가 그런 생각을 하는 사이 그도 자리에 앉았다. 내려놓은 두 발은 완벽할 정도로 나란히 수평을 이루고 있고 바짓단은 맨발의 발목이 보이는 정도까지만 올라가 있었다. 로퍼에 맨발. 전형적인 벨 미드 남자들의 패션이다.

"그래요, 톰. 와주셔서 감사합니다." 그는 내 이름을 굳이 과장되

게 발음했다.

나는 고개를 끄덕일 뿐 아무 말도 하지 않았다. 내가 호락호락하게 넘어갈 사람이 아니라는 것을 보여주자.

"이렇게 뵙자고 해서 하시는 일에 방해는 되지 않으셨는지요?"

나는 어깨를 으쓱하며 대답했다. "일하는 시간은 유연합니다……. 자영업이오."

"아하." 그가 말했다. "어떤 일을 하시는지?"

"목수요." 내가 말했다.

"아하, 와아, 훌륭하십니다." 그의 목소리와 표정에서 깔보는 기색이 줄줄 흘렀다. "손으로 일하는 사람들이 세상에서 가장 행복한 사람들이라고들 합디다. 내게도 좀, 그런 손재주가 있었으면 좋았을 텐데요." 그는 자신의 두 손을 펼쳐 손바닥을 들여다보았다. 역시나 곱기만 하고 아무짝에도 쓸모없이 생긴 손이다. "전구 하나 제대로 못 갈아서야!"

당신 밑에서 그런 일을 대신해줄 사람들이 몇이나 되느냐고 묻고 싶은 것을 꾹 참았지만… 제길, 알게 뭐람. "그런 일을 맡아서 해주는 이가 따로 있으시죠?" 내가 물었다.

그는 잠시 놀란 얼굴을 하더니 금세 정신을 차렸다. "사실, 내 아내, 니나가 그런 일을 잘하죠. 믿어지지 않으시겠지만."

나는 눈썹을 치켜올렸다. "전구 가는 일을?"

"아하, 아뇨, 그러니까 이런저런 자질구레한 집안일 말입니다. 그런 걸 즐기는 편이에요. 네, 물론 더 복잡한 작업이라면 그런 일을 봐주는 일꾼이 있습니다. 래리라고, 대단한 친구죠." 그는 마치 우리 같이 육체노동으로 밥 벌어 먹고사는 이들은 서로 다 알고 있을 거라고 짐작하듯 말했다.

나는 방을 둘러보며 말했다. "그런데 부인께서는요? 오실 예정이신가요?"

그는 고개를 저으며 말했다. "안타깝게도 다른 일이 있어서요."

"참으로 안타깝군요." 나는 무표정한 얼굴로 대꾸했다.

"그렇죠." 그가 말했다. "하지만 난 사실, 우리끼리만 대화하면 어떨까 합니다. 남자 대 남자로 말입니다."

"그렇군요, 남자 대 남자로."

"자, 톰." 그가 심호흡을 하더니 입을 열었다. "먼저 아들을 대신해서 사과를 드립니다. 우리 아들이 찍은 그 집 따님 사진은 결단코 용서할 수 없는 사진이었습니다."

나는 눈을 가늘게 뜨며 혼란스럽다는 표정을 지어 보였다. 뭐라고 지껄이나 더 들어보고 싶어서였다.

"참으로 끔찍한 사건이에요. 제 말을 믿어주셔야 합니다. 핀치는 그게 그렇게 심각한 문제라는 것을 이제야 이해했지 뭡니까."

"이제야?" 내가 물었다. "그러니까 이전에는 이해를 못 했다? 그 사진을 포스트할 때는 몰랐다는 얘기요?"

"그게 말이오." 커크가 양 손바닥을 들어 내보이며 말했다. "정확히 말하자면, 아이는 아무것도 포스트한 적이 없…"

"아하, 미안합니다만…" 이렇게 정중한 말투는 지금껏 한번도 쓴 적이 없다. "그러니까 댁의 아들이 그 사진을 친구들에게 보낼 때는 뭐가 잘못되었는지 몰랐다, 그 말이오?"

이렇게 물으면 몰랐다고 답할 도리가 전혀 없으리라고 생각했으나 그는 뻔뻔스러웠다.

"몰랐다니까요." 그가 말했다. "처음에는 몰랐다는 겁니다. 애가 아무 생각이 없었던 거죠. 십 대 남자아이들 아시잖습니까. 하지만 이제는 이해하고 있습니다. 깨닫게 된 거죠. 완전히. 그리고 미안해하고 있고요. 정말, 정말 미안해하고 있어요."

"댁의 아들이 그 말을 라일라에게 했다던가요?" 나는 아니라는 것을 뻔히 알면서 물었다.

"그건, 아직입니다. 아이는 물론 하고 싶어 하지만…… 내가 기다리라고 했어요. 톰 당신과 먼저 얘기하는 게 우선일 것 같아서요. 내가 먼저 사과하고 싶었거든요."

나는 목을 가다듬고 단어 선택을 신중히 했다. "이보시오, 커크." 내가 말했다. "사과 잘 받았소. 정말이오. 하지만 불행히도, 그렇다고 해서 댁의 아들이 저지른 일이 없었던 일이 되는 건 아니오. 미안하지만, 이름이 뭐라고 했죠?"

"핀치." 그가 고개를 끄덕이며 말했다. 얼마나 크게 끄덕이는지 턱이 가슴에 닿을 지경이다. "아들 이름이 핀치요."

"아, 그렇죠. 애티커스 핀치할 때 그 핀치?" 내가 물었다.

"맞소!" 그가 활짝 웃으며 말했다. "《앵무새 죽이기》는 내 아내가 가장 좋아하는 책이죠."

"하, 그렇군요. 저도 그렇습니다만. 이렇게 신기할 때가." 내가 말했다. 끼웠던 팔짱을 풀어 빈정거리는 자세로 무릎을 탁 쳤다.

"와아, 이런 우연이. 아내에게 꼭 전하겠소." 그가 미소를 지으며 말했다. "어디 보자, 우리가 무슨 얘기 중이었죠?"

"그쪽 아들이 우리 딸, 라일라에게 한 짓에 관해 이야기하는 중이었소만."

"그렇죠. 우리 핀치가 얼마나 미안해하는지 도대체 설명할 길이 없군요."

"해보시오." 나는 억지 미소를 띠며 말했다. "그래, 얼마나 미안해하던가요?"

"아, 대단히 그렇죠. 아주, 아주 미안해한답니다. 지금 애 상태가 말이 아니에요. 먹지도 자지도 못하고…"

나는 신경질적인 웃음소리를 내며 그의 말을 잘랐다. 내가 슬슬 평정심을 잃어가고 있다는 느낌이 들었다. "잠깐만. 그러니까 당신 혹시…… 지금 나더러 당신 아들을 걱정해달란 소리요?"

"아니, 아니요. 천만에요, 톰. 그런 뜻이었을 리가요. 나는 그냥 우리 아이가 자신이 어떤 잘못을 저질렀는지를 이해하고 있다고 말하고 싶었을 뿐입니다. 정말 미안해서 어쩔 줄 몰라 하고 있다니까요. 그 캡션도 전혀 그런 뜻으로 쓴 게 아니라고 하더군요. 그냥…… 농담이었다네요."

"댁의 아들은 인종차별 농담을 즐기나 봅니다?"

"그럴 리가요." 이제야 당혹감을 느끼는 모양이었다. "따님이 혹시…… 히스패닉인가요?"

"아니요."

그의 얼굴이 환하게 빛났다. "그럴 줄 알았소." 그가 말했다. 사건이 종결되기라도 했다는 듯한 말투였다.

"애 엄마가 브라질 사람이오."

그의 얼굴에서 미소가 걷히더니 혼란스러운 표정으로 변하길래 나는 이어서 말했다. "용어를 정확히 하자면, 라틴계냐고 묻고 싶었던 것 아니오? 히스패닉이라는 단어는 특정 지역의 거주민을 일컫는 용어라서. 스페인 사람이나 스페인어를 모국어로 쓰는 사람들을 부르는 말이죠. 그리고 잘 아시겠지만, 브라질 사람들은 포르투갈어를 쓰지요." 나 역시 최근 라일라를 통해 배운 사실들이었다. 지난 몇 달간 라일라는 자신의 뿌리 찾는 일에 열중했었다.

"대단히 흥미롭군요." 나는 그 말투에서 그가 나를 아랫사람으로 취급하는 중이거나 자기 자식에게 유리한 고지를 찾으려고 한다는 것을 눈치챘다. "그러니까…… 브라질 사람이라 하면 다른 인종은 아닌 거죠?"

"브라질 사람도 어떤 인종일 수도 있는 거요, 커크." 나는 바보를 대하듯 천천히 말했다. 나는 실제로 바보와 대화 중이었다. "어느 인종이든 미국인인 것처럼요."

"아아, 그렇죠. 맞습니다." 그가 말했다. "말이 되네요. 그러니까 라일라가 백인이라는 말씀이시죠?"

"따지자면." 나는 이 작자에게 라일라의 혈통을 읊어주는 친절을 베풀 생각이 없었다. 사실 나는 라일라의 혈통에 대해 정확히 아는 바도 없다. 베아트리즈의 모친이 포르투갈계 백인이고 부친에게는 흑인 피가 4분의 1 섞였다는 것 외에는. 그렇다면 라일라에게도 16분의 1정도의 흑인 피가 섞인, 아프리카계 브라질인이라는 뜻이 될 것이다.

"따지자면?" 커크가 되물었다.

"보시오. 요점만 갑시다. 라일라의 엄마가 한때 그린카드를 소지한 적이 있기는 했소만 라일라는 100퍼센트 미국인요." 내가 말했다.

"잘 됐군요." 그가 말했다. "아주 잘 됐어요."

"어떤 부분이?" 내가 물었다.

"전부 다." 그가 말했다. "라일라의 모친이 미국에 오신 것 말이오. 그리고 윈저에 이런 다양성이 존재한다는 것도."

"내 눈에는 그다지 다양해 뵈지 않습니다. 하지만 윈저는 훌륭한 학교지요. 학업적인 면에서 매우 우수하잖소. 교장도 그렇고." 나는 일부러 그렇게 말했다.

커크는 고개를 끄덕였다. "맞습니다. 월트는 자기 일을 아주 잘하는 사람이에요. 자신의 입장이 얼마나 곤란해질 수 있는지도 잘 알고 있더군요. 이 사건으로 말입니다. 그래서 내 보기엔 말이오, 교장 역시 우리가 이 문제를 사적으로 해결하기를 바라고 있는 것 같습니다. 모두의 이익을 위해서."

"사적으로?" 나는 그가 한 말의 의도를 알아차렸다.

"맞습니다. 이 두 가족끼리 말이죠. 핀치가 혹독한 벌을 받는 중이라는 점은 꼭 말씀드리고 싶군요. 그리고 저희가 보상을 좀 해드릴까 합니다만……. 이 일로 잃어버린 당신의 시간과 일, 그리고 당신과 따님에게 발생했을 정신적 고통에 대해서요."

믿을 수가 없었다. 나는 그가 자기 책상을 향해 걸어가 서랍을 열고 하얀 상업용 봉투를 꺼내는 모습을 지켜보았다. 그가 내게 돌아와 그 봉투를 내미는데 봉투에는 내 이름이 적혀 있었다.

　투쟁-도피 반응이 나를 장악하는 것을 느꼈다. 이 자의 얼굴을 한 대 후려갈길까? 아니면 일단 돈을 받고 도망칠까? 적어도 이 작자가 우리를 구워삶기 위해 대체 얼마를 넣었는지는 알고 싶었다. 어쩌면 이 자는 나를 만나기 전에 조사를 끝내어 내가 목수라는 사실을 알고 있었을 수도 있다. 어쩌면 나를 '히스패닉' 목수라고 생각하고 있었을지도 모르겠다. 어쩌면 저 서랍 안에 여러 종류의 봉투가 준비되어 있을 수도 있겠다. 1번 봉투는 소수자를 위한 봉투. 2번 봉투는 백인 육체노동자를 위한 봉투. 3번 봉투는 자기와 같은 부류 사람을 위한 봉투. 싸울까, 도망칠까, 도망칠까, 싸울까? 이런 건 원래 선택이 아니라 본능에 따르는 거 아니던가?

　아무튼 나는 도망치기로 했다. 봉투를 받아 들고 뒷주머니에 넣으려는데 지폐가 만져졌다. 두툼하다.

　커크의 얼굴에 뚜렷한 안도감이 번졌다. "우리가 대화를 할 수 있어 기쁘군요, 톰." 그가 말했다. "아주, 아주 건설적인 시간이었던 것 같습니다."

　"그래요." 내가 말했다. "정말 그렇군요."

　"톰, 이제 교장에게 우리가 합의를 마쳤다는 것만 알려주신다면……." 그가 말꼬리를 흐렸다. 아무래도 이 말까지 입 밖으로 낼 배짱은 안 되나 보다. '내가 지금 당신을 돈으로 구워삶았잖소.'

　나는 그렇게 완벽한 가면을 쓰고 고개를 끄덕이며 미소를 머금고는 문을 향해 최대한 명랑하고 활기찬 걸음걸이로 걸어갔다.

10

니나

커크가 공항을 출발해 집에 도착한 시간은 라일라 아버지와의 약속 시각을 겨우 30분 남겨놓은 시점이었다. 옷장과 욕실 사이를 왔다 갔다 하면서 기내용 가방의 짐을 푸는 커크에게 말을 걸었다. 토머스 볼피에게 뭐라고 말할 것인지, 내가 정말 그 만남에 없어도 되는지 등을 물어보았다. 내가 정말 없어도 된다고 하는 남편의 말을 들으니 죄책감과 더불어 안도감이 함께 찾아왔다. 그러면서 커크는 그와 할 얘기를 나와 미리 하고 싶지 않다고도 덧붙였다.

"너무 준비한 것처럼 들리면 좀 그렇잖아." 그가 말했다. "자연스러워야지."

나는 고개를 끄덕였다. 별로 믿어지지 않는 말이었지만 어쨌거나 안심이 되었다.

몇 분 후 나는 약간의 공황 상태에서 집을 나섰다. 정신을 딴 데로 돌려 보려고 생각 없이 할 수 있는 잔무들을 처리하기로 했다. 그러면서 남편에 대해 생각했다. 예전에는 그렇게 매력적으로만 보이던 부분을 어쩌다가 이렇게 진저리나도록 싫어하게 되었을까. 그는 언제나 자기가 옳아야 했다. 언제나 주도권을 쥐어야 했다. 하지만 결혼 초기에는 나는 가끔 예외였다. 아무도 못 말리는 순간에 내가 그를 설득하기도 했었다. 적어도 그렇게 우리는 파트너였다. 동등한 관계였단 말이다.

핀치의 유년기에 일어났던 사건도 생각이 난다. 핀치와 그의 친구가 이웃의 코커스패니얼 강아지의 귀를 파란색 페인트 통에 담근 사건이었다. 어쩔 수 없는 증거가 있음에도 불구하고 핀치는 자기가 하지 않았다고 발뺌을 했다. 그의 조그마한 나이키 운동화에서 발견된 파란 페인트 자국도 여러 증거 중 하나였다. 커크와 나는 이 문제를 어떻게 다룰지를 놓고 언쟁을 벌였다. 그는 무력을 써서라도 아이의 자백을 받아내야 한다고 주장했다. 하지만 내가 내 방식을 먼저 써보자며 그를 설득했고 우리 세 사람은 식탁에 둘러앉아 대화를 시작했다. 나는 핀치에게 우리는 무슨 일이 있어도 그를 사랑할 것이라고 말해주고는 진실을 말하는 것이 얼마나 중요한지 얘기해주었다.

"제가 그랬어요, 엄마." 핀치가 마침내 울음을 터뜨리며 말했다. "정말 죄송해요!"

나는 지금도 그때 커크가 나를 바라보던 눈빛을 기억한다. 그날 밤 사랑을 나누면서 그는 내게 자기가 아들을 위한 최고의 엄마를 선택한 것 같다고 말해주었다.

이제 그는 내게 그런 눈빛을 보내지 않는다.

약 한 시간 뒤 커크에게서 전화가 왔다. 나는 여전히 이런저런 일을 처리하고 있었다. 점심을 같이 먹자는 연락이었다.
"이런, 만난 게 잘 안되었구나?" 내가 물었다. 커크는 절대로 점심에 시간이 나지 않는 남자였다. 비즈니스 얘기가 아니라면 말이다.
"아니, 잘 안되긴. 사실, 썩 괜찮은 미팅이었지." 그의 목소리가 유달리 쾌활하다.
"정말?" 내가 물었다.
"그렇다니까. 좋은 대화를 나눴어. 맘에 드는 친구야."
"그 사람도…… 당신을 마음에 들어 하고?"
"물론이지." 커크가 웃음을 터뜨리며 대답했다. "싫어할 이유가 뭐가 있겠어?"
나는 그 말을 무시하고 꼬치꼬치 캐물었다.
"점심 먹으면서 다 얘기해줄게. 클럽에서 만날까?" 벨 미드 컨트리클럽을 말하는 거다. 그의 가족은 대대로 그곳의 회원이었고 우리 부부 또한 회원권을 가지고 있는 곳이다.
"흐음, 다른 데 가면 안 될까?" 커크와 시댁 식구들을 따라 처음 그곳에 갔을 때 받은 느낌이 떠올랐다. 불편한 경험이었다. 빳빳하고 하얀 재킷을 걸치고 알랑거리느라 정신없는 직원들, 격식 있는 러그로 꾸며진 응접실, 그리고 무엇보다도 백합처럼 '하얀' 회원권. 2012년까지 단 한 명의 흑인 회원이 없었단다. 그곳에서 일하는 직원 대부분이 유색인종들임에도. 뭐 커크의 지적에 따라 공평하게 말하자면, 클럽 측에서는 여러 아프리카계 미국인들에게 가입 제안을 했으나 그들이 거절한 거란다. 하지만 그게 어떻게 그들만의 탓이란 말인가.

하지만 나 역시 그곳의 호사스러움에 굴복하고 말았고, 어느새 그곳의 배타성에는 주의를 덜 기울이게 되었으며 회원권이 제공하는 안락함과 평온함, 그리고 편리를 즐기기 시작했다. 나는 한 주에 적어도 몇 시간씩은 그곳에서 시간을 보냈는데, 테니스를 치거나 핀치와 커크를 만나 바비큐로 간단하게 저녁을 해결하거나 골프 코스가 내다보이는 베란다에 친구들과 앉아서 술이나 음료를 마시곤 했다.

"왜, 클럽이 싫어졌어?" 커크가 내 마음을 읽기라도 하듯 물었다.

"아니, 그런 건 아니고." 내가 말했다. "지금은 다른 사람들과 대화할 기분이 아니라서 말이야. 지금 상황이 좀 그렇잖아."

"좋아." 그는 생각보다 순순히 내 뜻에 따라주었다. "그럼 허스크나 에치에 예약할까?"

그 두 곳 역시 아는 사람을 마주칠 확률이 대단히 높은 곳이었지만 나는 너무 까다롭게 굴지 않기로 했다. 게다가 허스크다. 허스크는 내가 이 도시에서 제일 좋아하는 레스토랑이다. 그래서 나는 커크에게 그곳에서 보자고 했다.

"좋아." 그가 말했다. "곧 만나."

20분 뒤, 커크와 나는 갤러리처럼 꾸민 레스토랑 일 층의 아늑한

테이블에 앉아 있었다. 러틀리지 힐에 위치한 허스크는 19세기 건축 양식으로 지어진 집을 개조한 레스토랑이다. 남편은 여전히 자초지종을 들려주지 않은 채 궁금증만 잔뜩 고조시키고는 와인 한 잔을 먼저 해야 한다고 우겼다. 나는 약간 짜증이 나기는 했지만 우리를 잘 알고 있는 웨이트리스와 반갑게 인사를 나누고 둘이 나눠 마실 와인 한 잔과 버거(남편), 새우 그리츠(나)를 시키면서 그래도 다 잘되었으니 그러겠거니 하며 기대감을 갖고 기다렸다.

웨이트리스가 자리를 떠나자마자 내가 말했다. "좋아, 여보. 그럼 이제 말해줄 수 있는 거야?"

그는 고개를 끄덕이더니 심호흡을 했다. "자, 그러니까. 당신이 나가자마자 그 사람이 왔었지. 같이 내 사무실로 가서는 이런저런 대화를 했고……. 그러고는 전부 다 얘기했어. 초반에는 꽤 민감하게 굴더니만 내가 단도직입적으로 말하니까…"

"단도직입적?"

"그 뜻은…… 핀치가 얼마나 미안해하는지, 우리가 얼마나 미안해하는지, 그런 거지."

"그랬더니 뭐래?"

"솔직히, 별말 없더라고. 그냥 잠잠하던데. 그렇지만 그 역시 이 문제를 사적으로 해결하자는 우리 뜻에는 동의하더라."

"그 사람이?" 나는 깜짝 놀라 물었다.

"그렇다니까."

"그러니까 그 사람도 이 문제가 명예위원회에 회부되지 않았으면 한다는 거야?" 내가 물었다.

우리가 원했던 것들

"바로 그거지." 커크가 그렇게 말할 때쯤 웨이트리스가 롤빵 두 개를 내왔다. 빵에 버터를 바르는 커크의 모습이 의기양양해 보였다.

"하지만…… 어떻게? 왜지?" 내가 말했다. "그냥 당신 말을 따르기로 했단 말이야?"

"그게 말이지. 내가 그자에게…… 인센티브를 좀 줬다고 해두지."

남편을 빤히 쳐다보는데 심장이 내려앉는 것 같았다. "인센티브라니?"

"재정적 인센티브." 그가 어깨를 으쓱하며 말했다.

"뭐어?" 내가 말했다.

"'뭐'가 뭐야? 그냥 현금 좀 챙겨준 것 가지고." 그가 얼굴을 굳히며 말했다. "별일도 아니구먼."

"세상에. 얼마를 줬는데?" 내가 물었다.

그는 다시 어깨를 으쓱하며 중얼거렸다. "만 오천 달러."

나는 고개를 저으며 신음을 뱉었다. "제발, 여보, 농담이라고 말해줘."

"니나, 정말 왜 이래." 그렇게 말하는 표정을 보니 농담이 아닌 것은 확실했다. "당신은 우리 아들의 미래가 만 오천 달러보다도 못하다는 거야?"

"액수가 문제가 아니잖아." 내가 말했다. "게다가 액수 얘기라면 난 오히려 왜 그렇게 견적을 낮게 잡았냐고…"

"일반인들에게 만 오천 달러는 대단한 돈이야." 그가 내 말을 잘랐다. 자기의 주장에 유리하다면 언제든지 끼어드는 사람이다.

"그자가 목수더라고."

"그게 중요한 게 아니잖아!" 나는 버럭 고함을 쳤다. 나는 주변을 둘러봤다. 이들 중에 우리가 아는 사람이 있는지 확인하기 위해서였다. 아무도 없다는 걸 확인했지만 그래도 목소리를 낮췄다. "중요한 건, 지금 당신이 그 사람에게 입막음 조로 돈을 주었다는 사실이라고."

그는 눈알을 굴리며 경멸하듯 히죽거렸다. "당신, 이게 무슨 조폭 영화인 줄 아나 보네. 이건 입막음 돈이 아니야. 그자에게 입 다물어 달라고 부탁하지도 않았고."

"그럼 왜 준 건데?"

"일단, 사과의 표시지. 또 다른 의미로는 인센티브고."

"뭘 위한 인센티브인데?"

"월트에게 이 문제를 명예위원회까지 회부할 필요가 없다고 말해주는 것에 대한 인센티브지."

"당신 그 사람에게 정말 그렇게 말했어?" 거부감이 점점 커지는 것이 느껴졌다.

"굳이 말할 필요도 없었다니까. 그냥 자연스럽게 받아들였어." 그가 말했다. "니나, 그자가 기다렸다는 듯이 냉큼 그 돈을 받아 갔다니까."

"그 만 오천 달러를 현금으로 줬다고?"

"그래. 그리고 다시 말하지만, 그자가 그걸 받아 챙겼다고. 그러니까 둘 사이에 의견의 일치가 있었다는 얘깁니다요. 일종의 계약

성사라고 할 수 있지."

나는 입술을 꽉 깨물었다. 지금 남편이 하는 말에 문제가 너무도 많아 대체 어디서부터 시작해야 할지 감을 잡을 수가 없었다. "핀치는 어쩌고?" 내가 말했다. "당신, 애한테 이러한 계약이 있었다는 것을 얘기할 셈이야?"

"그럴 계획은 없었는데." 그가 대꾸했다. "핀치에게는 모르게 하는 편이 좋겠어."

"이 모든 문제를 일으킨 장본인을 빼놓겠다는 거야?"

"해결책에서 빼놓겠다는 거지, 처벌에서 빼놓자는 게 아니잖아. 니나, 애는 지금 벌 받는 중이야. 잊었어?"

"좋아. 하지만 알게 되면 어쩌려고 해? 자기 아빠가 뭔가 구린 일을 했다는 걸 알게 되면 어쩔 거냐고?" 내가 물었다. "그리고 자기 엄마도 거기에 동조했다는 것까지 말이야."

그는 고개를 흔들었다. "절대 그럴 리 없어. 일단 그자 입에서 나올 리는 없어. 생각해봐. 레스토랑에서 테이블 얻고 싶어서 직원에게 50달러를 찔러준다면 그 직원이 동네방네 소문내고 다니겠어? 당연히 아니지. 왜냐하면 양쪽 모두에게 구린 일이거든."

"그러니까 당신도 이게 구린 일이라는 건 인정하는 거네?"

그는 어깨를 으쓱했다. "당신, 내가 인정하는 걸 듣고 싶어서 그래? 좋아. 인정하지. 좀 구리긴 했어. 하지만 정당한 이유가 있었다고. 핀치를 위해서 그렇게 한 거야. 그리고 이 방법이 통했고."

"그게 통했는지 아닌지 어떻게 알아?" 내가 말했다.

"그자가 돈을 받았으니까 그렇지, 니나. 그자가 돈 받기 전에는 내게 브라질 사람이 왜 히스패닉이 아닌지에 대한 이민 강좌를 들려주더라니까. 자기 딸이 미국인이다, 뭐 어쩌구저쩌구 그러면서……. 태도가 아주 불손하더미. 그런데 내가 현금을 건네주니까 갑자기 냉정하고 침착하고 차분해지더라고. 자, 그러니 이번엔 당신이 말해봐. 이게 통한 거야, 안 통한 거야?"

내가 대꾸를 하지 않자 그는 스스로 자기 질문에 답을 했다. "그렇지, 통한 거지. 그리고 당신은 거기 앉아서 실컷 혼자 의로운 체하고 있어. 하지만 당신도 내심 이렇게 되어 다행이라고 생각하고 있을걸."

나는 그를 노려보았다. 머릿속에서 생각이 흩어지며 사방으로 달리기 시작했다. 라일라의 아버지가 공범이라고 생각하니 내 안에 있던 죄책감이 아주 약간 걷히는 것 같았다. 하긴, 내게 무슨 선택권이 있담? 그를 찾아가서 돈을 돌려달라고 할 것도 아니면서.

"그래, 그 문제는 떼어놓고라도 나는 핀치가 라일라에게 사과할 때가 됐다고 생각해. 직접 얼굴 보고 말이야." 웨이트리스가 잔에 화이트와인을 따르고 있었다.

나는 커크가 와인 맛을 보고 괜찮다고 하길 기다렸다가 웨이트리스가 우리 테이블을 떠나자 이어서 말했다. "그리고 우리 가족 셋이 다시 이 문제에 관해 심도 있게 대화했으면 해. 다 털어놓고. 핀치가 벌써 이틀째 나를 피하고 있어. 뭐 사실 더 오래전부터이긴 하지만……. 난 지금 얘가 미안해서 그러는 건지, 토라져서 그러는 건지 구분할 수가 없어." 그렇게 말하는데 가슴이 먹먹해 왔다. "요즘 애가 어떤 마음으로 사는지 모르겠어."

우리가 원했던 것들

"당연히 미안해서 그러는 거지, 니나. 당신도 우리 애가 착한 거 알잖아. 우리 가족은 잘 이겨낼 거야. 약속해."

나는 내가 핀치를 다 안다고 생각했다고 말하려 했다. 줄리가 옳았다. 내가 한때 알았던 그 착한 아이는 결코 여자아이에게 이런 짓을 하지 않았을 것이다. 그 어느 누구에게라도. 말이 안 되는 일이었다.

하지만 커크가 나를 바라보는 눈빛이 어찌나 확신에 차고 강렬하던지 나는 더는 남편과 언쟁을 하지 않기로 했다. 대신 당분간이라도 남편을 믿기로 했다. 그가 옳으리라고, 그래서 우리 세 사람은 이 문제를 잘 이겨낼 것이라고 말이다. 어떻게든.

그날 밤, 나는 핀치와 대화를 시도했다. 커크와 나 둘 다 아이에게 말을 걸었지만 아이는 시험공부 해야 한다며 시간이 없다고 했다. 내일 얘기하면 안 돼요? 우리는 그러자며 마지못해 동의했고 커크는 피곤하다며 일찌감치 잠자리에 들었다. 나 역시 커크 옆에 누웠지만 온갖 염려와 걱정에 도무지 잠이 오지 않았다.

자정쯤, 나는 자리에서 일어나 내 사무실로 향했다. 서랍에서 윈저 학부모 요람을 찾아 꺼냈다. 알파벳 순서로 된 책자의 뒷부분에서 라일라와 토머스 볼피의 이름을 찾아냈다. 모친의 이름이 보이지 않았다. 대부분의 이혼 가정도 별도 항목으로 다른 부모의 이름이 표기되기 마련인데, 아마도 세상을 떠난 모양이라고 추측할 수밖에 없었다. 제발 엄마를 잃은 게 최근이 아니길, 하는 마음이 들었다. 그러다 라일라가 엄마와 함께 지낸 햇수가 최대한으로 많았으면 하고 바라는 마음도 들었다. 괜스레 우울한 마음이 들면서 라일라의 집 주소를 확인했다. 에이번데일이라는 처음 들어보는 길이었다. 우편번호가 37206인 걸 보니 이스트 내슈빌, 즉 컴버랜드 강 저편이다. 나는 랩톱을 열어 구글맵에 주소를 넣었다. 스트리트뷰로 보니 로크랜드 스프링스에 위치한 작은 단층집이었다. 흐릿한 사진이었지만 좁은 부지에 지대를 높여서 지은 집이라는 것, 길가에서 현관문까지 이어지는 계단이 있다는 것을 알 수 있었다. 마당에 작은 나무가 있고 집 주변으로 작은 덤불들이 심어져 있었다. 모든 각도에서 사진 속 집을 면밀히 살핀 후 그 주소를 부동산 사이트 질로우에 입력했다. 토머스 볼피는 그 집을 2004년에 17만 9천 달러로 구매했다. 4백만 달러를 조금 밑도는 우리 집을 생각하니 갑자기 부끄럽기도 하고 창피한 기분이 들었다. 이번에는 아메리칸익스프레스 온라인에 들어가 우리의 지난달 카드 사용명세서를 확인했다. 한 번에 몇백 달러씩 지출한 것들이 모여서 순식간에 어마어마한 액수로 불어난 것을 보니 민망하기 짝이 없었다. 이번 달은 세 사람 중에 내가 쓴 게 제일 많았다. 그러다가 핀치가 애플스토어에서 천 달러, 이모진+윌리에서 200달러, 파인우드 소셜 레스토랑에서 150달러를 카드로 지불한 것을 발견했다. 보의 파티가 열리기 전날 밤에 쓴 돈이었다. 새로운 휴대전화가 "필요"한지에 관해 핀치와 대화를 나눈 것까지는 기억이 나는데 실제로 휴대전화를 사라고 허락해 준 기억도 없고 또 샀으면 샀다고 보고받은 기억도 없었다. 핀치가 허락받지 않고 쇼핑이나 외식에 카드를 쓰고 있는 게 분명했다. 그런데 생각해보니 우리가 핀치의 소비에 있어서 규칙을 정해준 적이 없었다.

  사실 나나 커크 모두 아이와 좀처럼 돈 얘기를 하지 않는 편이었다. 5년 전 우리 형편이 완전히 다른 차원이 되면서 우리 가족의 소비 기준이 아주 단순해졌다. "그것이 과연 필요한가" 혹은 "그걸 살 돈이 있는가"였던 질문이 "갖고 싶은가"로 바뀐 것이다. 그 결과, 핀치는 돈에 대해 깊이 생각하지 않는 아이가 되었다. 아니 어쩌면 아예 생각하지 않는 걸지도 모른다. 예산을 짜보는 등 일반 사람들이 세우는 재정적 계획은 어떻게 하는지도 모르고 있는 아이다. 그래서 그런지 핀치가 다른 이들의 실질적인 필요에 무감각한 것 같았다. 나는 괜히 옆길로 새지 말자고 자신을 타일렀다. 돈이나 물질이 이 문제와 무슨 상관이 있담? 아무 상관없다. 인격은 돈과 무관하다.

  그렇지만 여전히 줄리는 그렇게 말하지 않을 것 같다는 생각이 들었다. 특히 커크가 뇌물을 줬다는 것을 알게 된다면 말이다. 지금 생각해보니 이건 중요한 문제라는 생각이 들었다. 만일 토머스가 정말 그 돈이 필요했다면? 그렇다면 이 상황이 달리 해석될 수 있을까? 그러면 커크가 그를 돈 주고 사려던 행위가 좀 더 괜찮은 것이 되는가? 헷갈리기 시작했다. 그래서 증거를 더 찾아보기로 했다. 입술을 잘근잘근 깨물며 페이스북에 들어가 '토머스 볼피'라는 이름을 쳐보았다. 세 명의 프로필이 뜨는데 이 지역 사람들이 아니었다. 구글 검색도 돌려봤으나 아무런 관련 정도도 찾지 못했다. 이번에는 라일라를 찾아보았다. 페이스북과 인스타그램에 그 이름이 뜨긴 했지만, 비공개로 되어있었다. 프로필 사진이 내가 볼 수 있는 전부였다. 어느 여름, 같은 날에 찍은 두 장의 사진이었다. 핀치의 사진에서 본 그 여자아이가 분명했다. 하지만 프로필 사진의 그녀는 정말 행복해 보였다. 러플 장식이 달린 오프숄더 블라우스에 하얀 반바지를 입고 부두에 선 사진이었다. 라일라는 날씬한 몸에 아름다운 긴 머리를 가진 예쁜 소녀였다. 나는 라일라의 모친을 떠올리며 그녀가 언제, 그리고 어떻게 세상을 떠난 것인지 궁금해졌다. 그러다가 다시 학부모 요람으로 눈을 돌려 토머스 볼피의 이메일 주소를 보고 나니 더는 참을 수 없었다. 나는 심호흡을 하고는 글을 써 내려가기 시작했다.

토머스 씨께,
저는 핀치의 엄마, 니나 브라우닝이라고 합니다. 어제 제 남편을 만나셨지요. 남편을 통해 어제 나누신 대화의 내용을 전해 들었습니다. 지금 어떤 기분이실지 모르겠습니다만, 상황을 바로잡기 위해서 말로만은 부족하다는 생각이 듭니다.
혹시 저를 만나주실 수 있으신지요? 허락해주시길 희망하며 회신을 기다리겠습니다. 그보다 더 중요한 것은 제 아들이 끔찍한 짓을 저질렀는데 라일라가 괜찮은지 궁금합니다. 두 분을 생각하며 기도합니다.

니나 드림.

나는 재빨리 교정을 보고는 마음이 바뀔세라 얼른 보내기 버튼을 눌러버렸다. 휘익, 하는 메일 전송 사운드가 내 사무실에 울려

퍼졌다. 그 순간 나는 토머스에게 연락한 것이 후회되었다. 하나는 커크가 알면 이를 전략적 실책으로 간주할 것이며 더 나아가 자기와 핀치를 배신하는 행위라고 할 것이었다. 또 하나는, 그리고 엄격히 현실적인 관점에서는, 행여나 이 남자가 나를 만나는 것에 동의한다고 하더라도 내가 그를 만나서 대체 뭐라고 할 것이냔 말이다.

무엇보다도 토머스가 내 이메일에 답을 할 리가 만무했기 때문에 (게다가 그는 이미 커크의 돈을 받았잖나) 이런 고민이 다 의미 없는 짓이라고 자신을 타이르던 찰나, 그의 이름이 내 컴퓨터 화면에 떴다. 안도와 공포심으로 뒤섞인 마음을 붙들고 받은편지함을 열어 그의 회신을 읽었다.

오후 3:30 봉고 이스트 커피숍? 톰.

좋습니다.

그렇게 자판을 치는 내 손이 떨렸다.

그때 뵙겠습니다.

다음 날, 나는 고문과도 같은 오전 시간을 보냈다. 집안을 서성이다가 틈만 나면 시계를 노려보는 등 안절부절못하며 톰과의 약속 시각이 되기만을 기다렸다. 열한 시에는 가장 차분한 강사 중 하나가 진행하는 명상 클래스를 들으러 갔는데 전혀 도움이 되지 않았다. 오히려 나는 신경이 잔뜩 곤두선 채로 집으로 돌아와 샤워를 하고 머리를 말렸다. 하지만 그마저도 과도하게 '신경 써서' 드라이를 한 것처럼 잔뜩 부푼 머리가 되고 말았다. 그래서 머리를 한데 모아 뒤로 묶고는 얼굴 주변으로 몇 가닥을 느슨하게 뺐다. 아이라이너는 건너뛴 가벼운 화장을 하고는 옷장을 열고 입을 옷을 골랐다. 변덕스러운 봄 날씨라 옷 고르기가 쉽지 않았는데 신발도 마찬가지였다. 부츠를 신으려니 너무 더웠고 샌들을 신기에는 아직 추웠다. 펌프스는 너무 차려입은 것으로 보였고 플랫슈즈를 신자니 자신감이 꺾이는 것 같았다. 오늘 같은 날은 더더욱 자신감을 포기할 수 없었다. 마침내 단순한 디자인의 누드톤 웨지힐과 파란색 DVF*랩원피스를 골랐다. 보석으로는 으리으리한 약혼반지는 빼 두고 다이아몬드가 박힌 버튼형 귀걸이와 밴드형 결혼반지를 선택함으로써 최대한 간결함을 유지했다. 이런 작은 부분까지 일일이 신경 쓰며 외모에 집중하는 것 자체가 나의 얄팍함을 드러낼 뿐임을 잘 알았지만, 첫인상이 중요하기에 과시하는 듯한 인상을 없애고 상대를 존중한다는 태도를 보이고 싶었다. 내슈빌의 교통 사정과 평상시 조금씩 늦는 나의 습관을 과도하게 신경 써서 그만 약속 시각보다 20분이나 일찍 파이브 포인츠 지역에 도착하고 말았다. 봉고 이스트 커피숍이 있는 단독 건물 앞에 단 세 개뿐인 주차구역 중 하나에 차를 세웠다. 이전에는 한 번도 들어가 본 적은 없는 곳이지만 무수히 지나친 곳이었다. 핀치가 언젠가 그곳이 '게임포인트'라는 이름으로도 불린다고 말해줬던 것이 기억났다. 역시나 뒤편의 벽에는 우드와 메탈로 만든 단순한 디자인의 선반

---

* Diane von Furstenburg, 유명 디자이너 이름의 줄임말.

이 걸려 있고 그 위에 수백 가지의 보드게임이 진열되어 있었다. 추억의 빈티지 게임들도 여럿 보였다. 주변에는 나이 든 남녀가 앉아서 배틀쉽 게임을 하고 있었는데 새로 연애하는 사이인지 매우 행복해 보였다. 혼자 온 손님들도 꽤 많았는데 대부분 랩톱을 펼치고 일하거나 뭔가를 읽고 있었다.

주문대의 줄은 짧았고 나는 기다리는 사이 여러 색깔의 분필로 쓴 메뉴판을 훑어보았다. 라떼와 고구마 화이트초콜릿 머핀을 주문하였다. 호기심에 시켰을 뿐 내가 먹지 못하리라는 것을 알고 있었다. 속이 울렁거리고 있었기 때문이었다. 나는 돈을 지불하고 팁 넣는 병에 1달러 지폐를 집어넣었다. 병에는 이런 말이 쓰여 있었다.

동전 처리가 곤란하신가요? 저에게 주세요!

그러고는 옆으로 비켜서서 문신한 남자 바리스타가 내 음료를 만들어주기를 기다렸다. 커피숍 내부를 둘러보니 천장 배관이 노출된 디자인에 콘크리트 바닥은 청록색 페인트로 칠해져 있었다. 눈부신 햇살이 높다란 유리블록 창문에 걸러져 들어오고 있었다. 전반적으로 그윽한 분위기를 풍기는 곳이었다. 우리 동네에 있는 스타벅스나 주스 바와는 전혀 다른 느낌이었다. 내가 주문한 라떼와 전자레인지로 데워 접시에 담긴 머핀을 받아 들고는 벽에 붙은 테이블을 찾아서 앉았다. 게임 코너와 가까운 곳이었다. 나는 입구를 바라보게 놓인 의자에 앉아 커피를 홀짝거리며 톰 볼피를 기다렸다.

정확히 3시 반이 되자 보통 키와 몸집을 한 남자가 걸어 들어오더니 주변을 두리번거렸다. 청소년기의 딸을 가진 아빠라고 하기엔 약간 젊은 듯했지만 그의 시선이 나를 향하는 순간 나는 그가 톰 볼피임을 직감했다.

나는 반쯤 어정쩡하게 일어서며 입 모양으로 그의 이름을 말하며 그가 맞는지 확인했다. 내 입 모양을 읽기엔 너무 먼 거리에 있었지만 내 몸짓을 보고는 알아챈 모양이었다. 그는 고개를 끄덕이고는 내가 있는 쪽으로 걸어왔다. 약간 긴 듯한 갈색 머리에 이틀쯤 면도하지 않은 듯한 수염, 강한 인상을 주는 턱이 어딘지 목수 같은 인상을 풍겼다. 잠시 후 그는 내가 앉은 테이블로 오더니 나를 빤히 쳐다보았다. 나는 완전히 자리에서 일어섰다. "혹시 톰 볼피 씨세요?" 내가 말했다.

"맞습니다." 그가 낮고 깊은 목소리로 대답했다. 그는 악수를 청하지도, 미소를 짓지도 않았으며 처음 만난 사람들이 의례적으로 하는 그 어떤 행동도 하지 않았다. 그렇다고 적대적으로 느껴지지도 않았다. 그의 태도에서 약간의 안심이 느껴지기도 했는데 분노라기보다는 불안함이 더 커 보였다. 대화를 어떻게 시작해야 할지 감이 잡히지 않았다.

"안녕하세요." 내가 양 손바닥을 드레스 옆면에 붙이며 말했다. "니나라고 합니다."

"네." 그렇게 대답하는 그의 눈빛이 텅 비어있었다.

"만나서 반갑습니다." 입에서 불쑥 나온 말이었는데 내뱉자마자 바로 후회했다. 이 상황에서 반가울 건 또 뭐람. 두 사람 어느 쪽에서도 그렇다.

하지만 그는 커피를 사 오겠다며 모른 척 넘어가 주었다. 그가 그렇게 돌연 몸을 돌려 카운터를 향해 가는 바람에 나는 어색한 자세로 몇 초간 더 서 있다가 엉거주춤 자리에 앉았다. 나는 그를 몰래 관찰했다. 그는 운동으로 다져진 듯한 탄탄한 몸을 가지고 있었는데 모르긴 몰라도 그렇게 타고난 것 같았다. 그는 빛바랜 청바지에 회색 헨리 셔츠를 밖으로 내 입었고 신고 있던 낡은 부츠는 뭐라 분류하기가 어려웠다. 컨트리 스타일이나 웨스턴 부츠라고 할 수도 없고 고무창을 댄 '작업용' 장화라고 보기도 어려웠다. 그렇다고 커크의 옷장 선반에 즐비하게 늘어선 신발들처럼 유럽풍이라거나 최신 유행을 따른 디자인은 더더욱 아니었다.

나는 그가 돈을 지불하고 잔돈을 팁 통에 넣은 후 자신의 커피가 만들어지기를 기다렸다가 그걸 들고 내가 앉은 테이블로 돌아오는 과정을 지켜보았다. 걸어오면서 고개를 숙이고 커피를 몇 모금 홀짝였다. 정확히 무슨 얘기를 하면 좋을지 몰라 아직도 막막했다.

잠시 후 그가 돌아와 내 맞은편에 앉았다. 그가 엄지로 뚜껑을 열고 컵 속의 뜨거운 김을 손으로 날려 보냈다. 그가 내 눈을 바라보자 머릿속이 멍해졌다. 아, 왜 더 준비하고 오지 않은 걸까? 이러니 커크가 나를 중요한 자리에 절대로 혼자 보내지 않는 거다.

톰이 먼저 입을 열어 나는 구원 받은 기분이 들었다. 물론 그게 톰의 의도는 아니었겠지만 말이다. "어디서 뵌 분 같군요." 그가 눈을 약간 찡그리며 말했다. "만난 적이 있던가요?"

"아닌 것 같은데요." 내가 말했다. "윈저에서 보신 것 아닐까요?"

"아뇨, 학교에서가 아니에요." 그가 머리를 흔들며 말했다. "뭔가 다른 일로 만난 것 같은데…… 한참 전에요."

나는 입술을 깨물었다. 땀이 나기 시작한다. 아아, 실크를 입는 게 아니었는데. "모르겠네요……. 얼굴을 잘 기억하는 편은 아니라서요. 가끔 장애가 있나 싶을 정도로……."

"그게 무슨 장애인데요?" 그가 고개를 약간 한쪽으로 기울이며 말했다. "다른 사람에게 집중하지 못하는 그런 것?"

지금 분명 내게 잽을 날린 것이다. 나더러 자아도취적이라고 말하고 싶은 것이다. 그렇다고 내가 지금 자기방어적으로 나가며 싸울 입장은 아니었다. 그래서 이렇게 말하고 말았다. "아뇨, 정말 그런 게 있어요. 안면인식장애인가…… 그런 이름으로 불려요. 제게 약간 그런 경향이 있는 것 같아요. 뭐 중요한 것은 아니지만요."

"그렇긴 하죠." 그는 맞장구를 치며 시선을 내려 커피잔의 뚜껑을 다시 닫았다. 그는 시간을 들여 플라스틱 뚜껑이 빈틈없이 닫히도록 손가락으로 일일이 눌렀다. 하긴 저쪽 입장에서는 서두를 일이 없었다. 그는 컵을 들어 올려 커피를 마시더니 다시 나를 바라보았다. 이번에는 나를 구원해주지 않았다.

"저기," 내가 마침내 입을 열었다. "어디서부터 시작해야 할지 모르겠군요."

"그 점이라면 도와드릴 방법이 없어 미안하군요." 그의 말에서 처음으로 적대감이 느껴졌다.

"네, 그렇죠. 전 그냥…… 그러니까, 제가 이메일로 말씀드린 것 같이 제 남편이 이 문제를 잘 처리하지 못한 것 같아서요."

톰은 고개를 끄덕였다. 그의 연갈색 눈동자는 차가움과 증오의 중간쯤 되는 빛을 뿜고 있었다. "아, 나를 돈으로 매수하려던 당신 남편의 시도 말씀이십니까?"

나는 심장이 쿵 내려앉는 것 같았다. "네, 그거요. 그게 전부는 아니지만요."

톰이 이미 그 돈을 입금했거나 혹은 써버렸을지도 모른다는 막연한 생각이 내 머리를 스치고 지나갔다. 그렇다면 내 말이 지금 이 사람까지 비난하는 셈이 되는 건가? 아니다, 그가 '시도'라는 표현을 쓰지 않았던가?

아니나 다를까 그가 뒷주머니에서 지갑을 꺼내더니 그 안에 가득 든 빳빳한 지폐들을 꺼냈다. 그리고는 현금 뭉치를 내 쪽으로 밀었다. 나는 100달러짜리 지폐 속의 익숙한 벤저민 프랭클린의 찌푸린 얼굴을 내려다보았다. 어떻게든 단어들을 문장으로 만들어 입 밖으로 내려는데 헛구역질이 날 것만 같았다.

"이런 말이 무슨 의미가 있나 싶지만, 정말 제 남편이 이런 일을 했다니 믿을 수가 없네요." 나는 돈뭉치를 내려다보며 말했다. "그러니까 제 말은, 제 남편이 이걸 당신께 드렸다는 사실을 잘 알고 있습니다……. 하지만 그 결정에 제가 개입하지 않았다는 점을 말씀드리고 싶어요. 저는 그런 식으로 해결되길 원하지 않았어요."

"그럼 당신은 어떻게 처리하고 싶었습니까?"

나는 정확히 모르겠다고 말했다.

그는 잠시 주춤하는 듯하더니 커피를 한입 더 마셨다. "하지만 당신이라면 뇌물공여는 하지 않았겠다?"

"네." 나는 당황스러워서 어쩔 줄을 몰랐다. "저도 남편이…… 이걸 드릴 줄은 몰랐어요."

"그렇죠. 만 오천 달러." 톰이 돈다발을 다시 쳐다보며 얘기했다. "이게 그 돈입니다."

나 역시 내려다보며 고개를 절레절레 흔들었다.

"그렇다면, 당신 남편이 이 돈으로 내게 원한 것이 정확히 무엇이었던 거죠?"

"모르겠어요." 나는 다시 그의 눈을 바라보며 말했다.

그는 미소가 보일락 말락 하는 얼굴로 믿지 못하겠다는 듯이 나를 쳐다보았다. "모르시겠다?"

나는 침을 꿀꺽 삼키며 솔직하게 나가기로 했다. "제 생각에 그이는…… 핀치가 원저의 명예위원회에 회부되지 않도록 볼피 씨가 나서서 교장에게 말해주길 바라는 마음에 동기부여 차원으로 이렇게 한 것 같아요."

"동기부여가 아니라 뇌물공여겠지요."

"네."

"그래서 당신은 어떻게 생각하십니까?"

"무슨 뜻으로 하시는 말씀이신지……." 나는 더듬거렸다.

"당신은 핀치가 명예위원회에 서야 한다고 생각하십니까?"

나는 고개를 끄덕였다. "네, 사실은 그래요."

"왜죠?" 그가 바로 받아쳤다.

"아이가 잘못했으니까요. 큰 잘못을 했으니 마땅한 책임을 져야 한다고 생각해요."

"예를 들어?" 그가 틈을 주지 않고 물고 늘어졌다.

"글쎄요, 저도 모르겠어요. 학교가 정하는 대로요……."

톰이 신랄한 소리를 내며 웃었다.

"뭐가 우습죠?" 나는 언짢은 기분이 들었다. 이 사람 눈에는 내가 지금 얼마나 노력하고 있는지 안 보이는 건가? 내 입장도 좀 이해해주면 안 되는 건가? 그게 그렇게 어렵나?

"우스워서 그런 것이 아닙니다…… 이게 재밌는 상황입니까?" 그가 말했다. 그의 얼굴에서 미소가 사라지더니 다시 돌처럼 굳은 얼굴이 되었다.

우리는 몇 초간 서로를 빤히 쳐다보았다. 그가 마침내 목을 가다듬으며 이렇게 말했다. "그냥 궁금해서 그러는데, 당신과 당신 남편이 학교에 갖다 바치는 돈이 얼마나 됩니까? 학비를 훌쩍 넘는 웃돈을 주나 보죠?"

"그게 무슨 말씀이시죠?" 그가 무슨 말을 하려는지 정확하게 이해되었지만 그렇게 물을 수밖에 없었다.

"그러니까 윈저 캠퍼스에 당신네 이름으로 된 건물이라도 있나 해서 묻는 겁니다."

"없습니다." 내가 말했다. 아, 물론 학교 도서관 안에 우리 이름을 딴 회의실이 있긴 하다. 그리고 분수대도. "솔직히, 저는 그게 이 문제와 어떤 연관성이 있는지 잘 이해가 가지 않네요. 남편이 그런 짓을 하긴 했지만, 물론 정말 해서는 안 되는 일이었죠, 어쨌거나 쿼터먼 교장 선생님은 그런 분이 아니…"

"그런 분이라니, 어떤 분 말씀이시죠?"

"그분은 좋은 분이에요. 우리가 학교에 어떤 기여를 했는지에 따라 결정을 내릴 분이 아니라고요." 내가 말했다.

"이보시오." 그가 커피 컵 위로 얼굴을 내밀었다. 그의 수염에 묻은 커피 방울이 자세히 보일 정도로 그의 얼굴이 내 얼굴 가까이 다가왔다.

"마음대로 지껄이시오. 하지만 세상이 어떻게 돌아가는지 정도는 나도 잘 알고 있소. 그리고 물론, 당신 남편도 그걸 잘 알고 있고." 그는 그렇게 말하며 돈다발을 내 쪽으로 밀었다. 그의 목소리는 침착했지만, 눈빛만은 분노로 이글거리고 있었다.

"저는 남편이 이번에 잘못 판단했다고 생각해요." 돈을 바라보며 말하는 내 목소리가 떨렸다. 나는 그 돈을 얼른 내 가방에 쑤셔 넣음으로써 마침내 시야에서 없애버렸다.

톰은 내게 해명할 기회도 주지 않고 이렇게 말했다. "아들이 프린스턴에 들어갔다면서요?"

"네." 내가 말했다.

"축하할 일이이군요. 자랑스러우시겠습니다."

"그랬죠." 내가 말했다. "하지만 지금은 자랑스럽지 않네요. 아들 녀석 때문에 부끄럽습니다. 제 남편도요. 그리고 정말 죄송하다고…"

그는 나를 노려보더니 이렇게 말했다. "이봐요. 보아하니 이런 거로군요. 당신 남편은 돈으로 이 일을 없었던 것으로 만들려고 했고, 당신은 그걸 말로 때울 셈이었고요. 근사한 사과를 하면 된다고 생각했던 거죠. 그런데 지금 당신도 남편이 진상이라고 생각하는 모양이라 남편이 싼 똥을 치워야겠다고 생각하는 중이죠. 당신 아들 것까지."

얼굴이 화끈 달아올랐다. 나는 고개를 저었다. "아뇨. 제가 하려는 건 그게 아니에요. 누군가의 뒤를 닦기 위해 여기에 온 것도, 일어난 일을 없었던 것으로 만들려고 온 것도 아니에요. 그저 죄송하다고 얘기하고 싶어서 왔어요. 정말 죄송하니까요."

"좋습니다. 그래서요?"

"그래서라뇨?" 내가 물었다.

"기분이 좀 나아집니까? 그렇게 말하니까? 제가 걱정 말라고 다 괜찮다고 말할 줄 알았나요? 상처받지 않았다고, 다 용서했다고, 그리고 당신은 당신 남편이나 아들보다는 나은 사람인 것 같다고?" 그의 어조가 한층 격앙되었고 이제는 손까지 휘저으며 말하고 있다. 그의 손에 있는 굳은살이 보였다. 왼손 엄지에는 깊고 기다란 상처가 있는데 딱지가 있는 걸 보니 막 생긴 상처 같았다.

나는 고개를 저으며 다시 한번 단호하게 아니라고 말했다. 하지만 마음속 깊은 곳에서는 꼭 부정할 수만은 없다는 걸 알고 있었다. 지금 나는 이 사람 앞에서 내가 좋은 사람이라는 것을 알리려고 하고 있었다. 적어도 나는 내가 그렇다고 생각했다. 내가 원하는 것을 얻기 위해 뇌물을 쓰는 그런 사람은 아니라는 걸 알리고 싶었다. "아뇨. 전 이 사건이 명예위원회에 회부되어야 한다고 말씀드리려고 이 자리에 나왔어요." 나는 조용하게 말했다. "그렇다는 점만은 꼭 알아주셨으면 해요."

그는 나를 쳐다보더니 어깨를 으쓱했다. "알겠습니다. 좋아요.

그게 다인가요?"

"아뇨." 그렇다, 사실 이것 말고 다른 이유가 있었다. 내가 이 자리에 나온 또 다른 이유. 나는 위험을 무릅쓰고 이 말을 입 밖으로 내었다. "여기에 온 다른 이유는…… 라일라가 어떤가 궁금해서요……. 라일라는 괜찮은가요?"

의자 뒤로 기대어 고쳐 앉던 그의 얼굴에 놀란 표정이 스치는 게 보였다. 몇 초간 정적이 흐르더니 그가 대답했다. "아이는 잘 있습니다."

"라일라는 어떤…… 아이인가요?" 나는 욕 먹을 준비를 단단히 하고 용기를 내어 물었다. 그가 당신이 알 바 아니라고 하면 그만이었다.

의외로 그가 대답해주었다. "라일라는 사랑스러운 아이죠. 하지만 강한 아이입니다."

나는 고개를 끄덕였다. 그가 곧 자리를 털고 일어설 것 같아 나는 얼른 덧붙였다. "저기…… 라일라에게 미안하다고 전해주시겠어요?"

그는 덥수룩하게 자란 수염을 쓰다듬더니 다시 몸을 앞으로 기울이고 내 눈을 빤히 들여다보았다. "왜 당신이 미안해하죠? 자식 잘못이 본인 탓이라고 생각하는 건가요?"

나는 주저하며 잠시 생각하다가 대답했다. "네, 사실 그래요. 적어도 부분적으로는요."

"어째서 그렇죠?" 그가 심문하듯 물었다.

"왜냐하면." 내가 말했다. "엄마니까요. 제가 더 잘 가르쳤어야 하니까요."

봉고 이스트를 나와 우드랜드 스트리트 다리를 건너오면서 곧장 집으로 가고 싶지 않다는 생각이 들었다. 그래서 로어 브로드웨이 길을 통해 멀리 돌아가기로 했다. 내슈빌의 심장과도 같은 곳이다. 네온 불빛이 번쩍이는 싸구려 술집들과 대중적인 식당들로 가득한 이곳은 마지막으로 결혼한 친구의 처녀 파티를 끝으로 한 번도 와본 적이 없었다. 이곳에 더 자주 오지 못하다니 아쉬운 일이다. 나는 로버트 바와 레일라 바 그리고 투씨스의 라이브 음악을 좋아하지만 그건 커크 취향이 아니다. 커크가 잔뜩 술에 취하면 이따금 가자고도 하지만, 그런 상황은 또 내 취향이 아니다.

나는 계속 차를 몰고 다운타운을 누볐다. 그러다가 6번가로 들어섰는데 허미티지 호텔 앞에서 속도를 늦췄다. 호프 갈라가 있던 날 밤, 우버 택시 차 문을 열어주었던 그 주차 요원이 오늘도 정문에 서 있었다. 그날이 겨우 닷새 전이라는 사실이 믿어지지 않았다. 그날 밤 이후 너무 많은 것이 달라졌다. 다른 건 몰라도 내 안에서 일어난 변화들이 그랬다.

가방 속에서 휴대전화의 진동벨이 울리고 있었다. 나는 발신자도 확인하지 않고 주의회 의사당 건물을 돌아 저먼타운으로 차를 몰았다. 갑자기 허기가 느껴졌다. 아니, 그보다 굶주림에 가까웠다. 마지막으로 공공장소에서 혼자 밥을 먹은 게 언제였더라.

바에 혼자 앉아있으려니 해방감이 찾아왔다. 커크는 식사 장소뿐 아니라 우리가 앉을 테이블까지 언제나 자기가 정했고, 종종 내가 먹을 것까지 직접 정하여 주문하기도 했다. "비프 타르타르와 찹샐러드를 시켜서 나눠 먹은 다음 메인으로는 송어 요리와 립아이 스테이크 어때?" 결국 자기가 먹고 싶은 걸 먹겠다는 거다. 수동성이 세상에서 가장 죄질이 나쁜 건 아닐지라도 이제부터 내가 먹을 음식은 내가 고르자고 결심했다. 작은 첫걸음.

나는 마르게리타 피자와 데블스하비스트 맥주를 시켰다. 바텐더가 맥주 캔을 따서 유리잔에 부으려고 하길래 나는 그를 막고는 직접 할게요, 고맙습니다, 라고 말했다. 또다시 휴대전화 진동벨이 울렸다. 그제야 휴대전화 화면을 보니 커크와 핀치에게서 온 부재중 전화와 문자 메시지가 있었다. 어디 있느냐, 언제 집에 오느냐, 스페리 레스토랑에서 이른 저녁을 먹으려는데 함께 하겠느냐. 두 사람은 이미 이야기가 끝난 후라는 것을 알아챌 수 있었다. 두 사람의 문자 내용이 너무 비슷해서 의아한 생각이 들었다. 커크가 뭔가를 꾸미는 중인가? 아니면 둘 다 마땅히 할 만한 걱정을 하는 중인 건가? 확신은 서지 않았지만 어쨌거나 두 사람을 그룹으로 묶은 후 한꺼번에 답을 했다. "할 일"이 있었던 걸 깜빡했으니 "그냥 나 빼고 먹으라"고.

나는 내가 한자리에서 끝낼 수 있다고 생각했던 양보다 더 많은 양의 피자를 먹고 맥주도 1파인트를 마셨다. 계산을 마친 후 차에 다시 탔다. 또다시 정처 없이 여기저기 차를 끌고 다니다가 웨스트엔드 방향으로 가서 센테니얼 파크에 도착했다. 핀치가 아직 유모차를 타던 시절 커크와 내가 자주 찾던 공원이었다. 핀치의 어린 시절 중에서 내가 아이와 가장 행복했던 때가 언제였을까 곰곰이 생각해보니 초등학교 중반쯤이었던 것 같았다. 핀치가 3, 4학년 때, 그러니까 아이가 만으로 여덟, 아홉 살로 자기 의견도 분명히 표시할 줄 알고 엄마와 제법 대화도 될 만큼 커서 얘기도 통하지만, 여전히 공공장소에서 엄마 손을 잡고 다닐 만큼 어리디어린 그 시절이었다. 아동기의 한중간. 아아, 그때가 너무나 그립다. 우리가 즐겨 찾던 미술관이 자리한 아테네의 그것을 모방한 파르테논 신전의 계단에 걸터앉아 있으니 번뜩 떠오르는 기억이 있었다. 늦은 가을이었는지 핀치와 나는 둘 다 외투를 걸치고 있었다. 나는 이곳 계단에 앉아있었고 핀치는 낙엽을 주워 루타바가와 콜라드 그린 스튜를 끓이는 흉내를 내고 있었다. 그리고는 동요를 부르곤 했는데 아직도 그 가사가 생각이 났다.

빅터 비코와 프레디 바스코 / 부리토와 타바스코를 먹었다네 / 밥 위에 얹어서 콩 위에 얹어서 / 루타바가에 얹어서 콜라드 그린에 얹어서!

핀치는 노래하고 춤추는 걸 좋아하는 아이였다. 핀치는 음악과 미술과 요리를 즐길 줄 아는 아이였다.
"계집애 같기는." 커크는 그렇게 말하곤 했다. 그러면서 내가 우리 아들을 '너무 무르게' 키우는 게 걱정이라고 했다.
나는 말도 안 되는 얘기라고 쏘아붙이곤 했지만, 어느새 나는 결국 남편의 바람대로 따라가고 있었다. 핀치의 빈 시간은 좀 더 주류 사회의 남자아이들이 즐기는 활동으로 채워졌다. 스포츠와 테크놀로지(커크의 관심사)가 음악과 미술(내 관심사)을 밀어냈다. 나는 그래도 괜찮다며, 우리 아들이 자기 자신에게 충실한 사람이 되기만 한다면 괜찮다며 자신을 위로했다. 하지만 우리 아들은 어느새 자기 아버지를 닮아가고 있었다. 모든 면에서.

어쩌면 지나친 단순화의 오류인지도 모른다. 취미생활을 보고 사람을 판단할 수는 없으니까 말이다. 하지만 나는 아들을 잃어버리고 말았다는 느낌을 지울 수 없었다. 두 사람 모두 잃어버렸다. 그리움이 사무치며 옛날로 돌아가고 싶은 마음이 들었다. 그럴 수만 있다면 다른 선택을 했을 텐데. 아이에게 물질적 소유욕을 덜 심어주고 대신 엄마와 더 많은 시간을 보내게 해줄 텐데. 아이와 더 많은 대화를 시도했을 텐데. 아이가 엄마의 관심을 귀찮아하는 순간이 오더라도 엄마가 더 노력했을 텐데.

내 인생도 가만히 되짚어보았다. 몇 년 전부터 자선사업 일로 바빠지기 시작했고, 맨날 같은 사람들과 만나는 일이었지만 사교모임도 더 많아졌다. 이 모든 소용돌이가 커크의 회사 매각 시점 그리고 핀치의 사춘기가 시작된 시점과 어쩌면 그렇게 맞아떨어졌을 수 있을까? 순서상 어느 게 가장 먼저였는지 콕 집어서 말하기는 어렵지만 내 잘못이 아예 없다고 할 수는 없었다. 사소한 일들이 점점 내 삶의 중심이 되어갔다. 회의, 파티, 미용실 예약, 운동, 테니스 경기, 점심 약속. 그래, 그중 일부는 자선사업 하느라 그랬다고 변명할 수 있다. 하지만 누구를 위한 자선인가? 그것들이 지금도 여전히 중요한 의미를 갖는가? 시간을 내어 아들과 앉아서 여자, 타문화, 타인종을 존중하는 법을 가르치는 것보다 중요했을까? 커크와 가방 속에 들어있는 100달러 지폐들이 떠올랐다. 커크의 인생관을 상징하는 그 돈뭉치. 적어도 요즘의 그는 그랬다.

결혼 생활에서도 관계를 중요시 두었던 우리의 우선순위가 정확히 언제부터 흐트러진 건지 궁금해졌다. 우리가 일상에서 하는 작고 사소해 보이는 선택들, 그리고 그것이 가져오는 누적 효과에 대해 생각해보았다. 그런 것들이 잠재적으로라도 핀치에게 어떤 영향을 미쳤을까? 아이 눈에도 최근 부모 사이에 대화가 뜸했다는 것이 보였을 것이다. 행여 대화를 했다고 해도 돈에 대한 이야기거나 피상적인 대화에 불과했으리라. 커크가 내게 하는 칭찬도 언제나 내 외모나 내가 구입한 물건에 대한 것뿐, 내 생각이나 나의 수고, 혹은 꿈에 대한 것이 아니었다. 하긴 나도 어느새 꿈이 뭔지 잘 모르게 되었지만 말이다. 커크와 나 사이가 원래부터 이랬을까? 핀치를 다 키워 내 시간이 많아진 관계로 이제야 깨닫게 된 것일까?

깊고 찌르는 듯이 아픈 고독감이 몰려왔다. 단순하게 살던 시절에 대한 그리움이 고통처럼 찾아왔다. 지겹게만 느껴지던 잡다한 일들을 다시 하고 싶었다. 핀치를 학교나 방과 후 활동에 데려다주고 데려오는 일, 핀치를 위해 준비하던 아침과 저녁 식사, 빨리 침대에 들어가라는 잔소리, 그리고 내가 제일 싫어하던, 식탁에 앉아 숙제를 도와주던 일까지.

내 생각은 자연스레 톰과 라일라에게로 이어졌다. 홀아버지와 딸의 관계. 톰이 커크와 나에 대해 했던 말. 이번 사건에 대해 라일라가 느끼는 감정. 나는 라일라와 대화를 나누고 싶었다. 그 욕구가 터무니없을 정도로 강렬했다. 어쩌면 이 감정은 어떤 끈 같은 것일지도 모르겠다. 현재와 과거를 연결하는 끈. 라일라의 이야기에 연결된 과거 나의 이야기. 어딘가에 묻어버린 고대의 기억.

그 사건은 밴더빌트에서의 첫 학기에 일어난 일이었다. 나는 대학이라는 더 크고 멋진 세상에서 내 자리를 찾아가고 적응하느라 애를 쓰는 중이었다. 고등학교 졸업을 얼마나 갈망했던가. 매일이 똑같아 지루한 브리스톨을 하루라도 빨리 떠나고 싶었지만, 막상 대학에 오고 나니 고향이 그리웠다. 부모님이나 살던 집보다 그리웠던 것이 사귄 지 2년쯤 된 남자친구 테디였다. 그는 농구 장학생으로 버밍햄이라는 도시에 있는 샘포드 대학교에 다니고 있었는데 내가 있는 밴더빌트에서 차로 3시간가량 떨어진 곳이었다. 테디와 나는 매일 밤 전화를 하고 장문의 손편지를 주고받으며 매일 서로에 대한 사랑과 헌신을 맹세하는 사이였다. 테디가 내 '짝'임에는 털끝만큼의 의심도 하지 않았다.

그러는 사이 내게는 새로 어울려 다니는 무리가 생겼는데 룸메이트인 엘라이자를 비롯하여 역시 같은 기숙사에 사는 블레이크와 애슐리가 그들이었다. 우리 네 사람은 여러 면에서 달랐다. 먼저 지리적으로 엘라이자는 뉴욕 출신이었고 블레이크는 LA 그리고 애슐리는 애틀랜타 출신이었다. 세 친구 모두 나보다 부유한 가정 출신이었고 나와는 다른 어떤 세속적인 면을 가지고 있었다. 세 친구 모두 유명한 사립학교를 나왔지만 나는 지극히 평범한 공립학교를 졸업했다. 모두들 세계 곳곳을 돌며 여행을 다녔는데 특히 아스펜, 낸터킷, 파리 같은 곳들은 한 번 이상 가봤다고 했고 그뿐 아니라 아시아나 아프리카 같은 이국적인 곳들도 많이 경험한 친구들이었다. 반면 우리 가족에게는 그랜드캐니언이나 디즈니월드에 가는 것이 대단히 특별한 여행이었다.

이 친구들은 모두 미식가들이라 (지금처럼 먹방이 유행하기 한참 전의 일이다) 학교 구내식당을 끊임없이 비난하곤 했다. (내 입에는 썩 괜찮았는데도 말이다.) 그녀들은 내슈빌에 새로운 레스토랑이 열리면 기다렸다는 듯이 방문하여 가격이 두 자리 숫자인 메인요리를 시켜먹으며 거침없이 아버지의 신용카드를 긁곤 했는데 나로서는 도저히 쫓아갈 수가 없었다. 그래서 나는 이런 자리를 되도록 피했고 어쩔 수 없이 같이 가는 경우에는 "별로 배가 고프지 않네"라는 말로 선수를 치면서 비교적 저렴한 애피타이저만 골라서 먹곤 했다. 그리고 이들의 옷장은 언제나 고급스럽고 화려했다. 로라애슐리[*] 스타일의 참한 애슐리와는 달리 엘라이자와 블레이크는 훨씬 더 과감하고 튀는 의상을 입긴 했지만, 아무튼 내 옷들은 하나같이 기본적인 아이템들뿐이었고 내겐 갭을 입는 정도가 한껏 멋을 낸 것에 속했다. 이들은 대놓고 잘난 척을 하지는 않았지만, 워낙 타고나기를 그렇게 타고나서 나는 이들 틈에서 바보가 되거나 창피를 당하거나 둘 중 하나였다. 그렇게 나는 친구들의 세련된 기준들을 이해하지 못해 애를 먹었다.

---

[*] 영국의 패션, 텍스타일, 가구 브랜드로 우아하고 고급스러운 스타일이 특징.

솔직히 테디는 이 부분에서 도움이 되어주지 못했다. 어느 주말 그는 친구의 트럭을 빌려 타고 나를 만나러 내슈빌까지 운전해왔었다. 갑자기 찾아와서 나를 깜짝 놀라게 해주고 싶었던 테디는 오는 길에 들에서 꺾은 야생화를 트럭에 한 아름 싣고 나타났다. 물론 나는 테디가 너무 반가웠고 그의 로맨틱한 모습에 감동을 하였지만 내 친구들이 그에게 인사하겠다고 모여들자 나는 불가해한 수치심을 느꼈다. 브리스톨에서 테디의 인기는 대단했었다. 얼굴도 잘생겼지만 그 지역에서 유명한 운동선수였기 때문이었다. 그런데 내 친구들의 눈을 통해 테디를 보니 그는 그저 지나치게 다정하고 지나치게 단순하며 지나치게 시골스러운 남자에 불과했다. 평소에는 내가 귀엽게 여겼던 그의 짙은 남부 사투리도 지금 들으니 무식한 시골 아저씨의 말투처럼 들렸다. (그는 원래 미시시피 출신으로 열두 살까지 그곳에서 자랐다.) 산간벽지에서 온 것 같은 표현들도 그랬다. 그는 부서졌다는 말 대신 '빠사졌다'고 했고, 건너간다는 말 대신 '건디간다'고 했으며, 뭔가를 하려고 했다는 말 대신 '할라 캤다'고 말했다. 그의 머리와 옷과 신발 모두 촌스러워 보였다. 정확히 어디가 문제인지 짚어낼 수는 없었지만 밴더빌트의 남학생들과는 사뭇 다른 모습이었다. 적어도 내 친구들이 끌린다고 얘기하는 그런 남자아이들과는 완전히 달랐다. 물론 그런 이유로 우리의 사랑이 흔들리거나 하지는 않았다. 나는 그 정도로 얕은 여자애가 아니었다. 하지만 내가 그와 평생을 같이 한다면 나는 어떤 삶을 살게 될까, 그리고 다른 남자와 결혼한다면 어떻게 달라질까를 잠시 생각한 것은 사실이었다.

테디는 둘째치고라도, 일단 내 친구들이 남자친구를 달고 대학에 온 나를 모자란 아이 취급한다는 인상을 받았다. 어느 날 밤인가 세 친구가 내 고등학교 졸업앨범을 들춰보다가 테디와 내가 '가장 결혼에 골인할 것 같은 커플'로 뽑혔다는 것을 알게 되었다. 아이들은 그걸 보고 배꼽을 잡고 웃었는데 나는 그게 왜 우스운 건지 도통 이해할 수가 없었다.

"대박! 쓰러지겠다!" 블레이크가 애슐리와 의미심장한 눈빛을 교환하고는 박장대소를 터뜨리며 말했다. 그녀들이 뒤에서 내 얘기를 한다는 느낌을 받은 것은 그때가 처음이 아니었다.

나는 졸업앨범을 낚아채서는 쾅 닫아버렸다.

"그렇다고 진짜 결혼한다는 것도 아니잖아." 그렇게 말하고 나니 테디에게 미안한 마음이 들었다. "그냥 오래 사귀어서 그런 거라니까."

"흐음." 블레이크가 말했다.

엘라이자가 물었다. "어제 너희 싸운 것 아니었어?"

"진짜 싸운 건 아니야." 나는 어제의 장시간 통화 중에 어떤 이야기를 주고받았었는지 떠올리려고 애쓰며 대답했다. 우리는 언제나 다정하게 통화를 했지만, 이따금 사소한 불안감과 질투심이 몰려와 다투기도 했다.

"장거리 연애는 절대로 성공 못 해." 블레이크가 공표하듯 말했다. 연애 문제에서는 자기가 최고 권위자인 줄 아는 친구였다.

"그렇게 말하지 마." 그나마 내 편을 들어주는 엘라이자가 말했다. 내가 자기에게 비밀을 털어놓는다는 걸 알기 때문이었으리라.

"잘될 수도 있잖아."

"다른 남자도 만나 보기는 할 거지?" 애슐리가 심문하듯 물었다.

"적어도 바람은 피워봐야지?" 블레이크가 웃으며 말했다.

"둘 다 아니야." 이렇게 말하면 더 어리숙해 보여 놀림 받을 것을 알았지만 신경 쓰지 않기로 했다.

"하지만 테디가 아닌 다른 남자와도 섹스해보고 싶지 않아?" 블레이크가 담배에 불을 붙이며 물었다. "네가 모를 뿐이지 알고 보면 테디가 아주 형편없을 수도 있잖아. 적어도 비교 대상은 있어야지."

나는 침을 삼키고는 사실대로 털어놓기로 했다. 그동안 최대한 피해왔던 얘기였다. "나, 그게, 아직 테디와도 안 자봤어." 내가 말했다.

엘라이자는 깜짝 놀란 얼굴을 했지만, 나머지 둘은 웃음을 터뜨리며 연신 "설마, 농담이겠지" 같은 말들을 늘어놓았다.

"정말이야." 내가 말했다. "하지만 그 직전까지는 가봤어."

마지막에 덧붙인 말은 효과가 없어 보였다.

"왜 그랬어? 뭣 때문에?" 애슐리가 물었다. 나를 무슨 흥미로운 사회학적 연구 대상으로 보는 모양이었다.

"모르겠어. 난 그냥…… 기다리고 싶었어." 나는 그렇게 말하며 줄리를 떠올렸다. 9학년 때 우리는 최대한 늦게까지 기다리자고 맹세했었다. 적어도 대학을 가기 전까지는 절대로 하지 말자고 약속했었다. 이런 것들을 구구절절 변명하지 않아도 되는 친구가 너무 보고 싶었다.

"뭘 기다리는데? 결혼?" 블레이크가 물었다. "종교적인 거야?"

"아니." 나는 재빨리 대답했다. 점점 그 자리가 불편해졌다. 테디는 혼전순결을 지키지 않으면 안 된다고 생각하는 사람이었지만 그럼에도 내가 관계를 원한다고 하면 얼마든지 그렇게 해줄 사람이었다.

"아. 난 또 샘포드가 엄청 진지한 신학교인 줄 알았지?" 그렇게 말하는 블레이크의 어조에서 비웃음이 묻어났다. 그게 신학교를 비웃는 건지 샘포드라는 대학의 수준을 비웃는 건지 구분할 길은 없었다.

"맞아, 그 학교 기독교 학교야." 내가 말했다. "그렇다고 테디가 성자나 뭐 그런 건 아니잖아."

"글쎄, 난 기다리는 것도 좋은 것 같아." 애슐리가 말했다. 그 그룹에서는 그나마 나와 가치관이 비슷한 친구였다. 어쩌면 우리 두 사람 모두 남부 출신이라 그랬을 수도 있다.

엘라이자와 블레이크도 고개를 끄덕였지만 전혀 동의하지 않는다는 것은 쉽게 눈치챌 수 있었다. 두 사람에게 섹스는 스시와 같은 범주에 있었다. 두 가지 모두 열여덟이 되기 전에 경험해야 하는 것들이었고 여기에 캘리포니아롤이나 핸드잡은 끼워주지 않았다.

그날 나는 처음으로 이들의 말이 맞을지도 모른다고, 내가 지나치게 신중했던 걸 수도 있다고 생각하게 되었다. 어쨌건 나는 이미 대학생이었다. 좀 더 대담하게 내 지경을 넓히고 테디에게만 의존할 것이 아니라 내 인생을 스스로 고민해보자는 마음이 들었다.

"좋아, 애들아." 나는 대화의 주제를 바꾸고 싶은 간절함에 입을 열었다. "한잔 마셔야겠다."

사실 머릿속으로는 한잔보다 더 마시겠노라고 결심하고 있었다. 태어나서 처음으로 술에 취해 보기로 작정했다. 테디는 음주 역시 옳지 않다고 생각해서 그는 내가 맥주 파티에 가는 것을 달가워하지 않았다. 그래서 나는 성경 속 인물도 항상 와인을 마셨다는 얘기로 그를 설득해보려고 한 적이 있었다.

"성경은 율법을 지키고 성령으로 충만하라고 말하잖아." 그는 자기도 친구들과 어울려 술에 취한 적이 한 번 있었는데 그 기분이 얼마나 싫었는지를 설명해주었다. "그건 그냥 독주Spirits로 충만한 거지, 성령Spirit으로 충만한 게 아니었어."

나는 당시 그의 말을 잘 알아듣지 못했고 왜 두 가지 모두로 충만하면 안 된다는 건지 이해가 되지는 않았지만 테디의 그런 면을 멋지다고 생각했다. 그날도 나는 여전히 그를 존중했지만 그는 세 시간이나 떨어진 곳에 있었다. 나는 내 대학 경험이 그의 대학 경험과 똑같을 이유는 없다고 생각하기에 이르렀다.

그래서 나는 자리에서 일어나 우리 방으로 돌아가 엘라이자가 임시로 만든 바에서 칵테일을 만들었다. 희석용 음료가 떨어진 걸 보고 플라스틱 컵에 보드카 스미노프를 넣고는 주스 음료를 만드는 가루인 크리스탈라이트를 한 스푼 떠 넣었다. 복도 끝에 있는 얼음 기계에서 얼음을 가져오는 것도 귀찮아서 그냥 들이켜버렸다. 목으로 넘어감과 동시에 강력한 술기운이 올라왔다. 취기가 돌면서 나의 친구들과 밴더빌트의 모든 것이 사랑스럽게 느껴졌다. 그리고는 엘라이자에게서 몸에 붙는 미니 홀터드레스를 빌려 입었다. 친구들이 나더러 섹시해 보인다고 칭찬해주었다. 그들은 진심으로 내 몸매나 머리, 얼굴을 부러워하며 칭찬했다. 가는 곳마다 남자들의 시선이 느껴지기 시작했다. 나는 파티에서 술 취해 노는 것이 이층 침대의 위층에 기어들어가 이불 속에서 테디와 통화하며 징징대는 것보다 훨씬 더 즐겁다는 것을 알게 되었다. 남자들과 노닥거리고 함께 춤추고 계속 마셔대면서 장거리 연애에 대한 내 친구들의 말이 맞을지도 모른다고 생각했다. 나는 겁도 없이 맥주와 독주를 섞어 마셨다. 다른 건 몰라도 테디와 내가 다른 사람들을 만나볼 필요가 있다는 말은 맞는 것 같았다.

그러다가 나는 애슐리의 고향 친구 중 한 명과 꽤 한참을 이야기하게 되었다. 이름은 잭 러더포드였고 덥수룩한 금발 머리에 귀여운 보조개를 가진 남학생이었다. 그는 나보다 키가 몇 센티 작았고 비쩍 마른 편이었다. 내게 남자친구가 없다고 하더라도 만나지 않았을 타입이었기에 나는 그와 그렇게 노닥거리며 이야기를 나누고 함께 춤을 추면서도 전혀 죄책감을 느끼지 않았다. 그런데 그가 지나치게 친근하게 다가오기 시작하자 나는 그에게 기숙사로 돌아가겠노라고 말했다.

"내가 데려다 줄까?" 그가 제안했다.

"나 남자친구 있어." 나는 불쑥 그렇게 내뱉었다.

"명심할게." 잭이 웃음을 터뜨리며 말했다. "너에게 추근대려는 것 아니야, 니나. 그냥 데려다 주겠다는 것뿐이지."

잠시 망설이다가 애슐리에게 슬쩍 물어보니 잭은 괜찮은 남자라며 나를 안심시켰다. 게다가 그는 전국 순위를 가진 골프선수로 어떤 대학이든 원하는 대로 갈 수 있었던 그런 사람이라고 말해주었다. "애틀랜타의 모든 여자가 그와 사귀지 못해 안달이었어." 나는 애슐리가 뭘 얘기하고 싶은 건지 눈치챘다. 그녀는 내게 윙크하며 이렇게 덧붙였다. "혹시 알아!?"

나는 고개를 강하게 저으며 말했다. "그냥 데려다 주는 것뿐이야."

그 순간 처음으로 죄책감이 들면서 잭이 신경 쓰이기 시작했다. 하지만 나는 기숙사로 돌아가야만 했고 이미 많이 취한 상태라서 남성으로부터 보호를 받으며 교정을 지나는 것도 나쁘지 않겠다고 생각했다.

그래서 우리는 그렇게 기숙사로 향했다. 그런데 잭이 가는 길에 자기 숙소에 잠시 들러도 괜찮냐고 물었다. 뭔가 가져올 것이 있다고 했다. 나는 그러자고 했다. 술 취해 걷는 게 기분이 나쁘지 않은데다 그와 함께 있는 것도 나름 즐거웠다. (사실 그때 나는 뭘 해도 즐거울 판이었다.) 우리는 그의 기숙사에 도착했고 내가 로비에서 기다리겠다니까 그가 굳이 자기 방에 같이 가자고 제안했다. 나는 그러자며 따라 올라갔다. 몇 분 뒤 우리는 그의 소파베드에 나란히 앉아 맥주를 나눠 마시며 R.E.M의 〈Nightswimming〉을 흥얼거리며 따라 부르고 있었다. 그리고 그가 내게 키스하려고 다가왔을 때 나는 머릿속으로 테디를 가능한 멀리 밀어내며 그 키스를 받아주었다.

그것이 그날 밤 내가 정확히 기억하는 마지막 장면이었다. 다음 날 나는 낯선 침대에서 깨어났고 내 옆에는 벌거벗은 남자가 누워 있는 걸 보고 소스라치게 놀랐다. 처음에는 그게 잭인지도 알아보지 못했지만, 곧 모든 기억이 공포와 함께 밀려왔다.

"여기 지금 어디야?" 내가 이층침대의 아래 칸 난간을 노려보며 말했다.

"내 방이지." 그가 웅얼거렸다.

"어떻게 된 거야? 우리 혹시……?" 그렇다는 사실을 바로 깨달았다. 고통이 느껴졌기 때문이었다. 너무나 많이. 그의 옷장에서 흘러나오는 희미한 형광등 불빛에 비추어 보니 핏자국이 보였다. 그의 침대 시트 위, 그리고 내 허벅지 안쪽.

"그래." 그는 여전히 잠에서 깬 건지 안 깬 건지 몽롱한 상태로 말했다.

"어떡해." 내가 말했다. "안 돼, 안 돼애!"

"네가 원했어." 그가 말했다. 그 순간 번개처럼 스치는 기억이 있었다.

그가 내 안으로 들어오던 순간. 그 고통. 꽉 쥔 내 주먹과 눈물. 안 돼, 그만해, 라고 말하던 내 목소리. 그 외침. 악몽과도 같았지만 실제였다. 실제로 일어난 일이었다.

방이 빙글빙글 돌기 시작했다. 나는 간신히 자리에서 일어나 앉아 미친 듯이 내 옷을 찾았다. 엘라이자에게 빌린 하얀 원피스는 내 속옷과 함께 그의 이불보에 배배 꼬여 있었다.

"네가 원했다니까." 그가 다시 말했다. 눈을 게슴츠레 뜨고는 혀 꼬부라진 소리로 말했다. 구두를 찾기 위해 어둠 속을 두리번거렸지만 찾지 못했다. 그래서 나는 맨발로 방문을 향해 걸어갔다. 잭은 꼼짝도 하지 않고 누워있었다.

나는 내 기숙사 방으로 뛰어 돌아갔다. 방에 도착하니 울음이 터졌다. 엘라이자가 아직 돌아오지 않았다는 사실에 안심이 되었다. 그녀의 원피스에 핏자국이 묻었을까 봐 살폈으나 다행히 아무 흔적도 없었다. 원피스를 옷장에 걸고 나머지 속옷을 벗어버렸다. 타월을 몸에 두르고 슬리퍼를 신고는 공용화장실로 향했다. 그곳에서 나는 내 생애 가장 길고 뜨거운 샤워를 했다. 샤워하는 내내 소리 내 울다가 방으로 돌아왔다. 그리고 용기를 내어 자동응답기에 남겨진 네 개의 음성메시지를 들었다.

당연한 얘기지만 전부 테디에게서 온 것이었다. 그의 목소리가 근심으로 시작해 불안과 초조함으로 변해갔다. 아무리 늦어도 들어오는 대로 전화 달라는 말과 함께 모든 메시지는 "사랑해"라는 말로 끝났다.

나는 간절하게 그의 목소리를 듣고 싶었지만, 새벽 4시였다. 아마 잠들었을 것이며 아침 일찍부터 수업이 있으니 깨우지 않는 편이 낫겠다고 자신을 타일렀다. 하지만 전화하지 못하는 진짜 이유가 따로 있음을 알고 있었다. 테디에게 내게 일어난 사건을 털어놓을 수도, 그렇다고 그에게 거짓말을 할 수도 없었기 때문이었다. 대신 나는 줄리에게 전화하기로 하고 웨이크포레스트 대학교의 기숙사에서 자고 있던 줄리를 깨워 어떤 일이 일어났는지를 전부 들려주었다.

줄리는 내 얘기를 듣는 즉시 '강간'이라는 단어를 사용했다.

"강간은 아니야." 내가 이불 속에서 작은 목소리로 말했다. "나도 키스했다니까……."

"강간 맞아." 줄리가 주장했다. 시대적으로 앞선 주장이었다. 적어도 1995년의 데이트 강간에 대한 나의 시각보다는 한참 앞서나간 생각처럼 들렸다. "캠퍼스 경찰서에 찾아가. 아니다, 그보다 내슈빌 경찰서로 가는 게 낫겠다."

나는 말도 안 되는 소리라고 했다. 게다가 나는 이미 모든 증거를 씻어버린 상태였다. "아무도 내 말을 안 믿을걸."

"아냐, 그렇지 않아." 그녀가 말했다. "너는 처녀였어."

나는 다시 울음을 터뜨렸다. "경찰서에 못 가겠어." 나는 흐느끼며 말했다.

"왜 못 가?"

왜냐하면, 내 탓도 있으니까, 라고 말했다. 내 잘못도 있었다고. 내가 꼬리 친 셈이라고. 그러니 이건 내가 지고 가야 할 십자가라고.

줄리에게 내가 테디를 떠나는 것이 내가 받아야 할 마땅한 형벌인 것 같다고도 얘기했다. 아침이 되자마자 테디와 헤어지겠다고. 아니면 아침에 수업과 농구 연습이 있으니 그걸 마칠 때까지 기다렸다가 얘기하겠다고. 헤어지는 수밖에 없다고. 그게 실제로 어떤 일이 있었는지 말해주는 것보다 훨씬 덜 잔인한 방법이라고.

"그렇게 하면 테디가 벌 받는 셈이 되잖아." 줄리가 말했다. "그러지 마, 니나. 테디에게 사실대로 말해. 얘기해야만 해. 테디도 나와 같은 생각일 거야. 경찰서에 가는 것 말이야."

"안 돼. 테디에게 그렇게는 못해, 줄리. 그랬다간 그는 엉망이 될 거야. 내가 술도 마셨지, 게다가 키스까지……. 테디는 나보다 나은 여자를 만나야 해."

"하지만 테디는 널 사랑해. 널 원한다고."

"이걸 알게 되면 달라질걸." 내가 말했다.

"하나님은 우리에게 용서하라고 가르치시잖아." 줄리는 지푸라기라도 잡는 듯 말했다. 줄리는 테디의 생각을 잘 알고 있었고 나 역시 그걸 이해하고 있다는 걸 알기 때문이다.

"안 돼!" 나는 외쳤다. "줄리, 약속해줘. 너도 절대로 테디에게 이 얘길 하지 않겠다고. 그 누구에게도. 영원히."

줄리는 내게 약속했고 그 약속을 지켰다. 이 오랜 세월이 지나도록. 심지어 우리 둘만 있을 때도 이 얘기를 직접적으로 꺼내는 일은 없었다. 가끔 줄리가 언론에서 비슷한 사건을 볼 때 슬쩍 언급하기도 하지만 말이다. 한번은 자기가 여성들을 돕는 변호사가 된 것이 내게 일어났던 이 사건도 일조했다고 말한 적도 있었다. 실제로 그녀의 의뢰인 대부분이 여성이다. 줄리는 자기가 젊었을 때 더 많은 일을 하지 못한 게 아쉽다고 말했다.

지금 생각하면 나 역시 더 많은 일을 하지 못한 게 아쉽다. 나는 정말로 잭 러더포드에게 강간을 당했기 때문이다. 핀치가 라일라에게 한 짓이 그만큼 나쁜 일은 아닐지언정 여전히 끔찍한 일은 끔찍한 일이다. 잭이 그런 것처럼 내 아들 역시 취약한 입장에 처한 순진한 소녀를 이용한 것이다. 그는 소녀를 착취했다. 이용했다. 쓰레기처럼 취급했다.

여러 면에서 핀치는 잭이었고 나는 라일라였다. 그리고 나는 잭이 평생 내 기억을 쫓아다니면서 괴롭혔던 것처럼 핀치가 라일라에게 그런 존재가 되지 않길 바랐다.

  나는 자리에서 일어났다. 현금이 두둑하게 든 가방을 어깨에 메고 밖으로 나와 봄날의 지는 햇살을 맞으며 주차한 곳으로 걸어갔다. 다음에 무엇을 해야 할지는 아직 모르겠다. 그렇지만 더는 아무것도 안 하지는 않으리라고 다짐했다.

11

톰

  나는 사실 운이 좋은 놈이다. 좋아하는 일을 하면서 돈을 벌고 있고 목공을 하는 동안은 온전히 나만의 시간이 되기 때문이다. 그런 걸 두고 뭐라고 하더라? 무아지경? 몰입? 그게 뭐건 간에 나는 그날 오후 작업실에서 머릿속에 든 잡생각을 밀어내려고 안간힘을 쓰며 일에 열중하고 있었다. 가문비나무로 책장을 만들기 위해 측정하고 표시하고 선반을 짜면서 며칠 만에 처음으로 찾아온 평화를 맛보는 중이었다. 마음이 깨끗하게 비워지는 기분이었다.

  안타깝게도 그 선반은 너무나도 간단한 작업이었다. 눈을 감고도 짤 수 있을 만큼 쉬웠다. 결국 나는 또다시 니나 브라우닝 생각에 빠져들었다. 나는 그녀의 남편과 자식을 증오하는 만큼 그녀 역시 증오할 작정이었다. 돈다발을 그녀의 얼굴에 집어 던져주고 나올 셈이었단 말이다. 그런데 무슨 이유에서인지, 나는 온화하고 이론적인 미움 이상의 어떠한 강한 모습도 보여주지 못했다. 내가 그랬다는 자체만으로도 당황스럽고 혼란스러웠다. 이전에 어디선가 만난 것 같다는 사실 역시 방해가 될 뿐이었다. 그 여자와 달리 나는 사람 얼굴을 잘 기억하는 편이다. 하지만 아주 솔직하게 말하자면 특정 얼굴만 잘 기억한다. 내가 특별한 가구의 생김새를 잘 기억하는 것과 같은 방식이다. 니나는 생생하면서도 기억에 남을 그런 얼굴을 하고 있었다. 매우 예쁘지만, 결코 흔하지 않은 얼굴.

내가 앉은 작업용 벤치 위쪽에 걸려있는 구닥다리 시계를 올려다보니 벌써 일곱 시가 다 되었다. 라일라는 하굣길에 그레이스와 같이 오지만 내가 저녁은 집에서 먹어야 한다고 강조했었다. 내가 다시 작업실에 돌아가야 하거나 밤에 우버 택시를 몇 탕 뛰는 날에도 마찬가지였다. 나는 라일라에게 문자를 보내 뭐가 먹고 싶은지 물어봤다. 아이는 분명 아무거나 상관없다고 할 테지만 말이다. 라일라는 나에게 화가 나지 않았을 때도 결정하는 것을 어려워했다. 일 분 뒤 예상했던 바와 같은 대답이 돌아왔다.

상관없어요. 별로 배고프지 않아요.

바닥을 쓸고 공구를 정리하는데 내 머리는 또다시 니나를 생각하고 있었다. 그녀의 얼굴. 자리에서 일어나 인사를 건넬 때 흘깃 보았던 그녀의 다리. 그녀가 매력적이라는 점은 부인할 길이 없으며 바로 그 점이 나를 열받게 했다. 내가 그녀를 미워하지 못하고 있다는 점 또한 마찬가지이다. 드릴 날에 묻은 톱밥을 후후 불어 털어내며 그깐 것은 중요하지 않다고 혼잣말을 했다. 그 여자도 그냥 진상일 뿐이다. 그런 부류의 여자들. 진상은 진상과 결혼하는 법이다. 그리고 진상은 꼭 자기 같은 아들을 키우는 법이다. 특히 그 아들이 세상의 중심이고 갖고 싶은 것을 다 가질 수 있는 아이라면 더욱 그렇다. 특권, 인기, 프린스턴. 그 여자도 자기 입으로 인정하지 않았던가. 자기가 그 아이의 엄마라고.

여자들은 가끔씩은 필요할 때면 속이는 행동을 잘하지 않던가. 니나 브라우닝 역시 뛰어난 배우이거나 그저 교활한 것일 뿐이다. 상습 사기꾼. 모성애를 가장하여 라일라의 안부를 묻는 기술도 알고 있다. 그 책략에 나도 하마터면 속아 넘어갈 뻔했다. 그 여자가 자기를 과신하다가 일을 망치기 전까지 말이다. 나더러 자기 아들을 명예위원회에 회부하라니, 얼토당토않은 이야기다. 막 프린스턴에 합격통지서를 받은 아들을 두고 퍽이나 그러고 싶겠다. 가능성 제로. 한 번도 만나본 적도 없는 여자애를 위해 그런 위험을 감수한다고? 그 속이 뻔히 보이지 않느냐 말이다. 그 여자가 부린 반(反)심리학에 말려들 뻔했다니. 아마 지금쯤 그 여자는 친구들과 앉아 마티니를 홀짝거리면서 자기의 훌륭한 연기와 대사로 또 다른 남자 한 명을 멋지게 홀렸다며 으스대고 있을 것이다.

바로 그 순간 생각이 났다. 그 여자를 어디서 봤었는지. 한 4년 전쯤, 아니면 좀 더 전일 수도 있다. 요즘 나는 영 시간 감각에 가물가물하다. 어쨌건 내 고객의 집에서 그녀를 봤었다. 나는 그 집 주인이 '보관방'이라고 부르는 곳에서 수납장 개조를 위해 고용된 상태였다. 이 고객의 이름은 당최 기억이 나지 않지만 나이대와 대략의 프로필이 니나와 비슷했다. 즉, 그 여자 역시 벨 미드 저택에 살고 있었다는 뜻이다. 니나의 집만큼 웅장하지는 않았지만 말이다. 사실 그 일을 맡기 전 도급업자로부터 이 고객은 성미가 까다롭다는 언질을 받은 상태였다. 이전 목수가 해놓은 일이 영 만족스럽지 않아 처음부터 완전히 다시 하기를 원하는 고객이었다. 자기가 최종 디자인 시안을 보고 서명까지 했으면서 그가 한 디자인이 싫다고 했고 그가 사용한 자재도 마음에 들어 하지 않았다고 했다. 티크 목재를 골라왔을 때 좋다고 한 것도 자기였으면서 말이다.

"그 집 일을 아예 안 맡겠다고 해도 충분히 이해합니다." 그 남자가 말했다. "정말 골치 아픈 여자라서요."

나는 그의 경고를 받아들이고 싶었지만 당시 돈이 필요했기에 그 일을 맡기로 했다. 그 집에 처음 가던 날, 그래도 나는 일단은 개조하지 말라고 고객을 설득할 작정이었다. 티크의 결함으로 보이는 부분은 페인트를 한 번 혹은 두세 번 덧칠하면 사라질 것이라고 설명하면서 괜한 돈을 낭비하지 않는 게 어떠냐고 제안했다. 하지만 그 여자는 내 말에 설득당하기는커녕 꿈쩍도 하지 않았다. 어쩌면 그 여자는 그냥 돈을 낭비하고 싶었던 걸지도 모르겠다.

그래서 나는 그 일을 맡게 되었고 마호가니를 이용하여 그 여자가 디자인 잡지에서 본 대로 화려한 소용돌이 무늬가 들어간 디자인을 새로 짜주기로 했다. 내 눈에는 조금은 너무 뻔한 '대저택' 스타일 같아 보였다.

일단 도급업자 말이 맞았다는 점만 말해두자. 그 이후 나는 그 여자 집에서 기나긴 3주를 보내야 했다. 그 여자의 성미가 까다로워서는 아니었다. 사실 그녀는 내가 짠 수납장을 대단히 마음에 들어 했다. 문제는 그녀가 내가 조용히 일하도록 내버려 두는 법이 없었다는 데 있었다. 내가 일하는 내내 내 옆에 와서 자기의 삶에 일어나는 모든 일들에 대한 불평불만을 독백 읊듯이 끊임없이 조잘댔다. 온라인 주문 꼬인 것에서부터 (그 여자의 집은 택배회사의 집하장을 방불케 했다) 테니스 팀에서 일어나는 시시콜콜한 사건들까지. 매일 다섯 시 정각이면 그녀는 와인병을 땄는데 나는 그걸 퇴근의 신호로 삼았고, 그녀는 내게 와인을 권하며 '야근'을 제안하는 신호로 삼았다. 근무 중에는 술을 마시지 않는다는 얘기를 여러 차례 했더니 그녀는 급기야 내가 중학교 졸업 이후에 한 번도 경험하지 않은 동년배라는 이유를 들어 압력을 행사하기에 이르렀다. "어머, 왜 이래요. 도덕군자 행세 그만 해요." 그래 놓고 이렇게 덧붙였다. "딱 한 잔만, 네?" 두어 번쯤은 그녀의 입을 막기 위하여 잔을 받아 들어 한두 모금 마시기도 했다. 그러면 그녀는 병에 든 나머지 와인을 혼자 다 비우곤 했다. 그러고는 으레 남편 욕이 시작되었다. 남편이 어찌나 집 밖으로만 도는지, 어찌나 자기 말을 안 들어주는지, 돈을 많이 쓴다고 어찌나 잔소리하는지 등등.

　니나 브라우닝이 들어온 것은 바로 그때였다. 무슨 대단한 저녁 모임에 가는 길이었던 것 같았다. 그 이름 모를 고객은 준비를 마치지 않은 상태라 친구에게 와인 한 잔을 건네고는 잠시만 기다려 달라고 말하고 사라졌다. 그리고 못해도 한 삼십 분간 나는 계속 일을 했고 니나는 인접한 주방에 앉아 휴대전화에 뭔가를 열심히 쓰고 있었다. 우리는 겨우 1미터 떨어진 곳에 상대방이 있다는 사실을 애써 모른 척하며 각자의 일에 열중하고 있었다. 그러다가 그녀의 전화가 울렸는데 남편 혹은 그만큼 가까운 사이의 누군가로 부터 온 전화 같았다. 왜냐하면 그녀가 갑자기 목소리를 낮추며 그 이름 모를 고객께서 항상 늦는다는 불만을 털어놓았기 때문이었 다. 그녀는 전화를 끊고 나서야 내 시선을 느꼈는지 작게 웃음을 터뜨리며 이렇게 말했다. "설마, 다 들으셨어요?"

 나는 웃으며 이렇게 말했던 것 같다. "아, 그럼요. 다 들었죠."

 "좋은 친구예요. 시간을 안 지켜서 그렇지."

 "말수만 조금 줄이면……."

 이 말에 그녀가 웃음을 터뜨렸다. 하얀 이를 가득 드러내며 웃는 모습이 참 예뻤다. 특히 그녀의 친구와는 참으로 다른 모습이었 다. 더 현실적이고 덜 불안정했다고 해야 하나. 그녀는 나를 야근 수당만 주면 같이 와인을 마셔주리라 생각하는 목수가 아닌, 동등 한 관계로 대했다.

 몇 분 뒤, 그 이름 모를 고객이 느긋한 걸음걸이로 주방에 나타 나서는 황송하게도 나더러 계속 일을 하고 있어도 된다고 말씀해 주셨다. "나를 집에 둬도 괜찮다고 믿는다"나? 그 여자는 그게 대 단한 칭찬이라도 되는 줄 알고 한 모양이었지만 모욕적이기 짝이 없는 발언이었다. 니나 역시 그렇게 생각했던지, 나는 그녀가 친 구 몰래 어이없는 표정을 짓는 것을 보았다. 그리고 두 사람은 사 라졌다.

 그게 전부였다. 전혀 특별한 만남은 아니었다. 하지만 오늘 커피 숍에서의 대화가 연극이 아니라 그녀의 진심이 담겨 있을지도 모 른다는 생각을 하기에는 충분했다. 나는 전등을 끄고 작업장의 문을 잠근 후 트럭을 향해 걸어가면서 이런 건 아무래도 중요하지 않다며 혼잣말을 했다. 그 여자가 알고 보니 괜찮은 여자건 아니건 간에 그것은 그 여자의 외모와 마찬가지로 내가 상관할 하등의 이유가 없었다. 그렇다고 그 여자의 아들이 저지른 일이 달라지는 것도 아니요, 내 결심이 달라지는 것도 아니었다. 그럼에도 운전해서 집으로 가는 길에 여전히 그녀가 어떤 사람인지 궁금해하고 있는 나 자신을 발견했다. 어떤 이유에선지는 몰라도 나는 니나 브라우닝의 진짜 모습을 알고 싶었다. 그래야 할 것만 같았다. 그날 밤 그녀가 보낸 이메일을 보고 짜릿했던 것과 이후 이메일 주고받기를 계속한 것도 그런 이유에서였다.

톰,

오늘 나와주셔서 고맙습니다. 어려운 일이었지만 이야기를 나눌 기회가 있어서 다행이라고 생각합니다. 다시 한번 만나주실 수 있는지 여쭙고 싶습니다. 이번에는 핀치와 라일라를 만나게 하고 싶은데 어떻게 생각하세요? 물론 불편하게 생각하신다면 부담을 드리고 싶은 생각은 없습니다. 하지만 두 아이 모두에게 좋은 기회라는 생각이 들어서요. 어떻게 생각하시는지 알려주세요.

안녕히 계세요.

니나.

*

이렇게 메일을 주시고 그런 제안도 해주셔서 감사합니다. 라일라가 어떻게 생각할지 물어보겠습니다. 아, 그리고 어디서 만났었는지 기억이 난 것 같습니다. 린우드 길의 벽돌집에 사는 친구가 있지 않으신 가요? 수년 전 그 집 일을 하던 중에 만났던 것 같군요.
T.

*

어머나, 세상에! 맞아요! 멜라니 로슨이죠. 이제야 당신과 대화를 했던 기억이 나네요! 자, 이제 제가 얼마나 얼굴 기억을 못 하는지 아시겠죠? 그날 했던 대화 내용은 모두 기억하고 있거든요. :)
니나.
추신: 멜라니 집에 해주신 공사 정말 멋졌어요. 걔는 아직도 당신을 극찬하고 다닌답니다.
재추신: 멜라니도 윈저 학부모예요. 알고 계셨나요?

*

아뇨. 윈저 부모들 모이는 그런 곳에는 가질 않아서요.

*

그렇군요. 저는 윈저를 좋아하지만 가끔은 너무 요란한 것도 사실이에요. 핀치가 유치원 때부터 그 학교에 다녀서 우리에게 지금은 익숙해졌지만요……. 그리고 이게 관련이 있는 건지는 모르겠지만, 그 의문의 밤에 아이들이 모여있던 곳도 바로 그곳(멜라니의 집)이라는 것을 말씀드려야 할 것 같아서요. 멜라니의 아들이 (엄마 허락 없이) 연 파티였거든요. 세상 참 좁죠, 아니면 무슨 운명일까요?

*

저는 악연으로 하겠습니다. 그리고 의문의 밤이라니요, 전 의심의 여지는 없는 걸로 아는데요.

맞아요. 이런 상황에서 제가 쓴 두 표현이 모두 적절하지 못했군요. 죄송합니다. 그리고 거듭 말씀드리지만 제 아들이 저지른 일에 대해 죄송하게 생각하고 있습니다. 보잘것없는 말에 불과하지만 진심에서 우러나와 드리는 말씀입니다. 저는 정말로 이 문제를 바로잡고 싶어요. 제 진심을 믿어주시길 바랍니다. 그리고 핀치가 라일라를 만나서 이런 말을 직접 하게 되기를 고대합니다.

*

고맙습니다. 라일라와 얘기해보고 다시 연락드리겠습니다.

12

니나

윈저 학부모들 사이에 비밀 같은 것은 없었다. 불꽃이 번져나가지 않기를 바랐지만 역시나 맹렬한 불길로 변하는 건 시간문제였다. 다른 이들이 겪은 드라마를 지켜본 경험에 따르면 일주일이면 충분했다.

내 예상은 정확했다. 다음 날 아침, 그러니까 보의 파티가 있던 날로부터 엿새 후, 전화통에 불이 나기 시작했다. 친구들은 물론 그냥 알고 지내던 지인들까지 조심스럽게 '안부'를 물어왔다. 그중 일부는 진심으로 걱정해주는 것 같았지만, 대부분은 가십거리가 생겨서 신이 난 사람들 같았다. 자기들의 무심하고 무신경한 언행이 핀치와 라일라의 상황을 얼마나 더 악화시키는지 깨닫지도, 알고 싶어하지도 않는 이들이었고 그런 면에서 캐시와 비슷했다.

그래서 나도 그에 적절히 대응하는 문구('걱정해주고 따뜻한 말 해줘서 고마워')를 만들어냈고 당분간 기존의 내 활동무대에 최대한 모습을 드러내지 않기로 했다. 스타벅스, 픽스주스, 그린힐스 몰, 홀푸드 슈퍼마켓 그리고 스피닝 클래스와 요가 클래스, 그리고 물론 컨트리클럽까지. 이런 곳에 가면 아는 사람을 마주치지 않을 도리가 없었다.

내가 대화를 할 수 있는 유일한 사람은 멜라니였다. 멜라니는 이런 상황이 되면 지독하게 편파적으로 변하곤 했는데, 행여 내가 벨미드 대로에서 누군가를 총으로 쐈다 해도 내게 분명 그럴 만한 이유가 있었을 것이라며 내 편을 들어줄 친구였다. 멜라니는 이 사건에 관하여 다른 사람들이 주고받은 메신저 대화 내용을 열심히 캡처하여 내게 실어나르기도 했는데 보아하니 터무니없이 왜곡된 이야기도 많았다. 라일라가 완전히 나체였다더라, 핀치가 라일라의 술잔에 약을 탔다더라, 두 사람이 잤다더라, 하는. 시간이 갈수록 그 사건에는 장식이 더해졌다.

멜라니는 그럴 때마다 열렬히 핀치의 편을 들며 오해를 바로잡았고 그런 글에 답을 쓸 때는 전부 대문자를 사용하거나 문장 끝에 느낌표를 한 무더기 붙여 강조하곤 했다. 또 누군가 사건을 정확히 알고 따지면 그녀는 얼른 '어쩌다 실수하게 된 착한 아이'라며 박박 우겨댔다.

어떤 면에서는 그녀의 의리가 진심으로 고마웠다. 특히 잘못된 내용을 바로잡아 준다는 면에서 그랬다. 하지만 다른 한편으로는, 그리고 내면 깊은 곳에서는 그녀의 그런 의분이 오히려 나를 더 부끄럽게 한다는 걸 알고 있었다. 이러니저러니 해도 핀치가 잘못한 일이었다. 소문 공장이 찍어내는 혐의들이 전부 사실은 아니더라도 그래도 유죄는 유죄였다. 그런데 멜라니는 이 점을 망각하고 있는 듯했다. 커크가 꼭 그렇듯이.

금요일 저녁, 멜라니가 우리 집에 찾아왔다. 완벽하게 단장하지 않고서는 바깥 외출을 하지 않는 그녀가 잔뜩 헝클어진 모습으로 온 걸 보니 꽤 심란한 모양이었다.

"무슨 일이야?" 내가 문을 열면서 물었다.

"문자 못 봤구나? 내가 지금 들른다고 보냈는데."

"그랬구나. 전화를 안 보고 있었어." 사실은 톰의 연락을 기다리며 집착적으로 전화를 확인하는 내 모습을 깨닫고는 아예 멀리 갖다 뒀었다. 라일라와 만나게 해달라고 부탁한 것이 24시간도 채 지나지 않았건만 나는 벌써 그의 결정을 듣고 싶어 안달을 내고 있었다. 나는 멜라니를 부엌으로 안내했다.

"앉아." 내가 말했다. "무슨 일인지 말해봐."

그녀는 한숨을 쉬더니 고야드의 모노그램 백을 자기 발치에 던지듯 내려놓고는 높은 의자에 걸터앉았다. "캐시 그 나쁜 년이." 멜라니는 말을 멈추더니 주변을 두리번거렸다. "집에 누구 있어?"

"커크는 없어. 집에 온 지 24시간 만에 다시 출장 갔어. 핀치는 여기 있고. 하지만 이 층 자기 방에 있으니까 괜찮아." 내가 말했다. "그러니 무슨 일인지 얼른 불기나 해."

그녀는 한 손으로 관자놀이를 짚으며 다른 손으로는 입고 온 테니스 스커트의 주름을 만지작거렸다. "그 나쁜 년이 글쎄, 핀치가 그 사진을 찍은 후에 보가 라일라와 잤다고 얘기하고 다닌대."

"보가…… 진짜로 그랬대?" 이런 질문은 위험하다는 걸 알고 있었다. 멜라니와 나는 단 한 번도 말다툼한 적이 없는 사이였지만, 그녀는 얼마든지 과도히 민감하게 나오거나 쉽게 상처를 받을 수 있는 사람이었다. 자기 아들 보나 딸 바이올렛 문제라면 더욱 그랬다. 사실 바이올렛은 내가 만난 누구보다도 공주병이 심한 여자애다. 거의 시트콤 수준이다.

"어머, 얘, 당연히 아니지." 멜라니는 카운터의 높은 의자에 앉아서 선탠 스프레이를 뿌려 그을린 다리를 떨며 말했다.

"그럼, 캐시는 무슨 근거로 그렇게 말하고 다니는 거지?" 내가 말했다. "사진 속에서 라일라가 보의 침대에 누워있어서?"

"그걸 누가 안대니! 루신다가 배후에 있는 게 확실해. 싸가지없는 년 같으니라고. 난 걔가 그렇게 싫더라. 글쎄 자기 페이스북에 성폭력과 여성혐오에 관한 글을 올렸더라니까." 멜라니는 손을 뻗어 가방에서 휴대전화를 꺼내 들더니 요조숙녀인 체하는 고음의 목소리로 그 글을 내게 읽어주었다. 아마도 루신다 흉내를 내는 모양이었다. "보고된 성폭력 사건의 44퍼센트는 피해자가 18세가 되기 전에 발생했다. 여성 세 명 중 한 명이 넘게 고등학교 졸업 전에 성적으로 학대를 당하고 있다……. 그렇지만 교육 기관은 무책임하게도 이런 사실에 관해 아무런 조처를 하지 않고 있다……. 오늘날 대학가에서 빈번히 벌어지는 성폭행이 그러한 결과다."

라일라가 당한 일 그리고 밴더빌트에서 내가 당한 일을 생각하니 찌르는 듯한 고통이 느껴졌다. "그래, 루신다도 자기 엄마처럼 정말 밉상이긴 해. 하지만 안타깝게도 걔가 하는 말이 맞긴 하네.

이 얘길 루신다가 아닌 다른 사람이 했더라면…"

"그래도 밉상은 매한가지겠지!" 멜라니가 말했다. "소셜미디어에 왜 자기 의견을 올리고 난리야!" 사실 나는 멜라니의 말에 동의할 수 없었다. 이런 유형의 행동주의는 소셜미디어가 이룩한 유일하게 좋은 성과라고 생각했다. 이나마도 없었다면 소셜미디어는 그저 제 자랑 혹은 지루함 그 자체로 끝났을 것이다. 내가 다녀온 휴가를 친구들에게 뽐내거나 내가 만든 브뤼셀 스프라우트 요리로 보는 이들을 따분하게 만들거나. 하마터면 이 말을 입 밖에 낼 뻔했으나 멜라니가 씩씩거리며 계속 얘기하는 바람에 그러지 못했다.

"내 말은, 핀치나 보는 착한 아이들이라고! 좋은 가문 출신들이란 말이야!"

그녀는 그렇게 말하면서 머리끈을 풀어 머리를 헝클어 내렸다가 다시 포니테일 스타일로 묶어 올렸다. "그리고 라일라 같은 애는 절대 우리 아들들 취향도 아니고 말이야."

"그렇지만 참 예쁘긴 하더라." 나는 혼잣말처럼 말했다.

"직접 만나봤어?"

나는 고개를 저었다. "아니. 하지만 다른 사진들을 좀 봤어."

"걔, 물라토* 맞니? 보가 그러더라고. 그게 정말이야?"

"물라토? 그 표현, 정말 오랜만에 듣는다." 그런데 이런 말을 써

---

* 흑인과 백인 사이의 혼혈을 비하하여 부르는 표현.

도 되던가? 분명 정치적으로 올바르지 않은 표현이라는 확신이 들었다.

그녀는 어깨를 으쓱했다. "몰라, 그런 애들 뭐라고 하니? 혼혈? 다문화? 그건 나도 모르겠고. 암튼 걔가 그렇대?"

"브라질 혼혈이라고 하더라." 내가 말했다.

"아하!" 그녀가 말했다. "엄마가 외국인 맞네, 그럼! 걔 아빠는 백인이라고 들었거든. 엄마가 약물인지 매춘인지로 감옥에 있다던데. 그러니 그 딸도 그렇게 난잡할 수밖에."

"걔가 난잡하다고 누가 그러니?" 지금 멜라니도 이중잣대를 들이대는 중이다. 그날 밤 우리 아들들이랑 아무 일도 없었다더니 이제 와서 난잡하다고? 대체 어느 쪽이냔 말이다.

"너 걔가 입은 옷 봤지?" 멜라니는 자기가 입은 민소매 셔츠를 끌어당겨 내리더니 눈을 사시로 뜨며 혀를 축 늘어뜨렸다.

"그만해, 멜. 너 정말 그렇게 생각하는 건 아니지?" 나는 예민해졌다. "옷은 사람을 난잡하게 만들지 않아. 그러면 '치마가 짧으니 그런 일을 당해도 싸'다고 말하는 것과 같은 거라고."

멜라니는 잠시 나를 빤히 쳐다보더니 이렇게 말했다. "가만. 지금 이거 무슨 상황이야? 네가 어쩌다가 라일라와 한팀이 된 거지? 이해가 안 되네."

"한 팀이라니 무슨 소리야." 내가 말했다. "착한 아이가 원치 않는 상황에 말려든 것 같아 마음이 쓰여서 그래."

"왜 마음이 쓰이는데?"

"왜냐하면. 내가 라일라의 아빠라는 사람과 커피를 마셨어." 나도 모르게 말해버렸다. 이것이 일으킬 파문과 초래할 모든 부정적 결과들이 순식간에 머리에 떠올랐다. 멜라니와 나는 정말 좋은 친구지만 그녀는 비밀을 지키는 일에는 절대적으로 무능한 사람이다.

"네가?" 그녀가 되물었다. 벌써 머릿속으로 우리 집을 나가자마자 이걸 누구에게 알릴 건지 계획을 세우는 중이리라. "언제?"

"어제." 내가 대답했다. 그녀에게 비밀로 해달라는 부탁을 해서 괜한 자극을 주지는 말자. 순간적으로 내린 빠른 판단이었다. "별 건 없었어. 그냥 그렇게 해야 할 것 같은 생각이 들어서 그랬지."

그녀는 고개를 끄덕였다. "그래서? 그 아빠는 어떤 사람이디?"

"네가 알고 있는 사람이야." 내가 말했다. "톰 볼피. 기억나?"

그녀는 멍한 눈을 하더니 고개를 저었다. "잠깐. 왜 귀에 익지? 어떻게 알더라?" 그녀는 머리를 쓰느라 얼굴을 찌푸린 채로 혼잣말로 볼피라는 이름을 되뇌었다.

"너희 집 식기실 만든 사람이잖아." 내가 말했다. "네 보관방 선반도 그렇고."

그녀의 얼굴이 별안간 밝아졌다. "아, 그러네! 그 톰이구나! 맞아. 그 남자 섹시했는데. 너도 알지? 덥수룩한 거친 노동자 스타일 있잖아."

꽤 정확한 묘사였지만 어딘지 콕 집어낼 수는 없는, 상당히 거슬리는 말이었다. 어쨌든 나는 고개를 끄덕이기로 했다. "응, 그래."

"잠깐, 그 사람 딸이 라일라라고?"

나는 고개를 끄덕였다.

"놀랍네." 그녀가 말했다.

"어째서?" 내가 물었다.

"몰라. 그 사람 목수잖아. 맞지? 윈저에 목수 자녀가 몇이나 있을까 싶어서 말이야. 아마도 재정 보조를 받고 있겠지?"

"그럴지도. 암튼 그건 나도 모르지." 나는 그게 무슨 상관이냐고 덧붙이고 싶은 유혹을 꾹 눌러 참았다. 대신 이렇게 말했다. "하지만 9학년에 윈저로 옮겨온 걸 보면 꽤 똑똑한 아이인 건 분명해. 특기생이거나."

고등학생으로 윈저를 들어가려면 입학 조건이 대단히 까다로워도 대여섯 살짜리는 훨씬 느슨한 절차로 들어갈 수 있다는 것은 누구나 아는 사실이다. 그 나이에는 대부분 부모가 누구냐에 따라 입학이 결정되곤 했다. 아무도 입 밖에 내는 이는 없지만 두 명의 지원자가 완전히 똑같은 조건에서 경쟁한다고 가정할 때, 당연히 기부금 액수가 큰 쪽이 합격하게 되어있었다. 커크에게는 조금도 불편함을 주지 않는 제도다. 그에겐 인생이 다 그런 식이다.

"아니면 물라토라서 입학된 거 아닐까?" 멜라니가 말했다. "월터가 다양성을 얼마나 따지는지 너도 알지?"

나는 어깨를 으쓱했다. 기분이 잔뜩 불편해졌다. 이 불편한 상황을 벗어나고 싶어서 저녁 먹을 때 땄던 피노 누아 와인병을 가리키며 물었다. "와인 한잔할래?"

"그럼 아주 조금만. 나 이제 당을 좀 줄이려고. 으악, 너무 뚱뚱해졌지 뭐야." 그녀는 있지도 않은 뱃살을 잡아보려고 몸을 앞으로 숙였다. 그사이 나는 와인을 따라서 멜라니에게 건넸다.

그녀는 한 모금 마시더니 이렇게 말했다. "그래서? 여기서 중요한 건 디테일이야. 그 사람이 먼저 너를 만나자고 한 거야, 뭐야?"

"아냐. 내가 만나자고 했어." 나는 내 잔에 와인을 따르며 말했다.

"왜? 문제 삼지 말아 달라 부탁하려고?"

"아니." 내가 말했다. "사과하려고."

"아 참, 그렇지. 난 또, 딴 이유가 있나 해서 물어봤지." 그녀는 또 다리를 떨면서 상처받은 표정을 지었다. 멜라니에게서 종종 볼 수 있는 얼굴이었다. 어떤 면에서 나는 멜라니가 자신의 취약함을 여과 없이 드러낸다는 점에서 그녀를 좋아했다. 가끔 엉뚱한 상황에서 그러기도 했지만 말이다. 멜라니는 이런 점에서 행복이라는 가면을 쓰고 사는 수많은 벨 미드 주부들과 구별되었다. 그들에게 "어떻게 지내?"라는 간단하고 지극히 의례적인 질문을 던지면 거침없고 쉴 새 없이 자기들의 삶이 얼마나 충만하고 만족스러운지를 얘기해준다.

응, 바쁘지 바빠! 행복으로 가득해! 다 좋아! 바쁘고 행복하게 너무 잘 지내지! 한 친구는 자동응답기처럼 항상 같은 명랑한 어조로 꼭 같은 말을 한다. 이보다 더 좋을 수 있을까! 결혼생활, 자녀, 여행, 여름휴가. 언제 물어도 이보다 더 좋을 순 없단다.

경쾌한 어조의 '불평할 수가 없네!'라는 말도 내겐 거슬린다. 일단, 불평이 어때서? 어차피 늘 불평하며 살고 있고 앞으로도 그럴 거면서. 아이의 학교 선생님이나 스포츠 코치가 불만이고 이웃이나 이웃의 애완동물, 자선단체나 학교 행사 등에서 위원회 활동을 함께하는 이들(그들이 자기 몫을 안 하고 있다거나 누군가 대장처럼 나선다거나 혹은 누군가 혼자 다 해먹으려고 한다거나 하는 등의 이유로)에 대해서도 불평할 것 아닌가. 회신이 늦어져도 불평하고, 누군가 시답잖은 애기를 전체회신으로 보내어 나의 대단하신 받은편지함을 꽉꽉 채워도 불평하고, 가사도우미, 보모, 정원사 등과 같이 자기네 집안일 덜어주느라 고용된 사람들에 대해서도 날마다 불평하고 있잖은가. 다들 자기나 자기 자녀나 자기의 결혼생활이나 자기들 사는 방식에 비추어 조금이라도 다르면 시시콜콜 불평거리를 찾아내며 살고 있다. 그러다가 행여나 자기나 자기 자녀가 뭔가 실수를 하면 전부 남 탓으로 돌리고 "좋은 가문" 출신인 자기네는 피해자 행세를 한다. 내가 너무도 잘 알고 있는 수법이다.

"나 이런 말 해도 돼?" 멜라니가 입을 열었다. "네가 내게 말도 안 하고 그렇게 하다니, 나 좀 상처받았어. 이 일에 보가 관여되어 있는 거 알면서."

"하지만 방금 말했잖아."

"그래도 더 일찍 말이야. 바로 말해줬어야지. 아니면 그 사람을 만나러 가기 전에라도."

"미리 말하는 걸 내가 깜빡했다." 나는 거짓말을 했다. "미안해, 멜."

그녀가 미간을 찌푸리니 보톡스 주사 맞은 게 무색할 정도로 주름이 깊게 팬다. "그 사람이 보 애기도 하디? 파티에 대한 애기는? 그것 때문에 화났다니?"

"아니." 내가 말했다. "그 부분은 별 관심 없어 보이던데."

멜라니는 고개를 끄덕이더니 숨을 크게 들이쉬었다. "니나, 너

있잖아. 난 네가 대단하다고 생각해. 무척이나. 넌 정말 좋은 사람이야. 심성도 착하고. 또 이 문제를 바로잡고 싶어 하는 네가 존경스러워. 그런데 말이야, 넌 자신한테 너무 가혹해서 탈이야. 특히 펀치에게."

나는 고개를 끄덕였다. 가슴이 찢어지는 것 같았다. 그녀의 변함없는 의리는 줄리의 거친 사랑보다는 훨씬 기분을 좋게 했다. 하지만 그녀의 상황 파악 능력의 부재(혹은 거부)는 나를 당혹스럽게 만들었다. 내 친구들은 따라올 수 없는 능력이다. 커크가 지금 내 마음을 안다면 그도 분명 멜라니처럼 말했을 것이다. 그는 내가 이런 식으로 나오는 걸 싫어했다. 특히 내 감정이 그의 의제를 위협할 때 그랬다. 당신은 참 비위 맞추기 어려운 여자야. 그는 내게 그렇게 말하곤 했다. 그냥 좀 넘어가자. 강박증 좀 버려.

물론 강박으로 따지면 그가 나보다 더 심했다. 하지만 그의 해석에 따르면 그것은 엄연히 다른 문제란다. 자기는 재정이라는 큰 그림 속에서 혹은 수량화할 수 있는 문제이기에 충분히 강박의 가치가 있는 것들이란다. 그렇지만 커크는 관계나 감정과 관련된 문제는 모두 사소한 문제로 분류해버린다. 우리 엄마와의 의견 충돌? 좀 지나면 다 괜찮아지실 거야. 자꾸 내 신경을 건드리는 친구? 그런 사람은 그만 만나면 돼. 내가 의무를 다하지 않는 것 같은 기분이 들거나 너무 많이 가진 것에 대한 죄책감? 우리가 자선사업에 기부하는 돈이 얼만데. 그리고 지금. 우리 아들의 성품에 대한 의심? 어쩌다 작은 실수 하나 했을 뿐인데 뭘 그래. 원래 착한 아이야. 그냥 넘어가자.

"너 내 말 듣고 있니?" 멜라니의 목소리가 들려왔다.

"미안. 잠깐 넋 놓고 있었어." 내가 말했다.

"내가 폴리와 핀치 어떻게 된 거냐고 물어봤잖아."

"왜, 무슨 일 있어?"

"핀치 어떠냐고. 둘이 헤어졌다며?" 그녀가 목소리를 낮추며 물었다.

"둘이 헤어졌대? 난 처음 듣는데?" 엄마가 되어서 이 소식을 남을 통해 듣다니, 아들에게 미안한 마음이 들었다.

"그랬대. 그렇지만 솔직히 말해서, 난 그동안 핀치가 아까웠어. 처음부터 내가 그랬잖니. 다들 그렇게 생각하고." 멜라니가 말했다.

최근 사건을 알면서도 폴리가 여전히 핀치에 비해 처진다고 생각하는 멜라니가 놀라웠다. "글쎄. 멜, 내 생각엔 폴리가 핀치를 찼을 것 같아. 다른 여자애에게 그딴 짓을 한 남자라면 나라도 헤어지겠어. 해도 너무 했잖아."

"얘, 넌 자책 좀 그만해. 애들이 다 실수하면서 크는 거지, 뭘 그러니. 특히 남자애들은 더해. 남자애들의 대뇌 전두엽은, 뭐랬더라, 스물다섯 살이 되어야 완전히 발달한다던 그 정신과 의사 말 생각 안 나니? 전두엽도 충분히 발달 안 된 애들이 무슨 바른 판단을 하겠어."

나는 어깨를 으쓱하며 내가 커크에게 했던 말을 되풀이했다. 이 사건은 판단력의 문제가 아니라 도덕성의 문제라고.

"니나, 그만 좀 해라! 네 자식인데 네가 옹호를 해줘야지!"

"그러면 라일라는? 내 자식뿐 아니라 모든 아이의 옹호자가 되는 게 옳지 않을까?"

"라일라는 톰더러 걱정하라고 해. 라일라는 지 아빠가 옹호하겠지. 네가 핀치를 옹호해야 하는 것처럼. 넌 당연히 네 자식 편을 들어야지. 무슨 일이 있어도!"

"애가 무슨 짓을 하더라도?" 내가 물었다. "무조건?"

"무. 조. 건." 그녀가 팔짱을 끼며 말했다.

"만일 보가 살인을 한다면 어쩔 건데?" 나는 이론 검증 절차에 들어가기로 했다.

"글쎄, 혹시나 그런 일이 일어난다면, 최고의 변호사를 고용할 거야. O. J. 심슨 사건을 맡았던 변호사들처럼. 그래도 소송에서 지면 난 매일 아들이 갇혀 있는 교도소를 찾아갈 거야. 내가 죽는 날까지." 그녀는 숨을 크게 들이쉬었다. "보는 내 혈육이니까. 무슨 일이 있어도 사랑하는 내 자식이니까. 영원히."

"물론이지. 무슨 말인지 나도 잘 알아." 순간 방어적으로 나가고 싶은 기분이 들었다. 나 역시 무슨 일이 있어도 핀치를 사랑하는 마음은 변하지 않을 거란 말이다. 나는 멜라니가 왜 최고의 변호사를 고용하겠다고 하는지도 잘 안다. 우리의 법체계가 그러하기 때문에 돈을 들이면 들일수록 형량이 줄어들 확률이 높아서 하는 얘기다. 나 역시 그 제도를 믿고 산다.

하지만 나는 아들이 끔찍한 범죄를 저질렀다면 그걸 덮어주려고 하지는 않을 것이다. 죄목이 어떻게 되더라도 말이다. 아들을 위한답시고 거짓말을 하거나 정의를 막아서는 일은 하지 않을 것이다. 물론 나 역시 언제까지나 아들 곁을 지켜주겠지만 나는 무엇보다 아들이 죄를 자백하고 진심으로 회개하고 자기가 한 행동에 대해 책임질 줄 아는 사람이 되었으면 한다. 자기가 저지른 잘못에 대한 용서를 구하는 사람이 되길, 그리고 용서받아 마땅한 사람이 되길 바란다.

나는 멜라니에게 그 차이를 설명하려 노력했지만 그녀가 이해하는 것 같지는 않았다. 오히려 더 절망스러운 말을 할 뿐이었다. "나는 보를 고통으로부터 지키기 위해서라면 뭐든 할 거야. 뭐든."

우리는 그 자리에서 시선을 부딪치면서 서서히 진실을 깨닫게 되었다. 내 생각과 그녀의 생각은 완전히 달랐다. 아주 오래전, 테디를 따라 교회 예배당에 따라갔다가 들었던 설교가 생각났다. 선더마이어 목사님은 설교 중에 이런 말씀을 하셨다. "정의는 인간의 마땅한 권리일 뿐 아니라 인간이 살아가기 위해 반드시 필요로 하는 것입니다." 멜라니와 커크가 놓치고 있는 결정적인 퍼즐 조각이 바로 이것이다.

"그래, 이 말이 도움이 될지 모르겠지만, 커크는 네 말에 동의할 거야." 내가 말했다.

그녀는 의기양양한 얼굴로 고개를 끄덕였다. "당연히 그렇겠지. 이런 일에 대한 커크의 본능은 뛰어나잖니."

나는 잠시 만 오천 달러를 떠올렸다. 멜라니라면 내 남편의 계책에 옳다구나 맞장구치겠지만 그녀 역시 그 액수에는 코웃음을 치리라. 그녀의 사전엔 과불, 즉, '한도를 넘은 과한 지불'이라는 개념이 존재하지 않기 때문이다. 문제가 생기면 돈으로 막자는 게 그녀의 만트라다.

우리가 원했던 것들　221

"항상 그런 건 아니야." 내가 말했다. "때때로 그이는 너무 결과만 생각하는 바람에 일을 그르치기도 해. 하지만 뭐 어떻게 해서든 자기가 원하는 것을 얻고 말기는 하지."

"맞아." 멜라니가 피식 웃으며 말했다. "너도 결국 커크와 그렇게 결혼한 거잖아, 안 그래?"

커크가 사람들 앞에서 즐겨 들려주는 우리의 '연애담' 얘기다. 밴더빌트 2학년 때 그가 나를 따라다니면서 만나달라고 여섯 번쯤 졸라서 내가 마침내 만나주었다는 그런 이야기다. 그는 지금까지도 내가 일부러 도도하게 굴었다고 믿고 있다. 하지만 나는 그에게 진실을 털어놓은 적이 없다. 사실 그때 나는 1학년 때 일어난 끔찍한 사건 때문에 당분간 누구도 만나고 싶지 않았었다.

되돌아 생각해보니 멜라니 말이 맞는 것 같다. 나는 실제로 남편의 끈기를 높이 샀고 어쩌면 우리가 맺어진 것도 그 덕분인지도 모른다. 솔직히 덧붙이자면 그가 내 친구들에게 호감을 샀던 것도 큰 작용을 했다. 그는 누구와도 쉽게 잘 어울렸다. 그와 있으면 나쁜 기억을 잊을 수 있었다. 그의 곁에서는 안전하다고 느꼈다. 그의 품 안에선 어떤 나쁜 일도 일어나지 않을 것만 같았다.

"진짜 그러네." 나는 우물거리며 말했다. 멜라니와 마주 앉아 와인을 마시며 내 의도를 다시 한번 점검해보았다.

내가 왜 이렇게 라일라와 톰에게 집착하는 것일까? 정말 핀치가 실수를 통해 배우도록 돕기 위한 것이며 잘못된 것을 바로잡으려는 의도뿐일까? 사면을 받고 싶어서 이러는 것은 아닐까? 아니면 지금 나는 어린 시절의 나를 옹호하는 중인가? 모든 것이 흐릿하게 느껴졌다. 당장 그리고 간절히, 나는 혼자 있고 싶었다.

"어머머, 나 왜 이러니." 나는 억지 하품을 지어 보이며 말했다. "너무 피곤하다."

"그래, 나도 그렇다." 그녀가 말했다. "그럼 가볼게."

그 말에 나는 벌떡 일어섰다. 멜라니가 가볼게라고 한 뒤에도 한 시간이 넘도록 수다가 이어진 적이 얼마나 많았던가.

"잘 견디고 있어, 친구야." 그녀가 나를 꼭 안아주며 말했다. "푹 쉬어. 그리고 이 문제는 커크에게 맡겨. 내 말 믿어. 다 금방 지나갈 거야."

멜라니가 현관문을 나가자마자 나는 당장에 휴대전화를 확인하러 달려갔다. 일상적으로 들어오는 이메일 홍수 사이로 두 통의 이메일이 도드라져 보였다. 첫 번째 것은 월터 쿼터먼에게서 온 것이고 두 번째 것은 톰 볼피에게 온 것이었다. 두근거리는 가슴으로 월터의 메일을 먼저 열었다. 핀치의 '비공개 심리'가 화요일 오전 9시에 열릴 예정임을 커크와 내게 알리는 짧은 글이었다. 그는 위원회 멤버 중 교직원 위원 두 명이 회의 참석차 출장 중이어서 지연되었다며 연락이 늦어져서 미안하다고 사과했다. 그는 또 우리 부부가 심리 당일 학교에 방문하는 것은 환영이나 질의가 진행되는 동안 회의실로 입장은 허락되지 않는다고도 덧붙였다.

"좋아." 나는 소리 내 혼잣말을 했다. 날짜가 잡혔다는 것만으로도 마음이 놓였다. 지금부터 나흘 뒤다.

나는 숨을 크게 들이쉬고 두 번째 메일을 열었다.

발신: 톰 볼피

수신: 니나 브라우닝

제목: 안녕하세요

안녕하세요. 니나, 당신 생각에 동의합니다. 우리 네 사람이 함께 만나는 것은 좋은 생각 같군요. 주말이 어떠실지 모르겠네요. 내일 11시 정도 괜찮을까요? 우리 집으로 오십시오. 당신 집으로 가는 것보다는 이편을 선호합니다. 우리 집 주소는 학부모 요람에 나와 있습니다.

강렬한 불안감과 동시에 감사와 희망적인 기분이 들었다. 나는 회신을 적어 보냈다.

발신: 니나 브라우닝

수신: 톰 볼피

제목: 고맙습니다

톰, 그렇게 결정해주셔서 정말로 감사를 드려요. 내일 오전 좋습니다. 11시에 댁으로 찾아가겠습니다. 다시 한번 감사드립니다.

보내기 버튼을 막 누르자 커크 이름이 화면에 떴다. 전화기를 귀에 대자마자 그의 고함소리가 들려왔다. "그 멍청한 자식이 돈만 꿀꺽하고 이걸 전혀 막아주지 않았네! 신사협정은 개뿔!"

"신사협정?" 그의 어처구니없는 용어 선택에 경악한 나머지 사실은 톰이 그 돈을 돌려주었다는 얘기를 전하고 싶은 마음이 싹 달아났다. 잘못에 대해 잘못으로 갚아봐야 상황이 나아질 게 없다는 것을 잘 알지만 그래도 이 남자는 진실을 알 자격이 없다. 돈 뜯긴 기분 좀 더 당해도 싸다.

"합의였다니까. 그러니까 신사협정이지."

"그게 어떻게 신사협정이야? 합의는 더더욱 아니고. 그건 그냥 뇌물이었어. 당신이 그냥 입막음 하려고 돈 준 거잖아. 그게 지금 역효과가 난 거네."

"어째, 기뻐하는 것처럼 들린다?" 그가 말했다.

"전혀 기쁘지 않아." 내가 말했다. "지금 내게 기쁠 일이 뭐가 있겠어?"

"그렇군." 커크가 말했다. "나도 꼭 같은 생각이야."

몇 분 후, 나는 핀치의 방으로 갔다. 방문이 닫혀 있었다. 잠시 닫힌 문을 응시하며 얼마나 많은 것들이 빠르게 또 점진적으로 변해갔는지를 생각했다. 핀치가 어렸을 때 그의 방문은 항상 열려있었고 그는 종종 우리 침대로 와서 자기도 했다. 초등학교 고학년이 되면서 핀치는 이따금 방문을 닫아두었지만 나는 언제든 노크 없이 방문을 활짝 열 수 있었다. 그리고 중학생이 된 후에도 노크하면서 곧장 들어갈 수 있었다. 그러다가 핀치가 고등학교에 입학한 뒤로는 노크하고 기다렸다가 허락을 하면 들어갔다. 그리고 최근 1~2년 사이, 우리의 침실 대화는 완전히 자취를 감추었다. 특히 후아나가 핀치의 옷가지를 세탁하고 옷 정리까지 해주게 된 이후, 내가 아들 방에 들어갈 일은 거의 없었다.

방문을 노크했는데도 답이 없어 살짝 열어보니 핀치가 헤드폰을 낀 채로 랩톱을 들여다보며 침대에 앉아있었다. 그가 멍한 눈으로 나를 올려다보았다.

"안녕." 내가 말했다.

"네, 엄마." 그가 대꾸했다.

"그것 좀 잠깐 빼겠니?"

"아무것도 듣고 있지 않아요." 그가 말했다.

"그래도 빼렴."

핀치는 순순히 헤드폰을 벗었다.

"어떻게 지내니?" 그렇게 묻는 내 목소리가 부자연스럽다.

"잘 지내요."

"다행이구나." 내가 말했다. "폴리는 어떻게 지내니?"

"폴리도 잘 있을걸요."

"잘 있을 거라니?" 나는 방안으로 한 발 더 들어가며 물었다. "모른다는 얘기니?"

"별로요." 그가 무표정한 얼굴로 말했다. "헤어졌어요."

"그랬구나. 왜 그랬는지 엄마가 물어도 될까?"

그가 한숨을 쉬었다. "얘기하고 싶지 않은데요. 그래도 괜찮으시다면?"

나는 입술을 깨물며 고개를 끄덕였다. "그래, 알았다. 엄마는 사실 쿼터먼 교장 선생님에게서 받은 연락을 전해주려고 왔어. 네 명예위원회 심리가 다음 주 화요일로 잡혔다는구나."

"네, 알아요." 핀치가 말했다. "저도 메일 받았어요."

"아, 그랬구나." 내가 말했다. "라일라와는 얘기해봤니?"

"아뇨."

"왜?"

"아빠가 하지 말래요."

"아빠가?" 내가 말했다. "아빠가 언제 그런 얘기를 하셨지?"

"지난주에요. 미스터 Q와 만난 다음에요."

"그렇구나." 내 말투가 딱딱하게 굳었다. "엄마는 생각이 달라. 너랑 나랑 내일 아침에 라일라를 만나러 갈 거야. 라일라의 아빠도 그 자리에 계실 거라 넷이 같이 만나게 될 거다."

아이의 저항을 예상했는데 핀치는 의외로 고개를 끄덕이며 알았다고 했다.

"그리고 엄마는 네가 라일라의 마음을 헤아렸으면 해. 그 아이의 기분 말이야. 우리가 내일 만나는 이유는 라일라를 위해서니까."

"알아요, 엄마." 그렇게 말하는 핀치의 얼굴에서 어릴 때 모습이 보였다. 아이의 말이 진심 같았다.

"진심으로 하는 말이니?" 내가 물었다.

"그렇다니까요."

"내일 우리가 라일라를 만나는 건 어떤 전략을 꾸미기 위해서가 아니란 얘기야. 사과의 의미로 만나는 거지."

핀치가 다시 고개를 끄덕였다. "네, 엄마. 이해했어요." 아이는 나와 시선을 맞추었다.

긴 설교를 듣기 싫어서 내 비위를 맞춰주는 것일 수도 있지만 그의 표정은 정말 진지해 보였다. 그렇다고 아직 안심할 수는 없었다. 그의 성품에 대한 염려는 여전했다. 그래도 희망의 끈을 본 것 같아 작은 위안이 된 것도 사실이었다.

"정말 엄마와 폴리 이야기는 하고 싶지 않은 거니? 아니면 엄마에게 다른 얘기 하고 싶은 건 없어?" 나는 최대한 부드럽게 물었다. 아이의 대답이 무엇인지는 듣지 않아도 알 것 같았다.

"네, 엄마." 그가 말했다. "진짜 괜찮아요."

13

라일라

금요일 밤이었다. 이미 완전히 바닥을 쳤으니 더 나빠지진 않을 거라 생각한 바로 그 순간, 아빠가 내 방에 와서는 새로운 폭탄을 떨어뜨렸다. 이번엔 스텔스 폭격이었다.

"잠 잘 자두렴." 아빠가 미식축구팀 타이탄스 티셔츠에 운동복 바지를 입고 문간에 서서 말했다. "내일 아침에 미팅이 있을 거거든."

"무슨 미팅이요?" 수상한 마음에 내가 물었다. 우리 집은 주말에 약속 같은 게 있는 집이 아니다. 그리고 토요일은 내가 늦잠 자는 날이란 걸 아빠도 잘 알고 있었다. 내가 늦잠 잘 수 있는 날은 정말 일주일에 딱 한 번이다. 왜냐하면 일요일 아침은 아빠가 내게 죄책감이 들게 한 다음 나를 끌고 할머니(우리 할머니는 가톨릭 열심당원이다)와 함께 성당에 미사를 드리러 가는 날이기 때문이다.

"핀치 브라우닝과 그의 엄마가 오신단다." 아빠가 아무렇지도 않다는 듯이 던졌다. 마치 너무 사소해서 내가 무심하게 넘어가기라도 할 것처럼 툭.

설마 하는 마음에 뒤이어 농담이라는 말이 나오기를 기다렸지만 그게 전부였다. "뭐라고요? 왜요?" 내가 따져 물었다.

"얘기하러." 아빠는 방 안으로 한발 더 들어 오면서 그렇게 말했다. 아빠의 눈이 세탁을 마친 옷가지로 가득한 세탁 바구니를 바라본다. 지난밤에 아빠가 빨래해서 가져다 놓으면서 나더러 직접 정리하라고 부탁했던 거다. 보통은 개는 것까지 아빠가 다 해주었다. 내가 엉망으로 개어놓으면 다시 해주거나. (아무튼 아빠는 별 이상한 것에 다 강박적이다.) 그런데 아빠가 갑자기 모든 면에서 엄격해지기로 작정한 모양이었다. 마치 내가 파티에 가서 술을 마시게 된 게 그동안 아빠가 빨래를 개어준 탓이기라도 한 것처럼.

"무슨 얘기를 하러요?" 완전 공포스럽다.

"라일라, 그 사람들이 왜 오겠니?" 아빠가 물었다.

"난 모르죠, 아빠." 나는 최대한 비아냥거리는 말투로 말했다. "그러니까 물어보잖아요. 아빠가 꾸민 일이 분명하니까요."

"그럼 아빠 생각에는 말이다. 참으로 근거 없는 짐작이다만, 아마도 핀치가 자기가 한 짓에 관해 얘기하려고 하지 않겠니?" 아빠는 매우 차분하고 그만큼 비아냥거리면서 말했다.

나 역시 내일 대체 어떤 일이 펼쳐질지 도저히 그림이 그려지지 않았다. 차라리 넷 다 옷을 홀딱 벗고 앉아서 모노폴리 게임을 하기로 했다고 하는 편이 나을 것 같다. 그러니까 내 말은, 핀치가 내게 한 짓을 다시 꺼내 얘기하는 것보다 더 고통스럽고 어색한 일이 어디 있겠느냔 말이다.

"와아. 그러니까 아빠가 지금 내 인생을 완전히 망쳐버릴 셈인 거네요?" 내가 말했다. 이만하면 충분히 절제한 표현이다. 나는 숨을 멈추고 기다렸다. 아빠가 폭발할 차례라는 것을 잘 알고 있기 때문이었다. 요즘 아빠의 게이지는 0에서 100까지 단숨에 올라가는 것 같다. 뭐, 아빠가 실제로 0까지 내려가는 일은 한 번도 없지만. 사실 우리 아빠는 항상 흥분 상태여서 언제든 폭발하기 일보 직전이다.

"그 반대인데." 아빠가 말했다. "난 좋은 아빠가 되려고 노력하는 중이야. 그게 전부야."

"네에, 그러시겠죠. 그런데 좋은 아빠는 딸의 인생을 파괴하지는 않던데요."

나는 그렇게 버튼을 누르고 말았다. 아빠는 씩씩거리더니 만화영화 속에서 잔뜩 빡친 아빠들이 그러하듯 양손을 허공으로 휘두르더니 중얼거리며 방을 나가버렸다. "네가 나를 엄마와 착각하는 모양이로구나."

나는 당장에 아빠를 쫓아가서 순교자 행세는 그만두라고 말하고 싶었다. 그래, 자녀교육 면에서 엄마가 개판 친 거 나도 안다. 그렇지만 엄마가 막장 엄마라는 이유로 부모의 가장 기본적인 도리 정도만 해준 아빠가 가산점을 받을 수는 없는 노릇 아닌가. 아아, 내가 왜 이 생각을 이전에 하지 못했지? 당장이라도 아빠에게 이걸 말해주고 싶었지만 차마 실행에 옮기지는 못했다. 그래서 나는 아빠가 다시 내 방에 돌아올 때까지 침대 속에서 소리를 죽이고 울었다. 아빠가 돌아오리라는 것을 알고 있었다. '화가 난 채로 잠자리에 들지 말라'는 것은 우리 집의 불문율이었고 아빠는 이 규칙을 꽤 잘 지키는 편이었기 때문이다. 분명 아빠는 다시 마음을 누그러뜨리고 내 방에 와서 "잘 자"라는 인사를 건넬 것이다. 할머니 표현대로라면 아빠가 이러는 게 아빠에겐 "갈등을 소화하지 못하는 위"가 있기 때문이란다. 하지만 난 그게 엄마가 우릴 떠난 방식과 연관되어 있다고 믿는다.

엄마가 한밤중에 사라지던 그날 밤, 정말로 무슨 일이 있었는지에 대해 아빠가 내게 분명하게 말해준 적은 없지만 나를 두고 큰 다툼이 있었다는 것만은 어렴풋이 알고 있다. 엄마가 파티에서 술을 너무 많이 마시고 나를 수영장에 빠지게 할 뻔했다는 뭐 그런 얘기다. (물론 내가 YMCA에서 레슨을 몇 번 받아서 이미 수영을 할 수 있었다는 게 엄마의 주장이지만, 아빠는 그 레슨이란 게 내가 고개를 옆으로 돌리며 입으로 후우 부는 연습 몇 번 한 것이 전부였다고 했다.) 어쨌건, 아빠는 엄마의 '태만'에 격노하고 엄마는 아빠의 '판단질'(이런 말이 있나 모르겠지만)에 열 받은 거였다. 그리고 완전 열 받아 버린 엄마가 집을 나간 것이다. 영원히.

"네 아빠 말이 너랑 아빠 두 사람 모두 엄마 없이 더 잘 살 거 같다더라. 뭐, 보니까 아빠 말이 맞는 것도 같고." 엄마가 언젠가 찾아와 내게 해준 말이다. 엄마는 피해자 코스프레를 정말 잘한다. 심지어 내 앞에서도 그런다. 자기가 버린 딸 앞에서 말이다.

난 엄마에게 아빠가 엄마를 때리거나 학대를 한 것도 아니었잖느냐고 말하고 싶었다. 아빠의 '판단질'이 나쁘긴 해도 그것 때문에 자식을 버릴 정도까지는 아니란 말이다. 엄마에게는 못 해먹겠다고 때려치우지 않고도 다른 선택지가 있었다. 엄마도 책임감 있는 좋은 엄마라는 것을 보여주고 아빠가 틀렸다는 것을 증명할 수 있었단 얘기다. 그런데 엄마는 그러는 대신 아빠 말이 맞다고 증명해버렸다.

반면 아빠 입장에서는 일이 이렇게까지 되어버린 걸 본인 탓으로 돌릴 수밖에 없는 상황이긴 하다. 어쩌면 두 사람 사이에 '화가 난 채로 잠자리에 들지 마라'라는 규칙만 있었더라도 아빠는 엄마를 설득해서 중독 치료를 받게 했을 것이고 부부간의 문제도 해결했을 수 있다. 하지만, 과연 그랬을까? 분명히 생각대로 잘 흘러가진 않았을 것 같다. 아빠도 알고 있을 것이다. 그래도 혹시나 하는 생각을 난 가끔 한다. 아빠도 그런 생각을 가끔 할까?

어쨌든 아빠가 다시 내 방에 와서 마음이 놓였다. 여전히 아빠 때문에 빡치긴 했지만 말이다. 아빠가 무슨 말을 하거나 신세 한탄을 늘어놓기 전에 내가 선수 쳤다. "아빠, 아빠가 좋은 아빠가 되어주시고 날 위해 해주는 모든 일에 정말 고맙게 생각해요. 하지만 이렇게 하시면 정말 저는 죽어요."

"죽는다니?" 아빠는 또다시 차분한 어조로 돌아왔다.

"말이 그렇다는 거예요."

아빠가 고개를 끄덕였다.

"네, 그러니까 내 말은요, 지금 죽기보다 싫은 일이 브라우닝 가 사람들과 만나는 거라고요. 차라리 나더러 불구덩이로 걸어 들어가라고 하세요. 아님 내 발톱을 뽑든가."

"아빠도 유쾌한 기분으로 이렇게 하는 게 아니다." 아빠가 말했다.

"그럼 우리 이거 왜 하는데요? 이게 누구 아이디어인데요?" 내가 물었다.

"니나의 생각이지." 아빠가 대답했다. "브라우닝 부인 말이다."

나는 아빠를 쳐다보며 방금 접수된 정보를 처리했다. 그분의 이름이 니나로군. 내 기억 속의 모습과 딱 어울리는 이름이다. 농구 시즌 마지막 홈 경기에 있었던 12학년의 밤 행사에서 딱 한 번 본 적 있었다. 우아하고 품위 있는 부인이었다. 핀치가 우리 팀의 12학년 선수 네 명 중 한 명이었기에 전통에 따라 경기 시작 전 부모님과 함께 경기장 미드코트로 걸어 들어왔다. 핀치의 아빠는 핀치처럼 키가 크다는 것 외에 아무것도 기억나지 않지만 그의 엄마는 정말 예쁘고 멋쟁이였던 걸로 기억한다. 작은 체구에 어깨 길이의 허니블론드 빛 머리칼, 그리고 입고 있는 옷들은 지인짜 예뻤다. 짙은 청바지에 무릎까지 올라오는 부츠, 그리고 털실 방울이 달린 아이보리색 케이프.

"그분이 아빠에게 전화했다고요?" 내가 물었다. 어떤 말을 주고받았는지 궁금해서 견딜 수가 없었다.

"아니, 이메일이었어." 아빠가 말했다. 아빠는 다시 세탁 바구니를 내려다보더니 내 침대 발치로 걸어왔다.

"언제요?" 내가 말했다. 아빠가 내게 숨기는 것이 생겼다는 것도 우리 사이에 일어난 변화 중 하나였다. 공평하게 말하자면 쌍방과실이었다. 나 역시 아빠에게 숨기는 것이 무진장 많아졌으니 말이다. 아빠에게 숨기는 비밀이 술 마시는 것만은 아니다.

아빠는 내 침대 위에 걸터앉아 내 발 위에 손을 올려놓더니 수면 양말을 신은 내 발을 주물렀다. 나는 본능적으로 발을 빼고 무릎을 세워 가슴께로 껴안았.

아빠는 상처 혹은 모욕을 당한 얼굴이었다. 어쩌면 둘 다일지도 모른다. "며칠 전에……." 아빠가 잠시 말을 멈추었다. "만나서 커피를 마셨어."

"그렇군요. 완전 이상하네요." 말 그대로 이상해서 그렇게 말하기도 했지만 한편으로는 아빠가 밖에서 누군가를 만나 커피를 마셨다는 사실 자체가 낯설고 기이했다.

"뭐가 그렇게 이상한데?" 아빠가 희한한 표정을 지으며 내게 물었다. 아빠 자신도 그게 이상하다는 걸 잘 알기 때문이다.

"그러니까, 모든 게?" 내가 말했다.

아빠가 어깨를 으쓱했다. "그래. 조금 그런 면이 있긴 하지. 하지만 꽤 괜찮은 대화를 나눴단다."

"훌륭하네요." 나는 눈알을 굴리며 말했다. "정말 잘 된 일이군요."

"태도 조심해라, 라일라."

"건방지게 구는 거 아니에요. 대화가 잘되었다니 좋다는 거예요. 하지만 그렇게까지 했으면 땡 아닌가요?" 나는 아빠가 잘 쓰는 표현을 사용했다.

"아니. 그걸로 땡일 수가 없지." 아빠가 말했다.

"어째서요?"

"그 집 아이가 네게 사과를 해야 하잖니, 라일라. 그건 중요한 문제야. 그렇기에 우리가 다 같이 만나자는 거다. 니나도 그렇게 생각하고."

"좋아요. 그런데 왜 하필 여기서 만나야 하죠?"

"여기서 만나는 게 어때서 그러니?" 아빠가 방어적으로 나왔다. "우리가 사는 집을 보여주는 게 창피해서 그러니?"

"아뇨." 나는 그렇게 말했지만 약간은 거짓말이었다. 9학년에 윈저로 전학 간 이후, 그리고 내 주변 아이들에게 얼마나 많은 돈이 있는지 알게 된 이후, 내가 사는 동네와 집을 부끄러워하게 된 게 사실이었다. 물론 이런 감정을 느끼는 나 자신이 더 부끄럽지만. "그냥 불편해서요." 아빠의 감정을 상하게 하지 않으려고 덧붙였다.

"그 사진만큼 불편한 건 없어!" 아빠의 감정에 다시 동요가 일면서 숨소리가 거칠어졌다. "그 사진 말이다, 라일라. 빌어먹을 불편은 그런 걸 두고 하는 말이야."

나는 눈을 내리깔았다. 또다시 수치스러웠다. 학교에서 겪는 수모는 둘째치고라도 아빠가 나의 그런 모습을 봤다는 게 정말 죽도록 견디기 어려웠다. 젖가슴이 드레스 밖으로 나온 줄도 모르고 술에 취해 뻗은 모습이라니. 그리고 그날 밤 집에 돌아와서, 나는 정작 기억도 못 하지만 내가 아빠 앞에서 보였을 추태는 또 어떻고. 아빠는 내가 종종 술을 마신다는 사실을 이미 알고 있었을지 모르지만 내가 고주망태가 되도록 마시거나 남자와 잔 적이 있다는 사실은 몰랐을 거다. 물론 그 사진이 후자를 증명하지는 않는다고 하더라도 아빠는 그날부로 내가 아빠의 환상 속에 사는 완벽한 천사가 아니었다는 현실을 알게 된 셈이다.

"아빠아, 조금만 공감해주면 안 돼요? 핀치를 위해서가 안 된다면 날 위해서라도요, 네?" 나는 원저에서 뜨거운 쟁점이 되는 단어를 사용했다. 미스터 Q도 조회 시간에 '공감'이라는 단어를 자주 언급하며 여러 수업 시간에서도 토론의 주제가 되는 단어다.

"워워." 아빠가 말했다. "잠깐, 뭐라고 했니? 지금 이 상황에서 나더러 핀치에게도 공감을 '베풀라고'?"

"그럼요. 당연하죠. 모두를 위해서요. 이런 걸 용서라고 해요, 아빠. 용서라는 말, 들어보셨어요?"

"용서는 구해서 얻는 거다, 라일라. 그 자식은 아무것도 한 게…"

"그렇지만, 그래서 오는 거라면서요?" 나는 아빠 말을 끊고 외쳤다. "그러니까 내 말은, 이럴 거면 니나라는 아줌마하고는 얘기를 왜 한 건데요? 그리고…… 그리고 아빠가 마음을 그런 식으로 굳혔다면 핀치더러 왜 굳이 오게 했냐고요?"

아빠는 어안이 벙벙한 얼굴로 고개를 저었다. "나는 네가 왜 이렇게 분을 내는지 모르겠구나. 그 자식이 네게 한 짓보다도 아빠에게 더 화를 낸다는 게 아빠는 도무지 이해가 가지 않는다."

아빠는 말을 멈추었다. 내가 뭐라도 반박하기를 기다리는 모양이었다. 하지만 나는 아무 말도 하지 않았다. 적어도 그 얘기만은 아빠에게 하고 싶지 않았다.

"내일 일을 걱정할 사람은 핀치야." 아빠가 말을 이었다. "네가 아니란 얘기다. 하지만 아빠 생각에 그 자식은 걱정하고 있지 않을 것 같구나. 아주 못돼먹은 자식이니까."

"핀치는 그런 사람 아니에요, 아빠." 나는 그렇게 말하면서 다시 울음을 터뜨렸다. 절망스러워서 울었다. 애들은 항상 그런 사진을 찍는다는 사실을 아빠에게 이해시킬 도리가 없어 보였다. 다들 서로 그러면서 논단 말이다. 그리고 핀치는 그 사진을 소셜미디어에 포스트하거나 한 게 아니었다. 이게 이렇게 밖으로 퍼지게 된 건 그의 잘못이 아니다. 물론 거기 달린 캡션은 조금 다른 얘기다. 하지만 거기에도 상황이라는 게 있었다. 그는 우노 카드 게임을 하고 있었고 그냥 심심해서 웃기려고 한 행동이었을 것이다. 그렇다고 그게 웃겼다는 얘기는 아니다. 하지만 누군가 악의로 그런 짓을 하는 것과 바보 같고 한심한 농담으로 그런 짓을 하는 것엔 엄연히 차이가 있다고 생각한다. 특히 술 취했을 때 말이다. 적어도 나는 스스로 이렇게 생각하며 위안을 삼고 있었다. 그렇게 믿고 싶었다. 그렇게 해야만 살 것 같았다.

아빠는 내게 가까이 다가와 앉더니 어색한 자세로 내 어깨에 팔을 두르고는 내 머리 위에 입을 맞췄다. 아빠를 밀어내고 싶은 마음도 있었지만 내게 지금 절실히 필요한 것은 아빠의 포옹이었다. "미안하구나, 라일라. 아빠가 그만 잘해보려다가 그랬어." 아빠가 말했다. 이번에는 순교자 행세하는 것처럼 들리지 않았다. 그냥 진짜로 노력하는 아빠 같았다.

"알아요, 아빠." 나는 코를 훌쩍이며 대답했다.

"그리고 이게 도움이 될지 모르겠지만, 만나 보니 핀치의 어머니는 괜찮은 사람 같더구나. 마음이 좋은 사람 같아."

"그래요?" 아빠의 품에 안긴 채로 말하니 목소리가 작게 나왔다.

아빠가 안았던 팔을 풀고 물러나서 내 눈을 바라봤다. 아빠가 눈썹을 잔뜩 찡그리며 말했다. "그렇더구나. 그리고 네 걱정을 하더라고."

"그분이요?" 나는 침대 탁자에 놓인 티슈 뭉치를 잡으려고 아빠 뒤로 손을 뻗었다.

"그래." 아빠가 말했다. "그래서 내가 내일 그 어머니에게 기회를 주기로 한 거다. 그 아들은 자기 어머니 덕에 기회를 얻은 거지. 이제 좀 기분이 풀리니?"

"그런 것 같아요." 나는 코를 풀며 대답했다. "난 그냥 이 모든 게 빨리 끝났으면 좋겠어요."

"나도 안다, 우리 딸." 아빠는 공감하는 듯한 얼굴로 고개를 끄덕였다. 마침내 우리가 완벽한 합의점을 찾기라도 한 것처럼. 하지만 우리는 알고 있었다. 아빠가 생각하는 끝과 내가 생각하는 끝이 다르다는 것을.

우리는 잠시 아무 말 없이 앉아 있었다. 아빠는 내게 뭔가 더 말하고 싶은 게 있는 얼굴이었는데 주저하는 것 같았다. 내가 결국 먼저 입을 열었다. "더 하고 싶은 얘기가 있어요, 아빠?"

"사실은," 아빠가 말했다. "하고 싶은 얘기가 하나 더 있다. 네 엄마에 관한 건데……."

"뭔데요?" 내가 말했다.

"별 얘긴 아니지만," 아빠의 말투가 불편하게 들렸다. "네가 이번 여름에 엄마에게 가 있는 게 그렇게 나쁜 생각만은 아닌 것 같구나. 이제 다 컸고 스스로 좋은 결정을 내릴 수 있는 나이가 되었으니 말이다. 그리고 무엇보다 네 엄마잖니."

"고마워요, 아빠." 내가 말했다. "정말 그럴까 하고 있어요. 엄마가 보고 싶거든요."

아빠의 얼굴에 서운한 표정이 스치고 지나갔다. 아차 싶었지만 난 진심을 말한 거다. 정말로 엄마가 보고 싶다. 엄마라는 사람 그 자체라기보다는 그냥 엄마라는 존재가 가까이에 있다는 느낌을 받고 싶어서다. 특히 지금 같은 때, 아빠가 말하는 공감만으로 충분하지 않을 때 더욱 그렇다.

다음 날 아침, 나는 일찍 일어나서 샤워하고 머리를 감았다. 곱슬거리는 굵은 머리를 자연적으로 말리기로 결정함으로써 옷 고르는 시간을 넉넉하게 벌었다. 옷장을 열어보니 너무 '노는' 옷 아니면 너무 '교회 가는' 옷 두 종류밖에 없었다. 그걸 빼면 모두 일상복이다. 이미 그레이스에게 전화를 걸어 조언을 구하긴 했다. 간밤에 이 문제로 한 시간 넘게 통화하면서 일어날 수 있는 모든 상황을 하나씩 검토했다. 그레이스의 태도는 중간이었다. 아빠처럼 핀치에 대해 완전히 빡쳐 있는 것은 아니지만 핀치의 행동에 여전히 분개하고 있었다.

입을 옷에 대한 그녀의 의견은 한 마디로 이랬다. "너무 신경 쓴 것처럼 보이면 안 돼. 그냥 편하게 입어."

나도 동의했다. 내가 가진 옷들을 모두 꺼내 상의한 결과 무릎 부분이 찢어진, 꽉 끼는 화이트 진과 구제 가게에서 건진 실크 재질의 파란 색 민소매 블라우스로 낙찰을 보았다. 그레이스가 내게 행운을 빈다는 말을 네 번쯤 반복하고 나서야 우리는 간신히 전화를 끊었다. 화장은 아주 가볍게 했다. 아빠가 화장하는 걸 싫어하니 아예 안 하는 것도 방법이겠지만, 지금 아빠가 미친 듯이 청소에 열중하는 걸 보면 옅은 화장은 눈치채지 못하리라는 확신이 들었다. 우리 집은 언제나 소름 끼칠 정도로 깔끔했지만 이날 아침엔 아빠가 아예 대청소를 시작했다. 아빠의 강박이 또 발동한 것이다. 아빠는 청소기를 돌리고 쓸고 닦았으며 표면이라는 표면은 전부 윈덱스를 뿌려 문질러댔다. 그리고 아빠는 잠깐 나갔다 오겠다더니 스위트 식스틴스 베이커리에서 페이스트리를 잔뜩 사 들고 돌아왔다. 아빠는 사온 빵들을 접시에 나란히 진열하다가 말고 다시 바비큐에 쓰는 큰 쟁반을 가져와 전부 옮겨 담기 시작했다.

"접시가 더 나아요." 나는 고개를 들고 말했다. 나는 〈인스타일〉 잡지 최근호를 읽으며 차분함을 가장하는 중이었다.

아빠는 딱 걸린 표정으로 고개를 끄덕이더니 빵들을 다시 접시로 옮기고는 커피 테이블로 가져갔다. 아빠는 테이블 위에 접시를 내려놓고는 냅킨을 아코디언 스타일로 펼쳤다. 나는 그것을 아빠가 마음을 열기로 한 약속을 지키겠다는 의지의 표명으로 보고 희망적이라고 생각했다. 적어도 아빠는 브라우닝 부인은 미워하지 않나 보다. 아빠는 싫어하는 사람에게 절대로 이런 수고를 하지 않는다.

열한 시 정각에 초인종이 울렸다. 아빠가 크게 숨을 들이쉬더니 현관으로 천천히 걸어나갔다. 나는 소파에 그대로 앉아서 손가락을 머리 속으로 집어넣어 무스로 엉킨 머리카락들을 풀었다. 속이 울렁거렸다. 돌아보지는 않았지만 아빠가 현관문을 열며 누군가를 맞이하는 소리가 들려왔다. 아빠는 핀치와도 인사를 나누고 그들을 집안으로 안내했다. 나는 심호흡을 했다. 그들은 브라우닝 부인, 핀치, 그리고 아빠의 순서로 일렬종대로 걸어 들어오고 있었다. 뭔가 슈퍼마켓이나 학교가 아닌 엉뚱한 곳에서 선생님을 마주친 것처럼 모든 게 초현실적이고 낯설게 느껴졌다.

"이쪽으로 오셔서 앉으십시오." 아빠가 내 옆에 있는 소파와 의자를 가리키며 말했다. 아빠는 살짝 긴장한 것처럼 보일 뿐 그다지 열받은 얼굴은 아니었다.

브라우닝 부인은 내 옆 소파에 앉았고 핀치는 부인의 대각선 건너편에 놓인 의자에 가서 앉았다. 두 사람 모두 내게 인사를 건넸다. 나는 핀치를 보는 것이 너무 부담스러워서 브라우닝 부인만 뚫어지게 쳐다보았다. 가까이서 보니 캐주얼하게 차려입었음에도 불구하고 학교 체육관의 관람석에서 본 것보다 더 아름답고 더 매력적으로 보였다. 브라우닝 부인은 빳빳한 흰색 셔츠의 넓은 소매를 말아 올리고 스키니 진에 금색 플랫슈즈를 신고 있었다. 목걸이는 여러 개를 멋들어지게 겹쳐 걸고 있었는데 알이 작은 것과 알이 굵은 것, 실버와 골드, 그리고 플래티넘이 뒤섞여 있었다. 그녀가 걸친 모든 것은 근사하면서도 지극히 자연스러웠다. 아침에 잠에서 깰 때부터 이런 모습으로 일어났을 것만 같았.

"라일라, 브라우닝 부인이시다." 아빠가 말했다. "그리고 핀치는 이미 알고 있지."

"네, 안녕하세요. 안녕." 나는 두 사람 모두와 눈을 마주치지 않으려고 애쓰면서 인사를 건넸다.

"크루아상 드시겠습니까?" 아빠는 먼저 브라우닝 부인을, 그런 다음 핀치를 바라보며 물었다. 아빠가 크루아상이라는 단어를 말하는 걸 처음 들었다. 어색하게 들렸다. 너무 프랑스어처럼 굴렸다고나 할까.

핀치는 먹고 싶은 것 같은 눈으로 접시를 잠시 바라보더니 고개를 저으며 괜찮다고 말했다. 브라우닝 부인도 사양했다. 접시에 담긴 페이스트리가 어색한 장식품으로 전락하는 순간이었다.

"마실 것 좀 갖다 드릴까요?" 아빠가 물었다. 아, 아빠, 빵보단 마실 것을 먼저 물었어야죠. "커피? 물?"

"저는 물 가져왔어요." 브라우닝 부인이 가방에서 에비앙 물병을 꺼내며 말했다.

"핀치는? 뭐라도 마시겠니?" 아빠가 말했다.

"괜찮습니다. 고맙습니다." 핀치가 대답했다.

그러는 동안 나는 가만히 앉아 있었다. 브라우닝 부인이 입을 열어 핀치가 내게 할 얘기가 있다고 말하는데 꽉 죽고 싶은 기분이었다.

나는 고개를 끄덕이며 그녀가 반짝이는 금발 머리를 귀 뒤로 넘길 때마다 팔 위아래로 오르락내리락하는 금으로 된 넓은 뱅글 팔찌를 주시했다.

"네." 핀치가 대답하는 소리가 들려왔다. 그리고 그가 내 이름을 불렀다. 나는 처음으로 그의 얼굴을 똑바로 쳐다봤다.

"내가 한 행동에 대해 정말로 미안하게 생각해." 그가 말했다. "내가 술을 마셔서… 물론, 그게 변명이 되지는 않아. 어리석고 미숙한, 정말 끔찍한 행동이었어. 정말 미안해."

"괜찮아요." 내가 우물거리며 말했다. 하지만 아빠가 큰 목소리로 끼어들더니 이건 괜찮은 일이 아니라고 정정해주었다.

"아빠." 내가 작은 소리로 말했다. "그만 해요."

"아니." 핀치가 말했다. "아저씨 말씀이 옳아. 이건 괜찮지 않아."

"그래요, 괜찮은 일이 아니죠." 브라우닝 부인도 끼어들었다. "이제 와서 무슨 의미가 있겠나 싶지만 사실 저희는 핀치를 그렇게 키우지 않았어요."

"그렇게가 뭡니까?" 아빠의 말투는 싸우려고 든다기보다는 정말 궁금해서 묻는 것 같았다.

"무지하게. 혹은 심술 맞게. 혹은 둔감하게 키우지 않았다는 뜻이었어요." 브라우닝 부인의 목소리가 곧 울음이라도 터뜨릴 듯이 떨려왔다. 그런데 어떤 이유에선지 이 부인이 울보 타입은 아닐 것 같다는 인상을 받았다. 오히려, 아빠가 즐겨 쓰는 표현처럼, '독종*이겠다 싶었다.

핀치와 나는 일 초간 시선을 교환했다. 핀치는 다시 아빠를 보며 이렇게 말했다. "볼피 씨, 제가 라일라와 따로 얘기 좀 할 수 있을까요?"

아빠는 잠시 말을 잇지 못하더니 내 허락을 받으려는 듯 내 이름을 불렀다. 나는 여전히 시선을 아래로 내린 채 고개만 끄덕였다.

---

* Tough cookie. 독종. 만만치 않은 사람.

"좋다." 아빠가 말했다. "니나와 나는 밖에 잠시 나가 있으마." 아빠가 말끝을 흐렸다. 두 사람 모두 자리에서 일어섰다. 브라우닝 부인은 아빠를 따라 부엌 쪽으로 걸어가 뒷문을 통해 마당으로 나갔다.

문 닫히는 소리가 들리자 나는 고개를 들어 핀치를 바라봤다. 그도 아픈 듯한 파란 눈으로 나를 응시했다. 그가 눈을 깜빡이니 동그랗게 말린 금발 눈썹이 자세히 들여다보였다. 그걸 보고 있노라니 마음이 아려왔다. 그가 낮고 속삭이는 듯한 목소리로 내 이름을 불렀다.

"네?" 나는 작은 소리로 대답했다. 얼굴이 불같이 달아올랐다.

핀치는 숨을 크게 들이쉬더니 이렇게 말했다. "이걸 말할까 말까 정말 고민했는데…… 아무래도 네겐 그날 밤 무슨 일이 있었는지 사실대로 말해야 할 것 같아서."

"좋아요." 내가 뒷문에 눈길을 주며 말했다. 속이 울렁거렸다. 아빠나 브라우닝 부인이 보이지는 않았지만 두 사람이 야외용 피크닉 테이블에 앉은 그림이 눈에 선했다.

"그게 말이야, 너도 우리가 우노 게임 중이었던 거 알지?" 그가 말했다.

"알아요." 내가 말했다.

"그러다가 폴리와 내가 다퉜어. 혹시 눈치챘니?"

나는 알고 있었지만 모르겠다는 듯이 어깨를 으쓱했다.

"그게, 우리가 다툰 게 사실은…… 너 때문이었어."

"저요?" 나는 깜짝 놀랐다.

"그래, 너."

"왜요?" 내가 물었다.

"폴리가 질투했거든. 그날 그 드레스를 입은 네 모습이 정말 섹시했어. 폴리가 내가 널 쳐다보는 걸 알고, 내가 네게 추근댄다며 비난하기 시작했고……. 그러다가 완전히 돌아버린 거야."

"아." 내가 말했다. 뒤죽박죽된 감정이 몰려왔다. 폴리가 나 같은 아이를 질투했다는 의아함과 내가 다툼의 원인을 제공했다는 염려, 하지만 그중 가장 큰 감정은 낯설게 느껴지는 따스하고 아린 기분이었다. 핀치가 방금 내게 섹시하다고 말했다. 과거에도 내 인스타그램에 그런 댓글을 남긴 남자애들이 있긴 했었지만 내 얼굴을 직접 보며 말해준 사람은 없었다.

"어쨌건." 그가 말했다. "결국 그게 발단이 되었고……." 그의 목소리가 잦아들었다. "무슨 얘긴지 잘 이해되니?"

나는 고개를 저었다. 그게 발단이 되었다니, 무슨 뜻이지? 폴리와 싸운 이야기를 하는 건가, 아니면 나에 대해 이야기를 하는 건가? 순간적으로, 그날 밤 핀치와 나 사이에 무슨 일이 있었나, 하는 궁금증이 들었다. 어떤 육체적인 접촉이라도? 하지만 그럴 리 없다. 그랬다면 기억이 났을 것이다. 나는 그날 밤 핀치가 내게 보낸 시선을 전부 기억하고 있단 말이다.

"잘 들어, 라일라." 핀치가 내 쪽으로 몸을 기울이며 말했다. 그는 숨을 죽이고 내 이름을 불렀다. "그날 네 사진을 찍은 사람은 내가 아니었어. 그 사진에 캡션을 단 것도 그렇고. 그걸 친구들에게 보낸 것도 내가 아니야." 그는 아랫입술을 깨물더니 손으로 구불거리는 금발 머리를 쓸어넘겼다. "무슨 말인지 알겠니?"

"네? 아뇨. 모르겠어요." 마음과 정신이 전력 질주를 하는 중이다. 그리고 갑자기 정신이 번쩍 나면서 알 것 같았다. "잠깐. 그러면 폴리? 설마, 폴리가 전화기를 가져간 거예요?"

그는 느리지만 확실하게 고개를 끄덕였다. "맞아. 폴리가 가져갔어. 폴리는 너랑 내가 문자를 주고받았다고 의심했거든."

"어째서요?"

"우리가 서로를 쳐다보는 눈빛을 보고 그렇게 생각한 거지."

"하지만 문자를 주고받지 않았잖아요? 혹시 그랬나요?" 아빠가 내 문자메시지를 다 봤다는 사실을 떠올렸다. 혹시 아빠가 지워버렸나? 정말 그랬을까?

그는 고개를 저었다. "아니. 하지만 사실, 나는 그러고 싶었어. 번호를 알았더라면 그랬을지도 모르지. 하지만 그날은 아니야. 우린 그냥 눈빛만 주고받았는데 폴리가 그걸 눈치챈 거야. 여자들의 직감 그런 거 있잖아."

나는 고개를 끄덕였다. 하긴 나도 알아챘으니까.

"나는 이미 알딸딸한 상태였고 내 전화도 어디 있는지 모르는 상황이었어."

"그러니까 폴리가 그 전화를 가져다가 내 사진을 찍었다는 얘긴가요?" 내가 물었다. 내가 지금까지 이해한 내용이 맞는지 정확히 확인하고 싶었다.

"맞아." 핀치가 말했다. "바로 그렇게 된 거야."

"와아." 나는 숨을 죽이며 말했다. 나 자신에게 내는 소리였다.

"완전…… 나쁜 년이네."

"나도 알아. 그게, 폴리가 원래는 그런 애가 아닌데, 정말로 그런 애가 아니야……. 그냥 힘든 일이 있어서 그렇게 된 거야."

나는 의아한 얼굴로 그를 바라봤다. 대체 폴리에게 어떤 문제가 있길래? 부잣집 딸에다가 예쁜 얼굴. 따지자면 핀치의 여자 버전이란 말이다. 게다가 남친이 핀치다. 핀치의 여자. 그런데 핀치가 내게 좀 집적댄 게 무슨 대수라고? 둘의 오랜 연애 기간을 생각하면 이건 별일도 아닐 텐데. 혹시, 별일?

"아무튼. 그래서 우린 헤어졌어." 그가 말을 마쳤다.

"정말요?" 내 목소리가 갈라졌다. "저 때문에?"

"아냐. 폴리가 네게 한 짓 때문에 그렇게 된 거야."

머리가 빙글빙글 돌았다. "엄마가 알고 계세요? 이게 폴리 짓이라는 걸?"

그가 고개를 저었다. "아니."

"다른 사람들은요?"

"아무도 몰라." 그가 말했다.

"왜요? 왜 진실을 말하지 않아요?"

핀치는 한숨을 쉬더니 머리를 저었다. "모르겠어. 설명하기 어려운 일이야. 이걸 다 말할 수는 없고. 어쨌든…… 그냥 폴리에게 문제가 많다고만 해두자."

"어떤 문제요?" 내가 말했다.

핀치가 다시 한숨을 쉬며 말했다. "그건 말할 수 없어."

나는 그를 빤히 쳐다봤다. 학기 초에 돌았던 소문이 갑자기 생각이 났다. 폴리의 거식증과 자해에 대한 소문. 부끄럽지만 마음 깊은 곳, 나의 작은 일부는 그 소문들이 사실이길 바랐다. 누구도 완벽하지 않다는 것을 확인하고 싶은 마음이었던 것 같다. 하지만 나는 그 소문이 거짓일 거라 생각했다. 그녀의 화려하고 멋진 인스타그램을 둘러볼 때마다 내 안에서 질투심이 올라오듯 다른 애들이 들려주는 소문도 그것과 동일한 질투심에서 비롯된 거짓말일 거라고 믿었다. 그런데 그 소문들이 사실이었던 모양이다. 폴리가 불쌍하다는 생각이 들었다. 무엇보다 핀치 같은 남자친구를 잃게 되었다는 점에서 제일 그랬다. 그러다가 나는 쓰잘데기없는 생각은 관두자고 속으로 생각했다. 결국 자기가 판 무덤이다. 내 동정을 받을 가치도 없는 인간이다.

"진실을 말해야죠." 내가 말했다. "명예위원회에서요. 가서 그 사람들에게 말해야죠, 그 사진 내가 찍은 거 아니라고. 폴리가 찍은 거라고요."

그는 고집스러운 얼굴로 고개를 저었다. "안돼, 라일라. 폴리에게 그럴 순 없어. 이번 일도 그렇지만, 전에도 말썽을 일으킨 적이 있거든. 이것까지 두 번째야. 위반 두 번이면 퇴학이라고. 양심상 그런 일이 일어나도록 둘 순 없어."

나는 다시 뒷마당을 건너다보았다. 아빠와 브라우닝 부인이 돌아오기 전까지 우리에게 얼마큼의 시간이 남은 걸까. "그렇다고 대신 책임을 질 순 없잖아요." 내가 말했다.

"그렇게 해야지." 그가 말했다. "제발 내 결정을 존중해줘."

"하지만 그랬다가 정학이나 퇴학을 당할지도 모른다고요. 프린스턴 날리는 거예요."

"알아." 핀치가 말했다. "하지만 그런 일까지는 없을 거야."

"그럼 어떻게 되는데요?"

그는 한숨을 내쉬며 어깨를 으쓱했다. "글쎄, 바라기는, 이 명예위원회를 잘 마치고 그 사진에 대한 책임도 내가 지고……. 하지만 어떻게든 프린스턴은 가게 될 거야. 그리고 폴리는 치료를 받고……. 그리고 너도 나를 미워하지 않게 되길……." 그의 목소리는 부드럽고 달콤했다. 영화 속 남자 주인공에게서나 들을 법한 목소리였다. 느리고 낭만적인 배경음악이 흐르면서 들려오는 감미로운 목소리.

"난 오빠를 미워하지 않아요." 내가 말했다. 심장이 마구잡이로 뛰기 시작했다.

"정말?"

"정말." 내가 말했다.

"그렇구나. 그럼, 네가 나를 미워하지 않는다고 하니……" 그가 주저하며 시선을 떨어뜨렸다. "그냥 물어보는 건데. 저기, 우리 한번 만날 수 있을까?"

머리가 핑 돌았다. 방금 이 사람이 내게 뭐라고 한 거지? 어법에 어긋나지 않는 문장인데 아무리 들어도 이해가 되지 않았다. "나랑 오빠랑?" 내가 물었다.

"그래, 너랑 나랑." 그가 말했다.

"언제요?" 내가 말했다.

"글쎄, 곧? 오늘 밤은 어때?"

"아빠가 이 상황을 순순히 받아들여 주실지 모르겠네요." 내가 말했다. 지극히, 매우 지극히 절제된 표현이었다. "그리고, 오빠도 지금 외출 금지 아닌가요?" 내가 물었다. 그가 혹독한 벌을 받고 있다는 얘기는 소문을 들어 알고 있었다. 남은 봄 학기는 물론 여름 방학 중에도 외출 금지를 당했다고 들었다.

"맞아. 하지만 상황이 이러니까 이건 예외로 허락해주실 것 같아." 그가 그렇게 말하는 순간 문이 열리면서 우리 아빠와 핀치의 엄마가 나타났다.

"얘기는 충분히 했니?" 브라우닝 부인이 우리 쪽을 보며 물었다.

"네." 핀치와 내가 동시에 대답했다.

그녀는 잠시 주저하더니 처음에 앉았던 소파로 돌아가 앉았다. 아빠는 근처에 선 채로 다시 커피를 권했다.

이번에는 브라우닝 부인이 이렇게 말했다. "네, 주세요. 고마워요."

"크림이나 설탕은요?"

"괜찮아요. 블랙이 좋아요. 고맙습니다." 그녀가 대답했다.

아빠는 고개를 끄덕이며 부엌으로 갔다. 그 사이 우리 세 사람은 어색하게 앉아있었다. 브라우닝 부인이 미소 띤 얼굴로 나를 살펴보는 것 같았다.

"블라우스가 참 예쁘구나." 그녀가 말했다.

"고맙습니다." 나는 기분이 좋아졌다. "구제 가게에서 샀어요."

"그래? 어느 가게였을까?"

"스타스트럭이요. 갤러틴 길에요. 그 집 아세요?"

"물론이지." 그녀가 말했다.

"약간 가격이 세긴 하지만 잘 찾으면 좋은 물건을 싼 가격에 찾기도 해요."

브라우닝 부인이 웃으며 말했다. "맞아. 쇼핑이란 정말 전략 비즈니스지. 나도 가끔은 실제로 구매하는 것보다 물건을 찾아내는 자체를 더 즐기나 싶을 때가 있어."

"네, 저도 무슨 말씀이신지 잘 알아요." 그러고는 나도 한마디 했다. "저는 부인의 구두가 정말 마음에 들어요."

브라우닝 부인은 "집만 한 곳은 없어"라고 외치는 도로시처럼 구두 뒤축을 딱딱 부딪쳐 보이더니 내게 고맙다고 인사를 했다. 그때 마침 아빠가 커피를 들고 나타나 부인에게 머그잔을 건네주었다.

순간 브라우닝 부인이 내게 과하게 다정하다는 생각이 스치고 지나가면서 의심스러운 마음이 들었다. 부인과 핀치가 혹시 나를 회유하려고 찾아온 건 아닐까? 지금 '착한 경찰, 나쁜 경찰' 전략을 쓰는 중인가? 그렇다고 보기엔 착한 경찰이 둘이다. 생각이 거기까지 닿자 내가 미쳐간다는 생각이 들었다. 그때 브라우닝 부인이 핀치를 돌아보며 물었다. "그래서? 두 사람…… 얘기 좀 했니?"

"네." 그가 고개를 끄덕였다.

"그래서?"

"대화 잘했어요, 엄마." 그렇게 말하는 그의 목소리가 크고 분명했다.

브라우닝 부인이 나를 돌아보자 나는 바보처럼 핀치의 말을 따라 했다. "네, 대화 잘했어요."

아빠가 얼굴을 찡그렸다. "잘했다니, 어떻게 잘했다는 거냐?"

"잘…… 그게…… 핀치가 정말 미안하다고 했어요." 나는 더듬거렸다.

"맞습니다. 그리고 라일라와 좀 더 대화할 기회를 얻고 싶습니다." 핀치가 덧붙였다. "볼피 씨만 괜찮으시다면요." 그의 목소리와 함께 눈썹도 같이 치켜 올라갔다.

"지금?" 아빠가 물었다.

"아뇨." 핀치가 말했다. "지금은 아니지만 나중에요. 라일라와 제가 따로 만나서 얘기를 해도 괜찮을까요?"

나는 숨을 참고 아빠가 그 요청을 어떻게 받아들이는지 관찰했다. "지금 내 딸에게 밖에서 따로 만나자고 하는 거니?"

"그게, 저…… 네, 그렇습니다." 핀치가 말했다.

"데이트 신청이야?" 그렇게 말하는 아빠의 목소리가 커지더니 얼굴이 벌게졌다.

"아빠!" 아빠가 그런 식으로 단정을 지어버리다니, 모멸감이 느껴졌다. "핀치가 데이트라고 말한 적 없잖아요."

하지만 핀치는 겁도 없이 아빠의 도전을 받아들였다. "네, 그렇습니다. 정식 데이트입니다. 라일라에 대해서 좀 더 잘 알고 싶어요. 라일라도 제가 어떤 사람인지 알았으면 좋겠고요. 이 기회를 통해 제가 그렇게 막돼먹은 사람이 아니라는 것을 증명해 보이고 싶어요. 물론 제가 한 짓을 생각하면 그런 기회를 얻을 자격도 없지만요."

나는 목청을 가다듬고 내 목소리를 내기로 했다. "아니, 그럴 자격 있어요." 그렇게 말하는데 내 심장이 벌렁거렸다. "오늘 여기까지 온 것만으로도 아빠와 내게 큰 의미가 있어요. 그렇죠, 아빠?" 나는 아빠를 코너로 몰았다. 나는 아빠가 완전히 착한 사람인 척 할 것인지, 아니면 핀치에게 기회를 준 것을 뒤집어버릴 것인지 궁금해졌다.

아빠는 몇 초간 시간을 끌더니 마침내 입을 열었다. "그런 것 같구나." 아빠는 마지못해 대답했다. 시선을 내게서 브라우닝 부인에게 옮기더니 다시 핀치를 바라봤다. "하지만 이렇게 했다고 해서 다음 주에 있을 심리에서 아무것도 달라지지 않는다는 점, 잘 알고 있겠지?"

"네, 물론입니다." 핀치가 말했다. "게다가, 혹시나 제가 빠져나가고 싶어 해도 엄마가 가만히 두지 않을 거라서요." 그가 미소를 지었다.

아빠는 그 미소를 받아주지 않았다.

"하지만 저 역시," 핀치가 덧붙였다. "빠져나갈 생각 없습니다. 마땅히 받아야 할 벌을 받을 것입니다."

아빠는 고개를 끄덕였다. 꽉 다물었던 턱의 힘을 조금 빼는 것 같았다. "좋아."

"그러면 제가 라일라를 만나도 된다고 허락해주시는 건가요?" 핀치가 물었다. "조만간요?"

아빠가 눈알을 굴리더니 크게 숨을 들이쉬고는 이렇게 말했다. "그걸 내가 막을 길은 없어 보이는구나. 하지만 내 딸이 그 데이트 신청에 응할는지 그건 나도 모르겠다."

14

니나

"기분이 어떠니?" 볼피 가족을 만나고 나와 집으로 가는 길에 핀치에게 물었다. 내 차를 가지고 갔지만 운전은 핀치가 했다.

"기분 좋아요." 핀치가 말했다. "정말 좋아요. 그 집에 가길 잘한 것 같아요."

그 말을 들으니 안심이 되었다. "옳은 일을 하는 기분이 꽤 좋지 않니?" 조금 강압적인 질문이라는 생각이 들긴 했지만 하지 않고는 배길 수 없었다.

"맞아요." 그가 나를 돌아보며 대답했다. "정말 그렇네요. 그리고 라일라라는 아이 말이에요. 정말 괜찮은 애더라고요."

핀치는 입술을 깨물며 미소를 지었다. 그러더니 천천히 고개를 저었다. 그것은 핀치가 미식축구나 농구 경기를 보며 감탄할 때 짓는 표정이었다. 커크와는 완전히 대조적인 점이다. 남편은 벌떡 일어나 손뼉을 치거나 텔레비전을 향해 고함을 치는 스타일이다.

"그래, 그렇더구나." 라일라는 내가 핀치를 통해 알게 된 다른 여자애들에게선 찾을 수 없는 무언가가 있는 아이였다. 특히 폴리와 비교해서 그랬다. 진정성 같은 것이라고나 할까. 폴리의 매너는 언제나 훌륭했다. 얘기할 때도 항상 눈을 마주치면서 유창하게 이야기를 이어가는, 완벽한 예의와 사교 기술을 갖춘 아이였다. 하지만 뭐랄까, 매너가 지나쳐서 대본을 읽는 것 같다고나 할까.

"볼피 씨도 좋은 분 같았어요." 핀치가 말했다.

나는 고개를 끄덕였다. 그와 뒷마당에서 나눈 대화를 떠올렸다. 우리는 핀치와 라일라에 대해 얘기하며 안에서 둘이 어떤 대화를 나누고 있을지 궁금해할 수도 있었다. 하지만 우리는 요즘 아이들에 관해 토론했다. 요즘 아이들이 어떤 식으로 휴대전화 속에 숨어 살아가는지를 얘기하고 얼굴 보고는 절대로 하지 못할 얘기를 인터넷상으로 서슴없이 하는 아이들을 걱정했다. 그게 남에게 상처를 주는 말이건, 성적인 말이건, 혹은 그냥 겁 없이 지르는 말이건 간에 말이다. 우리는 요즘 아이들을 가엾이 여기고 그들의 부모인 우리 자신을 불쌍히 여겼다. 톰은 자기 딸에게 그런 짓을 한 핀치에 대해서는 단 한 순간도 물러서는 법이 없었지만 커피숍 만남 이후 훨씬 부드러워진 것은 사실이었다.

노란 불이 되자 핀치가 속도를 줄이더니 정지했다. 그는 발을 브레이크에 댄 채 커다란 눈으로 나를 돌아봤다. "그래서요, 엄마, 내가 곧 라일라에게 만나자고 하려고요. 볼피 씨도 괜찮다고 했잖아요, 그렇죠?"

"그래." 내가 말했다. 톰이 그런 가능성을 열어주었다는 사실이 여전히 놀라울 따름이었다. "하지만 라일라가 안 만나려고 할 수도 있다는 볼피 씨 얘기도 들었지?"

핀치는 고개를 끄덕였다. 다시 신호등을 보며 출발 준비를 했다.

"네, 그렇죠. 전화 한번 해보려고요. 그 아이랑 대화를 더 해보고 싶어요." 핀치가 그렇게 말하는데 신호등이 초록 불로 바뀌었다.

그런 감정이 어떤 것인지 알 것 같았다. 나 역시 톰과 대화를 더 해보고 싶었으니까. 치유가 되는 대화. 누구나 그런 걸 필요로 한다.

"어떻든 간에 말이다. 심리가 끝날 때까지는 기다리는 게 좋겠구나." 둘이 만나는 게 사람들 눈에 어떻게 비칠까 걱정되는 마음도 있었다. 핀치가 라일라를 조종하려는 것으로 보이면 어쩌나 하는 우려도 들었다. 다른 한편으로는 다른 이들의 시선을 걱정하는 일을 관두고 싶기도 했다. 다른 이들이 어떻게 생각할까를 기준으로 결정 내리는 일, 정말 지겹다. 그래도 여전히 좋은 생각은 아닌 것 같았다.

"네." 핀치가 말했다. "알겠어요."

"그리고, 알아두렴. 아빠에게 오늘 우리가 그 집에 가서 사과했다는 이야기를 할 셈이다." 내가 말했다. "아빠가 집에 오시자마자…"

"그러세요." 핀치가 어깨를 으쓱하며 말했다.

"최근 아빠와 엄마 사이에 의견이 안 맞는 일이 종종 있었다만, 그래도 두 사람이 같은 입장에 서야 하지 않겠니. 특히 네 일이라면 말이다."

 핀치는 잘 안다는 듯이 나를 쳐다보며 고개를 끄덕였다. 마치 최근 우리 가정과 부부 사이에 생긴 변화를 눈치챘다는 듯이. 커크가 사업체를 매각하면서 시작된 변화 말이다.

 그 당시가 떠올랐다. 처음에는 우리 세 사람 모두 너무 신이 났었다. 아찔할 정도로. 하지만 매각 전 사업정리과정에서 사태가 긴박하게 변해갔고 심지어 추악해졌다. 커크 회사의 고위 간부였던 척 와이더와 결별하는 과정이 특히 그랬다. 커크가 100% 자본을 대고 시작한 회사였기에 척은 회사에 아무런 지분도 가지고 있지 않았다. 하지만 지난 수년간 회사를 일으키고 성장시키는데 그가 들인 수고와 공로는 실로 어마어마했다. 그는 커크의 비전을 믿었기에 다른 좋은 직장도 마다하고 여기에 뛰어든 사람이었다. 그렇기에 거액의 돈을 받고 회사를 매각할 때 척 역시 보상에 대한 기대가 있을 수밖에 없었다. 내 눈에는 그런 기대가 결코 부당해 보이지 않았다.

 하지만 커크는 그런 기대를 단칼에 잘라냈다. 척의 아내인 도나가 우리 집 앞까지 찾아와서 자기 남편의 '정신 상태'가 심히 우려된다고 사정했음에도 불구하고 말이다.

 "이 일은 사적인 관계에 따라 처리할 수가 없습니다." 커크가 말했다. "이건 비즈니스입니다."

 "하지만 사적이기도 하잖아요." 도나가 말했다. "두 사람, 친구잖아요."

 "도나, 우리는 친구가 맞습니다. 하지만 비즈니스에 그 점을 결부시킬 수는 없죠." 커크는 차분하고 차가운 어조로 말했다.

나는 그런 남편의 모습에 충격을 받았다. 동시에 충격적이지 않기도 했다. 커크는 팁에 대해서도 그와 똑같은 자세를 취했다. 그는 자기가 받은 서비스가 어떠했느냐에 따라 쥐꼬리만 한 팁을 놓고 나갈 수도 있는 성격의 소유자였다. 아예 한 푼도 놓지 않는 경우도 있었다. 그는 노력에는 아무런 점수를 주지 않는 사람이었다. 자격 없음은 자격 없음일 뿐이다. 결국 도나는 그 웨이트리스들처럼 울음을 터뜨리고 말았다. 커크는 꿈쩍도 하지 않았다.

이후 몇 날 며칠이 지나는 동안 나는 그에게서 양심의 가책이나 후회의 한숨을 찾으려 했다. 그러나 그의 유일한 반응은 분노였다. 어떻게 감히 척이 도나를 앞세워 자기에게 이런 파렴치한 짓을 할 수 있냐며 분개했다. 수년간 척에게 많은 월급을 줬으니 더는 빚진 게 없다는 거였다.

"하지만 우리에게 돈이 이렇게 많이 생겼잖아." 남편에게 그런 말을 했었다. "그 사람에게 좀 떼어주면 어때서 그래? 한 십만 달러 정도라도?"

"무슨 소리야, 안 돼. 무슨 근거로? 비즈니스는 그런 게 아니야. 전부 내 자본금이었다고."

그가 우리 자본금이라는 말 대신 '내 자본금'이라는 말을 사용하는 게 내 귀에 거슬렸다. 커크는 재산이 많아질수록 점점 자기 것이라는 표현을 쓰기 시작했지만, 나는 그래도 괜찮다고, 상관없다고 자신을 타이르곤 했었다. 그래도 그의 가장 중요한 우선순위는 나와 핀치니까 괜찮아.

지금 상황을 당시와 비교하니 언뜻 비슷한 기분이 들었다. 그래, 뭐니 뭐니 해도 우리 가족이 최우선이잖아.

하지만 핀치가 다음 신호등에 섰을 때쯤, 나는 결정적인 차이를 발견해냈다. 척과의 사건에서 커크는 철저하게 규칙에 따라 원칙적으로 움직였다. 공평한 것은 공평한 것이고 규칙은 규칙이다. 하지만 커크의 '가장 중요한 우선순위'와 이해관계가 어긋나자 과거의 합리적인 원칙들은 여지없이 창밖으로 내던져졌다. 갑자기 모든 일이 명확하지 않았다. 그의 흑백세계가 회색지도로 바뀌었다. 커크 생각에 핀치는 그동안 착한 일을 많이 해서 모아뒀기 때문에 만회할 수 있는 재량권을 줘도 될 "착한 아들"일 뿐이었다. 그는 실제로 프리패스 하나를 얻었다. 더 정확히 말하면 만 오천 달러짜리 통행권.

"아빠가 몇 시에 오신다고 했죠?" 핀치가 물었다. 핀치 역시 제 아빠 생각 중이었나 보다.

"오후쯤일 거야." 나는 그렇게 말하며 정확한 도착 시각을 확인하려고 가방에서 전화를 꺼냈다. 마침 그에게서 문자메시지가 와 있었다.

여보, 우리 오늘 저녁에 무슨 일정 있나?

아니. 왜?

내가 답을 보냈다.

하루 더 있다가 갈까 해서. 편두통이 와서 그냥 좀 누워있고 싶어. 내일 아침 비행기로 돌아갈게.

그래. 잘 쉬어.

나는 그렇게 답장을 보내면서 안도했다. 톰과 돈에 관한 대화를 조금이라도 뒤로 미룰 수 있게 되어서다. 핀치에게 아빠의 일정 변경을 알리니 핀치가 고개를 끄덕였다.

"아빠도 너와 폴리가 헤어진 거 알고 계시니?" 내가 물었다.

"모를 거예요." 핀치가 말했다. "말한 적 없는 것 같아요."

"그 애하고는 얘기 좀 해 봤니?"

"별로요. 엄마, 걔 완전 미쳤어요."

그 말을 듣는데 신경이 곤두서는 걸 느꼈다. 남자들(물론 남자애들도)이 헤어지고 나서 보이는 흔한 반응 아니던가. 전 여자친구를 '미쳤다'고 몰아세우거나, 마치 헤어져서 다행이라는 듯 여자 쪽 평판이 나빠질 소리를 해대거나. 사실 줄리 역시 남자들이 이혼 여파로 가장 흔히 떠드는 얘기가 이런 거라고 했다. 자기들의 실수를 정당화하기 위해 사용하는 대표적 기법. 여성혐오.

"핀치, 그런 말 하면 안 돼." 내가 말했다.

"미안해요, 엄마. 하지만 엄마가 모르시는 일이 아주 많다고요. 걘 정말 나쁜 년…"

"핀치!" 내가 말했다. "다시는 여자애들에게 그런 식으로 욕하지 말거라. 심하게 모욕적이구나." 넌 이번 일로 배운 게 없니? 라고 덧붙이고 싶었으나 참기로 했다. 우리가 지금처럼 오래도록 대화한 게 얼마 만인가. 씁쓸한 인상으로 이 대화를 끝내고 싶진 않았다.

"미안해요, 엄마." 핀치가 다시 사과했다. 차는 우리 집 앞길로 들어서고 있었다. "최근 들어 제가 그 애에게 실망할 일이 많아서 그랬어요. 무슨 말인지 아시죠?"

"그래." 내가 고개를 끄덕이며 말했다. "엄마도 잘 알지."

얼마 안 되어 우리는 집에 도착했다. 핀치가 서재로 나를 찾아왔다.

"엄마? 오늘 밤에 놀러 나가도 될까요? 12번가와 포터 길에서 팝업 쇼가 있어요." 핀치가 말했다. "루크 브라이언의 공연이에요. 제가 외출 금지 벌을 받고 있는 것은 사실이지만, 오늘 라일라를 찾아가서 얘기도 했고 또 폴리와 헤어진 일도 있고 하니 하룻밤 나가서 놀다 오고 싶어요. 허락해주세요, 엄마, 네?"

나는 망설였다. 내 직감은 그래선 안 된다고 했지만 내 마음은 허락하고 싶었다. 오늘, 우리 두 사람은 참으로 많은 발전을 이루지 않았던가. "글쎄다, 핀치." 나는 여전히 답을 못한 채 고민에 빠졌다.

"제가 밥 테이트 아저씨에게 이메일만이라도 보내보면 안 될까요?" 핀치가 졸랐다. 밥은 커크의 티켓을 예매해주는 중개인이다. 그는 어떤 공연이나 경기든 말만 하면 땡처리 할인티켓을 구해다 줄 뿐 아니라 VIP 패스나 커크가 원하는 다른 특전들을 얼마든지 만들어서 가져다주는 사람이었다. "그 아저씨가 티켓을 구할 수 있는지나 물어보면 안 돼요?"

"그 티켓이 얼마나 할 것 같니?" 앞으로는 애한테 돈 개념에 대해 좀 더 철저히 가르치리라 다짐하면서 물었다.

"모르겠어요." 핀치가 자기 전화를 내려다보며 대답했다. 뭔가 문자를 보내는 중이다. "장당 몇백 달러쯤? 소규모 공연이니까요."

"장당 몇백 달러?" 나는 어이가 없었다. 금액도 금액이지만 무엇보다 핀치의 무심한 반응이 더 충격적이었다.

단호하게 안 된다고 얘기하려다가 마음을 바꾸었다. "나갔다 와도 돼. 하지만 더 저렴하게 놀 방법을 찾아봐."

"알았어요, 엄마." 핀치가 실망스러운 얼굴로 말했다.

잠깐이지만 마음이 좋지 않았다. 핀치를 행복하게 만들어주는 편이 내 마음이 훨씬 편했기 때문이다. '가능하다면 안된다고 하지 않고 허락해주기'가 나의 기본 육아 철학이었다. 물론, 이 철학은 커크의 것이기도 하다. 그렇다 보니 우리 두 사람은 아들이 원하는 것이라면 돈이 얼마가 들던 허락해줬던 경향이 있었다. 무턱대고 돈의 액수로 제한을 두는 것은 너무 임의적이지 않느냐는 것이 커크의 주장이다. 핀치에게 8만 달러짜리 차를 사줄 수 있는데 굳이 왜 4만 달러짜리 차를 사줘서 아이의 만족감을 빼앗아 가느냐는 것이 그의 지론이었다.

나는 할 수만 있다면 핀치의 차를 사던 시점으로 돌아가 그 대화를 다시 하고 싶어졌다. 지금의 나는 왜 그 차를 사주면 안 되는지에 대한 이유를 기다란 리스트로 만들 수 있을 것 같았다. 차뿐 아니라 많은 부분에서 그랬다. 아이의 눈높이를 그렇게 올려놓고, 또 이런 걸 당연한 것으로 여기게 하면 안 되니까. 뭐든 공짜가 아니라 벌어야 한다는 법을 배워야 하니까. 그렇지 않다면 그 아이는 더 이상 무엇을 노력하고 배울 것인가? 그리고 무엇보다, 특권을 갖는 것과 충분한 자격이 있다는 것은 엄연히 다르다. 이런 개념은

우리가 원했던 것들

핀치에게 아예 존재하지 않는 것 같았다. 애 아빠가 그러하듯이 말이다. 겨우 열여덟 살 먹은 핀치는 대체 무슨 근거로 자기가 필요하면 아빠의 티켓 중개인에게 연락을 해도 된다고 생각하는 걸까? 자기 혼자 힘으로 단돈 1달러도 못 벌어봤으면서 돈은 얼마라도 상관없다는 듯한 그 태도는 또 뭐냔 말이다.

핀치는 전화로 뭔가를 계속 써 내려가더니 나를 돌아보며 말했다. "머리 좀 자르러 나갔다 올게요. 엄마가 괜찮다고 하신다면요." 그렇게 말하는 핀치에게서 다소 건방진 태도가 느껴졌다.

"말투 조심하거라." 내가 말했다. 물론 이런 꾸지람이 '어림도 없는' 소리로 들릴 걸 뻔히 알면서도 괜히 하는 말이었다.

"그럼요, 엄마." 핀치는 그렇게 말하고 휴대전화를 뒷주머니에 다시 밀어 넣더니 문으로 걸어나갔다.

세 시간도 넘게 지난 후에 핀치가 집으로 돌아왔다. 그런데 머리 모양이 나가기 전의 더벅머리 그대로였다.

"머리 자르러 다녀온다고 하지 않았니?" 언짢은 기분이 들었다. 아들의 머리 상태도 그렇고 외출 이유로 허락받은 것을 지키지 않은 것도 그랬다.

"사람이 많더라고요." 핀치가 말했다. 벨 미드 이용실을 말하는 거다. 핀치는 항상 거기서 머리를 자른다. "끝도 없이 기다리다가 그냥 중간에 나왔어요."

"거기서 세 시간이나 기다렸다는 얘기니?" 그곳이 바쁠 수는 있어도 그렇게까지 오래 기다릴 리는 없다.

"실은 할 일이 좀 있었어요. 그리고 그다음엔 클럽 가서 당구도 좀 치구요. 보도 같이요."

"그렇구나." 내가 쓸쓸하게 말했다.

"아, 그거 아세요? 보가 글쎄 루크 브라이언 티켓을 구했대요. 제게도 한 장 준다네요."

"아, 그래?" 멜라니가 배후에 있거나 보와 핀치가 어떤 수를 써서 티켓을 구한 모양이라는 생각이 들었다. 그러고 보니 보는 이번 사건으로 외출 금지를 당하지 않았군. 물론 처음 있는 일도 아니다. 보는 한 번도 그런 벌을 받아본 적이 없었다.

"네, 엄마? 그럼 저 가도 돼요?"

내 안의 무엇인가가 내게 안 된다고 말하라고 명령하는 것 같았다. 아까부터 뭔가 수상한 구석이 있었기 때문이다. 그런 잠깐의 갈등 후 그냥 티켓 금액은 여전히 문제라고 이야기하는 선에서 끝내고 말자, 라고 생각을 고쳐먹었다. 아차, 그 문제는 벌써 해결되어버렸구나.

"네? 엄마?" 핀치가 내 어깨에 팔까지 두르며 조른다. "딱 오늘만요."

나는 한숨을 쉬며 져주었다. "그래라." 내가 말했다. "하지만 내일이 되면 외출 금지는 다시 시작이다."

"알겠어요." 핀치가 씩 웃으며 대답했다. 손은 벌써 문자를 보내는 중이다.

나는 일부러 크게 소리를 내어 목청을 가다듬었다. 엄마를 쳐다보라는 신호였다. "엄마에게 지금 할 말 있지 않니?" 나는 마음을 최대한 편안하게 하면서 동시에 아들에게 기본적인 감사의 중요성을 다시 한번 짚어주기 위해 물었다.

"아, 맞다." 그가 말했다. "고마워요, 엄마. 정말이에요. 진짜, 진짜 고마워요."

나는 고개를 끄덕이고는 안아주려고 한발 다가섰다. 어쩐지 어색했다. 내가 아들과 이런 신체접촉을 하는 게 과연 얼마 만인가. "천만에, 우리 아들." 내가 말했다. "엄마가 우리 아들 많이 사랑해."

"저도 사랑해요, 엄마."

핀치가 그렇게 말하며 몸을 빼려는데 내가 한 번 더 꼭 안으며 속삭였다. "제발, 오늘 얌전히 행동하거라. 더는 사고 치지 말고."

"사고 안 칠게요, 엄마." 핀치가 말했다. "약속해요."

15

톰

나는 심리상담 같은 것을 받아 본 적이 없다. 그런 걸 믿지 않아서가 아니라 그런 데 쓸 돈이 없어서였다. (좀 더 정확히 말하자면, 어차피 제한적인 내 수입으로 거기에 쓸 바엔 다른 데 쓰는 게 더 낫겠다 싶어서였다.)

그렇지만 몇 년 전, 나는 어떤 은퇴한 정신과 의사와 시간을 보낸 적이 있었다. 그녀의 이름은 보니였는데 나보다 연배가 위인 미망인으로 딱 적당한 정도의 기이한 구석이 있는 사람이었다. 나는 그녀가 손주들에게 나무 위의 집을 지어주기 위해 고용된 목수였다.

일을 시작한 지 두어 주 지났을 때쯤, 나는 그녀가 디자인한 '스위스 로빈슨 가족' 스타일의 집이 그녀가 가진 예산을 넘어선다는 사실을 알게 되었고, 그녀는 내게 부족분은 자기가 상담을 제공하는 것으로 메우는 것이 어떻겠냐고 제안해왔다. 처음에는 그저 친절을 베푸는 마음으로 그 제안을 받아들였다. 나 역시 나무 위의 집을 미완성으로 남겨두고 떠나고 싶지 않았기 때문이었다. 그러다가 나는 그녀와 함께 이야기하는 시간에 재미를 붙이기 시작했다.

나는 보니의 열린 질문이 마음에 들었다. 그리고 일하면서 이야기할 수 있다는 점이 특히 좋았다. (내게는 자리 잡고 앉아서 상담을 받으며 똑같은 말을 하는 것보다 훨씬 더 편안하게 느껴졌다.) 어쨌든 나는 보니에게 베아트리즈와 라일라 얘기로 시작해서 자식을 혼자 키우는 아빠의 고충까지 두루 털어놓게 되었다. 그 이야기들은 결국 나의 여자 문제와 내가 왜 여자를 만나지 않고 사는지, 그리고 나의 과거까지 이어졌다. 보니는 내게 첫 경험, 즉 내가 언제, 어디서, 어떻게 총각 딱지를 뗐는지를 물었다.

나는 나에 대한 특집 기사라도 쓰듯 내 열다섯 살 여름방학에 있었던 일들을 그녀에게 모조리 들려주었다. 그해 여름, 친구 존과 나는 벨 미드 컨트리클럽에서 아르바이트 자리를 찾았다. 존의 소개였다. 나와 같은 길에 살던 존은 한 동네에서 같이 자란 친구였다. 우리는 둘 다 골프같이 비싼 운동에 노출될 일이 없었는데 존이 골프에 눈을 뜨게 되었고, 나는 골프에는 그다지 관심이 없었으나 일도 쉽고 보수가 괜찮다고 하여 그 일을 시작하게 되었다. 존과 내가 할 일은 연습장에 떨어진 공을 줍고 사용한 카트와 골프채를 닦고 캐디를 도와 회원들의 골프가방을 준비해주는 게 전부였다. 우연인지 그 컨트리클럽의 캐디들은 모두 흑인이었다. 그곳 회원들이 자기 딸들과 캐디들이 사랑에 빠지는 것을 두려워한 나머지 그렇게 한 것이라고 들었다. 존과 나는 클럽 정책에 깔린 명백한 인종차별적 사안은 알아보지 못한 채, 그저 이를 우리에 대한 모욕으로 여겼던 기억이 난다. 왜 이 회원들은 자기 딸들이 골프가방을 보관하는 백룸에서 일하는 백인 직원들과 사랑에 빠질 것은 걱정하지 않는 거야?

딜레이니 등장.

열여섯의 딜레이니는 내겐 연상의 여인이었다. 아빠에게 생일선물로 받은 선홍색 BMW 컨버터블을 모는 부잣집 딸. 그것만으로는 충분하지 않다고 생각했는지 딜레이니는 모든 면에서 상당히 앞서 가기로 유명했다. (당시 우리는 그런 걸 유별나다고 표현했었다.) 그녀는 가느다란 끈으로 이어진 비키니 차림으로 수영장 주변을 한가로이 거닐다가 엎드려서는 비키니 상의를 풀어헤치고 풍만한 옆 가슴(이 역시 아빠에게 선물로 받은 것이라고 들었다)을 드러내면서 선탠을 즐기곤 했다. 그녀는 남자들에게 추근대기를 좋아했고 유혹적으로 자신의 성적 매력을 드러내는데 어느 누구도 차별하지 않았다. 그게 유부남이건 흑인 캐디건 미천한 짐 보관소 직원이건 간에 말이다.

존과 나는 둘 다 딜레이니에게 반했지만 우리는 딜레이니를 데이트 상대로 보기보다는 정복해야 할 성적 대상으로 여겼다. 그러다가 우리는 바보 같은 내기를 하게 되는데 우리가 딜레이니와 도달하는 고지마다 서로 25달러씩 주는 게임이었다. 그해 여름 동안 우리는 몇몇의 회원을 잘 알고 있던 다른 짐 보관소 직원을 통해서 딜레이니의 사교모임에 들어가는 데 성공했다. 우리의 내기는 더 이상 실현 불가능한 것이 아니었다. 그러다가 팔월 초 어느 날 저녁, 나는 딜레이니의 컨버터블 뒷좌석에서 오럴섹스를 획득하면서 존으로부터 총 75달러를 따내게 되었다. 이게 웬 떡인가. 하지만 불행히도, 우리의 애정 행각은 곧 소문이 났고 나는 클럽에서 해고당하고 말았다. 딜레이니가 나를 구해보려고 애썼으나 그녀의 아버지는 딸의 정의 구현 캠페인을 재빨리 진압해버렸다. 그리고 딸에게 다시는 나를 만나지 말라고 엄포를 놓았지만, 이런 일이 늘 그렇듯 젊은 혈기에 괜한 부채질을 한 꼴이 되고 말았다.

우리는 결국 며칠 뒤 끝까지 가게 되었고 존으로부터 25달러를 더 받아낼 수도 있었으나 나는 그 돈을 받지 않았다. 처음 총각 딱지를 떼면서, 그것도 상대가 딜레이니처럼 섹시한 여자애인데 내기 돈을 받다니 옳지 않다는 생각이 들었기 때문이었다.

"그게 성차별적이고 여성 비하적 내기였다는 생각은 들지 않던가요?" 보니가 차를 홀짝거리며 물었다.

"그랬죠." 나는 사포질을 하며 대답했다. "그때도 그런 생각을 했던 것 같긴 해요. 약간요. 하지만 딜레이니에게는 내가 처음이 아니었어요. 게다가, 딜레이니도 나를 이용하는 것 같았다니까요."

"그렇다면 당신도 딜레이니를 이용한 거군요?"

"처음엔 그랬죠. 내기를 걸 때는 그랬어요."

"그다음엔?"

"그다음엔 그 애를 좋아하게 되었어요. 조금이요."

"그런데 그녀가 어떻게 당신을 이용했다는 거죠?" 보니가 파고들었다. "섹스 상대자로?"

"그렇다고 생각하고 싶군요." 나는 히죽거리며 대답했다.

보니도 같이 웃더니 고개를 흔들었다.

"농담이에요. 딜레이니는 마음만 먹으면 누구와도 잘 수 있었는걸요. 저는 그저 딜레이니를 반항아처럼 보이게 하는 역할을 했을 뿐이에요."

"어째서 그렇죠?"

"어째서인지 잘 아시잖아요. 직원이랑 자는 거요. 그러니까 사회적으로 자기보다 낮은 계층의 남자와 자는 거 말이에요. 기존 질서를 무너뜨렸다는 사실에 희열을 느끼는 거죠. 그 수단이 자기 수영복이 되었건 섹스 상대이건 말이에요."

"딜레이니가 그렇게 말하던가요?"

"꼭 찝어서 그런 건 아니었어요. 하지만 돈이나 사회적 지위 같은 얘길 많이 지껄이긴 했어요. 품격, 뭐 이런 단어도 많이 썼고요." 나는 눈알을 굴리며 대답했다. 또다시 열등감이 밀려오는 것 같았다.

"그러면 두 사람이 비운의 연애를 하는 그런 기분은 들지 않았단 얘긴가요?"

"네. 노리개가 된 기분이었다니까요." 내가 말했다. "그러다가 어느 날 밤, 얘가 확 도를 넘은 거예요."

"이런. 그녀가 어쨌길래?" 보니가 물었다.

"우리 엄마더러 '세상의 소금' 같은 사람이라잖아요."

어이쿠야, 보니가 움찔하더니 입에서 낮은 탄식이 흘러나왔다.

"네, 그래서 제가 이성을 잃었죠. 그건 무시하는 표현을 쓴 거라고 보니에게 말했어요." 우리 집 지하실 시멘트 바닥에 앉아있던 딜레이니가 떠올랐다. 그녀는 버드와이저를 홀짝거리며 차분하게 그 말은 칭찬이라고 우겼다. '친절하다' 혹은 '건전하다'는 말과 동의어란다.

나는 어째서 우리 엄마가 친절하고 건전하다고 생각을 하게 된 것이냐고 딜레이니에게 따져 물었다. 딜레이니가 우리 엄마에게 들은 말은 '안녕. 반가워. 뭐라도 마시겠니? 우리 집엔 다이어트 콜라와 오렌지주스가 있단다.' 이게 전부였는데 말이다.

보니가 시원하게 소리 내 웃음을 터뜨렸다. "그랬더니 뭐라고 하던가요?"

"방어적으로 나오더라고요. 자기는 자기가 남을 가르치면 가르쳤지, 누가 자기를 가르치려 드는 걸 싫어한다나요? 하지만 제가 집요하게 물었어요. 의사나 변호사를 두고 세상의 소금이라는 표현을 쓴 적이 있느냐고요. 아니면 컨트리클럽 회원들 중 누구한테라도 '세상의 소금'이라고 얘기한 적 있느냐고 했죠. 그랬더니 없대요. 이유가 그 인간들이 다 '썩어서'라더군요. 저는 그때 모든 의사와 변호사가 다 썩었을 리가 없다, 모든 싱글맘이 세상의 소금일 수 없는 것처럼 그들 전부가 쓰레기일 수는 없다고 생각했던 기억이 나네요. 하지만 더 얘기하고 싶지 않았어요. 그렇게 싸울 만한 가치가 충분하지 않다고 생각해서였어요."

"왜 그럴 가치가 충분하지 않았을까요?"

"왜냐하면 그 애 자체가 그렇게 가치가 충분하지 않았으니까요." 나는 어깨를 으쓱하며 대답했다. "그러곤 마음을 접었어요. 그 애에 대해서. 그날 그 자리에서요."

"그렇다면 그날 밤 두 사람이 헤어진 거로군요?"

"그런 셈이죠." 나는 그렇게 대답했지만, 사실 그녀와 완전히 끝내기로 결심하기 전까지 몇 차례 더 잤다는 이야기는 빼놓기로 했다. 다른 건 몰라도 그녀가 내 수준에 맞게 뭐든 낮추어 맞춰주는 것을 견디기 어려웠다. 그녀를 내 형편없는 수준으로 끌어내리는 그런 남자가 되고 싶진 않았다.

보니가 자신의 가설을 세우는 데는 오래 걸리지 않았다. 내가 지나치게 예민한 반응을 보였다는 표현을 보니가 실제로 쓴 것은 아니었지만 결국 그녀가 하고자 하는 말은 그 뜻이었다. 결론적으로 내가 딜레이니에게 이용당한 기분이 되었다는 것, 그리고 그녀를 포함한 벨 미드 컨트리클럽에서의 경험 전체가 내 자존감에 상처를 입혔다는 것이었다. 보니는 또한 내 마음 깊은 곳 어디에서 내가 딜레이니에게 부족하다고 생각한 부분이 있는 것 같다고도 했다. 그래서 그 이후로는 거절을 당하지 않을 만큼 안전한 사람이나 상황만을 찾아다녔다는 것이다. 아이러니한 것은, 그래서 결국 베아트리즈를 선택했지만 결국 나의 선택은 제 발로 나를 떠나고 말았고, 그로 인해 내 공포심과 고립감이 심화되었다는 것이었다. 이건 내 말이 아니라 보니의 말이다.

그녀의 이론은 꽤 그럴듯했다. 내가 과거를 곱씹는 데 많은 시간을 할애하고 있다는 주장만 빼고 말이다. 현재 친구가 많지 않다는 점도 그렇게 신경 쓰지 않고 있었다. 사실, 내가 나의 사회성에 대해 생각해보는 것도 라일라가 지적할 때뿐이다. 라일라의 지적은 가끔은 걱정의 형태로 나타나지만("아빠, 좀 놀러 나가고 그러세요.") 가끔은 비난의 형태로 나타나기도 하는데 그때는 주로 내가 라일라가 원하는 것을 못하게 막을 때다. ("아빠는 내가 아빠처럼 친구 하나 없는 사람이 되길 바라세요?")

그러다가 펀치와 관련된 이 사건이 일어난 거다. 난 갑자기 고독해졌다. 무기력했다. 이 상황을 함께 상의할 친구 하나도 없다고 생각하니 처량한 기분이 들었다.

그러다 보니 생각이 났다. 생각해보니 내게도 얘기할 상대가 있었다. 그래서 나는 보니의 집으로 차를 몰고 갔다.

"내게 친구가 이렇게나 없다는 사실이 이상하다고 생각하시나요?" 나는 보니를 보자마자 다짜고짜 물었다. 우리는 부엌에 서 있었고 그녀는 스토브 불을 켜고 찻물을 끓이는 중이었다. 차는 상담의 시작을 알렸다.

"이상하냐고요? 아뇨. 그 단어는 맞지 않는 것 같군요. 당신은 내향적인 사람이에요. 누구나 자기 패거리가 필요한 건 아니잖아요?" 보니는 패거리라는 단어를 힘주어 말했다. 그녀는 요즘 유행하는 속어들을 양념 치듯 섞어 쓰는 걸 좋아했다. 비록 그녀가 쓰는 유행어가 한 십 년은 지난 것이지만 말이다.

"하지만 제게도 패거리가 있었는걸요. 어릴 때 말이에요. 그것도 다 베아트리즈를 만나기 전의 일이죠." 내가 말했다.

보니가 고개를 끄덕였다. "그렇죠. 전에도 당신이 얘기한 적이 있었어요. 친구 중 한 사람이 당신에게 그 골프장 아르바이트 자리를 알아봐 줬다고 했지요?"

"맞아요, 존이에요. 그 외에도 스티브와 제라드도 있어요." 나는 우리 4인방의 이름들을 읊으며 우리가 같이 자란 이야기, 어릴 적 우리 마을 근처 숲 속을 쏘다닌 이야기, 사춘기가 되어 함께 맥주 마시고 마리화나를 피우며 헤비메탈 음악을 듣던 이야기를 들려주었다. 고등학교 시절을 돌아보니 그 4인방과 존의 오래된 여자친구 캐런이 떠올랐다. 캐런은 웬만한 사내만큼이나 쿨한 여자애였다. 우리는 다 같이 둘러앉아서 말 같지 않은 소리나 지껄이면서 별의별 얘기를 다 주제 삼아 떠들곤 했다. 가장 단골이 된 화제는 단연 지긋지긋한 내슈빌이었다. 그중에서도 우리가 살던 동네 말이다. 그때 우리는 어떻게 하면 이곳을 떠날 것인지만 궁리하며 살았던 것 같다. 우리 주변에서 쉽게 보는, 쥐꼬리만 한 봉급에 평생 뼈 빠지게 고생하며 사는 어른들처럼 되고 싶진 않았다. 우리 중에 가장 공부도 잘하고 추진력도 있었던 존이 유일하게 그 꿈을 가장 성공적으로 실현한 사람이다. 그는 오하이오의 마이애미 대학에서 학부를 마쳤고 노스웨스턴에서 MBA를 한 후 월스트리트 증권가에 자리 잡았다. 그는 그곳에서 채권 거래 일을 했는데, 마이클 더글러스가 〈월스트리트〉에서 연기한 고든 게코처럼 번드르르하게 뒤로 넘긴 머리를 하고 비싼 시가를 피워대곤 했다. 그러는 사이 나는 전문대에 진학했지만 세 학기가 지나니 돈이 떨어져서 목수 일을 배우기 시작했고, 스티브와 제라드는 부모님이 하던 일을 물려받아 각각 보험회사 영업사원과 전기공이 되었다. 진짜 황당한 것은 존과 캐런이 헤어지고 캐런이 스티브를 사귀다가 또 헤어지고 결국 제라드와 결혼했다는 사실이다. 남자들 사이의 불문율을 그렇게 여러 차례 깨고도 살아남은 우리의 우정이 신기할 따름이다.

"그럼 지금은 누구를 가장 친한 친구로 여기나요?" 보니가 물었다. 물주전자가 끓으면서 휘파람 소리를 내더니 곧 시끄러워졌다. 그녀가 오븐 장갑으로 주전자를 들어 뒤쪽 스토브로 옮기니 요란하던 소리가 금세 잠잠해졌다.

나는 웃으며 대답했다. "나무집 지어달라며 내 돈 떼어먹은 부인 빼고 말씀이시죠?"

보니도 웃음을 터뜨렸다. "그렇죠. 그 노친네 빼고요."

나는 어깨를 으쓱하며 그래도 캐런을 뺀 나머지 넷은 존이 고향에 올 때마다 모이려고 하는 편이라고 말했다. 존은 격년으로 추수감사절이면 내슈빌을 찾았다. 하지만 그 모임도 이제는 어딘지 억지스러운 느낌이 나는 것이 사실이었다.

"그래서 외롭다고 느끼는 건가요? 아니면 또 다른 이유가 있는 건가요?" 보니가 말했다.

나는 그녀를 바라보며 참 똑똑한 양반이라고 생각했다. "다른 이유가 있죠." 내가 말했다. "그런데 이 얘길 하려면 차보다는 좀 더 센 게 필요할 텐데요."

보니가 웃으며 스토브의 불을 껐다. 그리고는 유리잔 두 개를 꺼내어 투명한 술을 깔끔하게 따랐다.

"이게 뭡니까?" 내가 잔을 흔들어 돌리면서 물었다.

"진이에요." 그녀가 말했다. "내겐 이것밖에 없군요."

나는 고개를 끄덕이고는 잔을 들고 그녀를 따라 뒷마당으로 나갔다. 우리는 그곳에 놓인 등나무 의자에 앉아 내가 만든 나무 위의 집을 바라보았다. 나는 술잔을 홀짝이며 모든 이야기를 들려주었다. 전부. 니나와 핀치가 방문했던 얘기와 핀치가 내 딸 라일라에게 데이트 신청을 한 얘기까지.

보니는 휘파람을 불며 고개를 저었다. "그래서 뭐라고 했어요? 잠깐. 내가 맞춰볼게요. 내 눈에 흙이 들어가도 안 된다?"

"사실, 그렇게 못 했어요."

"진짜?"

"네, 진짜로요. 왜 놀라세요? 용서의 힘을 믿으시는 분인 줄 알았는데?" 내가 말했다. "원한 같은 건 다 놓아 보내주라면서요?"

"그럼요, 믿고 말고요." 보니가 말했다. "하지만 당신은 믿지 않잖아요."

"좋은 지적입니다." 내가 말했다. "하지만 전 지금 좋은 모범을 보이려고 하고 있다고요. 라일라가 저보다는 당신 같은 사람으로 자랐으면 하니까요."

보니가 미소 지었다.

"그래서 말입니다. 저는 딸 아이가 스스로 싫다고 거절하길 기대하고 있어요. 사과는 받아들이되 그 자식과는 엮이지 않길 말입니다. 이 일로 자기존중감이 좀 생겼으면 하는 마음이 있어요."

보니는 고개를 끄덕이더니 눈을 가늘게 뜨고 하늘을 올려다보았다. 늦은 오후의 햇살에 비춰보니 그녀의 주름이 유달리 깊다. 내가 생각했던 것보다 더 나이 든 양반일 수도 있다는 생각이 들었다. 어쩌면 지금쯤 70대 초반일 수도 있겠다. 60대 후반보다는 훨씬 나이가 들어 보였다. 지금 내 나이가 마흔일곱이니 나도 조만간 저 나이가 된다는 얘기다. 젠장, 내가 어느새 쉰이 다 되어가는군. 어쩌다 이 지경이 된 거지?

"만일 라일라가 좋다고 하면 어쩌시게요? 알고 보니 라일라가 그 아이를 좋아하고 있다면요?" 보니가 조심스레 이야기를 꺼냈다. 그러면서 자신의 검은 고양이 두 마리 중 한 마리가 자기 옆으로 어슬렁거리면서 지나가니 손을 뻗어 녀석을 쓰다듬었다.

"그때 일은 그때 걱정해야죠." 내가 말했다. "선생님의 도움을 받아서요."

"그 아이가 라일라를 좋아한다고 생각하나요? 아니면 그 애가 그저……?" 그녀는 여기에 딱 맞는 속어를 찾는 중인 것 같았다.

"라일라를 가지고 노는 것 같냐고요?"

보니가 고개를 끄덕였다. "바로 그 얘기."

"모르겠어요." 내가 말했다. "어쩌면 둘 다? 나도 내가 편견을 가지고 있다는 건 알고 있어요. 하지만 라일라는 정말 특별한 아이거든요."

보니는 눈을 한층 더 가늘게 떴다. 깊은 생각에 잠긴 것 같았다. "그렇군요. 만일 두 사람이 사귀게 된다면 어떤 점에서 안 좋은 거죠?"

"아이가 상처를 받게 될 테니까요." 내가 말했다.

"주여, 그녀가 그런 모험을 하지 않게 하소서." 보니가 우스갯소리를 던지듯 말했다. 보니는 내 말에 동의하지 않는다는 뜻이다.

"그건 다른 얘기죠." 나는 보니가 내 개인사에 관한 의견을 내놓으려고 함을 눈치채고는 얼른 말했다. "그 얘기까지는 시간이 없고요."

"말도 안 되는 소리!" 보니가 말했다. "사람은 누구나 자기에게 중요한 문제를 위해 시간을 내는 법."

"관심 없어요." 내가 말했다. "세상 어떻게 돌아가는지 잘 알고 있습니다. 사양합니다."

"니나가 싱글이기만 했다면. 그렇죠?" 보니는 가볍게 말했다. 소곤거림에 가까웠다.

"무슨 뜻으로 하시는 말씀이세요?" 하지만 나는 그게 무슨 뜻인지 정확히 알고 있었다.

"내 보기엔 톰이 그 여자를 좋아하는 것 같군요."

"맞아요, 좋아합니다." 나는 일부러 대수롭지 않다는 듯 대꾸했다. "그녀를 좋아해. 음, 좋아하는 거야."

나는 눈동자를 굴리며 곰곰이 생각했다. 내가 방금 니나에 대해 뭐라고 했더라? 매력적인 여자라고? 남편보다 훨씬 더 나은 여자더라고? 그 여자가 라일라에게 친절하게 대하더라고? 하지만 이 말들로 내가 그 여자에게 마음이 있다는 것을 눈치채기엔 부족하다.

"바보 같은 소리 마세요." 나이 든 부인에게 바보라고 하고 나니 죄를 지은 기분이 들었다. 하지만 보니는 이런 것에는 눈 하나 깜짝하지 않을 사람이란 것을 잘 알고 있다. 심지어 재미있어할지도 모른다.

"그리고 지금 그 감정을 부인하고 있고?" 보니가 물었다.

"참나, 그래요. 부인하고 있습니다. 다 떠나서 그 여자는 유부녀라고요."

"그래서요?" 보니가 물었다. "그런 게 인간의 감정을 가로막은 적이 있던가요?"

"냉소적이시군요." 그리고 생각해보니 나는 한 번도 유부녀를 건드린 적이 없었다.

"그래서요?"

"그런데다가 그 여자는 그 자식의 어머니라고요."

"당신이 딸에게 데이트 신청을 하도록 허락해준 바로 그 자식?"

"말씀드렸잖아요. 나는 라일라가 스스로 결론에 도달하길 바란다니까요. 그리고 혹시나 라일라와 핀치가 친구가 된다면, 그럼 라일라가 그 여자와 시간을 좀 보낼 수 있게 되겠죠. 라일라에게 좋은 일이잖아요, 안 그래요?"

보니는 고개를 끄덕였다. 어쩐지 실실 웃고 있는 것 같았다.

"뭐가요?" 내가 물었다.

"아무것도 아니에요."

"말하세요."

"이 여자에게 정말 아무런 마음이 없다고요? 아주 쬐끄만 설렘도?"

"적절한 단어가 아닌 것 같은데요."

"그럼 적절한 단어는 뭘까요?" 그녀가 물었다. "그 여자 얘기를 할 때마다 당신 얼굴에 나타나는 그 표정은 뭐죠? 매혹?"

"그건 너무 멀리 갔어요… 기껏해야… 아마 제가 약간 호기심이 생겼다는 정도?"

"뭐에 대한 호기심?"

나는 어깨를 으쓱했다. "모르겠어요. 그냥 그 여자를 좀 더 알고 싶은 정도랄까. 그리고 어쩌다 그런 얼간이 같은 남편과 결혼을 하게 된 건지도요."

보니는 한쪽 눈썹을 치켜올리며 엄지와 검지를 문질러 돈을 표시해 보였다. 지폐를 세는 시늉을 하는 전 세계 공통어.

"그럴 수도 있겠죠." 내가 말했다. "하지만 그게 그렇게 간단해 보이지 않는단 말이죠. 돈을 목적으로 남자를 만날 것 같은 인상은 아니라서요. 뭔가 다른 게 있는 것 같아요. 그 여자는 마치…… 나도 모르겠어요."

"학대받는 상황일 것이다?" 보니가 말했다.

"아뇨. 거기까지는 아니고요. 그래 보이는 건 아니었어요. 어쨌건, 뭔가 앞뒤가 안 맞는 구석이 있어요." 내가 말했다. "그 여자는 그 남자와 뭔가 따로 노는 것 같달까요. 예를 들어, 일단 그 여자는 남편에게 우리가 만난 걸 얘기하지 않았던 것 같더군요. 한마디도요. 그 여자, 뭔가 덫에 걸려있는 것처럼 보여요. 그래서 그런지 불행해 보이고요. 그것도 많이."

보니가 고개를 끄덕였다. "만약에 그 여자도 당신에게 연애 감정을 갖는다면?"

"가능성 없는 얘기예요." 나는 바로 받아쳤다. 최대한 단호한 어조로 말하면서 나는 머릿속으로 니나에게 키스하는 것은 어떤 기분일까 상상해보았다.

몇 시간 뒤, 집에 도착하니 라일라가 나갈 옷을 입고 있었다. 이전에 한 번도 본 적 없는 원피스였다.

"예쁘구나." 내가 원피스를 가리키며 말했다. "놀러 나가니?"

"네," 라일라가 말했다. "루크 브라이언 콘서트에 가요. 괜찮죠?"

"누구랑?" 내가 말했다.

"그레이스요." 라일라가 말했다.

"공연을 어디서 하는데?"

"투웰브쓰 앤 포터12th and Porter 음악당에서요."

나는 고개를 끄덕였다. "거기까지는 어떻게 가려고?"

"그레이스가 저를 데리러 올 거예요. 그레이스 집에서 준비하고 나갈 거예요."

"왜 집에서 준비하지 못하는데?"

"그레이스 욕실이 더 크단 말이에요."

"좋아. 하지만 기억해라. 귀가 시간은 열한 시다."

"알아요, 아빠." 라일라가 크게 한숨을 내쉬며 대답했다.

나는 잠시 딸의 얼굴을 빤히 쳐다보다가 이렇게 말했다. "그래, 라일라. 좋은 시간 되렴……. 아빠 실망시키지 말고."

늦은 저녁, 그레이스가 라일라를 데려간 후, 나는 집안일을 몇 가지 하고서는 운전이라도 다녀오기로 했다. 암울한 기분을 좀 떨쳐버리고 싶어서였다. 승객을 네 차례 정도 실어 나르는 동안 공항을 다녀온 것 빼고는 아무 특이사항이 없었다. 모두 1인 승객 호출이었고 운전 중 아무런 대화도 오고 가지 않았다. 내게 딱 맞는 방식이었다.

그러다가 10시가 되기 조금 전, '404 키친'에서 호출을 받았다. 404 키친은 더 걸치 구역에 위치한 근사한 레스토랑이다. 행선지는 갤러틴 길에 있는 바 'No. 308'이었다. 전에 몇 번 승객을 태우고 간 적이 있어서 잘 아는 곳이었다. 그곳에 가는 손님들은 뻔하다. 데이트하는 커플이거나 여자친구들끼리 놀러 가거나. 후자의 경우라면 미혼 여성들 아니면 이혼녀들이다. (유부녀들은 주말보다는 주중을 선호한다.) 어느 쪽이건 죄다 술에 취해 있거나 혹은 취하는 과정에 있는 이들이다. 우버를 이용하는 목적에 충실한 것 아니겠는가.

아니나 다를까 레스토랑 앞에 차를 대니 신나게 놀러 가는 길인 것으로 보이는 중년 여성 두 명이 나타났다. 두 사람 모두 꼴사나운 모습으로 차에 올라탔는데 보아하니 술에 잔뜩 취해있었다. 같은 말을 시끄럽고 천박하게 되풀이한다면 그런 거다. 나는 둘 중 더 지배적이고 고약한 쪽이 유부녀고 좀 더 예쁘게 생겼지만 맹한 쪽이 싱글 혹은 이혼녀라는 것을 금세 알 수 있었다. 여기서 분명히 짚고 넘어가자면 내가 그걸 알아챈 것은 그들의 대화에 유심히 귀 기울여서가 아니라 도저히 듣지 않고는 배기지 못할 정도로 시끄럽게 떠들어댔기 때문이었다. 그들은 방금 막 레스토랑을 나오다가 마주친 남자 얘기를 하고 있었다.

"그 사람이잖아. 너도 알지?" 유부녀가 물었다.

"몰라. 누구?"

우리가 원했던 것들 283

"헤드버그의 CEO. 돈이 더럽게 많다는. 부인이 막 죽었다지? 암이래." 사람이 죽었다는데 마치 다음 날 일기예보라도 읊듯이 아무렇지도 않게 내뱉었다.

싱글녀는 한숨을 쉬며 말했다. "너어무 안됐다."

"그래. 그 말은 곧 그에게 크디큰 위로가 필요하다는 뜻이기도 하지." 유부녀가 코웃음을 치며 말했다.

"재키! 그건 너무 심하다." 싱글녀가 말했다. 하지만 그렇다고 별로 놀란 것도 아니었는지 두 사람은 곧 자기들 휴대전화에 집중했다. 오늘 찍은 셀카 사진들을 살펴보는 듯했다.

이제 시작이로군, 나는 속으로 말했다. 어느 사진을 지우고 어느 사진을 포스트 할지에 대한 심도 있는 토론.

아니나 다를까, 친숙한 대사가 들려왔다. 고뇌에 찬 대사다.

지워 줘!
뭐가 어때서 그래? 귀엽기만 한데!
무슨 소리. 내 팔뚝 좀 봐. 당장 지워!
내가 잘라줄게.
내 창백한 얼굴도 같이 잘라준다면 모를까.
그 일에 딱 맞는 앱이 있지!

둘의 대화는 그렇게 이어졌다. 마침내 유부녀가 결론을 내리자 좀 더 포토제닉한 싱글녀는 마지못해 받아들인다. 결론은 "포스트 할 만한" 사진 한 장을 당장은 못 건졌다는 것이었다. 그러다가 두 여자는 헤어와 메이크업 강의를 한바탕 주고받는다. 서로의 옆얼굴 중 어느 쪽이 더 나은지에 대한 결론도 내린다. 그러다 갑자기 플래시 때문에 순간 앞이 보이지 않았다.

"워어." 내가 작은 소리로 말했다.

"어머, 미안해요." 싱글녀가 그렇게 손을 뻗어 내 어깨를 두드린다. "우리가 운전에 방해가 되고 있나요?"

"괜찮습니다." 이런 여자들에게 말 한번 잘못했다가는 나중에 별점 하나로 후려 맞기 십상이다.

"기사 양반도 쇼를 즐기고 계셨을 텐데 뭘 그래." 유부녀가 말했다. 내 귀에 안 들릴 줄 아는가 보다. 그러지 않는 게 나을 것을 알면서도 백미러로 뒷좌석을 흘깃 보니 때마침 그녀가 젖가슴을 치켜올린 채 아예 푹 젖을 정도로 향수를 뿌려대고 있었다.

"아저씨, 이렇게 섹시한 여자들이 뒷좌석에 앉아서 셀카 찍는 이런 광경, 흔히 보시나요?" 싱글녀가 자신만만하게 물었다.

또 시작이로군, 나는 속으로 말하며 최대한 공손하게 대비태세를 취했다. 경험상 가는 길 내내 말하거나 한마디도 하지 않거나 둘 중 하나이다. 손님들은 철저히 나를 무시하던가 아니면 내 인생에 대해 꼬치꼬치 캐묻는 대화를 하길 원했다. 그리고 그런 경우 언제나 자기들 인생 얘기로 넘어가기 마련이다.

"아쉽게도 그런 일이 흔하지 않답니다." 나는 자동응답기처럼 대답했다.

두 여자가 웃음을 터뜨렸다. 유부녀가 손을 뻗어 내 팔에 얹었다. "잠깐만. 아저씨 이름이 뭐라고 했더라?"

"톰입니다." 내가 말했다.

그 여자는 내 이름을 두 음절 소리로 바꾸어 노래처럼 되뇐다. "아저씨 몸이 좋으시네. 우버 운전을 하면서 어쩜 이런 근육을 얻으셨을까?"

"재키, 왜 그래." 싱글녀가 작은 목소리로 말했다. "당연히 운동하셨겠지. 그렇죠, 톰?"

"그렇지 않습니다." 내가 대답했다. 유부녀는 이제 내 어깨와 목을 마사지하기 시작했다.

"재키," 싱글녀가 말했다. "운전하시게 둬."

"하지만 너무 귀여운걸. 네가 이 아저씨에게 말 좀 걸어봐……. 톰? 싱글이에요?"

나는 그렇다고 했다. 이제 우버 운전사 인질극이 시작되었다.

"이혼? 아니면 독신? 아저씨 얘기 좀 해봐요. 사연이 있죠?" 유부녀가 집요하게 물었다.

"사연 없는 사람이 어디 있어." 싱글녀가 말했다. "그렇죠, 톰?"

"없습니다." 내가 말했다. "아무런 사연도 없어요."

"세상에, 어쩜 좋아!" 싱글녀가 외쳤다. 순간 나는 그 여자가 나를 알아본 건 줄 알고 깜짝 놀랐다. 그 여자 집 공사를 했거나 가구 제작을 해줬을지도 모를 일이었다. 하지만 백미러로 보니 자기 전화기를 들여다보는 중이었다. "이 문자 누구에게서 온 줄 알아?"

"누군데?"

"커크 브라우닝. 진정하거라, 내 마음이여."

나는 운전대를 꽉 붙들었다. 나는 뒷좌석에 앉은 사람들이 나누는 범죄에 가까운 대화를 여러 번 들어보았다. 그중에는 내게 직접 털어놓은 경우도 있었다. 하지만 이런 일은 처음이었다. 이렇게 시기적절하게 딱 맞아떨어지다니. 그럴 리 없다고, 속으로 생각했다. 설마.

"이런. 두 사람 아직도 안 끝난 사이야?" 유부녀가 물었다.

"아무 일도 없어. 우린 그냥 친구라니까." 싱글녀가 말했다. "그냥 말 상대가 필요한 거야."

"그래, 그러시겠지." 유부녀가 말했다.

"지금 그이한테 많은 일이 있거든." 싱글녀가 말했다. "펀치와 그 멕시코 여자애 사건 말이야. 그 얘기 알고 있어?"

나는 입술을 깨물었다. 어찌나 꽉 깨물었는지 입속에서 피 맛이 났다. 이제 이건 나에게 딱 맞아떨어지는 적절한 대화였다.

"당연하지. 그 사진도 봤다니까. 불쌍한 커크."

"어째서?" 싱글녀가 물었다. 나는 이 여자가 혹시라도 라일라 편을 들어주려는 줄 알았다. 하지만 대신 이렇게 말했다. "아들 때문에 속상해서? 아니면 망할 년이 부인이라서?"

유부녀가 큰 소리로 웃는 걸 들으니 증오심이 내 몸을 뚫고 지나는 것이 느껴졌다.

"정말 망할 년이야. 어찌나 자기 혼자 잘나셨는지. 이런 말을 해주고 싶다니까. 얘, 그거 네 돈 아니거든?"

"짜증 나. 걔 캠핑카 촌에서 자랐다며?"

"진짜?" 유부녀가 물었다.

"그렇다니까. 확실해."

"그런데 유대인 아니었어?"

"그렇대?" 싱글녀가 경악하며 물었다. "와아, 이런 조합, 날이면 날마다 볼 수 있는 거 아니다. 알지? 캠핑카 유대인."

두 여자가 소리 내 웃었다. 싱글녀가 다시 입을 열었다. "그래서, 앞으로 어떻게 될 것 같아?"

"니나? 아니면 핀치? 둘 다 아웃될 거 같은데. 그 학교 교장이 대단한 진보주의자라던데."

운전대를 어찌나 세게 잡았던지 손가락 관절이 하얗게 올라오고 있었다. 누군가 또 내 어깨를 두드렸다.

"아저씨는 이 벨 미드 소동에 끼지 않아도 되니 참 다행이라고 생각되시죠?" 싱글녀가 물었다.

나는 악물었던 턱을 풀고 입을 열었다. "아, 들으시면 놀라실 텐데……."

"어머나, 우리 얘기 다 듣고 계셨구나?" 잘난 체하며 그 여자가 말했다.

나는 끝까지 모르는 척해야 한다고 스스로에게 말했지만 그게 생각대로 되지 않았다.

"그랬습니다." 나는 그렇게 말하고 크고 분명한 소리로 말을 이었다. "뭐 제 얘기가 도움이 되시려나 모르겠지만, 두 분 말씀에 동의합니다. 그 여학생에게 그런 짓을 한 핀치는 빠져나가지 못할 겁니다. 참고로 그 여학생은 멕시코인이 아닙니다. 뭐, 대단히 중요한 문제는 아니긴 하지요."

뒷좌석이 잠잠해졌다.

"그러니까, 그 여자애를 아신다는 건가요?" 유부녀가 정적을 깨고 물었다. 술이 확 깼나 보다.

"네, 압니다." 내가 말했다. 만족감을 더하기 위해 목적지에 도착하여 차를 주차할 때까지 시간을 끌었다. 그러고는 어깨너머로 두 여자를 돌아보며 이렇게 말했다. "제 딸이거든요. 네, 아주 잘 알고 있지요."

그들이 차에서 내리자마자 나는 잔뜩 격앙된 채로 니나에게 전화를 걸었다. 하지만 전화가 울리는 사이 마음이 진정되면서 커크 얘기는 하지 않기로 생각을 고쳐먹었다. 방금 들은 얘기(라일라와 니나 관련 얘기 둘 다)에 열이 받으면서도 누군가의 부부 관계에 끼어드는 것은 현명하지 못하다는 생각이 들었다. 이미 충분히 힘든 상황 아니던가.

"여보세요?" 니나가 전화를 받았다. "톰?"

"네. 안녕하세요." 누군가의 목소리를 들으며 당황스러움과 안도감이 동시에 들 수 있다는 사실이 놀라웠다.

"무슨 일 있으세요?" 그녀가 물었다.

"아뇨." 내가 입을 열었다. "별일 없습니다. 그냥 오늘 일 고맙다고 말씀드리고 싶어서요. 직접 와 주신 거요. 핀치까지 데리고요." 뭐라도 말을 해야만 했다. 하지만 동시에 진심이기도 했다.

"당연한 일인걸요." 그녀가 말했다. "제가 오히려 감사하죠. 제 아들에게 그런 기회를 주셨으니까요."

"천만에요. 아, 그러고 보니, 시간이 이렇게 늦었는지 몰랐습니다. 죄송합니다. 제가 깨운 것은 아니지요? 혹시 남편분이라도?"

그 자식을 떠올리기만 해도 신경이 날카로워지는 것 같다. 어두운 골목에서 마주치면 딱 좋을 자식이다.

"아뇨. 괜찮습니다. 안 자고 있었어요. 커크는 출장 중이에요… 여기저기 많이 다니는 편이에요…. 저는 그냥 앉아있었어요. 책 좀 읽으면서요."

"다행이군요." 나는 그렇게 말했지만, 토요일 밤에 조용히 책을 읽는다는 자체가 어떻게 다행인 거지? 라고 생각했다. 그 무엇보다 그녀의 외로움이 전해지는 것 같았다.

"당신은요?" 그녀가 물었다. "저녁을 어떻게 보내셨어요?"

"아, 저는 일 좀 했습니다."

"다른 사람 집에서요? 아니면 가구를 만들고 계셨나요?"

"둘 다 아닙니다. 부업으로 우버 운전을 하고 있어요. 쉽게 벌 수 있고 시간이 자유로운 일이라서요. 그리고 제가 운전을 좋아합니다. 운전하면 마음이 편안해져서요." 전부 사실임에도 이 말을 할 때마다 위축되고 불안해지는 나 자신이 싫었다.

"무슨 말씀인지 알아요." 그녀가 말했다. "저도 운전 좋아해요. 가끔은요."

신중히 본론으로 들어가려고 하니 심장이 고동치기 시작했다. "그렇군요. 방금 재미있는 일이 있었어요. 당신이 알 법한 여자 둘이 방금 제 차에 탔었습니다."

"어머, 정말이요? 누굴까요?"

"그중 한 명이 재키라고 하던데요."

"재키 앨런?"

"네, 아마도요." 호출이 왔을 때 뜬 그 여자 이름에서 성이 뭐였더라. "금발 머리에 큰 키. 크게 부풀린 머리에, 큰…… 가슴."

"맞아요, 그 사람." 그녀가 웃음을 터뜨렸다.

"다른 한 명은…… 이름은 모르겠어요. 평범한 외모에 강한 남부 사투리를 쓰던데. 아, 이혼한 것 같기도 하고요?"

니나가 한숨을 쉬었다. "요즘은 그런 조건이 너무 흔해서요. 후보 좁히는 게 쉽지 않네요."

"네, 그럴 것 같군요."

"잠깐만요, 그런데 어떻게 내가 재키를 알 거라고 짐작하신 거죠?"

"그게, 참 웃긴 이야깁니다. 재미있어 웃긴다는 것은 아니고요, 상황이 개(犬) 같아서 웃긴다는 말입니다." 나는 횡설수설했다.

니나는 아무 말도 하지 않고 나의 다음 말을 기다리고 있었다.

"그 둘이 얘기하는데 핀치와 라일라를 언급하더군요. 그 사건 말입니다."

"아아, 이런." 그녀가 말했다.

"네, 맞습니다."

"그들이 뭐라던가요?" 그녀가 물었다.

"듣고 싶지 않으실 텐데요." 나는 그렇게 말하면서 그녀가 과연 캐물으려고 할지 궁금해졌다. 마음 한편으로는 그녀가 물어봐 주길 바랐다.

"사람들은 남의 말 하기를 좋아하죠." 그녀가 한숨을 쉬었다.

"그렇습니다." 나는 다른 할 말을 찾으려고 애썼다. 어떻게든 자연스럽게 전화를 끊을 방법을 찾아야 했다.

그런데 그녀가 갑자기 내 이름을 불렀다. 속삭이는 듯한 말투였다.

나는 숨이 멎는 것 같았다. "네?"

그녀는 주저하는 듯하더니 이렇게 말했다. "아무것도 아니에요. 전화 주서서 반가웠어요."

"반가웠다고요?" 내가 물었다.

"네. 정말로요. 고마워요."

"천만에요." 내가 말했다.

나는 마음속이 뭔가로 꽉 막힌 채 그녀에게 작별 인사를 건넸다.

16

라일라

"와아. 대.박." 내가 말했다. 우리 네 사람은 공연장을 빠져나오고 있었고 내 귀는 여전히 쾅쾅 울리고 있었다. 핀치가 차를 세워둔 곳까지 가려면 몇 블록을 걸어야 했다. 콘서트에 와본 것이 처음은 아니었다. 아빠가 '코피' 쏟는 좌석이라고 부르는 앞줄에 앉아 점보트론 스크린에 뜨는 모든 움직임을 맨눈으로 목격한 적도 있었다. 그것만으로도 나는 충분히 황홀했었다. 하지만 오늘 밤 나는 완전히 다른 차원의 경험을 했다. 일단, 관중이 3백 명밖에 되지 않았다. 또, 우리 좌석이 루크 브라이언과 얼마나 가까웠던지 그의 수염의 한올 한올과 청바지의 박음질 선, 그의 뺨에 맺힌 땀방울까지 볼 수 있었다. 이건, 의심할 여지 없이 내 생애 최고의 밤이다. 거기에는 루크 브라이언만큼이나 핀치가 중대한 역할을 했다. ⟨To the Moon and Back⟩을 부르던 중 핀치가 내 어깨에 팔을 둘렀는데 그 어떤 슈퍼스타라고 할지라도 나를 그렇게 녹이지는 못했을 것이다. 물론 연인의 모습이라기보다는 친구 사이의 어깨 동무 같은 거였다. 내가 그레이스의 어깨에 팔을 두르는 것과 비슷한 정도? 하지만 그러한 접촉과 친밀감이 나를 미치게 만들었다.

"완전 대박." 나는 또다시 말했다. 정말 믿을 수 없었다.

"느낌 있네." 핀치가 말했다. 차분하면서 그윽한 목소리다.

"완전 멋져." 그레이스가 말했다. 그레이스는 우리 앞에서 보와 나란히 걷고 있었다. 포니테일로 묶은 그녀의 머리가 걸음걸이에 맞춰 앞뒤로 흔들거렸다. "그리고 완전 섹시하더라."

"오, 고마워!" 보가 말했다.

그레이스가 웃음을 터뜨리더니 팔꿈치로 보를 민다. "너 말구, 바보야." 그녀가 말했다. "루크 말이야."

"어떻게 그런 심한 말을!" 보가 두 손을 자기의 가슴에 얹으며 말했다. "바보라니? 우리 데이트하는 거 아니었어?"

"아니, 웬 데이트?" 그레이스는 그렇게 말하면서도 여전히 농담을 주고받으며 시시덕거리고 있었다. 공연 중간쯤부터 둘이 계속 저러는 중이었다. "날 초대한 것도 아니면서? 난 라일라 초대를 받고 왔는걸."

따지자면 그레이스 말이 옳다. 핀치가 전화를 걸어 공연 티켓 얘기를 하던 그 날 오후, 그는 내게 티켓이 네 장이라며 친구를 한 명 데려오라고 했었다. 그 얘길 그레이스에게 하지 말걸. 그레이스는 이 모든 게 미리 밑그림이 그려져 있는 것 같다고 했다. "그러니까, 보가 자기 파트너를 직접 고르지 않는 이유가 뭔데?" 그레이스는 이렇게 물었다.

"모르지." 나는 허둥거렸다. "보가 널 좋아하나 보지."

"흠, 과연?" 그레이스는 그렇게 말했지만 불쾌해하는 것 같지는 않았다. "그리고 핀치는 왜 폴리를 데려가지 않는 건데?"

"둘이 헤어졌어."

"언제?" 그레이스가 수상쩍어하는 목소리로 물었다. "왜 그 얘기가 내 귀에 안 들려왔을까?"

"하루쯤밖에 안 된 얘기야." 순간적으로 그레이스에게 사건의 전말을 모두 얘기하지 않는 편이 낫겠다는 결정을 내렸다. 그레이스에게 숨기고 싶진 않지만, 핀치에게 했던 약속도 지키고 싶었다. 적어도 지금은. 그레이스에게는 공연 후에 말해주면 된다고 나 자신을 설득했다. 일이 어떻게 진행되느냐에 따라서 말이다. "그냥 친절하게 구는 거 아닐까? 잘못된 것을 바로잡으려는 그런 거?" 어색한 단어들이 튀어나왔다.

"좋아. 그럼 같이 가지 뭐." 그레이스는 학교에서 제일 잘 나가는 12학년 남학생 두 명과 놀러 나간다는 사실에 우쭐한 기분이 들었을 수도 있다. "하지만 괜한 희망은 버리는 게 좋을 거야."

"야, 됐거든. 그런 거 아니라니까." 반드시 그렇게 되었으면 좋겠다는 헛된 희망을 품고 있는 게 들통 난 것 같았지만 모른 척했다.

"그러면 무슨 뜻이야?" 보가 그레이스에게 말하고 있었다. "난 오늘 밤 너랑 하게 될 기회가 없다?"

보의 입에서 이런 충격적인 말이 나온 게 처음은 아니었지만, 이번 것은 좀 셌다. 그레이스는 잠시 어안이 벙벙하더니 곧 웃음을 터뜨리며 보에게 힙체크를 하며 보를 밀었다. 그녀의 키가 보의 갈비뼈 언저리에 닿을 정도밖에 되지 않았기 때문에 상당히 무리한 시도였다. "나랑은 아니지. 안 되거든요."

"이야, '임프' 치고 센데?" 보가 보도블록에 걸려 넘어지는 흉내를 내며 말했다.

"미친놈, 임프가 대체 뭔데?" 핀치가 말했다. 그는 나와 같이 걸으면서 휴대전화에서 뭔가를 계속 읽고 있었다.

"숲 속에 사는 요정 같은 거야. 어린아이처럼 작은 땅속 요정 그딴 거." 보는 소리 내 웃어젖히더니 그레이스를 쿡 찌르며 물었다. "넌 몸무게가 얼마나 나가냐? 흠뻑 젖어도 48킬로?"

"나도 몰라. 홀딱 벗고 체중을 잰 적이 없어서 말이야." 그레이스가 하이톤에 내숭 떠는 소리를 내며 말했다. 보가 자기의 나체를 상상하길 바라기라도 하는 것처럼 들렸다.

핀치의 차는 그런디 길의 월드짐 체육관 옆 주차장에 주차되어 있었다. 우리가 차에 도달할 때쯤, 핀치가 말했다. "라일라가 조수석 찜했다."

"좋았어." 핀치가 나를 위해 차 문을 열어주는데 보 역시 그레이스를 위해 차 뒷문을 열며 말했다. "그럼 나는 내 파트너와 앉아야지."

"네 파트너 아니라니까 그런다." 그레이스가 키득거리며 차에 올라탔다.

"어디 한번 보자고." 보가 그레이스 옆자리에 올라타더니 가운데까지 쭉 밀고 들어갔다.

"저리 가아~." 그레이스가 웃음을 터뜨리며 보를 밀쳤다.

"난 이 자리가 좋네. 고마워." 보는 그렇게 말하며 그레이스의 어깨에 팔을 둘렀다.

그레이스는 다시 밀었지만 보는 꿈쩍도 하지 않았다. 보와 그레이스가 그렇게 장난을 치는 사이, 핀치는 운전석 쪽으로 돌아가 차에 타서 천천히 안전벨트를 매고는 시동을 켰다. 차를 후진하여 뺀 후 브레이크에 발을 올린 채 나를 바라보고는 다시 백미러로 눈을 돌렸다. "이제 어디 갈까?" 그가 모두에게 물었다. "뭐 먹으러 갈래? 플립사이드나 더블도그 어때?"

"완전 좋아. 플립사이드 가자." 그레이스가 말했다. 곁눈으로 보니 그레이스와 보는 이미 서로를 주무르는 중이다.

"라일라는 어때?" 핀치가 말했다.

주저하면서 휴대전화로 시간을 확인하니 10시 10분이었다. "네, 저도 갈 수 있겠어요." 나는 머릿속으로 시간과 거리를 계산하느라 미적거리며 말했다. 하지만 두 가지 어느 쪽으로 봐도 답이 나오지 않았다. "그런데 제가 11시까지는 집에 가야 해요." 나는 이미 '허접한 통금'이 있음을 여러 차례 언급한 바 있었으나 그게 실제로 몇 시인지 발표한 것은 지금이 처음이었다.

"열… 한… 시라고라!?" 보가 내 좌석 뒤쪽의 검정색 배낭을 더듬어 찾으며 고함을 쳤다. 가는 길에 본 적이 있던 가방이었다.

"맞아요, 11시. 심하죠." 나는 중얼거렸다. 게다가 나는 나머지 셋과 달리 여기서 한참 떨어진 곳에 산다. "그레이스 집에 도착하는 시간이 11시여도 되는지 아빠에게 물어볼게요."

우리가 원했던 것들 297

"아님 자고 가면 안 돼?" 그레이스가 물었다.

나는 고개를 저었다. 아빠가 안 된다고 할 게 분명했다. 지난번 그레이스 집에서 잔다고 했다가 그 난리가 난 것 아닌가. 그래서 나는 최대한 아빠 심기를 건드리지 않는 선에서 문자를 써서 보냈다.

공연이 이제 막 끝났어요. 너무 배고픈데 뭐 좀 먹고 들어가도 돼요? 그럼 그레이스 집에 11시쯤 도착할 거고 우리 집에는 그보다 좀 늦게 갈 것 같은데요???

나는 기도하는 이모티콘 몇 개를 추가로 날렸다. 화면에 생략점이 깜빡이는 걸 보니 아빠가 답을 쓰고 있었다. 완전 느림. 느리게 타이핑 하는 것은 우리 아빠의 특징이다. 아무리 짧은 답을 써도 엄청 오래 걸린다.

아니나 다를까, 한참 만에 온 아빠의 답은 간결했다. 간단하게 핵심만.

안 돼. 11시까지 집에 오거라. 아빠.

"으으." 나는 아빠 목소리를 흉내 내며 아빠가 보낸 메시지를 소리 내 읽어주었다. 반은 어벙하고 반은 훈련 조교 같은 아빠의 말투.

핀치가 웃음을 터뜨렸다. "문자 끝에 '아빠'라고 쓰신 거?"

"네." 나는 킬킬거리며 대답했다.

"재밌네. 그래, 그레이스 집으로 데려다 줄게." 핀치가 그렇게 말하며 자신의 휴대전화로 루크 브라이언의 음악을 틀었다.

주차장을 빠져나와 그런디 길로 들어서는데 마음이 편안해지면서 공연장에서의 흥분이 돌아오는 것 같았다. 지금 핀치는 통금시간을 가지고 나를 판단하려고 하지 않으며 또 아무런 걱정도 없는 것 같았다. 그 점에서는 보도 마찬가지였다. 보는 내가 그의 파티에서 봤던 것과 똑같은 오렌지색 줄을 켰고 몇 초 후 차 안이 전자담배 연기로 가득 찼다. 핀치가 시키면 차창 문을 반쯤 내렸다. 어깨너머로 보니 그레이스도 보에게 줄을 얻어 피워보더니 맛있다며 중얼거리고 있었다.

"그게 맛있으면…… 이 맛도 봐." 보가 말했다.

"우웩! 이건 진짜 싫다!" 그레이스가 전자담배를 보에게 다시 돌려주며 말했다.

"너희들은 어때?" 보는 앞좌석으로 손을 뻗어 전자담배를 건넸다.

나는 그가 내미는 전자담배를 물끄러미 바라보며 잠시 망설였다. 하지만 괜한 짓은 하지 않기로 하고 고개를 저었다. "괜찮아요." 나는 최대한 무심하게 들리도록 말했다. "지금은 별로."

"어이, 친구?" 보는 핀치 쪽으로 고개를 돌리며 물었다.

"난 됐어." 핀치는 전화기에서 뭔가를 읽고 있느라 정신이 팔린 것 같았다. "내가 지금 귀중품 운반 중인 거 안 보이냐?" 그는 잠시 내게 옅은 미소를 보내더니 다시 전화기 화면으로 눈을 돌리고는 한 손으로 문자를 보내기 시작했다.

창밖을 바라보는데 그레이스가 갑자기 앞좌석으로 몸을 내밀고는 이렇게 말했다. "이봐요, 라일라가 그렇게 귀중품이면 문자질 그만하고 운전이나 하시죠?"

그녀의 목소리가 따끔하게 들렸다. 그 소리에 나는 핀치를 돌아다봤다. 그는 뭔가를 하다가 들킨 것 같은 얼굴을 하더니 전화기를 재빨리 좌석으로 떨어뜨려 왼쪽 허벅지 아래로 밀어 넣었다. 차 안에 묘한 분위기가 흘렀다. 나는 목을 가다듬고 이렇게 말했다. "그레이스가 농담한 거예요."

"아니. 농담 아닌데." 그레이스가 말했다. 나는 뒷좌석으로 고개를 돌리고 왜 그러냐는 표정을 지어 보였다. 하지만 그레이스는 아랑곳하지 않고 잔뜩 싸가지없는 설교조로 한마디 더 했다. "운전 중에 문자 보내는 게 음주운전보다 더 무섭다는 거 알지?"

"제발, 그레이스. 그만 좀 해." 나는 목소리를 낮추고 그레이스를 나무라며 재빨리 핀치의 안색을 살폈다.

"괜찮아. 그레이스 말이 맞아." 핀치가 내게 윙크하며 녹아버릴 듯한 미소를 보냈다. "나쁜 버릇이지. 애들아, 오빠가 진짜 미안."

"귀중품? 웃기고 있네." 15분쯤 뒤 그레이스가 뱉은 말이었다. 차가 우리를 그녀의 집 앞에 내려주고 떠난 뒤였다. 그레이스는 입으로 구토하는 흉내를 냈다.

핀치를 두고 하는 말인 것까지는 알겠는데 그레이스가 왜 저렇게까지 흥분한 건지 이해할 수가 없었다. 아무 생각 없는 파티걸처럼 신나게 놀 땐 언제고 5킬로미터의 거리, 그 10분 만에 완전히 기분을 잡쳐버린 듯 보였다. 완벽했던 하루가 이렇게 끝이 나다니……

"이 180도 변화는 뭔데?" 내가 말했다. 그레이스의 차를 향해 걸어가면서 나는 핀치에게 문자로 오늘 콘서트 티켓 고맙다는 인사를 보냈다.

"글쎄. 내가 어깨 너머로 남의 문자를 훔쳐 읽는 데 좀 뛰어난 걸로 해두자."

"대체 뭔 소리야?" 나는 걸음을 멈추고 그레이스를 쏘아봤다. "난 아무것도 숨길 게 없어." 나는 전화기 화면을 그레이스에게 들이대며 말했다. "오늘 티켓 고맙다고 인사한 것뿐이야. 네가 고마워하는 걸 잊어버린 거 같길래."

"나 지금 네 전화 얘기하는 거 아니거든? 핀치 얘기라고. 폴리에게 문자를 보내고 있더라니까." 그녀가 말했다. "차 안에서 말이야. 네가 못 보게 화면을 돌리고는 말이지. 하지만 내겐 다 보였어."

심장이 쿵 떨어지는 것 같았다. 그래서 그레이스가 본 게 정확히 무엇이었는지 물었다.

"내가 본 건 폴리의 이름. 뭐 어쩌구 '답게' 그리고 키스 이모티콘. 그리고 '허접'."

"허접?"

"그래, 허접."

"뭘 보고 허접하다는 거지?" 나는 묻지 않고는 견딜 수 없었다. 순간적으로 그가 허접하다고 한 것은 사물이 아니라 사람일 것 같다는 생각이 들었다.

"모르지. 지금 그게 중요해? 빈칸은 쉽게 채울 수 있잖아. 허접한 콘서트. 허접한 데이트. 허접한 밤. 여친과 헤어진 척하며 곤경에서 벗어난 후 다음 주면 자유의 몸이 되어보려는 허접한 노력."

"알았어. 첫째," 내가 말했다. "허접하다고 말하는 게 뭐 대수야? 그게 우리랑 꼭 상관이 있어야 하는 것도 아니고……. 둘째, 그 둘 진짜 헤어졌다니까."

"과연?" 그레이스는 미우미우 크로스백의 끈 길이를 조절하며 말했다. "정말 과연 그럴까?"

"그만해, 그레이스. 핀치가 폴리에게 보낸 문자 하나 때문에? 그럼 핀치더러 어쩌라는 거야? 폴리 번호를 차단해?" 나는 누군가와 그렇게 진지하게 사귀어 본 적은 없지만 헤어질 때 어떻게들 하는지는 잘 알고 있다. 관계를 한방에 끊는 경우는 거의 보지 못했다. 헤어졌다면서 서로 계속 얘기는 하고 그러다 또 싸우고, 아니면 잘못했다고 빌거나 해서 다시 만났다가 또다시 헤어졌다가, 혹은 이런 경향들이 복합적으로 나타나거나 반복되다가 결국 끝이 나는 것 같았다.

"폴리를 차단해야 한다고 말한 적 없어. 하지만 누가 헤어진 상대방에게 사랑한다고 하니? 적어도 자기가 먼저 만나자고 한 새로운 데이트 상대와 같이 있으면서 그 사람 깔보는 일 따위는 하지 않는 게 정상이야. 내 말은, 젠장, 라일라, '허접' 같은 표현은 쓰지 않는다고, 알겠어?"

"혹시 폴리에게 미안해서 일부러 그러는 거 아닐까? 걱정하는 맘에 그럴 수도 있고. 아니면 어느 정도는 사랑하는 마음이 아직 남아 있을 수도……."

"그렇지. 그리고 어쩌면 핀치와 보가 의도적으로 너를 불러낸 걸 수도 있다는 뜻이지. 루크 브라이언 티켓으로 말이야."

"그만 좀 해라, 그레이스. 재미있었잖아. 그랬으면 됐지."

"그래. 핀치는 재미있었겠지. 장담하는데 그 자식 지금 폴리 보러 가는 길일걸? 폴리는 아마 핀치가 오늘 널 만났는지도 모를 거다. 아니, 어쩌면 알 수도 있겠다. 처음부터 공범일 수도 있지."

"그래, 좋아. 그런 걸로 해두자." 나는 내 전화기를 내려다보며 말했다. "벌써 10시 40분이야. 집에 가야 해. 나 데려다 줄 수 있겠어?"

"당연하지. 그냥 한 모금 빨았을 뿐인데 뭐." 그녀가 말했다. "나 완전 멀쩡해."

"그거 얘기한 거 아닌데. 그냥…… 너 기분이 안 좋아 보여서 한 얘기였어. 나한테 이렇게 빡친 이유가 뭐야?"

"너 때문이 아니야. 그 자식들한테 빡친 거지." 우리 두 사람은 그녀의 부모님이 아무런 이유 없이 그냥 사준 흰색 지프 뒤에서 마주 보고 섰다.

"그 자식들? 그럼 넌 지금 보에게도 화가 났다는 거야? 저녁 내내 보에게 관심을 보이더니?"

"나 걔한테 관심 없거든?" 그레이스는 차에 올라타려는 생각이 아예 없어 보였다. "그리고, 그건 핀치가 우리를 '허접'하다고 쓴 문자를 보기 전이었잖아."

"우리더러 허접하다고 했다니? 비약이 심하잖아. 너 그냥 '허접'이라는 단어만 본 거 아니었어?" 내가 말했다.

그레이스는 나를 노려볼 뿐 아무 말도 하지 않았다.

"그레이스, 우리 집 통금 말이야. 그거 우리 아빠가 말로만 세워

둔 규칙이 아니거든. 나한텐 완전 심각한 문제라고. 아빠한테 전화해서 데리러 오라고 할까? 어차피 운행하느라 밖에 있을 텐데."
나는 웬만하면 아빠의 부업을 내 입으로 직접 언급하는 것은 최대한 피하려고 하는 편이다. 그 상대가 그레이스라도 말이다. 하지만 지금은 아무래도 상관없다는 기분이 들었다.

"됐어. 내가 데려다 줄게." 그레이스는 그렇게 말하며 마침내 차에 올라탔다.

조수석에 앉으며 새 차 냄새를 들이마시니 갑자기 부아가 치밀었다. 그레이스가 가진 돈이나 좋은 물건에 거부감이 든 적은 한 번도 없었는데 오늘은 괜히 거슬렸다. 그레이스의 싸가지없고 냉소적인 태도도 마음에 들지 않았다. 어쩌면 음악 산업에 종사하는 아버지를 뒀으니 오늘 같은 콘서트는 별로 대수롭지 않았을 수도 있다. 앞으로도 이렇게 공연장 맨 앞줄에 앉을 달콤한 날들이 많을 테니까. 하지만 누군가에겐 평생에 한 번 있을까 말까 하는 일이란 말이다. 그리고 그레이스는 방금 그 순간에 찬물을 끼얹은 거다. 내가 영원히 간직하고 싶었던 그 순간에.

그레이스가 운전하는 동안 우리는 아무 말도 하지 않았다. 그녀는 마침내 목청을 가다듬더니 이렇게 말했다. "미안해, 라일라. 네가 상처받을까 봐 그랬어. 더 상처받을까 봐."

"알아." 내가 말했다. "그렇지만 이건 네가 생각하는 것보다는 훨씬 더 복잡한 문제야."

"어째서?" 그레이스가 양손으로 운전대를 붙들고 어깨만 들어 올리며 물었다.

"그게 그렇게 됐어." 내가 말했다.

"어째서 그러냐니까?" 그레이스가 다시 물었다.

나는 침을 꿀꺽 삼켰다. 어쩐지 그레이스의 강한 성격에 굴복당하는 기분이 들었다. 동시에 난 그녀의 동의를 얻고 싶기도 했다. 그레이스마저 없다면 나는 윈저에서 살아남을 수가 없다. 그 점은 우리 둘 다 잘 알고 있는 사실이었다. "내가 지금 말하는 거, 아무에게도 말하지 않겠다고 약속할 수 있어?" 나는 이런 약속은 지켜질 수 없다는 것을 잘 알면서도 물었다. 한편으로는 이 약속이 지켜지지 않기를 바랐는지도 모르겠다. 제발 그레이스가 미스터 Q나 학교 상담 선생님이나 다른 친구들에게 털어놓길. 그래서 진실이 밝혀지길.

"당연하지." 그녀가 말했다.

"사실, 이렇게 된 거야." 나는 잠시 말을 멈췄다. 몇 번의 심호흡 후 입을 열었다. "그 사진 찍은 사람, 핀치가 아니었어. 캡션을 단 사람도. 그리고 그 사진을 전송한 것도."

나를 돌아보는 그녀의 눈썹이 위로 치켜 올라갔다. 그러더니 시선을 다시 정면으로 향했다. "그럼 누가 그랬는데?"

"폴리." 내가 말했다. "핀치의 전화로."

그레이스의 태도가 돌변할 거라고 예상했다. 적어도 한풀 꺾일 줄 알았다. 하지만 대신에 그녀는 운전대를 두드리며 웃기 시작했다. "웬일! 핀치가 그래?"

"응."

"넌 그 말을 믿어?"

"응, 믿어." 나는 자초지종을 들려주었다. 핀치는 내게만 진실을 말해줄 뿐 학교에는 해명할 생각이 없다는 것과 그 이유를. 그리고 폴리가 안정을 찾는 것이 우선이기에 폴리 대신 누명을 쓸 용의가 있다는 것까지 모두.

"와아. 라일라. 난 다른 애들은 몰라도 너만은 세상 물정에 밝을 줄 알았다." 그레이스가 고개를 절레절레 흔들며 말했다.

"내가 왜 세상 물정에 더 밝아야 하는 건데?" 내 얼굴이 벌겋게 달아올랐다. "왜, 우리 집이 강 저편에 있고 남의 가구나 만들고 우버 운전이나 하는 홀아비가 키우는 아이라서?"

"무슨 소리야, 그게?" 그레이스가 받아쳤다.

"됐어." 과민반응이었다는 걸 깨달았다. 행간의 의미를 너무 깊이 연구했나 보다. 어쩌면 그레이스가 하고 싶던 말은 내가 사람 보는 눈이 좋다는 얘기였을 수도 있는데. 우리 동네나 아빠 하는 일과는 아무런 상관없는 얘기였을 수도 있는데. 아아, 나의 피해망상과 열등감. "우리 이 얘기 그만하면 안 될까?"

"그래, 얼마든지. 그만하면 되지." 그레이스는 나에게 에둘러 공격하듯 그녀의 새하얀 지프의 클랙슨을 누르며 말했다. "노 프로블레모."*

그레이스는 그러자고 해놓고도 포기하지 않았다. 집에 도착하고

---

* No problemo, 스페인어로 '문제없다'는 뜻.

20분쯤 흘렀을까. 그레이스가 사진 세 장을 보내왔다. 나는 이미 나 자신을 의심하고 핀치를 의심하며 더럽고 찝찝한 기분에 휩싸여있었다. 커다란 벽돌집 진입로에 주차된 핀치의 차를 찍은 사진이었다.

폴리에게 곧장 간 사람이 누굴까? 라는 문자와 함께.

심장이 철렁했다. 전 여친에게 문자를 보내준 것까지는 그렇다 쳐도 우리를 집에 내려주자마자 곧장 찾아갔다는 것은 완전 다른 얘기다. 폴리가 내 사진을 찍은 게 아닐지도 모른다는 생각이 어렴풋 들기 시작했지만 그건 상관없었다. 어느 쪽이건 두 사람이 한팀인 것은 확실했다. 그레이스 말이 맞았다. 루크 브라이언 티켓은 일종의 뇌물 같은 거였다. 나를 자기편으로 만들려는 최후의 수단.

나는 받은메시지함을 열어 핀치와 주고받은 메시지를 다시 찾아냈다. 처음 문자가 온 시간은 1시였고 그는 내게 어떤 음악을 좋아하는지 물었다.

장르 안 따지고 조금씩 전부. 나는 최대한 쿨한 척하고 싶어서 그렇게 썼었다. 이후 주고받은 문자들을 다시 읽으니 몸이 오그라드는 기분이다. 튕기기라도 할걸.

핀치: 가장 좋아하는 가수 이름 다섯?
나: 아 어렵다!!! 너무 많은데!
핀치: ㅇㅋ. 그럼 최근에 들었던 다섯 명이라도?
나: 워커 헤이즈, 브루노 마스, 제나 크레이머, 제이슨 알딘, 커비 로

즈(신인이지만 완전 좋음).

핀치: 멋지네……. 주로 컨트리뮤직?

나: 그런 셈.

핀치: 루크 브라이언은?

나: 완전 사랑해요.

핀치: 오늘 밤 공연하는데. 같이 갈래?

나: 정말?

핀치: ㅇㅇ. 당연. 표 구할 수 있나 알아볼게.

나: 꺅! 대박이에요!^^

핀치: 네 장 구했음. 나는 보와 갈 테니 친구 한 명 데려올래?

나: 네! 그레이스에게 물어볼게요!

나: 그레이스 간대요!

핀치: 좋았어. 폴리 얘기했니?

나: 두 사람 헤어졌다고는 말했는데.

핀치: 다른 얘기는?

나: 안 했어요.

핀치: 고마워. 괜한 드라마 찍고 싶지 않아. 드라마는 이미 충분하니까!

이후 내용은 공연장으로 가는 길, 어디서 어떻게 만날 것인지에 대한 내용이었다. 내가 보낸 마지막 문자는 그레이스 집 앞 진입로에 서서 보낸 고맙다는 인사 문자였다. 물론 답이 없었다. 폴리와 같이 있을 그를 상상하니, 그것도 둘이 부둥켜안고 있거나 혹은 내 얘길 하며 낄낄거리고 있으리라고 상상하니 뭐라도 해야겠다는 마음이 들었다. 적어도 내가 그 정도로 멍청이가 아니라는 사실은 알리고 싶었다. 그에게 쏘아댈 말들이 마구 생각났지만 신중을 기하기로 했다. 나는 빈정거림을 담아 문자를 보냈다.

재미있나 봐요?

나는 전화기 화면을 뚫어지게 쳐다보며 답이 오기를 기다렸다. 몇 초가 몇 분이 되었다. 포기하고 샤워하러 들어가려는데 전화벨이 울렸다. 핀치였다. 두 손이 떨리기 시작했다. 나는 최대한 차가운 목소리로 전화를 받았다.

"안녕." 그가 인사했다. 아무것도 눈치채지 못한 말투다.

"어디세요?" 나는 바닥에 앉으면서 물었다.

"차 안이야." 그가 말했다. "집에 가는 길."

"어디서 집으로 가는데요?" 나는 왼팔로 두 무릎을 끌어안았다. 긴 머리카락이 커튼처럼 나를 둘러싸 보호해주었다.

"방금 보를 내려줬어. 플립사이드에 갔었거든." 그 입에서 나오는 자연스러운 거짓말을 들으니 소름이 끼쳤다. "왜 물어보는 거야?"

"왜? 그건 내가 묻고 싶은 말인데?" 내가 말했다. "왜 저한테 거짓말을 하는 거죠?"

"왜 내가 거짓말을 한다고 생각하니?"

"지금도 거짓말을 하는 중이니까요." 나는 그레이스를 떠올렸다.

그레이스처럼 강해지고 싶었다. 다 떠나서 내가 쉽사리 상처받는 사람이라는 사실을 보여주고 싶지 않았다. 나는 엄마를 떠올렸다. 우리 엄마는 좀처럼 당황하는 일이 없었다. 적어도 내겐 그렇게 보였다.

"그게 무슨 소리야, 라일라?" 핀치가 말했다.

"방금 어디 있었는지 다 알아요. 나와 그레이스를 내려주고 찾아간 곳. 나 바보 아니거든요."

이제 더 많은 거짓말이 쏟아지리라. 거짓말쟁이들이 흔히 그러듯 말이다. 의외로 그는 즉각 잘못을 시인했다. "그래, 라일라. 네 말이 맞아. 미안해. 보와 함께 있지도, 플립사이드에 가지도 않았어. 폴리와 함께 있었거든."

"나쁜 자식." 눈물이 핑 돌았다. "개자식."

전화기 너머로 아무 말도 들려오지 않았지만, 그가 여전히 전화 반대편에 있다는 것은 알 수 있었다. 몇 초가 흐른 후 그가 한숨을 쉬며 말했다. "라일라, 내가 변명 좀 해도 될까?"

"아뇨." 당장 전화를 끊어버리라고 머릿속에서 스스로 명령을 내렸지만, 마음이 그 명령을 받아들이지 않았다. 나는 거기 그렇게 앉아서 다음 말을 기다리고 있었다. 병든 자아의 일부가 또다시 희망의 끈을 붙들고 있었다.

"폴리가 너에 대해 알게 되었어." 핀치가 말했다.

"나에 대해 뭘요?" 내가 물었다.

"내가 너와 공연에 같이 간 거. 내가 너를 좋아한다는 거. 그리고……" 핀치는 내 가슴 속에서 기대감이 최고조가 될 지점에서 연극처럼 말을 멈췄다. 심장이 터질 것만 같았다. "폴리의 만행을 네가 알게 될 거라는 거."

17

니나

핀치가 콘서트장으로 떠난 후 나는 와인을 한 잔 따랐다. 내가 요즘 와인을 너무 많이 마시는 것 아닌가 하는 염려와 함께, 혼자 마시는 술이 위험 징후라는 생각까지 들었다. 내가 커크에게 잔소리하는 것도 바로 이런 이유에서다. 하지만 곧 나는 와인은 밤에 마시는 커피와 같아서 일종의 의식일 뿐 그 이상도 그 이하도 아니라며 나를 설득했다. 게다가 겨우 한두 잔이다.

나는 커크에게 전화했다. 외로운 기분 탓도 있었지만, 남편에게 숨기는 비밀이 있다는 사실이 마음에 걸려서였다. 남편이 아무리 틀렸어도 나는 그에게 정직해야 한다. 남편이 전화를 받지 않길래 몸은 좀 괜찮아졌냐는 메시지를 남겼다.

몇 분 뒤, 남편에게서 전화가 왔다. 알고 보니 그가 한 게 아니었다. (적어도 전화할 생각은 없었던 거다.) 주머니에서 전화가 잘못 눌린 모양이었다. 전화를 받아 그의 이름을 몇 차례 불렀지만, 그는 듣지 못했고, 그래서 나는 잠자코 반대편에서 들려오는 소리에 귀를 기울였다. 호기심이나 걱정에서 그랬다기보다는 심심해서 아무 생각 없이 한 행동이었다. 그러다가 여자 목소리가 들려왔다. 나는 괜히 놀라서 성급한 결론에 도달하지 말자고 자신을 타일렀다. 별일 아닌 걸 범죄로 발전시키지 말자. 뭐, 호텔 컨시어지 직원일 수도 있잖은가. 커크에게 근처 약국을 안내 중일 수도 있다. 서비스 업종 종사자일 수 있다고 생각하니 몇 초간 진정할 수 있었다. 그런데 두 사람의 대화가 계속됐다. 그 편안함과 주거니 받거니 하는 리듬이 어느 정도의 친밀감 없이는 불가능한 것이다. 커크와 그 여자의 웃음소리가 들려왔다. 내 남편이 정말 재미있고 매력적인 남자라는 점을 새삼 상기시키는 순간이었다. 핀치 침실문이 굳게 닫히듯 우리 부부의 알콩달콩함도 어느새 사라져버린 것 같아 마음 한켠이 아려왔다. 커크와 내가 저렇게 오래 대화를 나눈 것이 마지막으로 언제였던가. 그의 말에 내가 웃음을 터뜨리던 것도 까마득한 옛날 일 같았다. 나는 두 사람의 대화를 알아들어 보려고 안간힘을 썼으나 좀처럼 되지 않았다. 음량마저 들쭉날쭉해서 듣기가 더 어려웠는데 아마도 움직이는 차 안에 있거나 혹은 걸으면서 이동 중인 것 같았다.

그러다가 갑자기 두 사람의 목소리가 크고 선명해지면서 여자 목소리로 "자기"라는 소리가 들리고 이어 틀림없는 남편의 목소리가 들려왔다. "이런, 제길." 그 소리와 함께 전화가 끊어졌다. 나는 그 자리에 멍하게 앉아있었다. 어떻게든 이 상황을 이해해 보려고 애를 썼다. 어쩌면 자기야라는 말은 내가 잘못 들은 걸지도 몰라. 남편이 '이런, 제길'이라고 말할 수 있는 상황도 다양할 수 있다. 길을 잘못 들었거나, 누군가 버린 껌을 밟았을 수도 있고, 나를 위해 선물 사러 들어갔던 가게에 신용카드를 두고 나온 것이 갑자기 생각났을 수도 있다. 가능성은 무궁무진했다. 원래 남자들은 '이런 제길'이라는 말을 입에 달고 살잖나. 또 어떤 사람들은 '자기'라는 말을 아무에게나 쓰기도 한다. 남편이 다른 여자와 섹스하는 소리를 들은 것도 아니고, 사랑을 고백하는 말을 들은 것도 아니다. 반박할 수 없는 시각적 증거를 확보한 것도 아니다. 전화도 그가 끊은 게 아니라 하필 그 순간에 통신이 안 좋아서 저절로 끊긴 걸 수도 있다.

이 연습은 내가 꾸준히 해오던 거였다. 특히 최근 몇 년간 그랬다. 그동안 나는 이 점에서 나 자신을 꽤 기특하게 생각했다. 남편에 대한 믿음뿐 아니라 나의 자기신뢰감이 꽤 튼튼하다는 방증이었기 때문이다. 하지만 지금 이 고뇌의 순간, 기특한 생각이나 자신감이 조금도 들지 않는다. 나는 와인을 홀짝거리며 남편의 전화를 기다렸다.

몇 분이 흘러도 전화가 잠잠하자 나는 능동적으로 대처하기로 마음을 먹고는 남편에게 다시 전화를 걸었다. 곧장 음성사서함으로 넘어갔다. 나는 음성메시지를 남기고 문자를 또 보냈다. 그리고 또 보냈다.

슬슬 평정심을 잃기 시작했다. 나에게 평정심 상실이란, 자리에 꼼짝하지 않고 앉아서 허공을 멍하게 쳐다보며 커크가 예쁘고 젊은 여자에게 키스하는 모습을 상상하는 정도를 말한다. 그 여자의 외모나 나이는 중요한 문제가 아니라고 자신을 타이르지만 내 연령대 혹은 나보다 위지만 더 속이 꽉 차고 인생 경험이 풍부하며 많은 업적을 이룬 여자와 바람이 난다면 내게 더 큰 상처가 될 것 같았다.

드디어 그에게서 전화가 왔다. 나는 숨을 크게 들이쉬고 전화를 받았다.

"별일 없지, 여보?" 그가 물었다. 목소리가 어찌나 해맑던지 한층 더 수상하게 느껴졌다.

"없어." 내가 말했다. "어디야?"

"그건 왜?" 그는 가짜 하품을 하며 물었다. 혹 진짜 하품이었다면 그건 과장이다.

"어딘지 궁금하니까 어디냐고 묻지."

"댈러스에 있지."

"그러니까 댈러스 어디?"

"내 방에."

"무슨 호텔?"

"터틀크리크 맨션." 그가 말했다. "나 항상 여기 묵잖아."

"지금 누구랑 있어?"

"아무도 없는데."

"그럼 한 시간 전에는? 당신 전화가 실수로 나에게 전화를 걸었을 때 말이야."

"내 전화가 눌렀다고?" 그가 말했다.

"그랬다니까."

"가만 보자…… 한 시간 전이라? 그럼 제럴드 리와 함께 있었을 땐데……."

"여자 목소리가 들리던데."

"내 얘기 좀 끝까지 들어줘, 여보."

"그래, 그럼 말해 봐."

"아하, 제럴드의 약혼녀가 같이 있었어. 제럴드가 약혼했단 얘긴 내가 했던가?"

"아니." 제럴드라니, 그 친구 얘기를 마지막으로 들은 게 벌써 수년도 더 된 일이다. 옛날 대학 친구를 알리바이로 사용하는 중이다. "전혀 들은 적이 없네."

"그렇게 됐어. 같이 뭣 좀 먹으러 나갔었지."

"편두통 있다고 하지 않았어?"

"그랬지. 물론 지금도 있어. 하지만 밥은 먹어야지. 이제 자려고." 그가 목소리를 갑자기 낮추더니 서두른다.

"아직도 아파서 어떡해." 나는 최대한 진심이 아니게 들리도록 말했다.

"괜찮아. 나아지겠지." 그가 말했다. "집에는 별일 없는 거지?"

"그럼." 나는 그렇게 말하고 잠시 전화기 너머로 들리는 수상한 적막에 귀를 기울였다. 남편이 대리석으로 된 호텔 화장실에서 서두르는 모습, 그리고 침실에서 그를 기다리는 누군가를 상상했다. 어쩌면 침대에서 그의 곁에 누워서 고개를 쭉 빼고는 내가 말하는 소리를 듣고 있을지도 모르겠다. 나중에 둘이서 머리를 맞대고 내 말을 하나하나 분석하겠지.

"그래, 알았어. 그럼 내일 보는 거지?" 그가 말했다.

"그래." 그리고 나는 억지로 세 글자를 뱉었다. 사랑해. 이 순간이 실제처럼 느껴지지 않았다. 그의 반응을 기다리고 있노라니 마치 시험 채점관이 된 기분이었다.

"나도." 그는 이 말과 함께 보기 좋게 낙방했다.

몇 초 후, 전화가 다시 울렸다. 커크가 다시 전화한 모양이라고 생각했다. 방금의 무뚝뚝함을 사과하고, 오해를 풀고, 나와 대화하고 싶어서 말이다. 그런데 톰의 전화였다. 깜짝 놀라 전화를 받으니 톰이 머뭇거리면서 오늘 아침에 와줘서 고맙다는 인사를 건넸다. 나는 당연히 해야 할 일을 했다고 말하면서 우리의 방문을 허락해줘서 내가 오히려 고맙다고 말했다. 잠시 어색한 침묵이 흐르더니 그는 나의 지인으로 보이는 두 여자의 대화를 엿들었다는 거북스러운 이야기를 들려주었다. 라일라와 핀치, 그리고 그 사건 얘기였다. 그래도 전달해준 사람이 톰이라는 점에서 위안이 되었다. 그가 조금 전 공황과 외로움에서 허우적거리던 나를 건져준 것 같아 반가웠다.

그와의 짧은 대화를 통해 기운을 얻은 나는 커크의 사무실로 갔다. 슬퍼하지만 말고 뭐라도 하기로 결단했다. 나는 회전의자에 앉아 몸을 좌우로 돌리며 그의 책상을 구경했다. 가지런히 쌓인 서류뭉치 그리고 검은색 파일럿 볼펜만 가득 꽂힌 백랍 펜통을 물끄러미 바라보다가 그의 책상 서랍을 하나씩 열어보았다. 왼쪽에 세

칸, 오른쪽에 세 칸 그리고 가운데 있는 야트막한 서랍. 뭘 찾으려는 것인지도 모른 채로 꼼꼼하게 전부 훑어보았다. 의심을 살 만한 것은 아무것도 없었다. 하지만 그러한 증거 부족은 그의 무죄를 입증하는 게 아니라 그의 까다로운 성격 덕분이라고 생각하기로 했다. 이번에는 노트북 컴퓨터를 열었다. 거기서도 별 소득이 없을 것을 잘 알고 있었다. 내가 랩톱 비밀번호를 알고 있다는 사실을 커크도 알고 있었기 때문이었다. 그럼에도 나는 혹시나 하는 마음에 그의 이메일 받은편지함을 열고 발신자들과 지루한 제목들을 유심히 살펴보았다.

막 포기하려던 참에 밥 테이트가 보낸 오늘 자 메일을 발견했다. 커크의 티켓 중개인이었다. 클릭해서 들어가 보니 밥과 커크와 핀치가 복잡하게 얽혀 주고받은 메일이 나왔다. 그 안의 이야기는 아침에 핀치에게서 들은 것과 영 딴판이었다. 정리하자면, 핀치가 원한 것은 (두 장이 아닌) 네 장의 티켓이었다. 이유는 라일라 볼피와의 문제를 해결하기 위한 것이라고 쓰여있었다. (두 장밖에 없으면 라일라가 가지 않겠다고 할 가능성이 있으므로 네 장이어야 한다는 것이 핀치의 논리였다.) 이에 커크는 이 내용을 요약하여 밥에게 이메일을 보냈고 밥은 이번에도 자기 일을 훌륭하게 해냈다. 관객 수에 제한이 있는 공연인데다가 막바지 티켓이라 티켓 가격이 매우 높아졌다는 것이 밥의 설명이었다. 커크는 괜찮다고 하면서 출장에서 돌아오는 즉시 현금으로 결제하겠다고 회신을 보냈다.

개자식. 나는 소리 내 말했다. 엄청난 배신감에 몸이 떨렸다. 아들과 남편이 나를 상대로 음모를 꾸미다니. 생각해보니 나도 아침에 똑같은 짓을 하긴 했다. 남편 몰래 아들을 데리고 볼피 가족의 집에 다녀왔으니 말이다. 나 역시 핀치에게 아빠에게 거짓말하도록 종용한 셈이다. 부작위에 의한 거짓말도 거짓말인 건 매한가지다. 하지만 여기에는 큰 차이가 있었다. 나는 잘못을 바로잡으려다가, 그리고 그것의 중요성을 아들에게 가르치려다가 이렇게 된 것이지만 커크는 언제나 그렇듯 자기 방식을 관철하기 위해 다른 이들을 조종하려 한다는 점에서 달랐다.

더는 참을 수 없었다. 내가 한때 매력적이고 주도적이라고 생각했던 내 남편은 그저 다른 사람을 이용해먹기 좋아하는 거짓말쟁이였던 것이다. 그리고 최악은 남편이 아들에게 바로 그것을 가르치고 있다는 사실이었다.

나는 뭔가 대단히 극적인 사건이 일어나야 결혼이 파경을 맞이하는 줄로만 알았다. 큰 싸움이 일어나거나 (주머니에서 잘못 눌린 전화 따위가 아니라) 확실한 외도의 증거가 나타나는 식으로 말이다. 하지만 나는 커크의 사무실에 가만히 앉아서, 자기가 엄청난 잘못을 하고 그것도 모자라 조종까지 하고 있을지 모를 여자아이를 데리고 콘서트에 다녀올 아들을 기다리며, 내 결혼이 끝이 났음을 직감했다.

이혼하고 싶다. 지긋지긋하다. 여기까지다.

다음 날 아침, 나는 톰에 관한 꿈을 꾸다가 눈을 떴다. 내용이 이어지지 않는 혼란스러운 꿈이었다. 그러다가 지난밤에 그가 전화했었다는 사실이 불현듯 떠올랐다. 감정적으로 뒤죽박죽인 상황에서 받은 연락이라 전화가 왔었다는 사실도 꿈처럼 느껴졌다. 침대 탁자로 손을 뻗어 전화기를 가져다가 톰에게 문자를 보냈다. 어제 통화 중에 혹시나 내 태도가 어수선했다면 사과한다, 간밤에 일이 있어서 그랬다는 내용이었다. 쓴 내용을 다시 읽어보고는 지워버렸다. 어딘지 부적절하게 보였기 때문이었다.

부적절.

이 단어, 내가 엄청나게 싫어하는 말이다. 캐시와 그녀의 성경공부 친구들이 즐겨 쓰는 말이기 때문이다. 자기들이 이러쿵저러쿵 판단하고 싶을 때면 으레 갖다 붙이는 단어.

쟤가 입은 드레스, 결혼식엔 부적절해…… 그 책은 십 대 아이들에겐 부적절해…… 아이들 앞에서 그런 대화를 하다니 참 부적절하다…… 걔가 정치에 관해 올린 포스트는 부적절했어…….

매력적인 홀아비에게 술김에 나눈 대화에 관한 문자를 보낸다고? 완전. 너무. 부적절.

적절 따위 개나 주라지. 나는 그렇게 생각하며 톰에게 전화를 걸었다. 제발, 전화 받길. 그는 즉각 전화를 받았다.

"안녕하세요. 니나예요." 그렇게 말하는데 손에 땀이 차기 시작했다.

"안녕하세요." 그가 말했다.

"혹시 제가 깨웠나요?" 내가 물었다.

"아닙니다." 그가 말했다. "일어난 지 꽤 되었습니다."

"아." 내가 말했다.

"괜찮으세요?" 그가 물었다.

"네. 간밤에 연락 주신 일을 생각하고 있었어요. 그리고 그 우버 운행도요."

"제가 그 여자들 앞에서 입을 다물어야 했는데 그만……."

"할 말을 하신 건데요, 뭐." 그를 향한 존경심이 일었다.

"맞습니다." 웃는 기미가 느껴졌다.

"정확히, 무슨 얘기를 하신 거죠?"

"그냥 사실만 전달했습니다. 내가 아이 아버지라고. 아이는 멕시코인이 아니라고요." 톰이 뭔가를 더 말하려다가 입을 다무는 것 같았다.

"네?"

"아무것도 아닙니다."

"뭔가 더 말씀하시려고 했잖아요."

"네," 그가 말했다. "그렇긴 하죠."

"무슨 일인데요? 말씀해주세요."

"당신 남편에 관한 얘기라서요."

"어떤 일이죠?" 듣을 자신이 없어 두려우면서도 증거를 찾고 싶은 마음이 없는 것도 아니었다. 제발, 내가 떠나고 싶어 하는 남자에 관한 나쁜 이야기였으면.

"이런 일에는 개입하지 않는 게 옳다고 생각됩니다. 제가 상관할 일이 아니라서요." 톰이 말했다. "그리고 이게…… 우리 상황을 좀 더 복잡하게 만들 수도 있을 것 같아서요."

"우리 상황?" 나는 그가 한 말을 되풀이했다. 우리의 자녀들이 개입된 사건과 화요일에 있을 심리를 말하는 것인지, 아니면 우리가

우리가 원했던 것들

구축한 기이한 관계를 말하는 것인지 헷갈렸다.

"아시잖아요. 지금 일어나고 있는 일들 말입니다." 또다시 애매한 대답이었다.

"네에……." 그 말에 담긴 숨은 뜻이 머릿속을 소용돌이치더니 머리를 쾅쾅 때렸다.

우리는 몇 초간 아무 말도 하지 않았다. 마침내 그가 목을 가다듬고 이렇게 말했다. "그 여자들은 술에 취해 있었어요. 많이 취했더라고요. 그러니 그 여자들이 지껄인 얘기가 전부 진실이라고 하기는 어려울 거예요. 또 제가 잘못 들었을 수도 있고요. 전 운전 중이었으니까요."

나는 두 눈을 감았다. "그럼 제가 맞춰 볼까요? 커크가 바람피운다는 얘기였군요?"

"그렇습니다." 그는 부드럽지만 재빨리 말했다. "그 얘기였어요. 미안합니다."

"괜찮아요. 제가 몰랐던 얘기를 전해주신 것도 아닌데요, 뭘." 그건 객기였다. 그때까지 아무것도 확실하지 않았기에 나는 괜찮지 않았다. 그렇지만 톰에게 죄책감이 들게 하고 싶지는 않았다.

전화기 너머로 그가 크게 숨을 들이쉬고 나서 힘들게 내뱉는 소리와 함께 내 이름을 불렀다. 호소하는 듯한 소리였다.

"네?" 내가 대답했다.

"제가 당신을 잘 알지는 못하지만," 그가 천천히 말했다. 매우 신중하게 단어를 고르는 모양이었다. "이런 대우를 받으실 분은 아니라고 생각되는군요."

"저도 그렇게 생각해요." 나는 간신히 대답했다. "고마워요, 톰."

전화를 끊자마자 라일라와 핀치에 관한 얘기를 깜빡했다는 것이 떠올랐다. 간밤에 두 아이가 같이 놀러 나갔을 가능성에 대해 말해주었어야 했다. 다시 전화해서 그에게 알려주어야 한다고 생각하면서도 차마 그렇게 하지 못했다. 핀치에 대한 실망감이 너무 컸기 때문이었다. 그리고 내 인생에 대해서도.

대신 가장 친한 친구에게 전화를 걸어 만나자고 했다. 내게 위기가 찾아온 것 같다고 말했더니 그녀는 아무런 질문도 하지 않고 온종일 집에 있을 테니 언제든 오라고 말했다.

그런 후 나는 핀치를 보러 갔다. 지난밤 자정쯤 집에 들어오는 소리를 들었다. 나는 이 층으로 올라가 그의 방문을 가볍게 두드렸다. 대답이 없길래 문을 열어보니 그는 이불을 턱까지 끌어올리고 가볍게 코를 골며 깊이 잠들어 있었다. 그의 곁으로 다가가 어깨에 손을 얹고는 부드럽게 흔들었다. 일어나려는 기미가 없어 강도를 좀 더 높였다. 마침내 핀치가 눈을 뜨더니 벌린 입을 다물었다.

"네, 엄마?" 핀치가 잠이 덜 깬 눈을 간신히 뜨며 말했다.

"안녕. 엄마가 할머니 집에 다녀온다고 말하려고 깨웠어. 브리스톨 말이야. 내일 돌아올게. 하지만 몇 시간 후면 아빠가 집에 오실 거야."

"무슨 일 있어요? 할머니나 할아버지에게요?" 핀치가 물었다.

"아무 일 없어." 그래도 아들이 여전히 다른 사람 염려를 할 줄 안다는 사실에 마음이 놓였다. "그냥 집에 다녀와야 할 것 같아서 그래."

"그래요." 핀치가 눈을 껌뻑이며 말했다.

"엄마랑 같이 갔다 올래?" 나는 그가 거절할 것을 알면서 물었다. 최근 들어 외할머니와 외할아버지에 대한 아이의 관심이 현저히 줄어든 건 슬픈 일이었지만 지금 그런 것은 내가 슬퍼할 것들의 축에도 들지 않았다.

"숙제가 많아서요." 아이의 눈꺼풀이 파르르 떨리는 듯하더니 다시 닫혔다.

나는 아들의 얼굴을 물끄러미 바라보다가 아이의 팔을 가볍게 다시 흔들었다.

"네, 엄마?" 아이는 여전히 눈을 감은 채 말만 했다.

"콘서트는 어땠니?" 내가 물었다.

"좋았어요." 아이가 말했다. "재미있었어요."

"잘됐구나. 엄마도 기쁘네. 보가 그 티켓을 구할 수 있었다니 다행이야." 내가 말했다.

"그렇죠."

"너희 둘만 갔니? 아니면 다른 친구들도 같이 갔어?"

"우리 둘만요."

"그렇구나. 그럼, 오늘 네 아버지 돌아오시는 날이라는 것 잊지 말아라." 속이 울렁거렸다. 이혼한 사람들이 잘 쓰는 말이다. 아빠라는 말 대신 '네 아버지'라는 말.

"알아요. 이미 말씀하셨잖아요."

"아빠도 네가 콘서트 다녀온 거 아시니?" 나는 아이에게 마지막으로 기회를 주고 싶었다.

"아뇨." 아이는 마침내 눈을 떴다. 아이가 내 면전에 대고 거짓말을 했다. "아빠에겐 말하지 않았어요."

삼진 아웃. 나는 그렇게 생각하며 아이의 방을 나왔다.

두 시 좀 넘어 브리스톨 시내에 도착했다. 줄리의 집에 먼저 들렀다. 그녀와 애덤이 한 번도 이사 가지 않고 살고 있는 작고 아담한 집이다. 차에서 내리니 현관 베란다에 놓인 두 개의 흔들의자 중 하나에 줄리가 앉아있었다. 이 집 부부는 집을 휘감는 형태의 이 베란다에 최근 칠을 새로 했는데 페인트 색을 골라준 게 나였다. 벤자민무어의 트랭퀼 블루.

"안녕." 내가 손을 흔들어 인사했다. "베란다 정말 맘에 든다. 진짜 예뻐!"

그녀도 나를 보고 손을 흔들면서 계속 흔들의자를 흔들며 앉아있었다. "다 네 덕분이지!"

내가 현관 계단에 올라서니 그녀가 자리에서 일어나 양팔을 벌려 나를 맞이했다. 그러고는 나를 오랫동안 꼭 끌어안았다. 마음이 편안해졌다. 그리고 익숙한 냄새가 났다. 그녀가 고등학생 때부터 쭉 써온 향수, 샤넬 No.5. 줄리는 그게 자기가 소유해 본 유일한 샤넬 제품이라며 농담을 하곤 했다.

"살 빠졌니? 말라 보여." 나는 한발 물러서서 그녀를 살펴보았다. 줄리는 활기차게 걷는 산책과 YMCA에서 하는 수영을 제외하고 따로 운동은 절대로 하지 않았지만, 그녀 몸은 언제나 가녀린 새와 같았다. 그녀의 성격과는 정반대의 모습이다. "보통 때보다 더 마른 것 같다는 얘기야."

"난 잘 모르겠는데." 줄리는 카키 반바지의 허리춤을 끌어 올리더니 배와 바지 사이에 남는 공간을 확인했다. "집에 체중계가 없으니 알 도리가 있나."

"체중계가 없어?" 생각해보니 나는 하루에 적어도 두 번은 몸무게를 쟀다. 무의식적인 습관이 되기도 했지만 살찔까 봐 항상 조심하려는 것도 있다. 커크가 날씬한 걸 좋아하기 때문이다. 그렇다보니 내게도 날씬한 몸을 유지하는 게 중요한 일이 되어버렸다.

"없어. 딸들이 자기들 체중 재는 걸 보고 없애버렸지." 줄리가 말했다. 그사이 우리는 흔들의자를 하나씩 차지하고 앉았다. "리스가 페이지에게 자기가 500그램 덜 나가니까 자기가 이겼다고 말하는 광경을 보고는 이건 아니다 싶더라니까." 그녀는 고개를 흔들며 손가락을 튕겨 딱 소리를 냈다. "그래서 애초에 싹을 잘라버렸지."

"세상에, 넌 정말 그런 쪽으로 훌륭해." 나는 그렇게 말하면서 페이지도 힘들겠다 싶었다. 페이지는 아빠인 애덤을 닮아 몸집이 있다. 반면 리스는 엄마처럼 호리호리했다. 하지만 곧 이런 생각을 하는 내가 부끄러워졌다. 내가 엉뚱한 것에 초점을 맞추고 살고 있다는 또 다른 증거이리라. 줄리는 그런 걱정을 해본 적이 없을 것이었다. 줄리에게는 없는 천박함, 그리고 그 자리를 대신 채우고 있는 자아수용. 이는 그녀와 가까이 있는 이들에게 자연스레 전해지는데 특히 그녀의 딸들에게 그랬다. "내게 아들밖에 없어서 다행이야. 딸이었으면 더 잘못 키우고 말았겠지……."

"아니, 그랬을 리 없어." 줄리는 이렇게 말하면서도 내가 핀치를 잘못 키웠다는 말을 대놓고 부인해 주지는 않았다. 지금은 괜히 방어적으로 나갈 때가 아니라고 자신을 타일렀다. 나는 낯이 좀 두꺼워질 필요가 있었다. 내게 쉬운 길을 안내할 누군가가 필요했다면 줄리가 아닌 멜라니에게 전화를 걸어 도움을 요청했어야 했다.

"아무튼." 내가 말했다.

"그래, 아무튼. 점심 먹을래? 치킨 샐러드 만들었는데."

"고맙지만 괜찮아." 내가 말했다. "별로 배가 고프지 않네."

"그럼 마실 거라도? 커피? 스위트티? 로제 와인?"

카페인 섭취가 필요하다는 생각이 들었지만, 이 순간을 방해하고 싶지 않았다. 지금 우리가 함께 있는 이곳에 최대한 오래 머무르고 싶었다. "괜찮아." 내가 말했다. "남편과 딸들은 어디에 있어?"

"내가 이것저것 일 좀 시켜놨어. 할 일을 잔뜩 줘서 내보냈지."

나는 미소를 지으며 고맙다고 말했다. 나를 위해서 그렇게 했다는 걸 잘 알고 있었다. 어쩌면 오늘 본인의 스케줄도 바꾸었을지 모른다.

"당연한 걸 가지고. 걱정 마." 그녀가 말했다. "얘기 좀 들어보자. 무슨 일이야? 핀치 문제니?"

"그렇기도 하고 아니기도 하고……." 나는 그간의 일을 모두 털어놓았다. 톰과 라일라를 만나러 갔던 일, 핀치의 사과, 루크 브라이언 티켓, 핀치의 거짓말, 커크의 거짓말을 비롯한 전부를.

"개자식." 줄리가 낮은 소리로 말했다. "그럴 줄 알았어."

줄리의 흥분이 점점 거세어져서 내가 오히려 그녀를 진정시켜야 했다. "나도 알아. 하지만 그건 빙산의 일각일 뿐이야." 내가 말했다. "그보다 그가 어떤 남편이고 어떤 아빠인가, 그게 문제야. 그가 어떤 사람이 되어가고 있는지. 그 사람 자체에 대한 문제. 외도는 그냥 그러한 변화가 겉으로 나타난 증상 중 하나일 뿐이라고 생각해. 그렇지만 난 더는 못하겠어."

"그 말뜻은?" 줄리가 조심스레 물었다.

"그 말뜻은…… 나 이혼하고 싶은 것 같아." 내가 말했다.

줄리는 마치 이 순간을 오래도록 기다린 사람처럼 잠시도 주저하거나 당황하지 않았다. "좋아." 그녀가 말했다. "그보다 앞서, 너 뭐라도 찾아낸 거 있니? 문자나 영수증이라도?"

"아니. 그냥 주머니에서 혼자 눌려 걸려온 전화가 다야. 그리고 톰이 어깨너머로 들었다는 이야기." 내가 말했다. "정황밖에 없다는 거 알아. 하지만 느낌이 확실해. 강한 육감 같은 거."

"그것만으로도 확실하긴 하지." 그녀가 말했다. "그래도 사설탐정을 고용해서 민간조사보고서를 받는 게 나을 것 같은데. 내슈빌에 아는 사람 있어. 실력 끝내주는 사람이야."

나는 고개를 저었다. "증거 필요 없어. 커크가 어떻게 하고 다니는지는 내가 알아."

"맞아. 하지만 여전히 증거는 필요해. 테네시주는 유책주의를 기반으로 한단 말이야."

"그래, 계속 말해봐."

"간통은 위자료를 지급해야 할 사유라는 거지. 그리고 그게 소송 결과의 잣대가 되고. 커크는 다른 사람들 눈에 어떻게 보이는지가 정말 중요한 사람이잖아."

"아니, 그렇지 않을걸." 내가 고개를 저으며 말했다.

"그래도 특정 부류의 사람들 앞에선 평판에 꽤 신경 쓸 텐데. 그래서 그놈의 자선사업인지 뭔지도 하는 거고."

"그럴 수도." 내가 말했다. "하지만 바로 그 사람들이 커크 일이라면 무조건 눈을 감아준단 말이야. 돈 때문이지. 사람들은 커크의 돈을 사랑하거든."

"알아." 그녀가 말했다. "구역질 난다."

우리는 아무 말도 하지 않고 흔들의자를 앞뒤로 흔들었다. 우리 앞으로 앞마당이 보였다. 앞마당에는 잔디밭이 펼쳐져 있고 아름다운 목련 나무가 서 있었으며 앞 베란다를 따라 하얀 수국이 줄지어 심겨 있었다. 그 소박한 풍경에다 꽃에 내려앉아 퍼덕이는 노랑 나비까지 보고 있노라니 마치 어린아이가 그린 한 폭의 그림처럼 보였다. 줄리도 같은 광경을 보고 있는 것 같았다. 우리 둘의 시선은 어룽거리는 햇빛 속을 드나들며 움직이는 나비를 따라가고 있었다.

"네가 내 변호사 해줄 거지?" 내가 말했다.

줄리가 한숨을 쉬었다. "모르겠다, 니나."

"모른다니, 무슨 소리야? 넌 내 가장 친한 친구인 동시에 테네시주 변호사잖아." 나는 마른 웃음소리를 내었다.

"알지. 나도 네 사건을 맡는다면 기쁘겠지." 가만 보자, 줄리가 이 상황에서 '기쁘다'는 단어를 사용했다. "그리고 물론 내가 충분히 할 수 있는 일이고. 하지만 네겐 거물급 변호사가 필요할 것 같아서 말이야."

"거물급?" 내가 말했다. "왜 이래, 줄스. 너보다 더 큰 거물이 어디 있다고."

"그렇긴 해." 줄리가 웃으며 말했다. "하지만 내 말이 무슨 뜻인지 너도 알잖아. 고액 자산가와 연예인들을 전문으로 하는 변호사들이 따로 있다는 걸."

나는 고개를 저으며 말했다. "아니. 내가 원하는 건 너야."

"그래 알았어. 내가 할게. 너를 위해서라면 언제나."

나는 고개를 끄덕였다. "그럼 이제 어떻게 해야 해?"

"먼저 민간조사보고서부터 받아보고, 네가 수집할 수 있는 모든 정보를 모아야 해. 재정 정보, 은행 잔고증명서, 투자 내역, 자산명세서……. 결국에는 기록 제출을 요구하게 되겠지만 일단 네가 스스로 수집할 수 있는 것은 최대한 모아 두어야 해. 만반의 준비가 되면 그때 고소장을 접수하게 될 거야. 그러고나면 60일간의 의무 냉각기간이 주어지고, 그 기간이 지난 후면 알게 되겠지."

속이 뒤틀리는 것 같았다. "재판까지 가게 될 거로 보는 거야?"

"아마도 그렇게 될 거야."

"하지만 많이들 합의로 끝나지 않아? 조정이나?"

"맞아." 그녀가 말했다. "하지만, 과연 커크에게 조정이 통할까? 넌 어떻게 생각해? 타협이라는 말이 사전에 없는 사람이잖아."

"하긴. 꽤 충격받을 거야."

"아, 그 인간이 배신감을 느낄 것이다?" 그녀의 말투에서 경멸감이 뚝뚝 떨어졌다.

"너 그 사람 진짜 싫어하는구나. 그치?"

줄리는 나를 빤히 쳐다보았다. 자제하려고 애쓰는 얼굴이었다. 새 클라이언트를 위해서라기보다 오랜 친구를 생각해서. 그렇지만 결국 참지 못했는지 이렇게 말했다.

"그래." 그녀가 말했다. "나 그 인간 정말 싫어, 니나."

"언제부터?" 내가 물었다. 커크가 회사를 매각할 때부터라든가 하는 어떤 전환점이 분명히 있을 터였다.

"음…… 처음 만났던 날부터? 정확히는…… 미니골프장에서 속임수 쓰는 걸 본 순간부터."

하늘을 올려다보며, 아니 베란다에 앉은 채로 보이는 만큼의 하늘을 내다보며 밴더빌트 재학 시절 처음으로 커크에게 브리스톨을 소개하던 날을 떠올렸다. 그날 밤 찍은 사진도 있다. 카메라 달린 전화기를 들고 다니기 이전의 일이었기 때문에 특별한 사진이었다. 블러프시티 고속도로변에 위치한 '퍼트-퍼트 펀 센터' 미니골프장의 낡은 주차장에서 찍은 그 사진 속에는 커크, 줄리, 애덤 그리고 내가 서 있다. 브리스톨 출신 세 명은 운동화에 티셔츠 차림이지만 커크는 폴로 셔츠와 카키 바지에 모카신 드라이빙슈즈를 신고 있었다. 당시 나는 드라이빙슈즈를 보며 고무바닥을 붙인 우스꽝스러운 로퍼라고 생각했었다.

"커크가 대체 뭘 어떻게 했길래 그래?" 그가 발로 공을 밀거나 몰래 한 번 더 치는 그림이 그려졌다. 사람들이 미니골프에서 흔히들 하는 속임수 장난.

"그날 점수 계산은 당연히 커크가 했지." 그녀가 말했다. "그런데 그가 자기 점수를 내려 적는 걸 애덤이 발견했어. 아주 노골적으로 그러더래."

"그랬구나. 그리고 또?" 내가 말했다.

"'그리고 또'라니? 속임수 말고 다른 게 더 필요해?" 그녀가 눈썹을 치켜올리며 물었다. "그 인간의 '개떡 같은 인격 말고 또'라고 묻기라도 하는 거야?"

"그게 아니라 또 기억나는 게 뭐가 있냐고 묻는 거야." 아주 조금 방어적인 기분이 들었다. 커크를 방어하고 싶은 마음은 전혀 없었다. 하지만 그 작은 사건 하나로 그의 인격 전체에 결함이 있다고 여긴다는 게 마음에 걸렸다. "미니골프장 사건 말고 또 어떤 게 있었는지 궁금해서 그래."

"니나, 미니골프는 말이야." 줄리가 정색을 하고 말했다. "인생에 비유될 수 있어."

나는 미소를 지으며 말했다. "아, 그래?"

"그래. 내 말은, 한번 생각해 봐. 그 자체를 진지하게 받아들이느냐, 아님 과도하게 진지한 것으로 받아들이느냐, 즐기고 있느냐, 점수를 신중하게 매기고 있느냐, 졌을 때 화가 나느냐, 속임수를 쓰느냐, 만일 속임수를 쓰다가 걸렸을 때 어떻게 반응하느냐, 멋쩍어하느냐, 미안해하느냐, 처음부터 다시 하느냐, 이런 것을 생각해 보라고."

나는 양손을 들어 보이며 말했다. "그래, 알았어, 무슨 말인지. 그렇지만 내 말은, 아내를 두고 바람을 피우는 것은 미니골프에서 속임수를 쓴 것보다는 좀 더 심한 일인 것 아니냐는 거야. 난 커크가 그때만 해도 그렇게 나쁜 사람은 아니었던 것 같거든." 내가 말했다. "어쨌거나 내가 사랑에 빠진 남자였잖아. 안 그래?"

"정말?" 그녀가 물었다. 단순한 의심 이상의 표정이었다.

"어…… 그렇지. 그 사람이랑 결혼까지 했잖아, 줄리." 내 귀에도 참으로 어처구니없는 대답이었다. 지금 우리 두 사람에게 일어나고 있는 일을 생각하면 더욱 그랬다.

줄리 귀에도 그렇게 들린 모양이었는지 눈썹을 치켜올리며 내 다음 말에 귀를 기울였다.

"내 결혼 생활 전체를 후회하지는 않아. 그랬다간 펀치의 존재를 부정하는 게 되니까. 나는 그냥, 지난 몇 년간이 안타까울 뿐이야. 커크가 회사를 매각한 이후로 말이야. 그때부터 그 사람이 변해버린 것 같아." 나는 차마 돈 얘기를 직접적으로 꺼내지는 못했다.

줄리가 고개를 끄덕이며 말했다. "그래. 네 말대로 그 인간이 그 이후에 더 심해진 건 사실이야. 더 거만을 떨고 더 특권층 행세를 하더라. 그런 말 있잖니? 돈이 그 사람의 본성을 드러나게 한다?"

"그래." 내가 말했다. "그 비슷한 말 있지."

줄리는 수수께끼라도 풀듯 잠시 생각에 잠기더니 이렇게 말했다. "생각해보니까 지난 십여 년간 내가 커크와 한 자리에 있었던 게 30분을 넘은 적이 없는 것 같아. 매번 '전화할 데가 있어서'라며 자리를 뜨곤 했으니까." 그녀는 커크의 굵은 목소리를 흉내 내며 말했다. "제 잘난 맛에 사는 재수 없는 자식."

나는 그 말에 몸이 움츠러들었다. 줄리 말대로였다. 커크는 한시도 전화를 내려놓지 않고 산다. 솔직히 전화를 들고 있지 않은 커크의 모습을 보는 것은 매년 열리는 마스터스 골프대회가 유일하다. 휴대전화 소지가 철저히 금지된 행사이기 때문이다. 거기선 제아무리 돈이 많고 권력이 많아도 소용없다. 그가 존중하는 몇 안 되는 규율 중 하나이기도 하다. 그 행사가 갖는 엘리트주의적 성격을 고려하면 사실 그리 놀랄 일도 아니다.

"그러니까, 세상에 그렇게 중요하신 분이 따로 없지. 허먼 프랭클도 그러지는 않아. 진짜 잘나가는 뇌전문의인데도 말이야." 줄리는 우리 학년 졸업생 대표를 언급했다. 두 사람은 여전히 친구다.

"걔는 다른 사람이 먼저 얘기를 꺼내지 않으면 절대 자기 일 얘기는 하는 법이 없어. 온콜 대기 중인 날에는 누굴 만날 약속도 잡지 않아. 자리에서 먼저 일어나는 실례를 범하고 싶지 않아서."

계속 얘기하라고 두면 밤을 새울 판이었다. 한편으로는 내 남편 얘기라 당황스럽기도 했다. 그리고 그렇게 오랜 세월 동안 그런 행동을 참아온 나 자신도 한심스러웠다. 하지만 동시에 줄리의 비난을 듣고 있으니 마음이 편해지는 느낌도 들었다. 테라피를 받는 것 같기도 하고 속 시원하게 확인 도장을 받는 것 같기도 했다.

"정말 참아줄 수가 없는 속물이야." 줄리가 말을 이었다. "니나, 그러니까 내 말은, 커크의 금전적 여유는 됐다 치자고. 그건 나도 이해해. 좋은 호텔에 비행기 일등석을 살 형편이 된다, 그러면 좋은 호텔에서 자고 일등석 타고 다니는 거지. 그건 나라도 그럴 형편이 되면 그러고 싶지. 그런 면에서 지금 나는 커크가 가진 돈이나 성공 그리고 그로 인해 누리는 온갖 혜택에 대한 반감으로 이러는 게 아니야. 하지만 문제는 자기에게 높은 계급이라도 있는 것처럼 행동한다는 점이야. 자기나 자기 같은 부자 백인 남자들이 우리보다 진짜 나은 사람들인 줄 착각하고 산다는 게 꼴 보기 싫은 거야."

"나도 알아." 나는 기어들어 가는 목소리로 대답했다. 그가 열심히 벌어 먹고사는 보통 미국인들을 얕보며 함부로 던지는 말들이 떠올랐다. 스포츠 경기장이나 놀이동산이나 동물원 등에서 만날 수 있는 그런 이들 말이다. 그는 그런 이들을 대중이라고 부르곤 했는데 그 말은 그나마 점잖은 표현이었다. 종종 그의 입에서 하층민, 쓰레기들, 노동자 계급, 서민층 따위의 표현이 거침없이 나오곤 했다. 그럴 때마다 그는 농담인 척했지만, 그 안에 담긴 정서만은 진심이었다. 커크가 그 사람들에게 느끼는 감정이 바로 그러했기 때문이다. 커크는 "그 사람들"에게까지 널리 알려진 일에는 흥미를 잃었고 또 그들이 북적이는 곳에는 절대로 가고 싶어 하지 않았다.

디즈니월드도 그랬다. 핀치가 어렸을 때 나는 그렇게 핀치를 디즈니월드에 데려가고 싶어 했다. 하지만 커크는 꿈쩍도 하지 않았다. 커크가 VIP들을 위한 투어가이드가 존재한다는 사실을 알기 전까지 그랬다. 유명 영화배우들이 쓰는 서비스였다. 모든 놀이기구는 별도의 통로를 이용하여 바로 들어간다. 어떤 경우에도 줄을 설 필요가 없다. 한마디로 평민들과 마주칠 일 없게 해주는 서비스인 셈이었다. 그럼에도 그는 굳이 "너무 게을러서 걷지 않고 스쿠터를 타는 칠면조 다리를 한 뚱보들"이라는 코멘트를 잊지 않고 했다. 더 끔찍한 것은 그가 핀치가 듣는 데서도 그런 말을 서슴지 않고 했다는 점이다. 그럴 때면 내가 나서서 남편을 조용히 시키거나 아니면 대놓고 지적하곤 했지만 그래도 아빠의 그런 사고방식이 아들에게 영향을 미칠까 봐 전전긍긍했었다.

줄리는 입술을 삐죽거리며 듣더니 한술 더 뜨며 맞장구를 쳤다. "그리고 그 인간은 돈 많은 사람들에게만 관심이 있지, 돈 없으면 완전 투명 인간이야. 잠시도 시간을 할애하려고 하지 않아. 너, 커크가 나한테 내 일에 관해 단 한 번도 물어본 적 없는 거 아니? 변호사인 내게도 그랬는데 애덤에겐 어땠겠니. 그 인간에게 소방관 일은, 뭐라고 해야 하나…… 아, 모르겠다." 그녀는 두 손을 하늘로 치켜들었다. 줄리가 마땅한 단어를 찾지 못하다니, 흔치 않은 일이다.

"감옥에 갇힌 것과 다를 바 없는 삶?" 내가 말했다.

"바로 그거야." 그녀가 말했다. "그리고 그게 어떤 감옥이냐에 따라 달라지겠지. 그 인간 눈에는 편안한 연방 교도소에 들어간 화이트칼라 범죄자들의 삶이 소방관보다 나을걸?"

나는 고개를 끄덕였다. 실제로 커크는 다단계 금융사기인 폰지 사기에 연루되어 감옥에 다녀온 이웃인 밥 헬러를 여전히 지지하고 있으니 말이다. 커크에게 긍휼, 구제, 용서 등의 마음이 있어서가 아니라 (차라리 그랬더라면 더 나았을 텐데) 밥 헬러를 '남의 돈을 그렇게까지 떼먹은 것'도 아닌데 '부당한 대우'를 받은 '선량한 사람'으로 여겼기 때문이었다.

"그러면 애덤도 커크를 싫어하겠구나?" 그렇게 묻고 생각해보니 두 사람이 우리 얘기를 오죽 많이 했을까 싶었다.

줄리는 어깨를 으쓱했다. "애덤이 커크를 싫어한다고 말하기는 어렵다. 싫어할 만큼의 관심도 없으니까. 그리고 솔직히, 그 인간이 내 가장 친한 친구와 결혼하지 않았더라면 나 역시 그랬을 거야. 난 순전히 너 위해서 그 인간 싫어하는 거다. 핀치를 위해서이기도 하고."

바로 그거였다. 되돌아갈 수 없는 지점. 나를 위해 커크와 이혼하는 게 어렵다면 내 아들을 위해서라도 해야 한다는 걸 깨달았다. 내가 이 결혼 생활을 유지한다면 커크가 하는 모든 일에 암묵적으로 동의하는 꼴이 되고 말 것이다. 자기 아버지의 특권의식과 이기주의가 언제까지나 승승장구하지는 않는다는 걸 핀치도 볼 필요가 있다. 그렇게 사는 방법 말고 다른 길도 존재한다는 사실을 아들에게 보여주어야 한다.

눈물이 핑 돌았다. 다시 집어 넣어볼까 하여 눈을 깜빡여봤다. 강해지자고, 내가 나에게 말하고 싶었다. 하지만 마음대로 되지 않았다. 줄리가 다른 데를 봐주면 좋으련만. 울음이 터질 때 많은 이들이 그렇게 하듯이. 아무리 가까운 사이더라도 말이다.

하지만 줄리는 눈길을 돌리지 않았다. 대신 그녀는 내 눈을 똑바로 바라보며 내 손을 꼭 붙들고는 때가 되었다고 말했다. 빌어먹을 때가 무르익었다고, 이제 더 이상은 커크가 너를 무시하지 못할 것이라고….

18

라일라

 핀치가 나더러 집에 놀러 오라고 했을 때, 그리고 집에 부모님이 안 계신다고 말해주었을 때, 나는 핀치와 키스할 가능성이 커졌다고 생각하긴 했지만, 그 이상까지는 생각하지 않았었다.
 짚고 넘어가자면, 나는 처녀가 아니다. 그렇다고 헤픈 여자도 아니다. 지금까지 단 한 명하고만 섹스를 해봤을 뿐이다. 그의 이름은 케일럽 킹. 같은 중학교를 다니긴 했지만 나보다 1년 선배였기에 그때는 잘 모르는 사이였다. 중학교 졸업 후 그는 집 근처 공립학교인 스트래트포드 고등학교로 진학했고 나는 그다음 해에 윈저에 들어왔기 때문에 작년 봄이 되기까지 그의 존재에 대해서는 까맣게 잊고 있었다. 우리는 더 걸치에 있는 어번아웃피터스에서 쇼핑을 하다가 우연히 마주쳤는데 처음엔 그를 알아보지 못했다. (나는 쇼핑할 때 쇼핑에 매우 집중하는 편이다.) 그런데 그가 내 어깨를 두

드리더니 먼저 말을 걸었다. "어, 너, 데일우드 중학교 다니지 않았니?"

나는 살까 말까 고민하고 있던 티셔츠를 내려놓고 이렇게 말했다. "맞아. 안녕. 케일럽? 맞지?"

"그래. 맞아." 그가 내게 미소를 지으며 말했다. "네 이름은……레일라?"

나도 미소를 지으며 대답했다. "거의 맞췄네. 라일라."

그는 내게 고등학교를 어디 다니냐고 물었고 이후 우리는 간단한 호구조사를 끝냈다. 그리고 그는 내게 눈이 예쁘다고 말했다. 우리는 그 자리에서 그렇게 몇 분 더 시시덕거렸는데 그가 내게 나중에 따로 만나고 싶다고 말했다. 그의 관심에 기분이 좋아진 나는 그러자고 하고는 그에게 내 전화번호를 건네주고 헤어졌다.

덕분에 한껏 기분이 좋아졌는데 그 광경을 못마땅하게 지켜보던 그레이스가 다가오더니 케일럽을 까기 시작했다. 귀찮게 군 것도 모자라 너무 들이대더라는 것이었다. 그가 좀 적극적인 것은 사실이었지만 나는 그레이스가 케일럽이 흑인인 것에 거부감을 가졌다는 인상을 떨칠 수 없었다. 나는 그레이스가 인종차별을 한다고 느낀 적이 없었기에 깜짝 놀랐다. 그레이스는 학교 친구인 해티(백인이다)가 로건(흑인이다)과 사귀는 것을 두고 뭐라고 한 적이 없었기 때문이다. 실제로 그레이스는 둘 사이에 아기가 생기면 정말 귀여울 것 같다고 말한 적도 있단 말이다. 그래서 나는 일단 그녀의 말에 귀를 기울이기로 했다. 그녀 입에서 빈민가라는 말이 나오기 전까지.

"빈민가라니?" 내가 말했다. "케일럽은 우리 동네 사람인데."

"실제로 사는 동네가 그렇다는 게 아니라," 그레이스는 실제 사전적 정의는 무시한 채 말을 이었다. "내 말은 그러니까…… 걔 스타일이 그렇다고."

"스타일이 어때서?" 내가 말했다. 그도 우리와 똑같은 가게에서 쇼핑하고 있지 않았나.

"그 금목걸이는 뭐냐?"

"금목걸이를 잘 소화하는 남자들도 있어." 나 역시 남자들이 장신구 하고 다니는 것은 질색이긴 하지만.

"그럴 수도 있지. 브래드 피트나 로버트 패틴슨이라면 오케이."

"둘 다 백인이네?" 비난의 경계선에 있는 아슬아슬한 질문이었다.

그레이스가 뭐라도 반박을 할 줄 알았는데 내 질문이 너무 미묘해서 알아채지 못한 건지 아니면 그 안에 담긴 의미 따위는 신경 쓰지 않는 건지 그녀는 어깨를 으쓱하며 금세 패를 내려놓았다. "알았어. 그러면 그 목걸이까지는 오케이. 하지만 그 똥싼 바지를 소화해 낼 인간은 정말 없다." 그레이스는 그렇게 말하고 계산대로 걸어갔다. 손에 든 일곱여 벌의 옷 중에 세일 상품은 없었다.

"그렇게 똥싼 바지는 아니던데." 내 손에는 아무것도 없었고 잔뜩 짜증도 난 상태였다. "그냥, 헐렁한 스타일?"

"뭐가 다름?"

"다른 건…… 바지가 벗겨지는 중이 아니었단 거?" 나는 케일럽이 걸어가는 뒷모습을 분명히 봤었다. "적어도 팬티는 안 보였어. 전혀."

그레이스가 어깨를 으쓱했다. "그래도. 네가 아까워. 완전." 그러더니 내가 인생에서 목표를 더 높이 잡아야 한다는 둥, 그래서 윈저까지 온 것 아니냐는 둥, 설교를 늘어놓기 시작했다.

다 내가 잘되길 바라는 마음에 그레이스가 저런다는 것을 잘 알고 있었다. 어쩌면 케일럽에 대해 못마땅하게 여기는 데에는 콕 집어서 말할 수는 없지만 분명 이유가 있어서 그럴 것이라는 생각도 들었다. 그럼에도 나는 케일럽에 대한 그녀의 태도가 정말 무례했고 내게도 깔보는 듯한 태도를 보인 것 같아 기분이 나빠졌다. 그레이스가 나를 애완견 취급한다는 느낌을 받은 것이 이번이 처음은 아니었다. 나랑 놀아주는 것도 불쌍한 여자애 하나 건져서 품어주려고 그러는 것 같았다. 나를 좋아해서라기보다 내가 도움이 필요한 아이라고 느껴서다. 벨 미드 중심에 사는 부유한 백인 여자아이의 도움. 아빠가 나를 윈저에 보낸 것은 내가 만날 남자의 수준을 높이기 위해서가 아니라 보다 나은 교육을 위해서였다고 말해주고 싶었다. 그게 전부라고. 하지만 그런 소릴 해봐야 소용없겠다는 생각이 들었다. 사실 그레이스가 없었다면 나는 어찌 되었을까. 그걸 생각하면 괜히 인종 운운하거나 작은 일을 크게 부풀려서 우리의 우정에 금이 가게 하고 싶지 않았다. 완벽한 사람이 어디 있겠어?

그렇지만 그해 여름, 나는 케일럽과 만나기 시작했다. 그레이스에게는 케일럽과 있었던 일 전부를 들려주지는 않았다. 그냥 친구로 지내는 정도로만 해두었다. (사실 우리가 만난다는 얘기를 아예 하지 않을 수도 있었지만, 케일럽이 목에 걸고 다니는 금목걸이의 펜던트가 이미 세상을 떠난 할머니의 것이라는 사실을 그레이스에게 전하는 희열을 느끼고 싶었다.) 그리고 아빠에게는 케일럽의 존재를 숨겼는데 아빠가 남자 얘기만 나오면 과민반응 보인다는 것을 잘 알았기 때문이다. 게다가 상대가 나보다 나이가 많으면 그냥 친구가 아니라고 생각하는지 과민반응이 더욱 심해졌기에 아빠를 괜히 걱정시키지 않기로 했다. 그래서 나는 아빠가 일하러 나가기를 기다리거나 혹은 베이비시팅 아르바이트를 가는 척하면서 자전거를 타고 3킬로미터를 달려 케일럽의 집에 가곤 했다. (그의 엄마는 회사 리셉션 데스크에서 근무했기에 우리 아빠와 달리 근무 중에 집에 불쑥 돌아올 가능성이 제로였다.)

어쨌건, 케일럽과 나는 그렇게 친해졌다. 알고 보니 그는 빈민가(전혀 거리가 멀었다)가 아닌 좀 괴짜(좋은 쪽으로 별난 면이 있었다)에 가까웠고 우리는 함께 웃긴 유튜브 영상을 보거나 보드게임을 하며 시간을 보냈다. 물론 우리는 많은 시간 부둥켜안고 있었고, 그러다 보니 날이 갈수록 섹스가 점점 필연적으로 느껴졌다. 그러다 내가 어느 날 그에게 하고 싶다고 말하기에 이르렀다.

내가 상상했던 로맨틱한 순간은 확실히 아니었다. 우리는 사랑한다는 말을 주고받기는커녕, 사귀자는 얘기 한번 오간 적 없었기 때문이었다. 그럼에도 내게는 충분히 정당한 행위로 느껴졌다. 점검표의 주요 항목에 다 체크가 된 것 같았다. 하나, 성병 위험에 있어서 케일럽은 안전했다. (나를 만나기 전 두 명의 여자와 관계를 했었는데 모두 무사했으니 말이다.) 둘, 그는 나와의 일을 떠벌릴 스타일이 아니었다. (더구나 우리의 친구들이 겹치지 않기도 하다.) 그리고 셋, 나는 막 열여섯이 되었고 처녀성을 잃기에 딱 알맞은 나이가 된 것 같았다. (열다섯은 너무 이르다.) 마지막 남은 나의 가장 큰 걱정은 바로 임신. 케일럽은 콘돔을 사용해도 되지만 그러면 충분히 느낄 수가 없어서 좋아하지는 않는다고 했다. 나는 그의 즐거움을 극대화시켜 줄 생각은 없었지만, 콘돔이 찢어져서 일어났다는 사고에 대해서는 충분히 들은 바 있었다. 그래서 나는 피임약을 먹기로 했다. 그리고 나는 이 일로 조언을 구해도 나를 판단하지 않을 유일한 사람에게 전화를 걸었다. 바로 엄마였다.

며칠 뒤 엄마는 '산아 제한'이라는 응급 임무를 띠고 우리 동네에 들이닥쳐 나를 깜짝 놀라게 했다. 그리고 엄마는 미리 예약해 둔 가족계획연맹이라는 단체에 나를 데려갔다. LA에서 여기까지 오는 비행기표가 비싸다는 걸 잘 알기 때문에 그렇게 와준 엄마가 고마웠다. (엄마가 그 얘기를 최소 세 번은 했던 것 같다.) 동시에, 하고많은 적극적 엄마 노릇 중에 군이 이걸 선택했다는 게 좀 이상하기도 했다. 엄마는 이런 걸 '통과의례'라고 한다면서 잔뜩 들떠 있었다. 그러면서도 케일럽에 대해서는 단 한 마디도 묻지 않았다. 상대가 누구냐는 전혀 중요하지 않다는 듯이. 어쩌면 엄마는 그저 아빠를 이겼다는 사실에 즐거웠던 걸 수도 있다. (그렇게 생각하니 아빠에게 미안했다.)

어떻든 간에 나는 이게 엄마나 아빠와는 상관없는 문제라고 자신을 타일렀다. 섹스하겠다는 것은 어디까지나 나의 결심이며 중요한 것은 내가 이 결정에 책임을 지고 있다는 사실이었다. 지시에 따라 7일 동안 피임약을 복용한 뒤 우리는 대낮에 케일럽의 트윈 베드에서 섹스를 했다. 완전 아팠고 피까지 나오니 당황스럽고 구역질이 났다. 하지만 케일럽은 정말 차분하고 친절했다. 그는 인내심을 가지고 천천히 해주었으며 피에 대해서 징그럽게 생각할 필요 없다고 거듭 말해주었다. 또한, 세탁은 자기가 직접 하므로 자기 엄마가 침대 시트를 볼 일은 없을 것이라며 나를 안심시켜주었다. 어쨌건 첫 경험 이후 나는 섹스가 과장 광고된 면이 있다는 결론을 내리긴 했지만, 그래도 케일럽 덕분에 성공적으로 마칠 수 있었다. 후회스럽지도 않았고 또 첫 상대를 케일럽으로 정한 것은 잘한 일 같았다.

이후 몇 달에 걸쳐 우리는 열한 번의 섹스를 더 했고 뒤로 가면 갈수록 나는 그에게 빠져들기 시작했다. 하지만 개학과 함께 우리는 학교로 돌아갔고 둘 다 학교 일로 바빠지면서 연락이 뜸해지다가 마침내 그가 잠수를 타버림으로써 우리 관계는 끝이 났다. 그일로 나는 상처를 좀 받았지만, 그건 마음의 상처라기보다는 자존심에 난 스크래치였는데, 뻔한 소셜미디어 스토킹을 통해 그에게 정식 여자친구가 생겼다는 사실을 알게 되었기 때문이었다. 하지만 내가 그 일을 비교적 빨리 극복한 것은 핀치를 흠모하기 시작한 덕분이었다.

그리고 지금, 콘서트 다음 날 핀치의 차에 올라타면서 그를 향한 내 마음이 강렬해지는 걸 느꼈다. 내가 케일럽에게 가졌던 그런 감정, 심지어 그와 섹스하고 난 후에 내가 느꼈던 감정보다 훨씬 더 강렬한 것이었다. 희한하게도 지난밤 우리가 다퉜던 것이 핀치를 향한 내 감정에 더 불을 지핀 것 같았다.

"안녕." 내가 말했다. 급하게 준비하기도 했지만, 무엇보다 아빠가 집으로 돌아오기 전에 집을 나서야 한다는 생각에 서두르느라 숨이 찼다. "다시 만났네요."

말하고 나니 참 허접하게 들렸다. 하지만 핀치는 내게 미소를 보내며 말했다. "그러네. 다시 만났네."

나는 도로를 확인하고는 다시 고개를 돌려 뒤를 확인했다.

"괜찮은 거야?" 핀치가 물었다.

"네. 그냥 가요." 나는 멋쩍게 웃으며 그에게 출발하라는 손짓을 했다. "아빠한테 그레이스와 공부한다고 말했거든요."

"그랬구나." 핀치는 그렇게 말하며 정차된 차를 출발시켰다. 그가 입은 옷을 재빨리 훑어보니 회색빛 윈저 운동복 바지에 요트 그림의 로고 같은 것이 있는 티셔츠를 걸치고 아디다스 삼선 슬리퍼를 신고 있었다. 어젯밤과 꼭 같이 여전히 멋져 보였다. 이렇게 편안하게 입어도 섹시할 수 있다니 놀라울 따름이다.

그는 내 시선을 느꼈는지 세상에서 제일 귀여운 미소를 날려주었다. "무슨 생각해?" 그가 말했다.

"아무것도요." 나는 그렇게 말하며 웃어 보였다. 정말 아무 생각도 하고 있지 않았다. 감상하느라 너무 바빴을 뿐이다. 모든 게 너무나도 좋았다.

핀치는 자기네 동네 쪽으로 운전해가면서 오디오를 켰다. 플레이리스트를 이리저리 돌리며 나더러 듣고 싶은 노래가 있냐고 물었다.

"루크." 내가 말했다. 어쩐지 우리의 음악 같아서였다. 우리의 주제곡.

그는 고개를 끄덕이며 〈Drunk on You〉를 틀고는 노래를 따라 흥얼거렸다. 참 형편없는 목소리였는데 어쩐지 내 눈에는 그것까지 사랑스러웠다.

일요일 내슈빌의 도로는 별로 막히지 않는다. 특히 다들 교회 가고 없는 시간엔 더욱 그랬다. 몇 곡도 채 못 들었는데 우리는 벌써 핀치의 집 진입로에 들어서고 있었다. 그의 집은 정말 대단했다. 그레이스나 보의 집보다 훨씬 더 크고 아름다웠다. 많은 것을 말해주는 광경이었다. 그가 대단한 부잣집 아들이라는 것을 익히 알고 있었는데도 나는 완전히 넋이 나갔다. 왠지 눌리는 기분마저 들었다.

우리는 차에서 내려 현관으로 걸어갔다. 그는 현관문을 따고는 나더러 먼저 들어가라고 손짓을 했다. 경보음이 울리기 시작했지만, 그가 재빨리 키패드에 비밀번호를 입력하니 곧 잠잠해졌다.

"자," 그가 문을 닫으며 말했다. "뭐하고 싶어?"

나는 어깨를 으쓱했다. 현관 입구가 말도 안 되게 화려했다. "뭐든. 부모님은 어디 가셨다고 했죠?" 내가 물었다. 사실 그는 한 번도 그 말을 한 적이 없었다.

"엄마는 브리스톨에." 핀치가 말했다. "엄마의 고향이야."

"브리스톨 출신이시라고요?" 왠지 그녀는 뉴욕이나 캘리포니아 같이 좀 더 도시적이고 세련된 곳 사람일 줄 알았다.

"그래. 가난한 집에서 자라셨어." 그는 아무렇지도 않다는 듯이 말했다.

"아." 그가 말하는 '가난한 집'이란 어느 정도를 두고 말하는 것일까 궁금해졌다. 나도 혹시 그 카테고리에 들어가려나? 하지만 그건 중요한 게 아니라고 자신을 타일렀다. 과도한 생각은 금물이다. "그럼 아버지는요? 지금 어디 계세요?"

"아빠는 지금 텍사스에서 오는 중. 비행기가 도착하려면 몇 시간은 더 있어야 할 거야."

"아, 잘됐네요." 나는 핀치를 따라 복도를 지나 주방으로 걸어 들어갔다. 온통 하얗게 꾸며진 너무나 예쁜 주방이었다.

"뭐 마실래?"

처음에는 술을 말하나 싶었다. 하지만 곧 이어진 질문을 듣고 이해했다. "차? 주스? 우리 집에 오렌지 주스와 자몽 주스가 있는 것 같던데. 아니면 그냥 물?"

나는 물이면 된다고 말했다.

"스파클링? 아니면 그냥?" 할머니가 한번 데려가 준 적 있는 진짜 고급스러운 레스토랑에서나 들어볼 법한 질문이었다.

"뭐든 좋아요. 그냥 물이면 될 것 같아요." 아일랜드 식탁에 얹은 거대한 대리석 상판이 지도처럼 보였다. 대리석의 돌결이 아빠가 가진 과도하게 큰 종이 지도에 그려진 차선들 같았다.

핀치는 어마어마하게 큰 스테인리스 냉장고 문을 열더니 스마트워터 두 병을 꺼냈다. 한 병은 내게 주고 다른 한 병은 뚜껑을 따서 마셨다. 나도 따라 했다. 우리는 동시에 물을 목으로 넘기고는 서로를 보며 미소를 지었다.

"지하실로 가자." 핀치가 말했다.

나는 그러자고 말하다가 케일럽의 지하실이 떠올랐다. 마무리가 되지 않아 바닥은 시멘트 바닥이었고 벽은 콘크리트 벽돌이 그대로 보이는 곳이었다. 고양이 오줌 냄새, 곰팡내 그리고 세제 냄새가 나는 곳이었다. 핀치의 지하실은 그럴 리 없다는 걸 잘 알았지만, 핀치가 지하실의 불을 켜는 순간 완전히 정반대의 광경이 펼쳐져 나는 그만 큰 소리로 웃음을 터뜨릴 뻔했다.

"내 아지트에 온 걸 환영해." 그가 말했다.

"와아." 쿨한 척하기엔 너무나 멋진 광경이었다. "진짜 죽인다."

그는 고맙다고 말하며 겸손한 미소를 지어 보였다. 그리고는 소파로 가서 앉더니 자기 옆자리를 손바닥으로 두드리며 오라는 신호를 보냈다. 나는 그를 따라 그의 옆자리에 앉았다. 우리 두 사람의 다리 사이로 겨우 몇 센티미터의 공간만 남아있을 뿐이었다.

"좋아하는 영화 있어?" 그는 우리 앞의 커피 테이블 위에 놓인 세 개의 리모컨 중 한 개를 집어 올리며 물었다. 그는 TV를 켜더니 영화 목록을 뒤지기 시작했다.

"별로." 내가 말했다. 나는 아무 생각도 나지 않았다. 지금 영화 같은 건 생각하고 싶지 않다.

"아무거나 골라 봐. 뭐든." 그가 말했다. 하지만 스크롤 속도가 얼마나 빠르던지 나는 도통 영화 제목들을 읽어낼 수가 없었다.

간신히 생각해낸 영화라고는 〈퀸카로 살아남는 법〉뿐이었다. 잠시 후 영화가 시작되면서 오프닝 크레딧이 나왔다. 너무 많이 본 영화라 사실 거의 외우다시피 하는 크레딧이었다.

핀치는 다리를 커피 테이블 위로 올리더니 또 다른 리모컨으로 순식간에 모든 전등을 꺼버렸다. 지하실은 순식간에 개인용 영화

관으로 변신했다. 조금 있으니 그가 슬금슬금 내 곁으로 다가와 두 사람의 다리 사이 간격은 점점 좁아지는 중이었다. 그가 내 손을 잡더니 팔 전체를 내 허벅지 위에 올렸다. 너무나 자연스럽고 편안한 분위기였지만 내 심장은 가슴에서 쿵쾅거렸다. 그러다가 그가 자신의 엄지로 내 엄지손가락을 쓰다듬기 시작하자 내 심장은 미친 듯이 달리기 시작했다.

우리는 오랫동안 그렇게 있었다. 손을 잡고 영화를 보며 함께 웃었다. 친밀하고 굉장한 기분이었지만 그렇다고 성적인 분위기는 아니었다. 이러다가 과연 그가 내게 키스하는 순간이 오려나 하는 의구심이 들었다. 그러다가 4자 통화를 하는 장면에서 (내가 제일 좋아하는 장면이다) 그가 일시 정지 버튼을 누르더니 이렇게 말했다. "저 못된 년들을 보니 폴리와 그 친구들이 생각나네."

나는 웃음을 터뜨렸지만, 그의 얼굴을 보니 완전 심각한 얼굴이었다. 갑자기 화가 난 것 같았다.

"그렇네요." 내가 말했다. "나도 그래요."

그가 다시 재생 버튼을 누르려나 했지만 그러지 않아서 오히려 다행이라고 생각했다. 대신 그는 내 손을 놓더니 물병을 집어 들었다. 그가 물을 마시는 사이 나는 무슨 일이 일어날지 예상할 수 있었다. 그래서 나 역시 물을 한 모금 마시며 마음의 준비를 했다. 그 뒤로는 매끄럽게 이어졌다. 그는 나를 향해 몸을 45도 각도로 돌리더니 팔을 내 등 뒤로 뻗어 소파 등받이에 걸쳤다.

"안녕." 그가 속삭였다. 나 역시 그를 향해 몸을 돌렸다.

"안녕." 나도 대꾸했다. 어지럼증이 일어났다.

그는 몇 초간 내 눈을 뚫어지게 바라보더니 눈을 감았다. 우리의 얼굴이 점점 가까이 다가갔고 마침내 그 일이 일어났다. 핀치가 내게 키스를 하는 중이었고 나도 그 키스에 반응하고 있었다. 꿈이 이루어졌다고 말하자니 너무 저급하게 들리지만 그게 사실이었다. 내가 밤마다 잠들기 전에 수도 없이 상상했던 바로 그 일이 지금 일어나는 중이었다.

차이가 있다면 실제가 상상보다 훨씬 좋다는 점이었다. 그는 계속해서 내게 키스를 했고 그 강도가 점점 세졌다. 마침내 우리는 나란히 누웠고 멈춘 TV 화면에서 나오는 빛을 통해 희미하게 서로의 얼굴을 볼 수가 있었다. 내가 TV를 힐끗 보니 핀치가 재빨리 알아채고 리모컨에 손을 뻗어 TV를 껐다.

우리 두 사람은 완벽한 암흑 속에서 키스를 했다. 그가 몸을 돌리더니 나를 자기 몸 위로 올렸다. 내 셔츠 속으로 손을 넣고는 어깨 쪽에서 아래로 내리며 내 등을 쓰다듬었다. 그의 두 손은 크고 강했으며 부드럽고 따스했다. 처음에는 분위기에 압도당하여 어떻게 반응해야 할지 몰랐지만 나는 곧 그의 움직임에 따라 골반을 움직이며 내 손을 그의 바지 뒤로 넣어 엉덩이를 만졌다. 내 손이 뻗을 수 있는 최대한이었다. 그의 몸은 훌륭했다.

우리는 그렇게 12세 관람가에 잠시 머물렀다가 다시 분위기가 고조되면서 그의 손이 내 브래지어 안으로 들어왔다. 몇 번의 시도 끝에 앞부분의 여밈을 풀었다. 그는 손으로 내 젖가슴을 움켜쥐더니 나더러 가슴이 완벽하다고 말해주었다.

그 칭찬에 한껏 대담해진 나는 몸을 일으켜 상의를 벗어버리고는 그의 위로 기어 올라가 그가 내 청바지를 벗길 수 있도록 올라탔다. 단추 여밈 청바지였기 때문에 시간이 너무 오래 걸려 결국 내가 스스로 바지를 벗어야 했다. 그 사이 그는 자신의 셔츠와 바지를 벗었다. 이제 남은 것은 그의 박서 팬티와 나의 빨간 빅토리아 시크릿 끈팬티뿐이었다. 혹시나 해서 골랐던 속옷이었는데, 그러길 천만다행이라는 생각이 들었다.

내 위로 올라간 그는 실크 속옷 위로 나를 만지며 그 기분이 얼마나 좋은지 얼마나 적당히 촉촉해졌는지를 내게 속삭였다. 그러더니 가운뎃손가락으로 팬티 주변을 쓰다듬더니 안으로 밀어 넣었다.

나는 등을 활처럼 구부리며 그의 손을 따라 골반을 들어 올렸다. 그렇게 하는 것이 기분이 좋아서이기도 했지만 그렇게 해야 섹시해 보일 것 같았다. 나는 그에게 섹시해 보이고 싶은 마음이 간절했다. 잠시 폴리를 떠올렸다. 나보다 더 섹시했겠지, 하는 생각이 들었다. 하지만 곧 나는 핀치가 폴리하고는 이렇게까지 흥분하지 않았을 것이라고 생각하기로 했다. 지금도 그가 부르는 이름은 폴리가 아니라 내 이름 아닌가.

"널 원해, 라일라." 그가 말했다. "죽도록 원해."

"나도 그래요." 내가 말했다.

"혹시…… 처음 아니지?" 핀치가 내 귀에 키스하며 속삭였다. 그의 숨이 닿으니 내 온몸이 전율했다.

나는 잠시 망설이다가 내 손으로 그를 움켜쥐는 것으로 답을 대신했다. 그가 신음하는 것을 보니 전략이 제대로 통한 것 같았다.

하지만 잠시 후 그는 잊지 않고 다시 물었다. "그러니까 처녀 아니란 거지?" 그가 재차 확인했다.

"아니에요." 나는 마침내 그렇게 말했다. 거짓말하고 싶지도 않았지만, 혹시나 내가 처녀라고 생각해서 그만둘까 봐서였다. 나는 멈추고 싶지 않았다.

19

니나

나는 줄리의 집을 나와 5킬로미터 떨어진 부모님 집으로 운전해 갔다. 때는 저녁밥 먹을 시간이었다. (나는 저녁밥이라는 말은 브리스톨에서만 쓴다. 브리스톨 외의 지역에서는 항상 '디너'라고 한다. 그게 만찬이건 간단한 요기이건 간에.) 곧 차는 우리 집이 있는 막다른 골목에 들어섰고 간이차고에 서 있는 아빠의 하얀 캐딜락 뒤에 차를 댔다. 나는 최대한 가벼운 분위기를 유지하자고 생각했다. 심각한 대화를 하기에는 내가 너무 지쳐있기도 했고 또 부모님을 섣불리 걱정하게 하고 싶지 않았다. 하지만 차고에서 집에 들어서는 순간, 엄마의 질문 공세가 시작되었다.

"일이라도 생긴 거니?" 현관문을 닫기도 전에 엄마가 한 첫 질문이었다.

"별일 없어요." 내가 말했다.

"그럼 웬일로 이렇게 갑작스럽게 온 거니" 엄마는 주방으로 들어가는 길목을 가로막고 서서 또 물었다.

나는 숨을 크게 들이쉬고 말했다. "엄마 보고 싶어서 왔죠. 줄리도 만나고. 줄리랑 좋은 시간 보내다가 오는 참이에요." 오늘 하루를 묘사하기엔 알맞지 않은 표현이라는 것을 잘 알지만 그렇다고 완전한 거짓말도 아니었다.

엄마는 호락호락하게 넘어갈 사람이 아니다. 엄마가 '초조하게 양손을 비비기' 시작하면 그게 신호였다. 그런 동작을 실제로 봐왔기에 말로만 있는 표현은 아닌 모양이다. "핀치나 커크는 뭐 하고 있길래?" 엄마가 미간을 찌푸리며 물었다.

"커크는 출장에서 돌아오는 길이에요. 댈러스에 갔었어요." 그렇게 말하는데 '자기야'라고 말하는 여자의 목소리가 귓가에 맴돈다.

"그럼 핀치는?" 엄마가 물었다.

"핀치는 공부할 게 있어서요. 곧 시험이에요."

나는 나무로 된 긴 의자에 가방을 내려놓았다. 그 의자는 내가 기억하는 순간부터 세탁실과 손님용 화장실, 부엌을 이어주는 뒤쪽 복도, 항상 그 자리에 있었다. 오빠와 나의 책가방, 장화, 운동가방을 두는 자리이기도 했다. 갑자기 극심한 향수가 몰려왔다. 내가 엄마를 생각하면 드는 이 느낌. 그녀의 성격을 정의할 때 쓸 수 있는 단어 향수. 엄마는 대체로 명랑한 사람이지만 과거에 파묻혀 사는 경향이 있었다. 우리 엄마가 자주 쓰는 말이 "너희들이 어렸을 때"라는 말이다.

나는 그 점을 이용하여 이렇게 말했다. "그럼, 딸이 엄마 아빠 보고 싶어서 좀 오겠다는데 꼭 이런 심문을 당해야만 올 수 있는 건가요?"

"아이고, 딸이라면 아무 때나 와도 되지." 어떻게 좀 빠져나가 보려는 내게 엄마가 말했다. "하지만 이 딸은 좀처럼 그런 일이 없어서 말이지."

사실 엄마 말이 맞았다. 지난 몇 년간 내가 브리스톨을 찾은 횟수는 손에 꼽았다. 엄마나 아빠의 생일이거나 큰 명절 때나 간신히. 그나마도 오지 못하는 날도 있었다. 그러다가 괜히 죄송한 마음에 평일에 잠깐 짬을 내서 찾아오기도 했다. 주말은 사교 모임이나 행사가 어찌나 많던지 어떻게 해도 시간을 낼 수가 없었다. "세상은 변하는 거죠." 나는 생각을 소리 내 말해 버렸다.

"그래?" 엄마가 눈썹을 치켜올리며 반응했다. 그 바람에 엄마의 레이더가 진짜로 켜졌다. "웬일로 그런 말을 다 하니?"

"글쎄요, 뭐 다 그렇죠. 핀치도 이제 곧 대학으로 떠날 거고요." 핀치가 무사히 프린스턴에 가게 되는지. "그러면 내게도 시간적 여유가 좀 생길 테니까요."

내가 그동안 부모님께 쭉 해왔던 말이었다. 나 스스로에게도 항상 했던 말이다. 그래놓고 몇 달이, 몇 년이 훌쩍 지나가곤 했다. 이 일만 지나면, 저 일만 끝나면. 핀치가 중학교를 졸업하면, 핀치가 운전을 할 수 있게 되면, 핀치가 대학에 가게 되면. 그런데 어쩐 일인지 삶은 점점 더 바빠지고 복잡해질 뿐이었다.

"얘, 무슨 일로 왔건 간에," 엄마가 말했다. "이렇게 보니 반갑고 좋구나."

"그래. 우리 딸을 이렇게 보니 아빠 엄마는 아주 행복하다." 아빠가 앞쪽 복도를 통해 부엌으로 걸어 들어와 나를 꼭 안아주며 말했다. 아빠는 낚시용 셔츠를 걸치고 있었다. 아빠는 낚시를 하지는 않았지만 셔츠에 달린 고리나 주머니들을 돋보기 걸이나 문구를 넣어두는 용도로 활용했다.

"저도요, 아빠." 스토브에서 아빠의 유명한 슬로피조*끓는 냄새가 났다. 뜯지 않은 원더 햄버거빵 봉지가 보였다. 원색의 동그라미 무늬가 박힌 포장은 어릴 적 보던 모습 그대로였다. 바로 옆 오븐용 팬에는 냉동 감자튀김이 해동되길 기다리며 들어앉아 있었다. 가만 보니 감자가 아니라 고구마다. 우리 엄마 수준의 고급 요리.

아빠가 우편물과 잡동사니 더미에서 메를로 와인을 끄집어내더니 마개를 열었다. 우리 집에서 와인이라니, 낯설었다. 자라면서 엄마 아빠가 술 마시는 것을 본 적이 없었지만, 저 잡동사니 더미는 항상 보던 모습 그대로다. 정말, 저렇게 쌓아놓고 살면서 필요한 것을 잘 찾아내시는 게 용할 뿐이다.

"와인 한잔하겠니?" 아빠가 물었다.

"아뇨, 괜찮아요." 나는 그렇게 말하고는 별생각 없이 부엌 끝에 위치한 가족용 거실을 들여다보았다. 너무나도 친숙한 장식품들, 쌓여 있는 잡지들과 신문뭉치들, 그리고 문고본 책들을 보고 있으

---

* 간 고기에 토마토소스와 우스터소스 등을 넣어 만드는 햄버거나 샌드위치 속.

니 마음이 편안해졌다. 엄마 아빠의 취향은 딴판이지만 공통적으로 두 분 모두 독서광이다. 방마다 쌓여있는 책들(장식용이 아니라 진짜로 읽기 위해 산 책들이다)은 내가 가장 그리워하는 것 중 하나다.

"요즘 어떻게 지내세요?" 나는 최대한 쾌활한 어조로 물었다. 그러자 엄마는 이웃과 친구들 소식을 작은 것 하나 빼놓지 않고 구구절절 들려주었다.

존스 부부는 유럽 리버 크루즈를 막 마치고 돌아왔는데, 글쎄 열흘 동안 여섯 개 나라를 돌았다지 뭐니! …… 메리 엘렌은 고관절 수술을 했는데 같은 주에 존이 신장 결석으로 고생했지. 운이 어쩜 그렇게 안 좋다니. …… 클레이 집안 둘째 딸은 오래 사귄 남자친구와 약혼을 했고…… 플로이드 부부는 사사프라스 나무를 베어야 했어. …… 아, 내가 오늘 슈퍼마켓에서 누굴 마주쳤는지 아니? 오늘 저녁 먹으러 오라고 했으니 나타날지도 몰라.

나는 엄마의 끝도 없이 이어지는 얘기를 듣다가 마지막 말에 정신이 번쩍 나서 식탁 쪽을 건너다보니 4인용 상이 차려져 있었다.

"아이코, 엄마, 누굴 초대했길래요?" 절대로 만나고 싶지 않지만 오늘 나타날 가능성이 있는 이들의 명단을 머릿속으로 떠올렸다.

"아, 어쩌면 오지 않을지도 몰라." 엄마가 말했다. "그렇긴 한데…."

"그러니까. 누군데요, 엄마?"

"테디." 엄마가 어깨를 살짝 움츠리며 말했다.

"내 옛날 남자친구 테디?" 우리가 아는 한 또 다른 테디가 없다는

우리가 원했던 것들

걸 잘 알면서도 나는 물어야 했다.

"그래!" 엄마가 말했다. "그 테디."

나는 엄마를 쳐다봤다. 성가신 기분을 들키지 않으려고 애를 썼다. 집에 와서 푸근해진 마음을 망치고 싶지 않았다. "그런데 어쩌다 테디를 초대한 거죠?"

"말했잖니. 푸드시티에서 만났다고."

"그래서요?" 내가 말했다. "그게 어떻게 저녁 초대로 이어졌냐고요."

"어쩌다 보니 그렇게 되었구나." 엄마가 말했다. 일말의 멋쩍음도 없어 보인다는 게 가장 황당한 부분이었다. 적어도 미안해하는 척이라도 해야 하는 것 아닌가.

"설명 좀 해봐요, 엄마." 나는 아빠와 시선 교환을 하며 물었다.

"물론이지. 그러니까 내가 냉동야채 칸 있는 데서 그 애를 마주쳤어." 엄마가 말했다. "그래서 네가 집에 온다고 말했지. 그랬더니 테디가 널 못 본 지 몇 년이 되었다고 말하는 거야. 그래서 내가 안 바쁘면 들러서 인사라도 하라고 슬쩍 말했어. 그랬더니 안 바쁘다더구나. 그러면서 잠깐 들르겠다지 뭐니."

"그러면 이 상황은 '나타날지도 몰라'가 아니네요." 내가 식탁을 가리키며 말했다. "오는 게 확실한 거잖아요."

"그래, 왔으면 좋겠다, 난." 엄마가 말했다. "그 애를 위해서 말이야. 걔가 요즘 엄청 외롭단다, 니나."

"테디가 그러던가요?" 그가 그렇게 말했을 리가 없다고 확신했다. 한심한 찌질이가 아닌 이상(물론 테디는 여기에 속하지 않는다), 다

큰 남자가 슈퍼마켓에서 우연히 마주친 옛 여자친구의 엄마에게 건넬 말은 절대로 아니란 말이다.

"글쎄, 뭐 딱히 그런 건 아니지. 하지만 내 눈엔 그래 보이던걸." 엄마는 그러면서 소문으로 들은 얘기의 자초지종을 전해주었다. 그의 전 부인인 카라가 재혼을 하고 새 남편과 샬럿으로 이사를 가 버렸단다. "그 남자가 거기서 좋은 직장을 얻었나 보더구나. 테디가 그 일로 상심이 커. 아들들이 얼마나 보고 싶겠니."

사실 이미 줄리를 통해 대충 알고 있었다. 줄리가 테디의 소송대리인이었는데 꽤 간단하게 합의를 봤다고 했었다. 양육권 문제도 원만하고 유연하게 마무리가 되었고 최소 자산(빚을 부르는 다른 말이기도 하다)의 분배도 깔끔했다고 들었다. 나는 두 사람의 이혼 소식에 놀랐다. 카라 역시 테디처럼 기독교인이었기 때문이었다. 신앙심 깊은 기독교인이라고 이혼하지 말란 법은 없지만 말이다. 줄리가 클라이언트의 비밀 보장에 철저하다는 것을 잘 알았기 때문에 나는 구체적인 내용을 묻지 않았었다. 테디를 대화의 주제로 삼는 것 자체가 불편했던 나로서는 어쩌면 그게 가장 적당한 핑계였으리라.

"그럼 아이들은 얼마 만에 한 번씩 만난대요?" 핀치가 이미 다 컸다는 사실이 새삼 다행으로 여겨졌다. 동시에 내가 커크를 더 일찍 떠날 결심을 했더라면 이 문제가 핀치에게 또 다르게 다가왔겠다는 생각이 들었다.

"자주 못 보는 것 같더라. 거리가 워낙 멀어야 말이지. 참 슬픈 일이지."

내가 뭐라고 대꾸해야 할지 몰라 우물쭈물하는 사이 엄마는 테디의 전 부인과 재혼한 남자에 대해 출처를 알 수 없는 소문들을 들려주기 시작했다. 엄마는 긴 한숨과 함께 이야기를 끝냈다. "아무튼지 간에. 세상에 홀아비가 장 보는 카트만큼 처량해 뵈는 건 없더구나."

나는 아빠와 또다시 시선을 교환했다. 이번에는 아빠가 엄마를 약 올리기 시작했다. "세상에 그보다 슬퍼 보이는 게 없다고 주디? 정말로? 전쟁보다도?… 암은 어때?… 죽음은?"

"당신, 내가 무슨 말 하는 건지 잘 알면서." 엄마가 말했다. "외로이 TV 보면서 밥을 먹거나 코로나 맥주 한 팩을 혼자서 다 마실 나날들 좀 생각해 봐요. 그런 생각을 하자니 내가 초대를 안 할 수가 있어야 말이지."

동물학대방지협회의 공익광고 속 쇠사슬에 묶인 사냥개가 되었건 슈퍼마켓에 온 독신남이 되었건 처지가 딱한 이들을 보면 그냥 넘어가지 못하는 엄마의 천성을 너무 잘 알기에 나는 엄마를 더는 몰아붙이지 않기로 했다. 우리 엄마는 측은지심을 갖는 것에 끝나지 않고 능동적으로 무엇인가를 하는 행동파였다. 엄마는 아낌없이 주는 사람이었다. 사사건건 참견하는 게 탈이긴 하지만 말이다. 이번 일도 엄마의 그런 성격이 잘 드러났을 뿐, 나를 곤란하게 하려고 한 게 아니라는 것을 잘 알고 있었다. 알고 보면 전혀 곤란한 일도 아니라고, 나는 자신을 타일렀다. 우리가 헤어진 지 얼마 되지도 않았고, 또 둘 중 한 사람이 상대를 여전히 잊지 못하고 있거나 하는 상황도 아니었으니 말이다. 적어도 나는 아니었다. 그리고 테디는 더더욱 아닐 것이었다. 그랬더라면 흔쾌히 오겠다고 하지도 않았을 것이다. "곧 괜찮아질 거에요." 내가 말했다. "남자는 금방 재혼하잖아요."

"그래. 그 애는 누가 얼른 데려갈 거다." 엄마가 말을 이었다. "애가 오죽 잘생겼니?"

"누군가 이미 생겼을지도 모르죠." 우리 집에서 저녁을 먹는다고 해서 싱글이라는 법은 없으니까. 일단은 나도 유부녀 아닌가. 하지만 우리 엄마를 막을 수는 없었다.

"아니." 엄마가 단호한 말투로 말했다. "싱글인 게 확실해. 어머머, 좋은 생각이 났어! 내슈빌의 네 부자 친구들 중 이혼녀가 있으면 하나 소개해주면 어떨까?"

엄마의 그 말은 여러 면에서 거슬렸다. (물론 이번에는 엄마 입에서 '부자' 소리가 나오기까지 10분이 넘게 걸렸다는 사실이 놀랍긴 했다.) "흠, 아빠, 이번엔 나 아빠의 도움이 좀 필요한 것 같은데요?"

"주디." 아빠가 고개를 절레절레 흔들면서 피식 웃었다. "이건 좀 아니지 않나? 니나더러 테디의 중매를 서라고 하다니?"

"그게 어째서 이상한데?" 엄마가 말했다. 엄마가 일부러 둔한 척하나 하는 생각이 들었다. 어쩌면 정말 둔한 걸지도 모른다. 엄마는 종종 위기일발의 상황을 일으키곤 하니까.

"글쎄, 뭐랄까…… 나더러 패티 중매를 서라는 것과 같지." 아빠가 대학 시절 여자친구를 언급했다. 휴대전화 사용 시간을 엄청나게 잡아먹으시는 분. 아빠의 휴대전화 사용시간이 아니라, 이 긴 세월 동안 질투의 원한에 사로잡혀있던 엄마가 수많은 전화를 하게 만들었던 분. 사실은 엄마가 패티에게서 아빠를 빼앗았음에도 불구하고. 아빠는 어떠한 형태로도 패티와 연락을 하고 있지 않음에도 불구하고. (오히려 엄마가 패티와 페이스북 친구를 맺었다.) 이해할 수 없지만 그래서 엄마의 이런 면이 아빠와 나의 즐거움의 원천이 되기도 한다.

"그건 엄연히 다른 문제지." 엄마가 말했다.

"오호, 어째서 다르지?" 아빠가 말했다.

"그래요, 엄마." 내가 거들었다. "어떻게 다른데요?"

"왜냐하면," 심술궂은 웃음을 억누르며 엄마가 말했다. "패티는 쭈그렁 할망구니까."

아빠는 고개를 절레절레 흔들었고 나는 웃음을 터뜨리고 말았다. "세상에, 엄마. 쭈그렁 할망구? 너무 심하다."

"나는 진실을 말하는 중이란다." 엄마가 말했다. "그 여자는 쭈그렁 할망구야. 둘 다 잘 알고 있으면서."

"자, 테이블에 한 명 자리를 더 만들겠습니다!" 나는 TV 게임쇼의 진행자처럼 말했다. 그리고 유명 진행자 밥 바커의 제스처를 흉내 내며 마무리했다. "왜냐고요? 제가 쭈그렁 할망구를 저녁에 초대했으니까요!"

"그 할망구를 뭣 하러 초대하니?" 엄마는 내가 더 장난치도록 길을 열어주었다.

"왜냐하면, 쭈그렁 할망구라는 분이 안쓰러워서요. 그분의 쇼핑 카트가 너무 처량하잖아요. 엔텐만 커피 케이크와 자두 주스만 가득 든 모습이라니."

아빠는 웃음을 터뜨렸고 엄마는 토라진 시늉을 했다. 엄마의 반패티적 익살이다.

"그나저나, 테디가 '어쩌면' 온다는 그 시간은 몇 시인데요?" 나는 전자레인지 위에 올려진 시계를 힐끗 보며 물었다.

"여섯 시." 엄마가 자랑스럽게 말했다. "곧 오겠구나!"

"아아, 엄마. 그럼 잠시만요." 나는 그렇게 중얼거리며 뒤쪽 복도에 갖다 둔 가방을 집어 들었다. 화장실로 슬쩍 들어가 머리를 빗고 화장을 고쳤다. 꼭 테디에게 예뻐 보이고 싶어서는 아니었다. 집에 어떤 손님이 온대도 그렇게 했을 것이다. 특히 수년 만에 처음 보는 사람이라면 더욱. 단순한 자존심 문제다.

내가 막 부엌으로 돌아오는데 초인종이 울렸다.

"네가 나가보렴." 엄마가 말했다.

"왜 내가 나가요? 초대한 사람은 엄마면서."

"니나." 엄마가 경고하듯 말했다. "착하지, 우리 딸."

나는 한숨을 쉬며 현관을 향해 걸어갔다. 내가 마지막으로 테디를 만난 게 언제였는지를 생각해내려고 애썼다. 그래야 첫 대화거리라도 생길 것 같아서였다. 어색한 분위기는 깨야 하지 않겠나.

"안녕, 테디." 스크린도어를 활짝 열며 내가 인사를 건넸다. 담청색 눈동자만 빼고는 영 낯선 중년 남자가 서 있었다. 나와 연애하던 그 남자아이의 모습은 온데간데없었다. 아, 그렇다고 그가 그렇게 형편없는 모습으로 나타났단 얘기는 아니다. 여전히 몸도 괜찮아 보였는데 (적어도 살은 찌지 않은 것 같다) 어쩌면 기본적으로 큰 키에 경찰이라는 직업 덕분일 수도 있었다. 머리가 벗어진 정도는 내 예상보다 조금 더 진전되어 있었지만 잘생긴 두상과 강한 턱선이 있어서 그마저도 잘 어울렸다. 오히려 지금이 더 잘생겨 보이는 것은 촌스러운 시골 청년의 모습을 벗은 탓이리라.

"안녕, 니나." 그의 표정과 목소리가 영 부자연스럽다. "일이 이렇게 되어서 미안해. 어머님이 절대로 거절을 못 하게 하셔서 말이야."

나는 웃음을 터뜨리며 눈동자를 굴렸다. "내가 너무 잘 알지." 순간 내 대답이 너무 무례한 것 같다는 생각이 들어 그에게 다가가 짧은 포옹을 했다. "다시 만나서 정말 반갑다." 내가 말했다.

"나도 그래." 테디가 크게 웃으니 금세 예전의 십 대 소년 얼굴이 나타났다. 내겐 너무 다정한 남자야, 라고 생각하며 그의 인격 형성에 많은 영향을 준 '보이스카우트 정신'을 떠올렸다. 그 상투적인 구호를 진짜로 지키고 산 그였다. 집에 거미가 나오면 그는 거미를 잡아 통에 담아서는 밖으로 가져가서 풀어주곤 했다. 같은 길에 사는 노인의 집 앞에 쌓인 눈을 쓸어주고도 돈을 한사코 받지 않았고 생색을 내려고도 하지 않았다. 그의 입에서 한 번도 욕설을 들은 적이 없었고 욕을 쓸 수밖에 없는 상황에서도 그가 기껏 썼다는 험한 말은 '된장'이나 '열여덟'과 같이 우스꽝스러운 대체어가 전부였다. 그는 식사 전에 반드시 기도하고 먹었으며 아침과 점심에도 잊지 않았다. 하지만 그 기도는 언제나 간결하였고 결코 길게 하여 다른 이들을 불편하게 만드는 일은 하지 않았다. 생각해보니 테디는 캐시 파커와 모든 면에서 정반대였다. 드러내려고 하는 의도가 하나도 없는 순수한 마음이 그랬다.

"우리, 정말 오랜만이지?" 나는 그를 부엌으로 안내하며 말했다.

"정말 그렇지." 그는 그렇게 말하고는 아빠와 씩씩하게 인사를 주고받았다. 두 남자는 서로의 등을 두드리며 악수를 했다.

"반갑네, 친구." 아빠가 그렇게 말하는 동시에 엄마가 달려오더니 테디가 딸의 과거 남자친구라기보다는 아프가니스탄전쟁에 갔다가 돌아온 친척이라도 되는 듯 와락 껴안았다.

"동창회 10주년 행사 이후 처음인가?" 나는 뭐라도 대화거리를 짜내려는 마음으로 입을 열었다. 멜라니의 40번째 생일 기념으로 다 같이 세인트바스에 가는 바람에 동창회 20주년 행사에 참석하지 못했던 것이 생각났다. 이 일로 나는 줄리와 약간의 언쟁을 벌였는데 줄리는 내게 멜라니에게 얘기해서 날짜를 바꾸라고 말했었다. 나는 학교 동창회보다 친한 친구들의 40세 생일이 더 중요하다고 주장하며 줄리의 생각에 동의하지 않았다.

테디가 고개를 저었다. "아니. 그 이후에 한 번 더 봤어. 기억나? 쿠티 브라운스 식당에서, 몇 년 전에?"

"그러네." 브리스톨에서는 최고인 바비큐 레스토랑에서 잠시 마주쳤던 게 떠올랐다. 줄리의 딸들이 공연한 발레 리사이틀을 보러 왔을 때였던 것으로 기억한다. 어쨌건 테디는 아내와 아들들과 함께 저녁을 먹으러 왔었는데 단란해 보였다. 내가 당시 그를 마주치고는 당황스러워했던 기억이 난다. 그가 여전히 시골 브리스톨에 살고 있고 여전히 저렴한 쿠티 브라운스 식당을 다닌다는 사실 때문이었던 것 같다. 어떤 이유에선지 나는 줄리에게만 이런 잣대를 대지 않고 예외로 했다. 그녀의 세계관은 끊임없이 진화하고 있고 그녀의 사고방식은 전혀 지방색을 풍기지 않는다는 것을 잘 알고 있기 때문이었다.

"그게 언제였지?" 나는 테디를 엄마의 불편하게 만드는 시선에서 벗어나게 해줄 요량으로 물었다. "네다섯 해 전쯤이지, 아마?"

"6년 전이야." 그가 재빨리 대답했다. 그리고는 주저하며 덧붙였다. "내 동생이 첫 아이를 낳은 직후였기 때문에 기억하는 거야."

"동생네 가족은 어떻게 지내니?" 내가 물었다.

"잘 지내지. 아주 잘 지내. 아기가 또 생겼어. 이번엔 딸이야."

"정말 잘 됐다." 내가 그렇게 말하자 엄마는 튀김이 잘 구워졌나 확인하기 위해 손에 오븐 장갑을 끼우면서 한마디 거들었다. "페이스북으로 사진 봤다. 빨강 머리더구나! 어느 쪽에서 온 거니?"

"저희 아빠 쪽을 닮았어요." 테디가 말했다. "아빠의 어머니, 그러니까 제 할머니가 빨강 머리셨거든요."

엄마는 오븐을 닫았지만 여전히 장갑을 벗지 않은 손으로 테디를 가리켰다. 스포츠 경기장에서 응원용으로 쓰는 스펀지 손가락처럼 보였다. "있잖니, 난 너희 둘 사이에서 아기가 나오면 빨강 머리일 거라고 생각했었단다." 엄마는 그렇게 말하더니 나를 쳐다보았다. "내 쪽에도 빨강 머리 유전자가 있거든. 너도 알겠지만…"

"아이고, 엄마." 나는 작은 소리로 말했다. 테디의 귀와 볼이 선홍색으로 물들고 있었다. 그의 얼굴이 얼마나 잘 빨개지는지 잊고 있었다.

"뭐가 어때서 그러니. 테디가 내 사위가 될 뻔했잖니." 엄마는 사태를 더 악화시키고 있었다.

아빠가 피식 웃으며 말했다. "미안하구나, 테디. 우리 집사람이 워낙 여과 없이 말하곤 했던 거, 기억나지?"

"네, 아저씨. 제 장모님이 되실 뻔했던 것도 물론 기억하고 있습니다." 테디가 윙크하며 대답했다.

테디 입에서 이런 농담이 나올 것이라고 아무도 예상하지 못했었다. 적어도 나는 그랬다. 나는 그 말에 소리 내 웃었고 어느새 마음이 편해지는 것을 느꼈다. 테디도 긴장을 풀었는지 오빠의 안부를 물었다.

"요즘 맥스 형은 어떻게 지내요?"

"걘 여전히 뉴욕에 살고 있단다." 엄마가 말했다. "아직 결혼도 안 했고."

테디가 고개를 끄덕이며 미소 지었다.

"마실 것 갖다 줄까, 테디?" 나는 그렇게 말하며 냉장고로 걸어갔다.

"좋지." 그가 말했다. "너도 마신다면."

냉장고를 열어 코로나 맥주를 찾아보았다. 엄마가 그의 쇼핑카트 안을 힐끗 봤을 테니 분명 그의 취향에 맞춰 사놓았을 것이었다. 참으로 사려 깊으신 우리 엄마다. 원래는 마실 생각이 없었지만 코로나 맥주 두 병을 집어 들어 주방 카운터에 놓고는 손을 씻은 후 언제나 가득 채워져 있는 과일바구니에서 라임을 꺼냈다. (엄마는 자기의 밋밋한 요리 실력을 신선한 과일이나 채소로 보충하려고 하는 경향이 있었다.)

엄마가 테디를 보채어 최근 브리스톨에서 일어난 온갖 범죄 사건에 관한 이야기를 듣는 사이 나는 라임을 조각내어 그중 가장 예쁘게 잘린 두 개를 골라 병 위에 꽂았다.

"건배." 나는 내 병을 손에 들고 그에게 맥주병을 건네며 말했다.

테디가 나를 향해 미소를 보냈고, 병목을 부딪치며 이렇게 말했다. "재회를 위하여."

"그리고 일요일 저녁밥을 위하여." 나는 그렇게 화답했다. 그리고 우리는 라임을 병 속으로 밀어 넣고는 길게 한 모금 마셨다.

엄마는 들으라는 듯이 큰 소리로 한숨을 쉬며 마치 우리가 듣지 못하기라도 하는 것처럼 아빠에게 이렇게 말했다. "쟤네 둘 말이에요. 같이 있으면 저렇게 사랑스러웠는데."

저녁 식사 시간은 편안한 정도가 아니라 유쾌하기까지 했다. 브리스톨의 사건사고에서 시작된 우리의 이야기는 정치를 포함한 시사 문제로 발전되었다. 아빠가 좋아하는 대화 주제다. 모두 차분한 태도를 유지했고, 이상하리만치 중립적인 태도를 보여 나는 테디의 정치 성향이 갑자기 궁금해졌다. 이론상 테디는 공화당이어야 했다. 하지만 예전에도 나는 그가 정치 얘기를 하는 걸 단 한 번도 본 적이 없는 것 같았다.

그러다가 식사를 마칠 무렵이 되었고 우리의 대화 주제도 바닥이 났다. 어색한 정적이 흘렀으며 이 무시무시한 진공상태를 채울 사람은 엄마밖에 없었다.

"그럼." 난국에 대처하는 자세로 엄마가 입을 열었다. "커크는 어떻게 지내니? 그러고 보니 네가 커크 얘기를 한 번도 안 했구나."

겉으로만 보면 아주 적법한 질문이었다. 하지만 엄마의 표정을 보니 의미심장한 질문이라는 것을 알 수 있었다. 와인을 마신 영향도 좀 있는 것 같았다.

"잘 지내요." 내가 말했다. 그리고 무분별하게도 이렇게 덧붙였다. "아마도요."

엄마는 귀신같이 놓치지 않았다. "아마도?" 엄마가 물었다.

"그동안 댈러스에 있었다니까요." 내가 말했다.

"거기서 뭘 했는데?"

"뭐, 일했겠죠." 내 귀에도 내 말투가 어딘지 수상하게 혹은 흐리멍덩하게 들렸다.

"흐음. 요즘 커크가 출장이 잦은 모양이구나." 엄마가 말했다. 아빠가 엄마에게 눈짓하는 것이 보였다. 테디가 일부러 눈길을 돌리는 걸 보니 그도 그 장면을 본 모양이었다.

"맞아요. 엄마가 뭔가를 알아내셨나 보네." 나는 오히려 단도직입적으로 나갔다.

엄마는 깜짝 놀라며 혼란스러운 표정을 지었다. "그게 무슨 뜻이니?"

나는 잠시 주저했다. 화제를 바꾸어볼까 하다가 충동적으로 결심해버렸다. 가벼운 수다와 표면 겉핥기식의 이야기들, 화제 전환용 대화 그리고 거짓말들. 그것이 아무리 사소한 것이라도 이제 그만하자고. 적어도 지금 나는 부모님의 식탁에서 한때 나를 사랑했으며 아직도 식사 전에 기도를 하는 다정한 남자와 함께 있잖은가.

"무슨 뜻이냐면요." 나는 마침내 입을 열었다. 내게 있는지도 몰랐던 힘이 솟아났다. "이혼하려고요."

20

라일라

　실제상황이었다. 내가 핀치와 섹스를 하다니. 이제 핀치는 내 명단에 영원히 두 번째 남자로 남게 될 것이다. 정작 그 행위 자체는 몇 분 만에 끝나고 말았지만 그래도 괜찮았다. 사실 빨리 끝나는 편이 더 좋다. 적어도 처음에는 그러는 게 좋다. 우선, 그가 잔뜩 흥분했다는 뜻이다. 또, 덕분에 내가 제일 좋아하는 부분에 빨리 도달할 수 있었다. 어둠 속에서 그냥 같이 누워있는 순간 말이다. 내 가슴에 닿은 그의 가슴이 부풀고 가라앉는 것을 그대로 느낄 수 있었다.
　"와아, 정말 좋았어." 그가 내 머리칼을 쓸어내리며 말했다.
　"네." 내가 중얼거렸다. 시간이 지나면 지날수록 짜릿함이 더 커졌다.
　"미안. 너무 빨리 끝나서." 그가 말했다. 그렇게 말해주다니 너무 사랑스러웠다.

"아뇨. 진짜 좋았어요." 내가 말했다. "완벽했어요."

"네 몸, 진짜 완벽해." 그가 내 정수리에 키스하며 말했다.

그 말에 나는 녹아내릴 것 같았다. 그런데 내가 고맙다는 말을 미처 하기도 전에 지하실 문이 열리더니 여자 목소리가 들려왔다.

"핀치?" 그 여자가 말했다. 문틈으로 새어나오는 불빛이 계단을 비추면서 우리 몸도 빛이 났다. 우리가 완전히 벗고 있다는 사실을 새삼 깨달았다.

우리는 깜짝 놀라 얼어붙었다. 핀치가 손가락을 입술에 대더니 내게 아무 소리 내지 말라는 신호를 보냈다. 나도 텔레파시를 보내듯 눈을 깜빡이며 알았다고 표시했다. 저 문이 제발 다시 닫히기를. 그렇게 고통스러운 몇 초가 흐르더니 마침내 문이 닫혔다. 어둠이 다시 우리 위를 덮었다.

"서둘러. 빨리 옷 입어." 핀치가 속삭였다. 우리는 벌떡 일어나서 미친 듯이 옷을 더듬어 찾았다. 그러다가 그의 팔꿈치가 내 옆구리를 치기도 했고 내 몸에서 액체가 흘러나오는 것을 느끼기도 했지만, 지금은 그런 걸 따질 때가 아니었다.

"안 보여요!" 내가 그의 셔츠를 입으려 하고 있다는 것을 깨달으며 말했다.

"기다려." 핀치가 그렇게 말하며 어디선가 자기 전화를 찾아와서는 불빛이 있는 전화기 화면으로 빛을 비춰주었다. 우리는 소파 언저리에서 우리 옷가지를 찾아서는 허둥거리며 대략 20초 안에 옷을 입었다.

"엄마가 브리스톨 갔다고 하지 않았어요?" 나는 핀치가 빨리 끝낸 것을 오히려 천만다행으로 여기며 물었다.

"저기, 그게 라일라, 엄마가 아니었어." 핀치가 말했다.

"아니라고요?"

"응."

"누구였는데요?" 그렇게 묻는 순간 갑자기 알 것 같았다. 누구 목소리였는지.

"폴리였어." 그는 내 추측을 확인해주며 문자메시지를 확인했다.

"폴리가 어떻게 여기에 있는 거죠?" 내가 물었다.

"난들 어떻게 알겠어?" 그렇게 말하는 그의 목소리가 어쩐지 냉혹하게 들렸다.

방금 그가 내게 멍청한 질문을 했다고 짜증을 낸 건지 이 상황과 폴리에 대해 화가 난 것인지 구분하기가 어려웠지만 나는 일단 미안하다고 말했다.

"네 잘못 아니야. 폴리 잘못이지. 이렇게 막 찾아오다니 완전 싸이코야. 그리고 우리가 왜 숨어야 하는데? 그것도 내 집에서." 그러더니 핀치는 자리에서 일어서며 이렇게 말했다. "일어나. 가자."

"그래요." 나는 그렇게 말했지만 왠지 핀치가 원하는 답이 그것일 것 같아서 말했을 뿐이었다. 그리고 나는 자리에서 일어나 계단을 성큼성큼 올라가는 그를 따라나갔다. 하지만 그가 코너를 도는 순간 나는 그 자리에서 멈추고 말았다. 때마침 그녀의 외치는 소리가 들려왔기 때문이다.

"어머, 핀치!" 그녀가 말했다. "깜짝 놀랐잖아! 거기서 뭐 하고 있어?"

"내가 뭘 하고 있냐고?" 핀치가 그녀에게 고함쳤다. "우리 집에 침입한 건 너잖아!"

"침입이라니. 난 그냥 문이 열려있어서······."

"그렇다고 마음대로 밀고 들어와?"

"네 차를 봐서 그랬지."

"그래서?"

"무슨 일이 있나 해서 그랬어. 전화해도 안 받고 문자에 답도 하지 않으니까." 징징대는 절박한 목소리였다. "일산화탄소 중독으로 쓰러진 건 아닌가 해서 걱정이 되었단 말이야."

나는 눈알을 굴리며 속으로 말했다. 네네, 그러시겠죠.

"바보 같은 소리 하지 마." 그가 말했다.

"전화는 왜 안 받은 거야? 문자도 안 보고?"

"바빴어." 그가 말했다.

"뭘 하느라?" 그녀가 재차 물었다.

"영화 보고 있었어."

"영화?" 그녀가 말했다. 비난조다. "너 지금 혼자 있어? 아니면 누구랑 같이 있었니? 라일라야?"

그녀 입에서 내 이름을 들으니 소름이 끼쳤다. 동시에 확인 도장을 받는 기분이기도 했다. 폴리의 목소리에서 질투심이 읽혔기 때문이었다. 폴리가 나를 질투한다.

그리고 영화 같은 상황이 펼쳐졌다. 핀치가 이렇게 말했기 때문이었다. "맞아. 딱 맞췄네. 거기 있니, 라일라?" 그가 큰 소리로 내 이름을 불렀다. "나와 봐! 폴리가 인사하고 싶대."

이건 후퇴하라는 신호다. 서둘러야 한다. 하지만 폴리의 발이 나보다 빨랐다. 어느새 코너를 획 돌아와서는 내 앞에 섰다.

나중에 돌이켜 생각해볼 때, 당시 내게 가장 먼저 그리고 즉각적으로 든 생각은 폴리의 입체 화장이 형편없다는 것, 자신의 피부톤에 비해 파운데이션 색이 너무 진하다는 것이었다. 소문에 그녀가 그렇게 자기 주근깨를 싫어한다더니 아마도 그 주근깨를 가리려고 그랬던 모양이었다. 하지만 두 번째로 그리고 더 지배적으로 든 생각은 이거였다. 아, 제길, 이 여자 울려고 하네.

아니나 다를까 그녀는 신경질적인 울음을 터뜨렸다. 울면서 주방으로 가서는 핀치와 고함을 치며 싸우기 시작했다.

"처음에는 콘서트더니 이번엔 이거야?" 그녀가 소리쳤다. "네가 어떻게 나한테 이럴 수 있어?"

"우린 끝난 사이야, 폴리." 그의 입으로 그 말을 들으니 안심이 되었다. 그가 한 얘기를 의심해서가 아니라 확인받는 것 같아서 좋았다. 두 사람은 정말 끝난 거였다. 다른 여자의 남자친구와 잔 게 아니라니 다행이었다.

"돌아와 줘."

"안 돼."

"제발, 핀치. 그냥 나랑 얘기라도 해."

"안 돼. 우리 집에서 나가 줘, 폴리. 당장."

"난 널 사랑한다고." 그녀가 울먹였다. "그리고 너도 날 사랑하는 거 다 알아."

"아니야." 그가 말했다. 그의 목소리가 얼음장처럼 차가웠다. "난 널 사랑하지 않아, 폴리. 그러니까 당장 나가."

이쯤 되니 나는 그녀가 안쓰럽게 느껴졌다. 그냥 막 미워했으면 좋겠는데 이 기분은 또 뭐람. 나는 멍청하게 굴지 말라고 스스로에게 말했다. 저 여자가 내게 한 짓을 기억하자. 그러자 마치 내 다짐을 확인이라도 해주듯, 그녀의 고함이 내 귀에 들려왔다. 불쌍하게 들리던 그녀의 목소리가 잔인하게 변해버리는 순간이었다. '네가 어떻게 저딴 헤픈 년을 좋아할 수 있단 말이야?' 그것만으로도 모자랐는지 그녀는 원색적인 비난을 쏟아내기 시작했다. 내가 그에게 성병을 옮긴다는 둥, 일부러 임신해서 그의 돈을 가로채려고 한다는 둥.

나는 그 소리를 듣지 않으려고 애를 썼다. 내 숨소리에만 초점을 맞추며 눈물이 나려는 것을 눌러 참았다. 전부 터무니없는 소리에 불과하다고 스스로 되뇌었다. 나는 성병에 걸린 적도 없고 임신은 생각도 하기 싫었다. 그리고 나는 돈을 보고 핀치를 좋아하는 것이 아니다. 그의 돈 따위는 필요 없단 말이다. 나에 대한 그녀의 말은 몽땅 틀렸다. 그녀는 나에 대해 아는 것이 아무것도 없다. 그러니 저 얘기를 듣고 언짢아할 필요가 조금도 없다.

그런데 왜 나는, 핀치가 그녀를 결국 쫓아내고 나를 집에 데려다주면서 내내 미안하다고 사과에 사과를 거듭하는데도 수치심을 털어낼 수 없었을까? 그녀 말이 맞아서? 내가 정말로 헤픈 여자 같아서?

21

니나

부엌을 대충 치운 후 (엄마는 항상 설거지거리를 나중에 할 테니 그냥 두라고 한다) 나는 잠시 전화를 확인한다며 자리를 비운다. 우리가 저녁을 먹는 사이 커크가 보내온 문자가 있다.

집에 왔어. 핀치 말이 브리스톨에 갔다고?

나는 답을 보내지 않는다. 그러고는 음성사서함을 확인한다. 멜라니가 남긴 긴 음성메시지가 있다. 걱정으로 가득한 드라마틱한 목소리다. 캐시의 딸이 다른 사람을 통해 들은 이야기를 캐시에게 전하고 또 캐시가 그 얘기를 멜라니에게 전했다면서, 오늘 오후 우리 집에서 "라일라와 폴리가 한 판 붙었다"는 난해한 얘기다. "대단하군." 나는 혼잣말을 하며 어떻게 하면 좋을지 생각해본다.

멜라니에게 전화하거나 핀치에게 연락해 자초지종을 들을 수도 있었지만 지금 가장 마음 쓰이는 사람은 라일라다. 그래서 나는 고

자질쟁이가 될 위험을 무릅쓰고 톰에게 문자를 보낸다.

혹시 알고 계시는지 모르겠지만 우리 아이들이 시간을 같이 보낸 것으로 보여요. 간밤에 콘서트도 같이 다녀온 것 같고 또 멜라니(또 다른 소문의 근원지) 얘기를 들으니 라일라가 오늘 우리 집에 다녀갔다고 하네요. 저는 지금 브리스톨에 있는 부모님 집에 와 있는데 아마 그 시간에 커크도 집에 없었던 것 같아요. 우리가 없을 때 집에 여자 친구를 데려오면 안 된다는 규칙이 있는 것은 아니지만 (앞으로 그런 규칙은 꼭 만들어야겠네요) 저는 핀치에게 라일라를 초대해도 된다고 허락한 적이 없어서요. 제 생각에 당신도 그러라고 허락하지 않으셨을 것으로 생각되고요. 또한, 듣기로는 핀치의 전 여자친구인 폴리가 같은 시간에 집에 찾아와 라일라와 다퉜다고도 하네요. 자세한 내용은 정확히 알 수가 없는 데다가 그마저 부풀려졌을 가능성을 배제할 수 없지만 모든 정황상, 이 내용을 당신에게 알려야겠다는 생각이 들었어요. 저는 내일 집으로 돌아갑니다. 오늘 밤 언제든 전화주셔도 좋습니다. 다시 한번, 죄송하다는 말씀을 드립니다.

나는 그의 회신을 기다린다. 그의 답을 보니 안도감이 든다.

라일라도 내 허락을 받은 게 아닙니다. 알려주셔서 감사합니다. 아이와 얘기해보고 연락드리겠습니다.

속이 울렁거렸지만 더는 내가 할 수 있는 것이 아무것도 없다는 사실을 받아들이고 (그리고 커크의 지원을 요청할 필요는 더더욱 없었다) 휴대전화를 가방 안에 집어넣는다. 그리고 나는 다시 테디와 부모님이 있는 곳으로 돌아간다. 그들은 막 뒤 베란다로 자리를 옮긴 참이다. 엄마는 엄마의 '특제' 페퍼리지팜 민트 밀라노 쿠키에 크렘

드망트를 잔에 담아 내온다. 테디는 달콤한 밤술은 사양하고 코로나면 충분하다고 한다.

나는 남아있는 유일한 빈자리에 가서 앉는다. 소파의 테디 옆자리다. 세 사람이 내 얘기를 하고 있었다는 것을 직감적으로 알 수 있다.

"무슨 얘기 중이었어요?" 내가 묻는다.

"아, 아무것도 아니다. 별 얘기 아니야." 아빠가 말한다. "집에는 별일 없니?"

지금으로선 우스꽝스럽게 들릴 수밖에 없는 질문이다. 그래서 나는 미소를 지으며 대답한다. "평소보다 더 나쁘진 않다네요!"

"정말로 그 얘기 하고 싶지 않니?" 엄마가 말한다.

나는 조금 전 폭탄을 투하했다. 모두의 위로를 받은 후 나는 괜찮다고, 이 방법이 최선이라고 거듭 설명했다. 구태의연하지만 진실이기도 한 말을 던지기도 했다. '사는 게 다 그렇잖아요.'

"네, 정말이에요. 오늘은 말고요." 감정적 탈출을 간절히 바라며 말했다. "엄마가 들려주실 다른 이야기는 없어요?"

이야깃거리라면 우리 엄마에게는 두 번 물을 필요도 없다.

엄마는 길고 복잡한 이야기를 시작한다. 나와 오빠가 가족 여행을 갔다가 신디와 바비 브래디처럼 되고 싶어서 숲 속에서 길을 잃기로 작정한 이야기다. 엄마는 이런 말로 이야기의 끝을 맺는다. "그때만 해도 니나가 캠핑 가는 걸 좋아했었지. 요즘이야 애가 불편을 감수한다고 생각하는 여행이란 기껏해야 컴포트 인이나 힐튼 가든 정도지만." 엄마는 그렇게 말하며 소리 내 웃더니 나를 쳐다보고는 한마디 더 했다. "하긴, 생각해보니, 요즘은 그나마도 하지 않겠구나!"

"그만해요." 나는 방어적인 기분이 든다. "나도 컴포트 인이나 힐튼 가든에서 묵는다고요."

"최근 몇 년 사이에도?" 엄마가 말했다.

"당연하죠." 이 말이 사실이라는 점에서 기분이 좋다. 핀치의 운동경기가 시골 마을 같은 데서 열려 그런 호텔 말고는 다른 선택지가 없어서였다는 점은 굳이 말하지 않기로 한다. 내가 베개와 이불을 따로 챙겨서 다니는 것으로 유명하다는 사실도 털어놓지 않는다.

"그래도, 지난 이십 년간 캠핑은 한 번도 안 가봤을 것 아니니." 엄마가 말한다. 그렇게 말하는 걸 보니 엄마가 향수에 젖어있는 것이 '추억의 지난날'이라기보다는 '예전의 나'라는 사실을 새삼 깨닫는다. "글램핑은 안 쳐준다!" 엄마는 그렇게 말하며 고개를 흔든다. 어딘지 고소해 하는 얼굴이다.

"글램핑이라뇨? '글래머러스한 캠핑'이라는 뜻인가요?" 테디가 묻는다. 테디도 엄마만큼 신난 얼굴을 하고 있다.

"빙고!" 엄마가 말하니 두 사람이 웃음을 터뜨린다. 심지어 아빠도 가세한다.

"그런 게 진짜 있어?" 테디가 내게 묻는다.

엄마가 나 대신 대답한다. "그렇다니까! 몬태나에 있대. 맞지, 니나?"

"맞아요." 내가 웅얼거린다. 엄마가 빅서Big Sur와 탄자니아로 다녀온 글램핑까지 기억하지 못해서 그나마 다행이다.

"그리고 테디, 그 소위 '텐트'라는 걸 네가 봤어야 하는데." 엄마가 허공에다 손가락으로 따옴표 표시를 하면서 말한다. "배관에 난방에⋯⋯ 심지어 온돌마루까지 있다지 뭐니! 그렇게 호화로운 텐트는 한 번도 본 적 없을 거야!"

엄마가 나를 비난하는 건지 아니면 자랑을 하는 건지 구분할 수가 없다. 하지만 나더러 뭔가를 하는 데 돈이 얼마가 들었냐고 물을 때와 똑같은 표정을 하고 있다. 얘, 내가 상관할 바는 아니다만, 엄마는 언제나 이렇게 시작한다. 하지만 그렇게 하는 데 비용이 얼마나 들었니?

"엄마, 이제 우리 다른 얘기해요, 제발." 내 목소리에서 불쾌감이 묻어난다.

엄마도 얼굴에서 웃음기를 재빨리 없애고는 작은 목소리로 내게 사과를 한다. 엄마가 생각해도 너무 많이 갔다고 여기는 모양이다.

"아니에요, 내가 미안하죠." 나는 괜히 예민하게 굴어서 즐거운 분위기에 찬물을 끼얹었었다는 생각에 후회스럽다. 분위기를 좀 가볍게 바꿔보자. 내 인생에 변화가 일어나는 중인 게 뭐 그리 대수인가. 게다가 그 변화의 많은 부분은 돈과 관련이 있다. "그냥 좀 창피해서 그랬어요."

"창피해할 게 뭐 있니." 엄마가 말한다. "멋진 경험을 그렇게 많이 해보다니, 엄마는 대단히 좋은 일이라고 생각한단다."

"나도 그래." 테디가 고개를 끄덕인다.

"나도 추가." 아빠가 맞장구를 친다.

"그래요. 운이 좋았다고 생각해요. 어떤 면으로는요." 나는 말한다. 커크를 두고 하는 말이다. 적어도 엄마는 눈치챈 것 같았다.

"그래, 세상에 '완벽한 인생'이란 없어." 엄마가 말한다.

"진짜 그래." 테디가 동의한다. "모든 일에는 장단점이 있잖아. 우리 인생도 마찬가지고."

나는 고개를 끄덕인다.

"나 역시 이혼 후에 아들들과 같이 살지 못하게 된 것이 너무 싫어." 테디가 말한다. "아이들이 샬럿에 살고 있다니 참으로 고약한 일이야. 하지만……" 그가 잠시 말을 멈추었다. 그의 말이 어떻게 전개되려는지 궁금해졌다. 이 상황에서 어떻게 장점을 찾겠다는 말이지? "대신 아이들이 좋은 사립학교를 다니면서 정말 좋은 교육을 받고 있어. 여기서는 결코 생기지 않을 기회지. 밴스 중학교나 테네시 고등학교가 나쁘다는 얘기는 아니야." 우리가 함께 다닌 학교들이며 지금은 줄리의 아이들이 다니는 학교다. "하지만 샬럿 컨트리 데이 스쿨은 그보다 훨씬 좋은 학교거든. 나였다면 그곳 학비를 대지 못했을 거야. 하지만 아이들의 새아빠에겐 가능한 일이지. 또 그 사람도 기꺼이 그 돈을 내고 있고. 어둠 속에서 찾는 한 줄기 빛이랄까. 너도 열심히 찾으면 그런 희망을 찾을 수 있을 거야."

"정말 그랬으면 좋겠다." 내가 말한다.

엄마가 별안간 자러 갈 시간이 지났음을 알리며 '너희 애들'은 계속 얘기를 하란다. 그러자 테디가 자기도 가보겠다고 말하려는 얼굴을 한다. 내가 재빨리 끼어든다. "맥주 한 병 더?"

테디가 안 갔으면 좋겠다고 생각한 건지 아니면 엄마랑 이혼 이야기를 하기 싫어서 피한 것인지 나도 잘 모르겠다. 하지만 그가 "그러자. 한 병 더"라고 말하는 걸 들으니 기분이 좋아진다.

부모님과 테디가 일어서서 작별의 포옹을 나누고 나는 냉장고로 가서 코로나를 한 병 더 꺼낸다. 내가 병에 라임 조각을 넣는 사이 부모님이 부엌으로 들어와 내 뒤에 선다.

"괜찮겠니, 우리 딸?" 엄마는 그렇게 말하며 나를 껴안는다.

"그럼요, 물론이죠." 나도 엄마를 안아준다. "내일 아침에 다시 얘기해요."

"그러자꾸나. 혹시 잠이 안 오면 엄마를 부르렴." 엄마는 내가 어렸을 때 했던 말과 똑같이 말한다. "여기서 자고 가니, 아니면 줄리 집에서 자니?"

"여기서요." 내가 말한다. "차에서 짐만 가져오면 돼요."

"내가 가져다주마." 아빠가 말한다.

"고마워요." 아빠에 대한 애정이 파도처럼 밀려오는 것을 느낀다. 엄마 아빠 모두.

"더 필요한 것은 없니?" 엄마가 묻는다.

나는 고개를 젓는다. "괜찮아요, 엄마. 집에 오니 참 좋네요."

"우리도 그렇구나." 아빠가 말한다.

나는 고개를 끄덕이며 테디의 맥주를 들고 베란다로 향한다. 나를 바라보는 엄마의 시선이 느껴진다. "좋은 시간 되렴." 엄마가 너무 티나게 간절한 말투로 말한다. "혹시 아니 둘이…"

"엄마, 이제 그만." 나는 어깨너머로 뒤돌아보며 엄마의 말을 자른다. 하지만 엄마는 결국 하고 싶은 말을 하고 만다. 얼굴에는 바보 같은 웃음을 띠고 있다. "그럴 수도 있다는 얘기지. 너랑 테디, 둘이 알고 지낸 세월이 얼만데."

"네 부모님이 정말 좋은 분들이시라는 걸 그동안 잊고 지냈어." 테디가 말한다. 나는 다시 베란다로 돌아와 이번에는 그의 맞은편에 자리 잡는다.

"그래. 우리 엄마가 바보 같은 말을 잘해서 탈이지만." 내가 말한다. 아무리 사위를 싫어해도 (엄마의 경우가 딱 이 경우다) 보통 사람이라면 딸이 이혼하겠다고 처음 알린 날에 그런 말을 하지는 않는다. 다시 말하지만, 우리 엄마는 그런 면에서 보통 사람은 아니다. 좋건 싫건 말이다.

"어머님 정말 재미있으셔." 테디가 키득거린다. "언제나 그러셨지. 여과 없이 말씀하시고. 어머님이 널 놀리시는 걸 구경하는 것도 재미있어."

"그래?" 나는 그에게 미소를 보낸다. "넌 그게 왜 재미있는데?"

"왜냐하면. 어머님이 너의 원래 모습을 끌어내시니까."

"그건 그래. 하지만 엄마의 과장법은 암튼 알아줘야 해."

"과연?" 테디가 눈썹을 치켜든다. 그리고는 맥주를 한 모금 마신다. "그럼, 글램핑을 한 적이 없다는 얘기?" 그가 애써 웃음을 눌러 참는 게 보인다.

"아, 그만해, 진짜." 내가 말한다. 어쩌면 그는 내가 생각했던 것보다 조금 더 영리한 남자였을지도 모른다는 생각이 든다.

"장난인 거 알지?" 그가 말한다.

"알아. 하지만 넌 날 속물이라고 생각하는구나." 내가 말한다.

"생각한다고?" 테디가 씩 웃는다. "이런, 난 네가 그렇다고 알고 있는데?"

나는 투정 부리는 목소리로 그의 이름을 부른다. 다시 고등학교 시절로 돌아간 기분이다.

"그럼 이건 어때." 테디가 말한다. 나는 숨을 죽이고 귀를 기울인다. "너는 삶의 좋은 것을 누리고 싶어 하는 걸로." 그는 외교적인 단어를 신중하게 고르기라도 하는 것처럼 천천히 말한다. 하지만 물질만능주의의 완곡한 표현으로밖에 들리지 않는다.

내가 당황스러운 얼굴을 하고 있었는지 그가 이렇게 덧붙인다. "에이, 알았어. 그래, 나도 할 수만 있다면 애스턴 마틴을 몰고 싶다!"

그 말에 안도가 되어 나는 미소를 짓는다.

"그리고 어쨌거나…… 니나, 넌 좋은 사람이야." 그가 말한다.

그 문장이 진실인지는 나도 모르겠다. 하지만 이 순간 테디는 나를 진짜로 그렇게 생각하는 것 같다. 그 말을 들으니 내 마음의 상처가 조금은 아무는 기분이 든다. 그리고 더 중요한 건 내가 키운 내 아들에 대한 희망이 생기는 것 같다는 거다.

"고마워, 테디." 내가 말한다.

그는 고개를 끄덕인다. 우리는 서로를 잠시 물끄러미 바라본다. 그가 다시 입을 연다. "네 결혼이 그렇게 되어서 마음이 아프네. 이혼은 쉽지 않아. 일종의 사망 같다고나 할까. 아니면 집이 불에 타서 주저앉는 것과 비슷하기도 하고."

나는 그의 비유를 곱씹으며 슬픈 미소를 지어 보인다. "그래. 난 아직 시작도 못 했지만 어려운 일이라는 것은 알 것 같아."

"미리 경고 하나 해줄까? 정말 견디기 어려울 정도로 힘들어지는 순간이 올 거야. 적어도 내겐 그랬어. 어쨌건 네가 하는 일이 옳은 일이라는 확신이 있다면 한결 도움이 될 거야."

"바로 그 점이야." 내가 말한다. "그러니까 이게…… 너무 복잡해. 또 한편으로는 복잡하지 않은 것도 같고."

"맞아. 사람들은 이혼의 이유를 한 가지 문제로 압축시키려는 경향이 있어. 한 문장으로 말이야. '남편이 바람나서.' '아내가 알코올 중독이어서.' '남편이 도박을 해서.' '아내의 낭비벽 때문에.' 하지만 그렇게 간단한 게 아니야. 하지만 그런데도 이혼을 하는 게 옳다고 생각한다면……."

테디가 지금 내게 무슨 일이 있었는지를 묻는 것인지 아니면 혼잣말을 하는 것인지 구분할 수가 없다. "그렇지." 내가 말한다. "우리 문제는 점진적으로 쌓여온 거였어. 누적 결과인 셈이야. 그래서 핵심적인 한 문장이 없어. 하지만 나더러 한마디로 정리를 하라고 하면, 우리 두 사람의 가치관이 더는 안 맞는다고 해야 할까. 어쩌면 처음부터 맞은 적이 없었을지도……."

테디가 고개를 끄덕인다. "그렇구나. 차차 알게 될 거야. 넌 내가 만난 누구보다도 똑똑한 여자니까."

"어머, 왜 이래. 줄리가 훨씬 더 똑똑하다는 건 너도 알고 나도 아는 얘긴데." 나는 그렇게 말하면서도 기분은 좋다. 동시에 내가 외모 이외의 부분에서도 칭찬받고 싶은 마음이 간절했었다는 것을 또다시 깨닫는다. 커크에게서는 외모에 대한 칭찬밖에 들은 게 없었다.

"줄리도 똑똑하지." 테디가 말한다. "하지만 줄리는 매일 유니폼 입고 출근하면서 절대로 브리스톨을 떠나지 않는 남자와 결혼했잖아. 그러니 그리 똑똑하다고 할 순 없잖겠어?" 그가 웃으며 맥주를 한 모금 마신다.

"무슨 뜻으로 하는 말이야?" 지금 그가 자기비하 중인 건지 아니면 자신의 불안감을 내비치는 건지 궁금해하며 물었다.

"농담이야." 테디가 그렇게 말하며 맥주를 한 모금 더 마신다.

"있잖아, 테디." 내가 혹시나 해서 말해둔다. "네 말이 맞아. 줄리는 소방관과 결혼해서 브리스톨을 떠나지 않고 살고 있어. 나는 부자와 결혼해서 벨 미드에 살고 있고. 그런데 누가 더 행복하지?"

테디가 어깨를 으쓱한다. 마치 두 가지가 박빙이기라도 한 것처럼.

"'난 아냐'라고 빨간 암탉이 말했습니다.'"* 내가 말한다. 우리 엄마가 즐겨 사용하는 표현이다.

테디가 이맛살을 찌푸린다. 깊은 생각에 빠진 것 같다.

"무슨 생각해?" 내가 그에게 묻는다.

---

* 《빨간 암탉》이라는 동화에 나오는 구절을 인용.

"솔직하게 말할까?"

"응. 물론이지. 말해줘."

그가 시선을 내리깐다. "네가 내게 헤어지자고 하던 때를 생각하고 있었어."

"난 네게 헤어지자고 한 적 없어." 내가 말한다. 그게 그런 게 아니었단 말이다. "우린 그냥…… 헤어지게 된 거야."

테디가 내 눈을 빤히 바라본다. 굳이 기본적 사실 확인까지는 하고 싶지 않은 모양인지 다시 입을 연다. "어떤 면에서 넌 내가 부족한 남자라고 생각한 거겠지. 좀 더 나은 남자를 원한 거야. 괜찮아. 그렇다고 해도 돼."

"아니, 그건 사실이 아니야." 나는 재빨리 단호한 어조로 대답한다.

"그럼 뭐였어?" 그가 말한다. "커크 때문인가? 이미 그 사람을 만났던 거야?"

속이 울렁거린다. 진실을 말하지 않으려면 어떻게 얘기를 하면 좋을까? 20년이 흐른 뒤 내가 부모님 집 베란다에 테디와 함께 앉아서 사실은 그때 강간을 당했다고 털어놓으리라고는 상상도 한 적이 없었다. 하지만 지금 나는 그렇게 하고 있다. 마치 기자처럼 있었던 일을 사실대로 보고하고 있다. 감정이 무너져 내리는 일 없이 담담하게 그 이야기를 하는 중이다.

"이제 알겠지? 나는 단 한 번도 네가 내게 부족한 남자라고 생각한 적 없었어." 나는 그렇게 이야기를 마친다. 다시 열여덟 살로 돌아간 기분이다. 바로 핀치의 나이다. 상처 입은 열여덟. "나는 오히려 나를 네게 부족한 여자라고 느꼈던 거야."

"어떻게 그런 일이." 테디가 소리도 제대로 내지 못하고 말한다. 그의 눈이 눈물로 그렁그렁하다. "전혀 몰랐어."

"그랬지. 바로 그거였어." 내가 말한다. "네가 모르기를 바랐거든."

"나한테 말했어야지. 그렇다면 내가 네 곁을 지켜줬을 텐데."

"알아." 다시 과거로 돌아가고만 싶다. 그럴 수만 있다면, 내가 다른 선택을 할 수 있는 것들이 정말로 많을 텐데.

22

라일라

간밤에 침대에 들기 전 블라인드 닫는 것을 깜빡했다. 아침에 눈을 뜨니 창밖으로 아빠가 보인다. 집 앞 베란다에서 양동이를 놓고 정원용 호스와 커다란 빗자루를 든 채로 몸을 구부리고 무언가를 열심히 하고 있다. 상의의 팔은 걷어붙이고 뭔가를 박박 문질러 닦아내는 것 같다. 작업실에서 톱질하거나 사포로 닦아내며 열심히 일하는 아빠의 모습과 흡사하다. 불길한 예감이 들어, 나는 자리에서 벌떡 일어나 창가로 다가간다. 바로 그때, 우리 집 베란다 바닥에 형광 주황색 스프레이 페인트로 갈겨 쓴 글자가 보인다. '헤픈 ㄴ…'이라는 글자만 남아있지만 지워진 글자가 무엇이었는지는 금방 알 수 있다.

토할 것 같다. 정말 뭔가 올라오는 것 같아서 화장실로 달려가 변기 덮개를 올리고 기다린다. 아무것도 나오지 않는다. 구역질 대신 공포와 두려움이 몰려온다. 화장실에 걸린 거울에 눈길을 돌리지 않으려고 애쓰며 복도로 다시 나가 현관문을 연다. 봄날 아침 공기가 싸늘하다.

여전히 엎드린 자세의 아빠가 나를 올려다보더니 말한다. "집 안으로 들어가거라." 아빠의 목소리가 차분하다. 하지만 그럴수록 문제가 심상치 않다는 뜻임을 경험을 통해 잘 알고 있기에 속아 넘어갈 수가 없다. 우리가 지금 끔찍한 태풍의 눈 속에 있다는 뜻이다.

나는 아빠가 하라는 대로 해야 한다는 걸 잘 알면서도 그 자리에 서 있다. 가만히 서서 쳐다보고 있다. '픈'이라는 글자도 거의 지워져 가고 있다. 이제는 '헤'라는 글자만 남았다. 지금 생각해야 할 게 한두 개가 아님에도 불구하고 지금 내게 드는 생각은 저 페인트가 수용성이라 물로 지워진다는 사실에 그저 감사할 따름이다. 유성이 아닌 게 천만다행이다.

"아빠가 당장 집 안으로 들어가라고 했지!" 이번에는 아빠가 언성을 높인다. 하지만 고개를 들고 나를 바라보지는 않는다.

나는 몇 발짝 뒤로 물러서며 집 안으로 들어간다. 그리고는 내 침실로 뛰어가 전화를 집어 든다. 새로 온 문자는 없다. 어제 한밤중 마지막으로 확인한 이후 새로 들어온 것은 없다. 나는 즉시 핀치에게 전화를 건다.

"좋은 아침." 그가 말한다. 섹스 다음 날의 쾌활함인가.

"아니, 좋지 않아요." 나는 그렇게 말하며 창밖으로 아빠를 내다본다. 아빠는 이제 일어서서 호스로 베란다에 물을 뿌리고 있다.

수압의 강도를 최고로 올린 것 같다. 주황색 거품이 계단을 타고 흘러내려 잔디밭 가장자리로 타고 들어간다.

"무슨 일이야?" 핀치가 묻는다.

"누군가 우리 집 베란다에 페인트로 뭘 썼네요." 내가 말한다.

"에엥?" 그가 말한다.

"낙서 같은 거 있잖아요. 누가 우리 집을 훼손했다고요. 우리 집 베란다."

"아, 제에길." 핀치가 말한다. "뭐라고 썼니?"

일 초간 쉰다. "헤픈 년." 나는 간신히 대답한다. 쪽팔려서 죽을 것 같다. "지금 아빠가 밖에서 지우는 중이에요. 우리 아빠, 완전 빡쳤어요."

"이런. 너무 끔찍하다. 어떡하니."

"오빠 잘못도 아닌데요, 뭐." 그렇게 웅얼거리는 내 얼굴이 빨개진다. "폴리 짓이겠죠?"

"분명 그렇겠지. 너희 집에 방범 카메라 있니?"

"아뇨." 나는 그렇게 대답하며 브라우닝 가에 있던 방범용 카메라를 떠올린다. 보호가 반드시 필요한 그 집 안에 있는 온갖 귀중품들도.

"옆집에라도 있지 않을까?"

"아마 없을걸요." 내가 말한다. 짜증이 확 밀려오려고 한다. 도와주려고 하는 소린 건 알겠는데, 이 동네에 방범 카메라를 설치한 집이 어디 있겠느냐 말이다.

"내가 폴리에게 전화해볼게." 그가 말한다. "자백을 받아야겠어."

"아니에요." 내가 말한다. 그래 봤자 아무 소용 없으리라는 것을 잘 알고 있다. 폴리는 끝까지 잡아뗄 것이고 그랬다간 내 상황만 더 악화될 것이다. "제발 그러지 말아 주세요."

"알았어." 그가 말한다. 하지만 여전히 빡친 목소리다.

"핀치?" 내가 신경질적으로 그를 부른다. "뭐 하나 물어봐도 돼요?"

"당연하지." 그가 말한다.

"혹시…… 얘기한 사람 있나요?" 내 목소리가 약간 떨려온다. "우리가 했다는 거?"

"무슨 소리야. 당연히 안 했지." 핀치가 말한다.

나는 그를 믿으면서도 좀 더 확실히 해두고 싶어진다. "보에게도?"

"응. 아무에게도 말 안 했어." 그가 말한다. "라일라, 난 그런 거 자랑하고 다니지 않아."

"알았어요." 내가 말한다. 잠깐이지만 그냥 키스만 했었더라면 얼마나 좋았을까 하고 생각해본다. 그렇다 해도 폴리는 여전히 자기 멋대로 상상하겠지만 최소한 내가 아빠 눈은 똑바로 쳐다볼 수 있었을 것이다. 또한 내가 여자가 아닌 남자였더라면 이런 문제가 별거 아니었을 거라는 데까지 생각이 미친다. 아무도 핀치의 베란다에 '헤픈 놈'이라는 말은 쓰지 않을 테니까 말이다. 그건 더럽게 확실한 일이다.

"사진 찍어뒀어?" 핀치가 묻는다. "베란다 사진 말이야."

"어, 아뇨. 왜 찍어야 하죠?"

"증거가 필요하잖아. 미스터 Q에게 보여줄 증거."

"아니에요. 미스터 Q에게 이 얘기할 생각은 눈곱만큼도 없어요. 이 얘기가 학교 전체에 퍼져 나가지 않기만 바랄 뿐이에요. 내가 어제 오빠네 집에 놀러 갔다는 사실을 모두가 알게 되는 것만으로도 충분히 싫다고요."

"그게 어때서?" 핀치가 말한다. "네가 우리 집에 놀러 올 수 있는 것은 당연한 거 아냐? 우린 친구잖아."

심장이 쿵 내려앉는다. 나도 모르게 말해버린다. "그래요? 그게 우리 사이에요?" 내가 이런 질문을 해버리다니, 너무 싫다. 하지만 어쩔 수 없다.

"아니, 그러니까 내 말은…… 내 말은…… 그보다는 더하지, 분명히. 나 너 완전 좋아해." 핀치의 목소리가 나긋나긋해진다. "그리고 우리 어제 너무 좋았어."

내 얼굴에 미소가 피어오른다. 온몸에 따스한 기운이 번지면서 후회감이 순식간에 녹아내린다.

"다시 하고 싶어." 그가 속삭인다.

아찔한 기분이 든다. 나도 속삭인다. "나도요."

학교에 데려다 주는 내내 아빠는 한마디도 하지 않는다. 아빠가 아까보다 더 화가 나고 속상한 건지 알 수가 없다. 지금은 어떤 대화도 시도하지 않는 게 안전하겠다고 판단하고는 이 고문과도 같은 등교 시간 내내 입을 다물기로 한다. 학교에 도착하자 아빠는 나를 진입로에 내려주는 대신 방문객용 주차장에 차를 댄다. 나는 겁에 질린다.

"아빠 지금 뭐 하는 거예요?" 내가 아빠에게 묻는다. 아빠가 뭘 하려는지 불을 보듯 뻔하다.

"학교에 들어갈 거다. 쿼터먼을 만나 얘기해야지."

내 심장이 반대할 만한 타당한 이유를 찾기 위해 요동친다. 기껏 생각해낸 게 아빠 얼굴과 손이 페인트투성이라는 것이다.

"그래서?" 아빠가 말한다.

영화 〈재키〉가 떠오른다. 케네디 부인은 남편의 암살을 모두에게 알리기 위해 끝까지 피묻은 핑크색 정장 갈아입기를 거부했었지. 우리 집 베란다가 훼손된 걸 대통령 암살에 비교하자는 얘긴 아니다. 하지만 보아하니 아빠는 온몸이 페인트 범벅인 걸 다행으로 여기는 것 같다. 사실 차에 타기 전에 옷 갈아입을 시간이 충분히 있었는데도 그대로 입고 있는 걸 보면 말이다.

"아빠. 제발 이건 내가 해결하게 해줘요." 나는 아빠에게 사정한다. 하지만 아빠는 고개를 젓는다. 내가 뭘 말해도 아빠의 마음을 바꿀 수 없다는 신호다. 아빠가 묻는다. "교장실로 들어가기 전에 내가 알고 있어야 하는 이야기는 없니?"

나는 고개를 흔든다.

"그럼 너도 이게 누구 짓인지 모른다는 얘기지?"

나는 다시 고개를 흔든다. "몰라요, 아빠."

"마음에 짚이는 데라도? 짐작되는 사람이나?"

"잘 모르겠어요."

"잘 모르겠다?" 아빠가 말한다.

"그러니까, 누구든 범인일 수 있다는 얘기죠. 누군가 무작위로 저지른 일일 수도 있고요."

 마지막 말은 괜한 무리수를 둔 말이다. 하지만 아빠는 뜻밖에도 고개를 끄덕인다. 아빠도 그 말이 사실이길 바라는 건가? 그 낙서가 무작위 훼손이기를.

 "알겠다. 그럼 이 일이 지난 토요일 밤에 갔던 콘서트와 무관한 일이길 바라야겠구나? 아니면 어제 핀치 집에 갔던 것과도?" 아빠가 비아냥거린다.

 나는 충격과 수치에 빠져 아빠를 바라본다. 아빠는 슬픈 얼굴로 고개를 절레절레 흔들더니 차에서 내린다.

23

톰

쿼터먼 교장실에 들어가 차분하게 얘기를 하려고 했지만 마음대로 되지 않았다. 하지만 어찌어찌 정신을 차려본다. 누군가 우리 집 베란다에 '헤픈 년'이라고 갈겨 쓴 사진을 교장에게 보여주면서 침착한 목소리를 유지해본다. 차에서 라일라에게 그러했던 것처럼. 그 덕분인지 쿼터먼 교장이 눈에 보일 정도로 분노한다.

"죄송합니다, 라일라 아버님. 끔찍하군요. 정말 끔찍해요." 그는 머리를 흔들며 말한다. "누가 이런 짓을 했는지 추측이라도 되시는지요?"

"아뇨." 내가 말한다.

"라일라는 아는 바가 없을까요?"

"아이도 모른다고 하더군요."

"아이 말을 믿으십니까?"

나는 길게 한숨을 내쉬고는 고개를 젓는다. "사실, 믿지 않습니다. 아이가 누군가를 보호하려고 이러는 건지 그냥 겁을 먹은 건지 알 수가 없군요."

"파급효과가 두려워서?" 쿼터먼이 묻는다.

"그럴 겁니다. 핀치와 관련된……. 이 모든 상황이 점점 통제 불능이 되어가는 것 같아요."

쿼터먼이 미간을 찌푸리며 나를 유심히 쳐다본다. "어떤 면에서 그렇죠? 지금 상황이 어떻게 되어가고 있습니까?"

나는 숨을 내쉬고는 이렇게 말한다. "어디서 시작을 해야 할지……."

"말씀하고 싶으신 부분만 공유해 주시면 됩니다." 그가 말한다. "약속드리건대 저는 아버님 편입니다. 아버님과 라일라를 돕고 싶을 뿐입니다."

이상하게시리, 그가 다른 학생들의 안위는 물론 학교의 명성도 고려해야 하는 입장임을 너무나 잘 알면서도, 나는 그를 믿고 싶다. 절박한 마음에 이러는 걸지도 모르겠다. 하지만 나는 이야기를 시작한다. 커크와 만난 이야기, 니나와 핀치가 토요일 아침에 찾아왔던 얘기, 그리고 내가 자리를 비운 사이에 이루어진 핀치의 사과. 그리고 콘서트 이야기와 어제 라일라가 허락도 받지 않고 어른도 없는 핀치 집에 놀러 간 이야기까지 전부. 그리고 나는 니나가 폴리에 관해 보낸 문자를 소리 내 읽어준다.

"핀치 어머님과 이야기해보셨습니까?" 내가 말을 마치자 그가 묻는다. "그 문자 이후로요."

"아뇨." 내가 머리를 저으며 말한다. "아직이요. 제가 미쳐가는 건지 저는 이 상황에서 핀치 어머니가 한편같이 느껴지더군요. 라일라 편 말입니다."

"그렇습니다." 쿼터먼이 고개를 끄덕이며 말한다. "제 생각에도 그분이 이 문제를 바로잡아 보려고 노력하시는 것 같습니다."

내가 뭐라고 말하려는데 누군가 문을 두드린다.

"들어오세요." 쿼터먼이 외친다.

우리 둘 다 문을 바라보며 문이 열리길 기다린다. 문이 빼꼼히 열린다.

"들어오세요." 쿼터먼이 다시 말한다. 이번에는 조금 성가신 듯한 목소리다. "누구십니까?"

문이 조금 더 열리니 핀치가 서 있다.

"핀치," 쿼터먼이 엄한 목소리로 말한다. "지금은 회의 중이라서 안 되겠구나."

"죄송합니다." 핀치는 그렇게 말하며 문만 조금 더 열 뿐 섣불리 들어오지는 못한다. 그리고 그 자리에 서서 미끼를 던진다. "드릴 말씀이 있어서요. 어젯밤 일로요."

쿼터먼이 자리에서 일어서더니 핀치더러 책상 쪽으로 오라고 손짓한다. "그 일이라면 들어와도 좋다. 와서 앉거라."

나는 진정하자고 자신을 타이른다. 핀치가 내 곁에 놓인 의자에 앉는다.

"누구 짓이냐?" 내 언성이 높아진다. "우리 집 베란다에 페인트로 낙서한 사람이?"

핀치는 심호흡을 하더니 마침내 기세등등하게 말한다. 어쩌면 꽤 괜찮은 연기일 수도 있다. "폴리가 그랬어요." 그가 빠르게 내뱉는다. "아니면 폴리의 친구 중 하나일 수도 있고요. 폴리가 직접 한 일이 아니더라도 누가 했는지는 알고 있을 거예요. 폴리가 뒤에 있는 건 확실해요."

"핀치, 이게 지금 엄청난 힘의 제기인 걸 잘 알고 있겠지." 쿼터먼이 말한다. "증거가 있니?"

"구체적 증거는 없습니다." 핀치가 말한다. "하지만 어제…… 폴리가 라일라에게 그 단어를 썼어요."

"헤픈 년 말이냐?" 나는 그 말을 간신히 내뱉었다. 심장이 내 귀에서 쾅쾅 울리는 것 같다.

핀치가 내 눈을 바라보더니 느리게 고개를 끄덕인다. "네, 아저씨. 폴리가 그 말을 했어요."

내 안에서 뭔가 딱 부러지는 것 같은 소리가 났다. 나는 핀치 쪽으로 몸을 기울이고는 이를 갈며 말한다. "넌 이게 네 책임이라고 생각은 하고 있니?"

핀치가 고개를 저으며 말한다. "아뇨, 아저씨. 저는 아저씨 베란다에 아무 짓도 하지 않았어요."

"좋다. 그럼 넌 네가 찍은 사진이 여기에 기여했다고 생각하지 않는다는 게냐?"

핀치가 내 이글거리는 눈을 멍한 눈으로 바라본다. 그가 지난 토요일 우리 집에 찾아와 쌓은 호감이 몽땅 창밖으로 내던져지는 순간이다. 당장에 덤벼들어 한 대 치고 싶은 것을 안간힘을 쓰며 참는다.

"무슨 말씀이신지 제가 잘 이해가…" 핀치가 다시 말을 하려고 한다.

"그러니까 볼피 씨가 하시려는 얘기는," 쿼터먼이 나서서 중재한다. "네 사진, 그러니까 네가 찍은 라일라 사진이 이 모든 일의 원인이 되었다는 말씀이시다."

핀치가 눈을 끔벅이더니 고개를 뻔뻔스레 저으며 이렇게 말한다. "아니요, 아저씨. 죄송하지만 저는 그 말에 동의할 수 없습니다."

이번에는 내가 자리에서 벌떡 일어나고 만다. 그의 얼굴에 나타나는 공포심을 보며 만족감을 느낀다.

"아저씨! 잠시만요! 제 말 좀 들어주세요!" 그가 나를 향해 두 손바닥을 펴 보이며 외친다. "그 라일라 사진, 제가 찍지 않았어요! 캡션도 제가 쓴 게 아니고요. 저는 아무에게도 그 사진을 보내지 않았다고요!"

"뭐라고?" 쿼터먼과 내가 동시에 소리친다.

"맹세해요!" 핀치가 말을 잇는다. "라일라에게 물어보세요. 라일라도 진실을 알고 있다고요!"

"그렇다면, 이전에 한 말이 거짓말이거나 지금 하는 말이 거짓말이란 소리구나. 어느 게 사실이지?" 쿼터먼이 묻는다.

"이전에 한 말이 거짓입니다, 교장 선생님. 정말 죄송해요. 하지만 지금은 사실대로 말씀드리는 거예요. 라일라 사진을 찍은 사람은 제가 아닙니다."

"그래?" 나는 고함치며 묻는다. "그럼, 누구 짓이란 말이냐?"

"폴리가 그랬어요." 핀치는 그렇게 말하며 쿼터먼을 쳐다보더니 다시 눈길을 내게로 돌린다. "제가 덮어주고 있었어요. 하지만 그 애가 라일라에게 하는 말을 듣고, 또 아저씨 베란다에 한 짓을 보고는, 그 애를 더는 도와줄 필요가 없다고 생각하게 된 거예요."

그는 머리를 절레절레 흔들며 당돌한 표정으로 나를 빤히 쳐다본다. 이제는 정말 두 시나리오 중 하나가 분명하다. 핀치는 완전히 결백하거나 완전한 반사회적 인격 장애를 앓고 있거나. 자기 엄마 쪽을 많이 닮았거나 아니면 아빠를 쏙 빼닮았거나. 어느 게 맞는지 정말 모르겠다. 하지만 곧 알게 되겠지.

24

니나

새벽 네 시가 좀 넘어 눈을 떴다. 눈을 떠보니 내가 어린 시절을 보낸 바로 그 침실이다. 다시 잠을 청하기는 틀린 것 같다. 걱정이 너무 많다. 내 머리는 나의 과거와 미래, 그리고 지금의 어정쩡한 상황에 대한 생각으로 핑핑 돌 지경이다. 마음 한켠으로는 어제 허심탄회하게 털어놓은 것이 후회스럽다. 먼저, 모든 사람 앞에서 내 이혼 계획을 이야기한 것. 커크가 아무리 잘못했다고 하더라도 내 이혼 통보는 다른 누구보다도 그가 가장 먼저 들을 자격이 있었다. 그리고 또 하나, 테디에게 대학에서 있었던 일을 얘기한 것. 진리가 너희를 자유케 하리라는 말은 많이 들었지만, 다른 이들을 걱정시키고 속상하게 만든다면 그게 다 무슨 의미람?

과거에 내가 했던 결정을 후회하는 것보다 앞으로 닥칠 일이 더 두려웠다. 커크를 보는 게 두렵고 콘서트 문제와 우리 집에서 일어난 일을 두고 핀치와 대면하는 게 두렵다. 하지만 해야만 하는 일임을, 질질 끌어봐야 소용없음을 잘 알고 있다. 그래서 나는 자리에서 일어나 재빨리 침대를 정리하고 양치를 하고 옷을 갈아입는다. 가져온 잠옷과 세면도구를 작은 여행 가방에 던져 넣고 발끝으로 살금살금 계단을 내려간다. 작별 인사는 메모지에 써서 남겨놓고 몰래 현관문을 빠져나갈 셈이다. 하지만 엄마가 가운 차림으로 부엌 조리대에 버티고 앉아 노트북으로 솔리테어 카드 게임을 하고 있다.

"가니?" 엄마가 다음 수를 놓기 전에 나를 올려다보며 묻는다. "이렇게 일찍?"

"그렇게 되었네요. 오늘 처리해야 할 일이 많아서요."

엄마는 고개를 끄덕이더니 가면서 마실 커피를 만들어주겠노라고 제안한다.

"그럼 너무 좋죠." 내가 말한다. "고마워요, 엄마."

엄마는 일어나서 가스레인지로 걸어가더니 주전자를 올린다. 나는 속으로 피식 웃는다. 역시 우리 엄마, 그러면 그렇지. 인스턴트 커피를 말하는 거였군. 아니나 다를까 엄마는 선반에서 폴저스 병과 가루형 크리머와 인공감미료인 스플렌다 이퀄 봉지를 꺼낸다.

"블랙이 좋아요." 엄마가 저것들을 모두 넣어주었다가는 내가 가는 길에 내다 버리고 스타벅스가 나올 때까지 기다릴지도 모르겠다는 생각이 들어 얼른 말한다. 못해도 패스트푸드점 칙필레의 커피가 그것보단 나으리라. 그렇지만, 어쩌면…… 지금 내게 필요한 건 바로 엄마의 인스턴트 커피일지도 모르겠다.

우리는 둘 다 조리대에 기대어 서로를 정면으로 마주 보며 물이 끓기를 기다린다. "너와 커크 일, 참 유감이구나." 엄마가 마침내 입을 연다.

"그래요, 엄마." 내가 말한다. "나도 유감이에요."

"내가 상관할 바는 아니다만, 그리고 말하고 싶지 않으면 말하지 않아도 된다." 엄마는 그러면서 시작한다. 엄마가 이런 식의 권리 포기 선언을 하다니 전례가 없는 일이다. "혹시…… 다른 사람이 생긴 것 같아서 그러니?"

나는 어깨를 으쓱하며 말한다. "솔직히 말할까요? 사실 잘 모르겠어요. 그런 것 같기도 하고요. 하지만 꼭 그것 때문에 내가 그를 떠나는 건 아니에요. 불륜 같은 문제는 극복할 수 있을 것 같아요. 그것만 문제라면 말이에요."

"그런 건 극복이 가능할 것 같다?" 엄마가 말한다.

"아마도요. 아무리 착해도 누구나 실수는 하니까요." 나는 이렇게 말하며 핀치에게 적용되는 말이기를 간절히 바라본다. "하지만 커크는 착한 사람이 아닌 것 같아서요. 더는요."

엄마는 고개를 끄덕인다. 피상적으로나마 사위를 옹호하려는 일말의 시도도 하지 않는다.

"엄마, 커크를 마음에 들어 한 적은 있으세요?" 나는 줄리가 들려준 미니골프장에서의 사건을 떠올리며 묻는다.

"물론이지." 엄마의 대답이 어쩐지 너무 자동적으로 튀어나온 것 같다.

"정말요?" 내가 말한다. "진심을 말해주세요. 꼭이요."

엄마는 한숨을 쉬더니 입을 연다. "글쎄다, 초반에는 좋아하지 않았을까? 나도 잘 모르겠구나. 마음에 들긴 했지만 너무 잘난 체 한다고나 할까. 너희 둘이 너무…… 안 어울려 보이기도 했고. 하지만 네가 커크 같은 남자를 꼭 필요로 하는 것처럼 보이더구나."

"그랬죠." 나는 고개를 끄덕인다. 그 점을 엄마가 정확히 꿰뚫어 보고 있었다는 사실이 놀라울 따름이다. 내가 미처 깨닫기도 전에 말이다. 그러면서도 동시에 애석한 마음이 들기도 한다. 우리가 이렇게까지 되지 않을 수도 있었을 텐데. 어쩌다 우리는 이렇게 다른 방향으로 각자 걸어오게 된 것일까?

"그리고 엄마는 커크가 너를 잘 챙겨주는 것 같아 마음에 들어 했지. 신사잖니. 그런데 어느 순간부터인지 달라지더구나." 엄마가 말한다. "커크가 변했어. 좀 이기적으로 변했다고 해야 하나."

"알아요." 내가 말한다. 그만하면 절제된 표현이다. "언제부터 그렇게 되었다고 생각하세요? 그이가 회사를 팔면서부터?"

"그런 것 같구나. 맞아." 엄마가 말한다. "어깨에 힘이 들어가면서 건방져졌지. 너의 존재를 당연하게 받아들이기 시작했던 것도 같고. 뭐랄까, 존중의 결핍 같은 것이 네 아빠와 나를 불편하게 만들었지."

나는 고개를 끄덕인다. 엄마가 정확하게 봤다. 그리고 커크가 핀치에게 그런 모범을 보이고 있다고 생각하니 더 당혹스럽다. 그리고 내가 그 점을 그렇게 오랫동안 방치해 왔다는 점에서도 마찬가지다. 나는 그 점을 엄마에게 말하고는 희망적인 한 마디를 덧붙인다. "많이 늦었지만, 아무것도 안 하는 것보다는 훨씬 낫겠죠?"

"암, 그렇고말고." 엄마는 그렇게 말하며 테네시 주립대학 로고가 찍힌 여행용 머그잔에 인스턴트 커피 가루를 테이블스푼으로 듬뿍 떠넣는다. 저 컵은 우리 집에 80년대부터 있었던 것 같다. "테디 또한 그 말에 동의할 수도 있겠지." 엄마는 기대에 찬 얼굴로 나를 보며 말한다.

"엄마, 제발 좀." 내가 고개를 절레절레 저으며 말한다.

"응? 뭐가?" 엄마는 의아하다는 듯이 눈을 동그랗게 뜨고 말한다. "그냥 그렇다고."

내슈빌까지 16킬로미터 정도 남은 지점에서 월터 쿼터먼으로부터 전화가 온다. "그사이 새롭게 전개된 부분이 생겼습니다." 그가 말한다. "학교로 와주실 수 있는지요?"

"어떤 전개를 말씀하시는 거죠?" 심장이 철렁한다. 멜라니가 남긴 음성메시지와 관련이 있는 얘길까.

"전화로 말씀드리기는 곤란합니다." 월터가 말한다.

"알겠습니다." 나는 그렇게 말하고 그에게 남편에게도 연락했는지 묻는다.

"아닙니다. 어머님께 먼저 전화드렸습니다."

"고맙습니다." 그리고 나는 최대한 빨리 학교로 가겠다고 말한다.

몇 차례 서슴지 않고 교통 법규를 위반하며 달려 20분 뒤 학교에 도착해서는 건물 정면에 차를 대고 학교로 뛰어들어간다.

"쿼터먼 교장 선생님과 만나기로 했습니다." 나는 프런트 데스크의 샤론에게 그렇게 말한다. "기다리고 계실 거예요."

그녀는 고개를 끄덕이며 망할 놈의 방명록을 또다시 내민다. 하지만 나는 무시하고는 그렇잖아도 약속에 늦었다고 중얼거리며 서둘러 복도로 향한다.

교장실에 도착해 노크를 하고 들어가니 이미 방이 사람들로 가득하다. 월터는 책상에 앉았고 그 앞에 반원으로 둘린 의자에 핀치, 톰, 폴리 그리고 폴리의 부모가 앉아있다.

월터가 나를 맞이하고는 하나 남은 빈 의자로 나를 안내하는데 가슴이 철렁한다. 내 아들 바로 옆자리다. 자리에 앉으면서 톰, 폴리, 폴리의 부모에게 차례로 목인사를 하고는 그제야 내 아들을 돌아본다. 폴리만 제외하고는 모두가 비교적 차분한 얼굴이다.

"아버님도 오시나요?"

"아닙니다." 내가 말한다. "무슨 일인지 말씀해주시겠어요?"

그가 고개를 끄덕인다. "네, 핀치 어머님. 전화로 말씀드린 바와 같이 사건이 새롭게 전개가 되고 있는데, 안타깝게도 사건에 대한 이야기가 매우 상반된 두 가지로 갈리고 있습니다."

폴리가 울음을 터뜨리며 두 손으로 얼굴을 가린다. 아버지가 딸의 어깨에 팔을 두르고 조용히 하라고 부드럽게 이른다.

"누가 되셨건, 혹시 어떤 일이 있었던 것인지 바로 말씀해주실 수 있으실까요?"

"얼마든지." 톰이 내 말을 자르며 나선다. 차갑고 검푸른 목소리다. "누군가 우리 집 베란다에 '헤픈 년'이라고 써놨더군요."

"어머나, 세상에!" 내가 말한다. "어쩌다 그런 일이, 정말 유감입니다."

톰은 내 말을 무시하고 말했다. "핀치 말로는 폴리가 그랬다네요."

곁눈으로 보니 핀치가 고개를 끄덕이고 있다. 폴리는 울부짖으며 항의한다. "내가 안 그랬어! 맹세해!"

그녀의 아버지가 딸을 다시 달래보려고 하는 사이 톰이 말을 잇는다. "그 예술작품이 폴리의 작품이건 아니건 간에 폴리가 어제 라일라더러 헤픈 년이라고 부르긴 했다는군요. 그것도 당신 집에서. 폴리도 이 부분만은 사실이라고 인정했어요. 어찌나 고마운지."

"폴리도 그 말을 사용한 것에 대해 대단히 미안해하고 있습니다." 폴리의 아버지가 끼어든다. "하지만 그 집 베란다 훼손된 것은 우리 딸과 전혀 무관한 일입니다. 간밤에 아이는 내내 우리와 있었다니까요."

월터가 끼어들려고 했지만, 톰이 그를 무시하고 대꾸한다. "그뿐 아니라 핀치는 그 유명하신 우리 딸 사진을 찍은 것도 자기가 아니라고 하더군요. 그것도 역시 폴리가 그랬는데 여태껏 폴리를 감싸주고 있었답니다."

"사실이 아니에요!" 폴리가 고함을 친다. 얼굴이 온통 눈물, 콧물로 범벅이 되었다. "몽땅 거짓말이라고요!"

"거짓말하는 건 바로 너야." 핀치가 말한다. 완벽할 정도로 차분하다.

월터가 한숨을 쉬며 말한다. "그럼, 내일 있을 심리에서 명료해

지길 바라야겠군요."

"명료?" 톰이 고함친다. "이 상황에서 명료한 단 한 가지는 누군가의 거짓말 때문에 결국 내 딸만 피해자로 남는 것밖에 없어 보이는데요? 어쩌면 두 사람 모두 거짓말하는 중일 수도 있잖습니까? 어쩌면 전부 한통속이라 아무도 처벌받지 않으려고 짠 걸 수도 있지 않냐고요!"

"볼피 씨, 그게 그렇지 않다는 것은 제가 장담할 수 있습니다." 폴리의 아버지가 나선다. "제 딸이 그쪽 따님에게 끔찍한 말을 한 것은 인정하지 않았습니까, 그런데…"

"그런데, 뭐요?" 톰이 맞받아친다. "그런데, 대단한 일은 아니다?"

"라일라 아버님, 부탁드립니다. 힘든 상황인 거 잘 압니다. 하지만 진정하십시오." 월터가 말한다.

"지금 어딜 감히 내게 진정하라고 말하는 거요? 이건 모두 쑈야. 쌩쑈!" 톰이 자리에서 벌떡 일어나는 바람에 의자가 넘어지려고 휘청거린다. 그리고는 뛰쳐나가며 이렇게 외친다. "내 딸, 당장 교실에서 나오라고 해주시오! 당장!"

월터가 잔뜩 난처한 얼굴로 전화기를 집어 들고는 내선 전화로 이렇게 말한다. "라일라 볼피 좀 정문으로 나오라고 해주세요……. 네, 당장. 부탁합니다."

그러는 사이 톰은 교장실 문을 쾅 닫고 나가버린다.

깜짝 놀란 내 심장이 두근거린다. 핀치와 눈을 마주치니 아들이 나를 빤히 바라본다. 그는 손을 자기 가슴에 얹고 이렇게 말한다. "엄마, 맹세코." 그가 속삭인다. "내가 하지 않았어요."

25

톰

  기다린 것이 3초였는지 3분인지는 모르겠으나 라일라가 즉각 로비에 모습을 드러내지 않자 나는 프런트 데스크의 체크인 선반을 주먹으로 쾅쾅 내려치며 그 잘난 척하는 리셉셔니스트에게 당장 내 딸을 내놓으라고 고함을 친다. 나는 참지 못하고 교실이 있는 건물 방향으로 걸어가기 시작한다.
  "볼피 씨, 그쪽으로는 가실 수 없습니다!" 다급해진 리셉셔니스트가 자리에서 벌떡 일어난다. 나를 무장 침입자 정도로 여기는 모양이다.
  아니나 다를까 그 여자는 곧 떨리는 목소리로 내가 한 발자국만 더 가면 비상 단추를 눌러 경찰에 신고하겠다고 말한다.
  나는 멈추어 서서 몸을 돌리고 그 여자를 향해 곧장 걸어간다. "지금 일이 어떻게 돌아가는 중인지 모르는 척하지 마쇼. 당신이 전부 알고 있다는 것쯤은 내가 잘 알고 있으니까!"

나는 다시 선반을 주먹으로 내리친다. 때마침 라일라가 코너를 돌아 나를 향해 걸어온다. 아이 얼굴이 사색이 되어있다.

"아빠? 지금 뭐 하는 거예요?" 라일라가 그렇게 말하는데 리셉셔니스트가 독서용 안경 너머로 우리를 빤히 쳐다본다. 궁금해 죽겠다는 얼굴이다.

"가자, 라일라. 지금 당장."

"난 못 가요, 아빠!" 아이가 절박한 얼굴로 주변을 둘러보며 말한다. "과학 쪽지 시험 중이었다고요! 내 가방도 못 챙겼고요!"

"당장!" 내가 고함친다.

아이가 뭔가를 더 항의하려고 하지만 나는 이미 돌아서서 현관을 빠져나간다. 만일 아이가 나를 따라나오지 않으면 내가 그다음에 어찌해야 할지 걱정이 된다. 그다음엔 아무래도 저 프런트에 있는 여자가 놀라서 비상단추를 누르는 사태까지 벌어질 게 뻔하다. 다행히도 그 걱정은 할 필요가 없었다. 몇 초 후 뒤따라 나오는 아이의 발자국 소리가 들린다.

빨리 가려니 보폭이 커질 수밖에 없다. 내 뒤를 따라와 차에 올라탄 라일라를 보니 아이는 완전히 맛이 간 상태다. 어찌나 큰 소리로 울어대던지 과호흡으로 숨이 넘어갈 것처럼 보인다. 아이의 어깨에 팔을 두르고 진정시켜주고 싶은 마음도 있다. 하지만 내 분노, 그리고 이 거지 같은 벨 미드를 당장 벗어나고 싶은 생각에 인정사정 보지 않기로 한다.

그렇게 나는 차를 출발한다. 레인지로버, BMW, 벤츠를 타는 후

레자식들을 수도 없이 지나간다. 대체 나는 무슨 생각으로 내 딸을 이딴 동네에 있는 학교에 보냈단 말인가? 삭막한 영혼에 돈이나 숭배하고 거짓말이나 하는 개자식들을 키우는 이런 동네에 말이다. 왜 나는 벨 미드 컨트리클럽에서 백룸 사환으로 일했으면서도 그걸 일찌감치 깨닫지 못했을까? 딜레이니와 놀아나면서 그녀가 나를 노리개 취급했다는 걸 알았으면서도? 자기 아빠와 자기네가 속한 사회가 얼마나 상류층인지 확인하고 싶어서 구역질나게도 나를 이용한 거다. 그러고 보니 라일라도 노리개가 된 모양인데 더는 이를 지켜보고만 있지 않을 셈이다. 오늘부로 내 아이는 이 저주받을 학교에 더는 다니지 않기로 한다. 교육이 이런 거라면 다 필요 없다. 그래서 종국에 원하는 게 뭔데? 엘리트 교육을 통해 원하는 게 정확히 뭐냔 말이다. 엘리트 인맥 그리고 커크 브라우닝 같은 개자식과 결혼하는 것? 개나 줘버려. 라일라가 이딴 인간들처럼 변할 바엔 나처럼 근근이 살아가는 편이 차라리 낫겠다. 나는 내 딸이 저들 사이에서 고독하게 사느니 혼자서 고독하게 살았으면 한다.

우리 대 그들.

이 말이 운전하는 내내 머리를 떠나지 않고 둥둥 울려댄다. 440번 고속도로의 진입로가 붐벼 보여서 나는 시내를 관통하기로 한다. 교차로마다 신호등에 걸려 선다. 라일라의 눈물은 마르지 않는다. 몇 분에 한 번씩 쿼터먼과 니나를 떠올린다. 그들까지 싸잡아서 욕하자니 너무 과도하게 일반화를 한 걸지도 모르겠다. 하지만 다시 생각해보면 결국 이 놀음에 참여한, 모두 똑같은 종자들이다. 퀴터먼이 저들과 똑같이 거지 같은 생각을 갖고 있지 않다면 윈저 같은 학교를 어떻게 운영하겠는가? 그리고 나는 니나를 정말 좋아한다. 이건 어쩔 수 없는 마음이다. 하지만 그 아들은 어딘가 수상하다. 어쩌면 정말로 그 자식이 사진을 찍은 게 아닐 수도 있고, 우리 베란다에 낙서한 것도 그가 아닐 수 있다. 하지만 이러나저러나 거짓말한 것은 사실이다. 그리고 거기에 라일라가 희생되었다.

"아빠, 속도 줄여요!" 라일라가 비명을 지른다. 검은색 렉서스 차량의 뒤를 갖다 박을 뻔했다. 급히 브레이크를 밟아 아슬아슬하게 멈춘다. 심장이 쿵쾅거리고 운전대를 잡은 손은 땀으로 흠뻑 젖는다.

"미안하다." 내가 작은 소리로 말한다. 정신줄 똑바로 잡으라고, 속으로 혼잣말을 한다. 그리고 도움이 필요하다고. 거기에 생각이 미치니 보니가 떠올라 우회전을 해야 할 곳에서 좌회전을 한다.

"어디 가는 거예요?" 라일라가 묻는다. 아이는 이미 울음을 그쳤다.

"친구 만나러." 내가 말한다.

"무슨 친구?" 아이가 묻는다.

많은 것을 담고 있는 질문이다. 아이는 아빠에게 친구가 없다고 생각한다.

나는 대꾸하는 대신 계속 운전한다. 유서 깊은 벨몬트 지역을 이리저리 돌아 관통하며 보니의 예스럽고 오래된 포스퀘어 양식의 주택에 다다른다. 범퍼 보호대가 덕지덕지 붙은 그녀의 오래된 볼보 스테이션 왜건이 진입로에 대각선으로 세워져 있다. 다른 날이었다면 그녀의 주차 실력에 피식 웃음이 났으리라.

"아빠, 이게 누구 집이에요?" 라일라가 묻는다. 여전히 화가 난 상태지만 호기심이 히스테리를 가라앉히는 중이다.

"말했잖니. 아빠 친구 집이라고." 나는 볼보 뒤에 차를 세우며 말한다. "이분의 이름은 보니야. 아빠가 가끔 어려운 일이 있을 때마다 찾아와서 대화하는 분이다. 너에 관한 문제도 그렇고. 자, 들어가서 만나보자꾸나."

우리는 둘 다 차에서 내려 차 문을 닫는다. 라일라가 내 뒤를 졸졸 따라 현관문까지 온다.

"아빠, 이 분이랑 혹시 사귀는 사이에요?" 아이가 소매로 코를 닦으며 묻는다.

그 순간 보니가 현관문의 창유리에 모습을 드러낸다. 큼지막한 안경을 쓰고 담요인가 싶을 정도로 괴상하게 생긴 숄을 걸치고 있다. 오늘따라 그녀의 흰 머리가 더 어수선하다. 라일라의 얼굴에서 실망감이 스쳐 지나가는 것이 보인다.

"어서 와요, 우리 토미." 보니가 현관문을 열어주며 말한다.

"안녕하세요." 내가 말한다. "갑작스럽게 찾아와서 미안합니다."

"내겐 뜻밖이라 더 반가운데요, 토미. 아주 반가워요." 그녀가 내 뒤를 쳐다보며 말한다. "그리고 너는 아마도 라일라?" 보니는 한결 더 따스한 얼굴로 말한다.

"네, 할머니." 라일라가 말한다. 입을 앙다물고 억지로 미소를 지어 보인다. 어른들에게 소개될 때 흔히 짓는 표정이다.

"너를 이렇게 만나게 되다니. 진짜로 멋지구나. 나는 보니란다." 그녀가 숄 속에 깊이 감추어 두었던 손을 내밀며 말한다. 라일라의 손을 잡고 악수를 하더니 아이를 끌어당겨 살짝 포옹해준다. "들어오렴, 애야."

라일라가 먼저 들어가고 나도 따라 들어가니 빵 굽는 냄새가 진동한다. 하지만 뭘 굽는 중인지 맞히지는 못하겠다. 시나몬인가? 보아하니 라일라는 벌써 기분이 좋아졌다. 내게 친구가 있다는 사실에도 그랬겠지만 보니라는 사람 자체에 마음이 열린 것 같다. 이번만은 딸과 내가 합의점을 제대로 찾은 것 같다.

보니가 우리를 뒷마당의 썬룸으로 안내한다. 보석 장식 천으로 꾸며진 그곳에는 아침 햇살이 쏟아지고 있다. 나는 에메랄드빛 의자에 앉고 라일라는 내 맞은편에 놓인 사파이어블루빛 의자에 앉는다.

"민트 차를 끓여줄까요?" 보니가 노래하는 듯한 목소리로 묻는다. 어쩐지 아일랜드 억양처럼 들린다. "아주 맛있는 차인데."

우리는 둘 다 고개를 끄덕이며 주방으로 돌아가는 그녀의 뒷모습을 바라본다. 우리는 몇 분이 흐르도록 아무 말도 하지 않는다. 그냥 앉아서 보니가 돌아오기만을 기다리고 있다. 보니가 작은 나무 쟁반을 들고 나타난다. 그 위에는 김이 모락모락 나는 찻잔 세 개와 짝이 맞지 않는 컵 받침, 그리고 핑크색 생일파티용 냅킨이 놓여있다. 쟁반 위에는 미니어처 사이즈의 우유 주전자와 각설탕

이 가득 든 그릇도 있다. 그걸 보고 있으니 라일라가 어릴 적 가지고 놀던 다기 세트가 떠오른다. 보니가 커피 테이블 위에 쟁반을 올려놓기도 전에 라일라와 나는 각자의 찻잔을 받아든다. 그 커피 테이블은 보니가 버들가지를 엮어 만든 것이다. 보니도 와서 라일라와 나란히 놓인 빨간 의자에 앉는다. 두 사람이 앉은 자리에서는 뒷마당이 내다보인다. 그녀는 창밖에 솟아있는 나무들을 가리킨다. 나는 창을 등지고 앉았지만 두 사람이 뭘 보고 있는지 잘 알고 있다.

"저기 보이는 훌륭한 나무 위의 집이 보이니?" 보니가 라일라에게 묻는다.

라일라는 고개를 끄덕인다. 아이 얼굴이 얼어있다.

"누가 만들었는지 아니?" 보니가 각설탕 두 개를 찻잔에 넣고 저으며 말한다. 티스푼이 찻잔에 부딪히는 소리를 듣고 있으니 최면에 걸릴 것만 같다.

"우리 아빠요?" 라일라가 알아맞힌다.

보니가 미소를 지으며 고개를 끄덕이고는 티스푼을 찻잔 모서리에 탁탁 치더니 쟁반에 내려놓는다. "맞아. 네 아빠……. 내 눈에 뭐가 쓰였는진 모르겠지만 그래도 난 네 아빠가 만든 저 나무집이 테네시주에서 가장 으뜸가는 나무집이라고 생각한단다. 어쩌면 전국 최고일지도 몰라."

라일라가 보니에게 미소를 보내는 걸 보니 마음이 찡하며 울린다.

"그럼 이제 말해보렴." 보니가 미간을 찌푸리며 정신과 의사다운 표정을 짓는다. "이 시간에 어째서 학교에 가 있지 않은 거니?"

라일라가 찻잔을 받침에 내려놓더니 말한다. "그 질문은 아빠에게 하세요. 과학 쪽지 시험 중에 나를 데리고 나온 건 아빠니까." 라일라가 나를 노려본다.

"그 사진과 관련이 있는 일이니? 파티에서 찍혔다는?" 보니가 라일라를 똑바로 바라보면서 묻는다. 단도직입적으로 나와주어 가산점을 주고 싶다.

라일라는 고개를 끄덕이더니 재빨리 그리고 단호하게 핀치의 전 여자친구가 그 사진을 찍었다고, 핀치는 결백하다고 말한다. 나는 라일라의 주장에 가타부타 의견을 달지 않은 채 그간의 일에 대한 부연 설명을 한다. 라일라가 어제 핀치의 집에 갔었던 일, 그리고 우리 집 베란다 훼손 사건까지. 라일라는 그것 역시 폴리 짓이라고 말한다. 오늘 아침 학교 로비에서 있었던 일을 얘기하면서는 '수치스러웠다'고, 그리고 내가 '항상' 상황을 실제보다 더 악화시킨다며 비난한다.

"그럼, 핀치는 결백하고 내가 나쁜 놈이란 말이니?" 내가 말한다. 보니로 인한 진정 효과는 벌써 약발이 떨어진 모양이다.

"아빠! 시험 보는 중이었다니까요!"

"쪽지 시험이라면서."

"그거나 그거나죠!"

보니가 다 이해한다는 듯이 고개를 끄덕이더니 이렇게 말한다. "그랬구나. 그럼, 라일라가 먼저 말해볼까? 오늘 같은 상황에서 아빠가 어떻게 했더라면 더 좋았을까?"

라일라가 한숨을 쉬더니 장황하고 횡설수설하게 말하기 시작한다. 내 옷에 묻은 주황색 페인트부터 내가 학교 로비에서 고함친 것까지. "그러니까요, 아빠가 그냥 교장 선생님과 통화를 할 수도 있었잖아요? 굳이 학교에 나타나서 소동을 일으키지 않고 말이에요. 온몸에 페인트를 묻혀 갖고요."

보니가 나를 쳐다본다. "딸이 어떻게 느꼈을지 이해가 가나요?"

"네, 그런 것 같습니다." 내가 말한다. "내가 이성을 잃었다는 아이의 말이 맞긴 합니다. 하지만 난 뭐라도 해야 했어요. 그리고 가끔 라일라는 큰 그림을 보기보단 작은 부분에 더 신경을 쓰는 것처럼 보이기도 합니다. 외모 같은 거요. 예를 들어, 옷에 페인트 좀 묻은 게 어때서 그러나요?"

보니가 내게 살짝 웃어 보이더니 다시 라일라를 돌아본다. "아빠가 무슨 말을 하시는지 이해가 가니?"

라일라가 어깨를 으쓱하더니 내가 보니에게 했던 것과 똑같은 대답을 한다. "그런 것 같아요."

보니가 목을 가다듬더니 이어서 말한다. "아빠가 너를 돕기 위해 최선을 다하고 계신다는 생각이 들지 않니?"

"맞아요. 하지만 이건 도와주는 게 아니에요." 라일라가 말한다. "전혀 아니죠. 아빠는 내 입장이 어떤지 상상도 못해요. 이건 내가 다니는 학교예요. 그런데 아빠가 와서 들이받은 거죠. 내 세계를요."

"그리 오래된 세계도 아니면서." 내가 작은 소리로 말한다.

라일라가 들으라는 듯이 크게 콧방귀를 뀌더니 나를 가리키며 보니에게 말한다. "보셨죠? 그것 보세요. 아빠는 이 문제로 나를 이 학교에서 빼내려고 한다고요! 정말 말도 안 되는 행동이라고 얘기 좀 해주세요. 너어무 불공평하다고요! 이게 윈저의 잘못도 아닌데!"

"그렇구나. 하지만 아빠가 왜 윈저에 대해 적대감을 갖고 있는지 알고 있니? 일단, 그 학교 학생이 네 사진을 찍었지. 그런데 아무도 그 일로 처벌을 받지 않고 있어. 시간이 이렇게 지났는데도 말이야." 보니가 내 분노와 좌절감의 이유를 설명하고 있다. 얼마나 아름답고 간결하게 묘사하는지 당장에 그녀와 하이파이브를 하거나 안아주고 싶은 심정이다.

"좋아요. 거기까지는 알겠어요." 라일라가 말한다. "그리고 아빠가 정말 좋은 아빠라든가 그런 거는 감사하게 생각해요. 하지만 아빠는 항상 모두에게 화가 나 있어요. 온 세상이 우리의 적이라도 되는 것처럼 생각한다고요. 그런데 아니거든요. 정말 그렇지 않아요."

아이의 말이 너무나 사실이라 나를 아프게 찌른다. 숨을 고르는데 두 사람의 시선이 모두 내게 향하고 있음을 느낀다.

"톰?" 보니가 부드러운 목소리로 나를 부른다.

"네?" 내 머리가 빙글빙글 도는 것 같다.

"라일라 말이 맞나요?"

나는 천천히 고개를 끄덕인다. "그래요. 맞네요."

라일라는 내 눈을 바라보며 말한다. "내 말은요, 아빠. 맞아요, 벨미드 사람 중에 정말 뭐 같은 인간들도 있어요. 더럽게 잘난 척하는 인간들도 있고 우리를 깔보는 사람들도 있고요. 하지만 다 그런 건 아니에요. 어떤 사람들은 우리와 같은 생각을 하는 사람들이에요. 그냥 돈만 더 많을 뿐이죠. 돈이나 외모, 뭐 그런 게 우리에게 중요하지 않듯이, 그 사람들도 돈이나 외모 같은 거 신경 쓰지 않아요." 라일라의 표정이 진지하고 담대하다.

나는 아이의 말에 다시 고개를 끄덕인다. 아이의 생각이 내가 생각한 것보다 훨씬 깊은 데가 있다.

"나는 그냥 아빠가 가끔은 나를 좀 믿어줬으면 해요." 라일라가 계속 얘기한다. "내가 사람 보는 눈이 아빠와는 좀 다를 수도 있겠죠. 그게 그레이스나 핀치, 누가 되었건요. 아, 맞아요, 나는 계속 실수를 하겠죠. 하지만 지금은 아빠가 나를 믿어주실 차례예요. 그러다가 일이 꼬이면 꼬이는 거죠. 하지만 내가 원하는 건, 그리고 내게 필요한 건, 나에 대한 아빠의 믿음이라고요."

"알았다." 나는 고개를 끄덕이며 눈을 깜빡여 별안간 나오려는 눈물을 삼킨다. "아빠가 노력하마."

"그리고 라일라?" 보니가 말한다. "너도 노력할 거지? 아빠에게 여유를 주고 몰아붙이지 않는 것 말이다. 그리고 그동안 아빠가 혼자 힘으로 널 키우느라 얼마나 고생하셨는지도 좀 이해해 드릴 수 있겠지?"

"그럴게요." 라일라가 보니를 보고 대답하더니 시선을 내게로 돌린다. "노력할게요. 약속해요, 아빠."

딸의 말에 더 참지 못하고 눈물이 터져 나올 뻔했으나 차 마시는 척을 하면서 간신히 진정시킨다.

"그래요." 보니가 말한다. "좋은 시작이군요."

"그렇네요." 내가 말한다.

"정말요." 라일라가 맞장구를 친다.

"그럼," 보니가 경쾌한 어조로 말한다. "우리 같이 세계 최고의 나무집을 구경하러 나가 볼까?"

26

니나

톰이 요란하게 교장실을 나간 뒤, 월터는 핀치더러 조퇴하여 집으로 갔다가 내일 아침 심리 일정에 맞춰 학교에 오라고 이른다. 나는 건물 밖으로 나온 후에야 핀치에게 곧장 집으로 가라고, 집에서 만나자고 한다.

핀치는 고개를 끄덕이더니 학생 주차장 쪽으로 걸어가고 나는 내 차를 가지러 간다. 차에 올라타 안전띠를 매고 심호흡을 몇 차례 한다. 시동을 걸기 전 먼저 커크에게 전화를 걸어야 한다. 운전하면서 동시에 전화하고 싶지는 않다. 그에게가 아니라 이 문제에 대해서만큼은….

"안녕, 여보!" 그의 목소리에 짜낸 듯한 명랑함이 실려있다. "어디 갔었어?"

"핀치가 얘기한 줄 알았는데?" 내가 말한다. "브리스톨에 갔었어."

"그래, 핀치가 그러더라. 그런데 어쩐 일로?"

"어쩐 일이냐니?" 내가 말한다.

"그러니까, 무슨 일로 친정에 갔냐는 거지." 그가 묻는다. 백미러로 핀치의 벤츠가 보인다. 핀치는 나를 지나쳐 교문을 빠져나가더니 집 방향으로 우회전을 한다.

"부모님 보러 갔지. 줄리도 만나고." 내가 말한다.

"그랬군. 그런데 전화는 왜 안 했어?" 그가 묻는다.

"좀 바빴어. 쉬고 싶기도 했고. 커크, 우리 얘기 좀 해."

"그러자." 그가 말한다. "오늘 저녁 어때? 우리 둘만?"

"아니. 지금. 사실은 당신이 지금 좀 집으로 와줬으면 하는데. 핀치와 나도 집에 가는 길이야. 월터가 오늘 핀치 조퇴하라고 했어."

"뭐? 왜? 무슨 일이야?" 그가 말한다.

커크는 이제야 우리가 하는 대화에 진지하게 집중한다. 생색내기용이 아닌 진짜다. "집에서 봐, 여보. 전화로 할 얘긴 아니야."

어쩐 일인지 커크가 나보다 먼저 집에 도착해있다. 제길. 나는 속으로 말한다. 집 앞 나의 자리에 차를 주차하고 뛰어들어간다. 두 사람이 만나서 입을 맞추기 전에 내가 먼저 들어가야 한다. 커크의 사무실로 가니 두 사람은 그러잖아도 머리를 맞대고 얘기 중이다. 핀치가 말하던 것을 갑자기 멈춘다. 두 사람이 동시에 나를 돌아본다.

"내가 방해가 됐나?" 밥 테이트와 저들이 주고받은 이메일을 읽었을 때와 마찬가지로 구역질이 일어난다.

"아니." 커크가 말한다. "그럴 리가." 그는 마치 나를 포옹이라도 하려는 듯 다가오더니 이렇게 말한다. "인사도 안 하기야? 난 만나서 반가운데…."

나는 한발 물러서며 말한다. "여보, 내게 사실대로 말해줘야겠어. 이번만은."

그는 눈을 꿈벅이더니 킬킬거린다. "당신 그게 무슨 말이야, 지금?"

"당신이 말해." 나는 그렇게 말하고 눈길을 핀치에게로 돌린다. "아니면 우리 아들이 말하거나."

"엄마~, 저는 이미 엄마에게 사실대로 말했잖아요."

"아니, 핀치." 고함치지 않는 선에서 최대한 큰 소리로 말했다. "넌 사실대로 말하지 않았어."

핀치가 도와달라는 듯이 아빠를 슬쩍 바라본다. 커크는 벽난로 있는 쪽으로 걸어가더니 판넬로 된 벽에 기대어 선다.

"커크." 내가 말한다. "나한테 하고 싶은 말 없어? 혹시 콘서트 티켓에 관한 이야기라도."

"여보, 제발." 커크가 말한다. 당연히, 그는 범행을 자백할 리 없다. 증거와 함께 현행범으로 걸리지 않는 한 말이다. "대체 무슨 얘길 하는 거야?"

"밥 테이트. 그리고 네 장의 루크 브라이언 티켓. 보가 티켓값을 지불한 것으로 꾸민?"

커크와 핀치가 서로를 힐끔거리는 모습을 보니 내 안에서 뭔가가 툭 부러지는 것 같다. "거짓말 좀 그만해! 두 사람 모두!" 나는 소리를 친다. 절망과 분노로 눈물이 나려는 것을 참느라 안간힘을 쓴다. 두 사람 중 하나는 아주 약간이지만 뉘우치는 얼굴을 하고 있다. 내가 결혼한 남자는 아니다.

"죄송해요. 엄마." 핀치가 두 손으로 머리칼을 쓸어넘기며 말한다. "난 그냥…"

"너 원하는 대로 하고 싶었겠지." 내가 말한다. "알겠니? 그게 바로 문제인 거야. 항상 너나 네 아버지 모두 원하는 대로만 하고 싶어 하는 것."

핀치가 입을 다물더니 입술을 깨문다. "죄송해요." 이번에는 기어 들어가는 소리로 말한다.

나는 커크를 노려보며 말한다. "당신이 어떻게 이럴 수 있어? 아들한테? 나한테? 우리 가족한테?"

"내가 뭘 어쨌길래?" 그가 뻔뻔스러운 얼굴로 내게 묻는다. "좋아하는 여자애랑 같이 콘서트 가게 해 준 거?"

나는 침을 삼키며 고개를 흔든다. "아니. 어떻게 아이에게 이딴 인간이 되라고 가르칠 수가 있냐고?"

"엄마아." 애원하는 말투로 끼어드는 핀치를 보니 다시 마냥 순수하던 세 살짜리 핀치로 돌아간 것 같다. 뭔가 내 가슴을 찌르는 듯한 고통이 느껴진다.

나는 눈썹을 치켜올리고 다음 말을 기다린다.

"엄마, 정말이에요." 아이가 간곡히 부탁한다. "맹세해요. 그 사진과 폴리에 대한 얘기는 거짓말이 아니에요. 제가 안 찍었어요. 폴리가 찍었다고요."

"그럼 한번 정리해보자." 나는 아들을 쏘아보며 말한다. "너는 그날 밤 파티에 대해서도 거짓말을 했고, 그다음 월요일 교장실에서도 거짓말을 했어. 그리고 보가 티켓을 구했다며 콘서트에 가던 날에도 거짓말을 했지. 그런데, 지금 네가 하는 말이 거짓이 아니라는 거니?"

핀치는 고개를 끄덕이며 말한다. "네, 엄마. 이건 사실이에요."

"그럼, 갑자기 왜 생각을 바꿨지?" 내가 말한다. 나는 지금 아들의 말을 믿어주고 싶다.

"그러니까, 제가 생각을 정말 많이 해봤어요. 그, 그리고, 엄마, 잘못된 일을 바로잡아야겠다는 생각이 든 거예요." 아이가 말을 더듬는다. "그 티켓을 구하고 싶었던 것은 라일라에게 내 진심을 보여주고 싶어서 그런 거라고요. 아빠도 그걸 알고 있고요. 그래서 아빠가 허락해주신 거예요."

곁눈으로 보니 커크가 고개를 끄덕이고 있다. 아들이 훌륭하게 최종 변론을 해내는 모습이 기특한 모양이다. 두 사람 모두 나를 빤히 쳐다보고 있다. 내 대답을 기다리는 중이다.

"그렇다면," 내가 말한다. "너는 네 아버지가 볼피 씨에게 뇌물을 주려고 했던 사실을 알고 있니?"

"니나." 커크가 말한다. "그만해."

나는 고개를 젓는다. "아니, 커크! 애도 알아야지." 나는 그렇게 말하고 다시 핀치를 돌아본다. "네 아버지가 톰 볼피에게 만 오천 달러를 준 사실을 알고 있었니? 네가 명예위원회에 회부되지 않도록?"

펀치가 주저한다. 아이는 숨기지 못한다. 아이는 알고 있었다. 한통속이었던 거다.

"됐다." 내가 말한다. 최고점을 찍었다고 생각했던 역겨움이 더 커질 수 있다는 사실이 놀랍기만 하다. "아, 마침 이 얘기가 나와서 말인데, 커크, 톰이 당신 돈 돌려주더라."

"멍청한 자식 같으니!" 커크가 작은 소리로 중얼거린다.

"아니, 커크. 톰 볼피는 멍청함과는 거리가 멀어. 좋은 사람이야. 아빠 혼자의 힘으로 딸을 멋지게 키워냈더라고. 그런데 그 딸이 어떻게 된 일인지 우리 아들을 좋아하더라?"

"어떻게 된 일인지?" 커크가 말한다. "와아, 당신, 말 참 예쁘게 한다."

나는 숨을 깊이 들이마시고 커크에게 말한다. "우리 잠깐 따로 얘기할 수 있을까?"

그가 고개를 끄덕이더니 침실로 따라 들어온다. 그의 입에서 나온 첫 마디에 나는 깜짝 놀란다. "저기, 여보. 정말 미안해."

"미안? 뭐가? 뇌물 줘서? 콘서트 티켓 갖고 속여서? 아니면 바람 피워서?"

"바람?!" 커크가 말한다. 한 번도 본 적 없는 발끈하는 모습과 충격받은 표정을 지으며 과장된 연기를 하는 중이다. "왜 그런 말을 해? 당신 요즘 무슨 일 있어? 당신 요즘 영 딴 사람 같아 보여."

"그래." 내가 말한다. "벌써 몇 년째 영 딴 사람으로 살고 있지. 당신이 나를 벨 미드의 트로피 와이프 취급하도록 내버려 뒀으니까."

"트로피 와이프?" 그가 코웃음을 친다. "왜 이래. 우린 대학 때부터 만난 사이잖아. 대체 무슨 소릴 하는 거야?"

"내 말이 무슨 뜻인지는 당신이 더 잘 알 텐데. 나는 장신구에 불과해. 그게 당신이 나를 바라보는 관점이지. 내 인생은 전부…… 가짜에 겉치레뿐이야. 이제 그만 할래."

"정확히 뭘 그만한다는 거야?" 그가 나를 향해 고함을 친다. "이렇게 좋은 집에서 사는 거? 우리가 여행 다니는 거? 우리 라이프스타일?"

"그래. 전부 다. 하지만 뭘 가장 그만하고 싶은 줄 알아? 바로 당신이야, 커크. 당신의 그 같잖은 우월의식. 당신의 거짓말. 당신의 소중한 자기애와 온갖 지랄. 당신이 우리 아들에게 보여주는 모범."

"우리 아들? 방금 프린스턴에서 입학 허가서를 받은, 썩 괜찮고 착한 아이인 우리 아들? 그런 모범 말하는 중인가?"

"아아, 그놈의 착한 아이 타령 좀 그만해. 제발. 착한 아이는 자기 엄마를 기만하는 짓 따위는 하지 않아. 착한 아이는 교장 선생님 면전에 대고 거짓말하지 않는다고."

"폴리를 감싸주려고 그랬다잖아. 일종의…… 기사도 정신이지."

"난 그렇게 생각하지 않아, 커크." 내 의심이 마침내 선명해진다. "핀치가 사진을 찍었느냐 아니냐를 말하는 게 아니야. 그 뒤에는 우리가 아는 것 이상의 일이 일어나고 있어. 핀치의 말만 믿어서는 안 된다는 얘기야. 그리고…… 그리고 난 더는 이런 식으로 못 살겠어. 이혼하고 싶어."

커크가 놀라 입을 떡 벌린 채 나를 노려본다. 그 모습을 보고 있으니 그가 말 한마디만 제대로 해준다면 내 마음을 돌이킬 수도 있겠다는 생각이 든다. 조금이라도 말이다. 내 말이 옳다고, 혹은 최소한 미안하다고만 한다면. 이번만은 진심을 담아서.

대신 그는 나를 똑바로 훑어보더니 이렇게 말한다. "당신 지금 큰 실수 하는 중이야. 하지만 이게 정말 당신이 원하는 거라면…… 난 막지 않겠어."

나는 절망감에 고개를 젓는다. 내 얼굴로 눈물이 쏟아져 나오는 것이 느껴진다. "그거 알아, 커크? 겨우 열아홉 살이었던 테디도…… 내가 대학 때 헤어지자고 하니까 지금 당신보다는 더 매달리더라."

커크가 눈알을 굴리며 말한다. "그래, 그럼 당신이 원한다면 그자에게 다시 돌아가면 되겠군."

"그럴 수도." 내가 말한다. "왜냐하면, 그는 나를 정말 사랑했거든. 하지만 난 테디에게 돌아가고 싶지 않아. 나는 그냥 나를 돌려받고 싶어. 그리고 내 아들도……. 너무 늦지만 않았다면."

25분 후 나는 강을 건넜고 단층집이 줄지어 선 거리를 차로 달리고 있다. 이곳은 한때 내슈빌 전차가 다니던 교외다. 볼피 가의 주소를 정확히 외워두진 않았지만, 집이 어디쯤인지는 대충 기억이 난다. 오드웨이 길을 따라가다가 에이번데일에서 좌회전이다. 집 앞에 도착했다. 나는 그 집을 조금 지나서 건너편 길에 차를 세운다. 막 차에서 내리려는데 멜라니에게서 전화가 온다. 받지 말자는 생각을 미처 하기도 전에 나는 나도 모르게 전화를 받아버린다.

"이제야 전화를 받는구나!" 그녀가 외친다. 몹시 걱정스러워하면서도 안심하는 목소리다. "이게 다 무슨 난리라니?"

"무슨 말이야?" 그녀의 말이 무엇을 두고 하는 소린지, 그녀가 어디까지 알고 있는 것인지 감을 잡을 수가 없다.

"폴리 얘기. 걔가 찍은 거라며, 그 사진? 그리고 라일라더러 헤픈 년이라고 했다며! 걔네 집 베란다에 낙서도 하고!"

"넌 이 얘기를 다 어디서 들었어?" 나는 소문의 속도에 다시 한번 놀란다.

"보에게서 들었어. 학교에서 나한테 문자를 보냈더라고. 오늘 다들 교장실에 불러 갔었다며? 폴리와 폴리 부모. 그리고 톰 볼피도 거기 있었겠네?"

나는 그녀 말대로였다고 말한다.

"보가 그러는데, 월터가 오늘 애들을 한 명씩 불러서 이것저것 물었대. 교장이 한바탕했나 보던데. 이게 마냥 사냥이 아니고 뭐니? 교장이 술 먹은 애들 다 정학시킬까 봐 나 완전히 떨고 있잖아."

"그럴 수도 있겠지." 내가 말한다. "아니면 그냥 사건의 정황을 바로 알고 싶어서 그런 거 아니었을까? 애들마다 말이 다 다르니까."

"그런 것도 같네. 하지만 폴리에게 동기가 충분하던데. 바로 질투심. 순수하고 단순한."

"그건 모를 일이야, 멜." 나는 그렇게 말하며 여러 범죄 현장 중 한 곳인 볼피 집 앞을 둘러본다. 볼피 가족의 집은 꽤 가파른 언덕

위에 자리하고 있어서 길에서 현관 베란다까지 도달하려면 콘크리트 층계 한 단을 올라가고 중간의 평지를 거쳐 다시 층계를 한 단 더 지나야 한다. 가려진 데 없이 탁 트인 곳이라 강철과도 같은 배짱을 가진 사람이 아니라면 굳이 저 계단을 걸어 올라가 길에서 이렇게 훤히 들여다보이는 베란다를 훼손하기란 쉽지 않다. "폴리가 그런 짓을 했을 것 같지 않아."

멜라니가 한숨을 쉰다. 짜증이 난 게 느껴진다. "사진 말이야? 아니면 베란다?"

"어느 쪽이든 말이야. 난 간밤에 집에도 없었거든." 내가 말한다. "브리스톨 부모님 집에 다녀왔어."

"그래도 커크는 집에 있지 않았을까?" 그녀가 묻는다. "만일 핀치가 밤에 집을 나왔다면 커크가 알았겠지."

"그렇게 생각할 수도 있겠지. 하지만 핀치는 얼마든지 들키지 않고 빠져나갈 수 있어. 아니면 커크가 그냥…… 모른 척했을 수도 있고. 요즘 이런 부분에서는 커크를 믿을 수가 없어서 말이야." 내가 말한다.

그리고 나는 멜라니에게 남자애들이 라일라와 그의 친구를 데리고 루크 브라이언 콘서트 갔던 것을 알고 있냐고 묻는다.

그녀는 잠시 주저하더니 알고 있었다고 털어놓는다. "미리 말하지 못해서 미안해. 하지만 커크가 말하지 말라고 해서 그랬어. 네가 알면 분명히 안 된다고 할 거라나……. 나는 커크가 널 생각해서 그러는 거라고 판단했어…. 미안."

그녀가 내게 거짓말을 하다니, 믿을 수 없다고 말하려는데 생각해보니 믿을 수 있는 일이다. 커크와 끝이듯 멜라니와도 끝이라는 생각이 별안간 든다. 줄리라면 다른 사람과 짜고 나를 속이는 일 따위는 절대로 하지 않았을 것이다. 그게 커크라면 더더욱.

"니나?" 멜라니가 묻는다. 그때 톰과 라일라가 건너편 인도에 차를 세운다. "듣고 있니?"

"그래." 내가 말한다. 아빠와 딸이 차에서 내려 현관문을 향해 걸어간다. 나를 알아본 사람은 아무도 없다.

"얘. 우린 그냥 너 힘들까 봐 그랬어. 너, 내가 하는 말, 진짜 오해하면 안 된다." 그녀가 막 지껄인다. 언제나 그랬듯이 이 말은 모욕적인 말이 나오겠다는 전조다. "하지만 너 요즘 너무…… 비이성적으로 굴고 있어. 생각해봐, 이미 명예위원회에 회부된 펀치가 뭣하러 라일라네 집 베란다에 낙서를 했겠니?"

"모르지. 폴리에게 누명을 씌우기 위해서?" 나는 그렇게 말하면서도 제발 그러지 않았기를 마음속으로 빈다.

멜라니는 계속해서 내 목소리가 불안정하게 들린다느니, 내가 걱정되어서 죽을 뻔했다느니, '우리 아들들'보다 더 중요한 건 세상에 아무것도 없다느니, 하는 이야기들을 지껄인다.

더는 들어줄 수가 없다. 그래서 나는 전화를 끊어야 한다고 말한다. 그리고 분명히 말해두는데 그보다 더 중요한 것들이 세상에 좀, 아니 많이 있다고 말한다.

"그게 뭔데?"

"정직, 진실성 그리고 인격?" 내가 말한다.

"웬일이니, 니나." 그녀가 말한다. "그럼 너 지금, 네가 우리보다 나은 사람이라고 말하는 거니?"

"'우리'가 누군데?" 나는 정말 궁금해서 묻는다.

"네 남편. 그리고 네 친구들 전부. 니나, 난 우리가 친구인 줄 알았다."

"그러게." 내가 말한다. "나도 정말 그런 줄 알았어."

27

라일라

 아빠의 친구, 오늘이 되기 전까지는 존재하는 줄조차 몰랐던 친구, 보니 할머니한테 갔다가 집에 돌아온 지 몇 분도 채 지나지 않아 브라우닝 부인이 현관에 나타난다. 아빠가 침실에 있어서 내가 문을 연다. 아빠에게도 친구들이 있다니 마음이 놓인다.
 "안녕, 라일라." 내게 인사하는 부인의 모습과 말소리에서 피로가 느껴진다. 화장기도 거의 없이 평상복 차림이다. 머리도 대충 하나로 묶은 포니테일을 하고 있다.
 "안녕하세요, 브라우닝 부인." 내가 말한다. "들어오실래요?"
 "그래, 고맙구나. 너와 아빠와 함께 얘기하고 싶어서 왔어." 부인이 그렇게 말하는데 아빠가 내 뒤에 나타난다.
 두 사람 사이에 험악한 분위기가 조성될까 봐 바짝 긴장한다. 하지만 보니 할머니의 진정 효과가 효험이 있는지 아빠는 부인을 향해 인사를 건네고는 들어오라고 권한다. 그리고 우리는 모두 거실로 걸어 들어간다. 아빠와 부인은 소파에 앉고 나는 아빠의 의자에 앉는다.

브라우닝 부인이 먼저 말을 시작한다. 두 눈은 자신의 손을 내려다보고 있다. "일어난 모든 일에 대해 사과드려요." 그녀가 시선을 들고 아빠를 바라고는 다시 내게로 돌린다.

"괜찮아요." 내가 말한다. 아빠가 또 내 말을 자르며 괜찮지 않다고 정정해 주리라고 예상한다.

하지만 아빠는 그러지 않는다. 그냥 "고맙습니다, 니나"라고 말할 뿐이다.

"네, 맞아요." 나도 말한다. "고맙습니다."

브라우닝 부인이 숨을 크게 들이쉬더니 이렇게 말한다. "라일라, 내가 뭘 좀 물어봐도 될까?"

나는 고개를 끄덕이며 부인을 뚫어지게 쳐다본다.

"너는 사진 찍은 사람이 누구라고 생각하니? 핀치? 아니면 폴리?"

나는 주저한다. 핀치에게 의심이 있거나 해서 그런 건 아니다. 하지만 내 생각을 말하면 부인이나 아빠가 왜 그렇게 생각하는지 이유를 물어볼 것이라는 사실을 알아서다. 그 이유를 말로 설명하기란 정말 어렵단 말이다.

"말해보렴, 라일라. 네 생각을 말씀드리거라." 아빠가 말한다.

"제 생각엔 폴리가 찍은 것 같아요." 나는 불쑥 말한다. "우리 집 베란다에 낙서한 것도 폴리라고 생각하고요. 질투심인 거죠. 핀치를 잃어버리는 게 두려워서요. 하지만 결국 폴리와 핀치 사이는 끝이 났지만요. 영원히."

마지막 말을 하는데 핀치네 집 지하실에서 핀치와 내가 한 짓이 생각나면서 뺨이 달아오른다. 폴리가 질투할 만한 정당한 이유다. 아빠를 건너다볼 용기가 나지 않는다. 두렵다. 아빠가 마지막 말을 듣고 어떤 일이 있었는지 벌써 눈치챈 건 아닌지.

"하지만 파티가 있던 날 밤에는 여전히 그 두 사람이 사귀는 사이 아니었니?" 브라우닝 부인이 묻는다. 걱정스럽고 혼란스러운 표정이다. "사진 찍었을 때 말이야."

"따지자면 그렇죠." 나는 어깨를 으쓱하며 말한다. 핀치 버전의 이야기가 완전히 진실은 아닐 수도 있겠다는 점을 인정할 수밖에 없다. 하지만 그날 밤 그가 보의 집 주방에 서 있던 나를 바라보던 눈빛이 떠오른다. 그렇게 생각하니 다시 그의 말이 모두 맞는 것 같다.

아빠와 브라우닝 부인은 내가 뭔가를 더 말하길 기다리고 있다. 하지만 내가 아무 말도 하지 않자 두 사람은 서로를 마주 본다. 마치 두 사람이 눈빛으로 대화를 주고받기라도 하는 것처럼 보인다. 핀치와 내가 하는 그런 것과는 다른 종류다. 그보다는 오히려 같은 배를 탄 신세의 사람들끼리 통하는 그런 눈빛 같은 거다. 나는 그 틈을 타서 자리에서 일어나 거실을 빠져나온다. 아무도 나를 막지 않아 다행이다.

나는 다시 혼자다. 방문을 닫고 전화를 찾아 침대로 기어 올라간다. 핀치랑 얘기하고 싶은 마음뿐이다. 분명 좋은 소식이 있을 거다. 이제 몇 시간 후면 그의 무죄가 밝혀질 예정이다. 아무런 제약

없이 사귀기까지 한 발짝만 남은 셈이다. 우리 사이가 아직은 그런 게 아닌 거라면.

하지만 전화를 보니 핀치에게서 전화 한 통, 문자 한 통도 온 게 없다. 대신 폴리에게서 온 문자가 있다. 심장이 내려앉는다. 지금은 그녀의 공격을 받고 싶지 않단 말이다. 하지만 적에서 온 문자를 모른 척할 수는 없다. 그래서 문자를 열고 읽는다.

라일라에게.
너를 헤픈 년이라고 부른 것, 정말 미안해. 그건 정말 끔찍한 말이었어. 그리고 나는 실제로 너를 그렇다고 생각하지도 않아. 그냥 너무 화가 나고 혼란스러워서 그랬어. 그렇지만 네 사진을 찍은 건 내가 아니야. 핀치와 보가 그랬어. 나한테 증거도 있어. 그리고 네게 말해줄 정말 중요한 얘기가 있어. 나한테 전화해 줄래? 부탁이야, 라일라. 나는 지금 절박하고 무서워. 네게 이렇게 빌게. 바닥까지 처박힌 상처 입은 마음으로 폴리가.

나는 문자를 읽고 나서 모두 터무니없는 거짓말이라고 생각한다. 구차한 변명으로 발뺌을 하고는 모든 것을 핀치의 잘못으로 돌리려고 한다. 그만큼 질투에 눈이 멀고 꼬여있는 거다. 안티의 전형이다. 나는 문자를 삭제하고 여기에 쓰인 내용 모두 내 기억에서 몽땅 지워버리라고 스스로에게 말한다.

하지만 그렇게 할 수가 없다. 하지 않는다. 왜냐하면 마음속 깊은 곳에서는 나 역시 무섭기 때문이다.

오후가 느리게 지나가고 나는 폴리의 문자를 읽고 읽고 또 읽는다. 다시 읽을 때마다 그녀의 말이 조금씩 믿어진다. 정작 내 기분을 비참하게 한 것은 핀치에게서 전화도 문자도 없다는 사실이었다. 난 결국 잠이 든다. 만일을 대비해 신호음을 최고치로 올려놓는다.

여섯 시경 나는 문자가 도착했다는 알림 소리에 다시 눈을 뜬다. 폴리에게서 또 다른 문자가 왔는데 이번에는 사진이다. 나는 숨을 멈추고 사진을 클릭한다. 사진이 다운로드되기를 기다리는 동안 어쩐지 불길한 기분이 든다.

내가 상상한 그 어떤 것보다도 더 끔찍한 사진이다. 보의 침대에 누운 또 다른 내 사진이다. 내 얼굴 가까이에서 찍었는데 내 콧대 위에 누군가의 반쯤 발기된 성기가 놓여있고 내 입 쪽으로 향해 있어 성기 끝부분이 거의 내 입술에 닿을 지경이다. 처음에는 누군가 포토샵을 한 사진이라고 생각한다. 그만큼 충격적이고 끔찍하고 구역질 나는 사진이다. 하지만 자세히 들여다보니 포토샵이 아닌 진짜다. 누군가의 성기가 진짜로 내 얼굴에 닿아있다. 누구의 성기인지 확신할 수는 없지만 짐작할 수 있었다. 그걸 잡고 있는 손이 낯익다.

내 마음이 산산이 부서지고 있는데 상대방이 문자 작성 중임을 알리는 생략점이 깜빡인다. 곧 문자가 도착한다.

제발 전화해줘. 부탁이야.

이번에는 전화를 건다.

폴리가 전화를 받더니 간신히 안녕이라고 인사를 한다. 그 한 마디에서 그녀가 울고 있었음을 알 수 있다. 어쩌면 아주 한참 동안.

"그 사진 어디서 났어요?" 내가 묻는다. 충격이 너무 커서 울 수도 없다. "핀치가 보냈나요?"

"아니. 사실 그의 전화에서 내가 가져온 사진이야. 걔들은 내가 이 사진을 가지고 있는지 몰라." 그녀가 말한다. 발음이 불분명하여 뭉개져 들린다.

"걔들?" 내가 묻는다. 물론 바람잡이가 누구였을지는 충분히 추리가 된다.

"핀치와 보. 걔들한테 엄청나게 많은 여자들 사진이 있다는 걸 알게 되었어." 그녀가 말한다. "나를 포함해서."

"언니도?" 어안이 벙벙해진다.

"그래. 나와 핀치의 비디오도 있어." 그녀가 웅얼거리며 말한다. "섹스 비디오. 나한테 지웠다고 해놓고는. 다 그대로 남아있더라고. 핀치 전화에……."

"세상에, 말도 안 돼!" 나는 완전히 맛이 가고 있다. "당장 고발해야 해요. 우리 둘 다!"

"안 돼." 그녀가 말한다. "그랬다간 엄마 아빠한테 죽을지도 몰라."

"그렇다고 핀치가 이렇게 빠져나가게 둘 순 없잖아요!" 내가 말한다. "가만히 있으면 안 돼요!"

"너무 늦었어."

"너무 늦었다니, 그게 무슨 뜻이에요?" 내가 고함친다. "명예위원회는 내일이라고요. 전혀 늦지 않았어요!"

"난 못해⋯⋯. 부모님이 이걸 다 보게 되느니 차라리 쟤들이 말한 대로 누명을 뒤집어쓰고 벌을 받겠어."

"안 돼요!" 내가 말한다. "아무 잘못도 안 했잖아요! 그냥 언니가 좋아하는 남자와 잔 것뿐인데!"

"네가 우리 부모님을 몰라서 그래." 그녀가 말한다. 목소리가 묘하게 아득하게 들린다. "난 더는 못하겠어. 못하겠다고. 그냥 사라져버리고 싶어⋯⋯. 영원히."

"안 돼요, 잠깐! 폴리!" 내가 수화기에 대고 소리를 지르지만, 그녀는 이미 전화를 끊었다.

가슴이 쿵쾅거린다. 뭘 어떻게 해야 할지 판단이 서지 않는다. 아빠가 저녁 먹으라고 부르는 소리가 들린다. 빨리 아빠를 만나야겠다. 혼자 있고 싶지 않다. 나는 부엌으로 뛰어간다.

"자, 어떠냐. 조개 링귀니를 만들었다." 식탁에 도착한 내게 아빠가 말한다. "통조림이란 사실은 모른 척해주렴. 브로콜리가 냉동팩 안에 들어있던 것이라는 사실도!"

나는 억지로 미소를 지어 보인다. 당연히 아빠는 단숨에 알아차린다. "상황이 좋지 않니?"

"네, 아빠." 내가 말한다. 몸이 떨려온다. "네, 진짜 좀 안 좋아요."

"말해 보렴." 우리 앞에 놓인 파스타 접시에서 김이 모락모락 올라오는 사이로 아빠가 말한다.

아빠에게 다 말하고 싶다. 정말 그러고 싶다. 나는 심호흡을 하고 말해보려고 한다. 하지만 입이 열리지 않는다. 이 문제를 아빠에게 말할 순 없다. 엄마가 같이 있었으면, 하는 생각이 고통스럽게 나를 찌른다. 아…… 우리 엄마는 말고. 그냥 정상적인 엄마 같은 사람. 누군가가 필요하다.

"라일라? 왜 그래? 무슨 일이야?"

나는 고개를 젓는다. 그리고 아빠에게 느낀 대로 말한다. 아빠를 너무 사랑하고 아빠는 정말 훌륭한 아빠이지만 이 문제는 아빠랑 얘기하고 싶지 않다고. "미안해요, 아빠."

아빠가 속상해서 화를 낼 줄 알았는데 대신 뒷주머니에서 포스트잇 메모지를 끄집어낸다. 그걸 식탁 위로 밀어 보낸다. "여 있다."

작고 예쁜 폰트로 니나 브라우닝의 이름이 새겨진 메모지다. 그 밑으로 전화번호가 적혀있다. "그분이 오늘 이걸 주고 가셨다. 네게 전해주라면서."

"왜요?" 나는 메모지를 집어 들며 지금 이 순간 내가 붙잡을 수 있는 사람이 브라우닝 부인밖에 없다는 사실에 더 놀란다.

아빠는 어깨를 으쓱하며 말한다. "네가 걱정되나 보더라. 그리고 널 좋아하는 것 같아. 전화 달래. 언제든."

"와아." 내가 말한다. "정말 친절하시네요."

아빠가 고개를 끄덕이며 말한다. "그래. 착한 사람이더라." 그리고 아빠는 포크를 집어 든다. 밥 먹자는 신호다.

"아빠? 저 잠깐만 자리 좀 비워도 돼요?" 내가 묻는다.

아빠는 놀란 얼굴이다. 약간 실망한 것 같기도 하다. 하지만 이렇게 대답한다. "그래. 가거라. 저녁은 나중에 먹으렴."

일 분 뒤, 나는 다시 침실이다. 손에 여전히 그 메모지를 쥐고 있다. 전화번호를 누른다. "브라우닝 부인?" 부인은 첫 벨 소리에 바로 전화를 받는다.

"그래. 라일라니?"

"네. 아빠에게서 번호를 받았어요……. 바쁘세요?"

"괜찮아." 부인이 말한다. "커피를 지금 막 다 마셨어. 봉고에 있거든. 너희 집 근처."

부인이 근처에 있다니 안도감이 밀려온다. 부인에게 나를 데리러 와줄 수 있냐고 묻는다. 폴리 문제를 상의할 누군가가 필요하다고 말한다. 위급 상황이라고. 폴리가 스스로를 다치게 하려는 것 같아 걱정된다고.

부인은 침착하게 지금 이 전화를 끊고 먼저 폴리의 부모님에게 전화를 걸어보겠다며 나를 안심시킨다. 그리고 그런 다음 나를 만나러 오겠다고 말한다.

"괜찮으시겠어요?" 나는 미안한 마음이 든다. "늦은 시간인데요."

"그럼, 괜찮지, 라일라." 부인이 말한다. "금방 갈게."

28

니나

톰과 라일라의 집에서 나온 것은 이른 오후였다. 나는 집으로 가지 않는다. 갈 수 없다. 대신, 나는 여기저기 차를 몰고 다닌다. 이번에는 정처 없는 드라이브는 아니다. 절망적이지만 막연한 목표가 있었다. 약간의 기대감도 있다. 집을 나온 후 살 곳을 찾는 중이다. 전혀 다른 새로운 삶이 시작된다는 것만 상상하려고 노력 중이다. 이스트 내슈빌이 썩 괜찮아 보인다. 하지만 유일한 후보는 아니다. 잠시 동안 브리스톨로 돌아가서 지낼 생각도 하고 있기 때문이다. 또 프린스턴에 아파트를 얻어 지내는 것도 생각한다. 프린스턴이 아니라면 어디든 핀치가 대학을 가게 될 도시 말이다. 하지만 만일 내슈빌에 머무르게 된다면 강의 반대편에 살고 싶다. 커크와 멜라니 같은 사람들이 덜 사는 곳, 톰이나 라일라 같은 사람들이 더 많은 곳. 지금 내게 확실한 것은 핀치가 나의 최우선순위라는 사실뿐이다. 어디서 살게 되든 나는 핀치를 좋은 사람으로 만들기 위한 일이라면 무엇이든 할 것이다. 핀치는 좋은 사람이 될 수 있는 아이다.

그렇게 오후가 저녁이 될 때쯤 나는 톰과 처음 만났던 파이브 포인츠의 봉고 커피숍에 도착한다. 우리가 앉았던 테이블이 비어있지 않아 그 옆 테이블에 자리를 잡는다. 테이블 위에 온종일 여기저기서 집어온 부동산 브로슈어와 신문을 펼친다. 디카페인 라떼를 홀짝이며 가방에서 펜을 꺼내어 관심 가는 집들에 동그라미를 친다. 그러면서 나와 핀치 앞에 펼쳐질 새로운 삶의 가능성에 대해 마음껏 상상을 펼쳐본다.

그러다가 집에 가야겠다는 생각이 들어 물건들을 챙기고 있는데 모르는 번호로부터 전화가 온다. 이미 부동산 몇 군데에 연락을 했던 터라 에이전트에게 걸려온 전화겠거니 한다. 전화를 받으니 소녀의 목소리다. "브라우닝 부인?"

"그래." 내가 말한다. "라일라구나?"

"네. 아빠에게 번호를 받았어요. 바쁘세요?"

"아니." 내가 말한다. "커피를 방금 막 다 마셨어. 봉고에 있거든. 너희 집 근처."

"아, 와아." 그러더니 라일라가 불쑥 이렇게 묻는다. "저 좀 데리러 와주실래요?"

"지금?" 내가 말한다.

"괜찮으시다면요. 걱정되는 일이 있어서요. 아빠에게 말하기 곤란한 내용이라서요." 아이가 횡설수설한다. 그러더니 위급상황이라는 단어를 사용한다. 아이가 걱정하는 사람은 다름 아닌 폴리다. 폴리가 자해하려는 것 같다는 얘기다.

"왜 그렇게 생각하니?" 나는 차를 향해 걸어가며 묻는다. "무슨 일 있었어?"

"지금 폴리가 무슨 일로 진짜, 진짜 속상한 상태거든요." 라일라가 말한다.

드라마 주인공이 되고 싶어 하는 십 대 소녀들이란, 이라는 생각이 가장 먼저 들지만, 내가 내슈빌 자살상담전화 봉사를 하면서 받았던 전화들과 윈저에서 스스로 목숨을 끊었던 여학생이 떠오른다. 바로 그 이유로 커크와 내가 보의 파티가 있던 날 밤 갈라 행사에 참석했던 것이 아닌가. "라일라, 내가 스미스 부부에게 먼저 전화를 해볼게." 내가 말한다. "그런 다음에 너를 만나러 갈게. 괜찮지?"

"괜찮으시겠어요?" 라일라가 말한다. "늦은 시간인데요."

"그럼, 괜찮지, 라일라." 내가 말한다. "금방 갈게."

약간의 공황 상태에서 나는 통화를 끊고 휴대전화로 윈저 학부모 요람에 들어가 스미스 가의 집 주소와 전화번호를 찾아낸다. 예상대로 그들은 전화를 받지 않는다. 하지만 나는 음성메시지를 수차례 남기며 꼭 전화 달라고 부탁한다. 폴리에 관한 위급한 일이라고 재차 강조한다. 나는 시동을 걸고 에이번데일을 향해 차를 출발한다. 그 동네에 가는 게 오늘만 벌써 두 번째구나.

5분 뒤 그 집에 도착하니 라일라가 길에 이미 나와 있다. 목이 올라온 하얀 운동화에 밝은색 청바지 그리고 은색 항공점퍼 차림이다. 내 차의 헤드라이트에 은색 재킷이 번쩍여 도저히 안 보고 지나칠 수가 없는데도 라일라는 나를 향해 미친 듯이 손을 흔든다. 그리고는 차를 향해 달려오더니 운전석 유리창 앞에 선다.

"안녕하세요." 아이가 숨이 차서 헐떡인다. "폴리 부모님께 연락해보셨어요?"

"그런데 아무도 전화를 안 받으시는구나."

"폴리도 전화를 안 받아요." 라일라가 말한다.

"그렇구나." 나는 그렇게 말하며 마음을 진정시킨다. "그 집에 가서 현관문을 두드려 봐야겠어. 혹시 모르니까."

라일라가 고개를 끄덕인다. 그러고는 같이 가도 되겠냐고 묻는다. 나는 어떤 이유에서 긴장감이 드는 건지 콕 집어서 말할 수는 없지만 아이의 그 제안에 마음이 한결 놓인다. 라일라의 존재만으로도…. "좋아." 내가 말한다. "아빠도 괜찮다고 하실까?"

"네. 아빠에겐 부인께서 이쪽으로 오시는 중이라고 얘기했어요. 하지만 문자를 보내놓을게요." 라일라는 그렇게 말하며 차를 빙 돌아 조수석에 올라탄다. 문을 닫고 안전띠를 매자마자 점퍼 주머니에서 전화를 꺼낸다.

나는 재빨리 차를 돌려 나와 오드웨이에서 우회전을 하며 라일라에게 폴리와 어떤 대화를 주고받았는지 묻는다.

아이가 나를 보며 주저하는 것이 느껴진다. 그러더니 입을 연다. "폴리 말이 자기가 제 사진을 찍지 않았다는 증거가 있다는 거예요. 다른 사진들이 더 있다면서요. 다른 여자애들 사진이요."

"어떤 사진?" 내가 묻는다.

"그…… 뭐라고 해야 하죠. 성적인 그런 사진 있잖아요. 그런데 폴리가 그걸 부모님이나 미스터 Q에게 말할 자신이 없대요."

이게 어떤 상황인지 점점 뚜렷해지기 시작한다. 나는 손이 떨리는 것을 들키지 않기 위해 운전대를 꽉 붙든다. "라일라?" 내가 묻는다. "그 사진들을 찍은 사람이 핀치니?"

"네. 보와 같이 그런 것 같아요." 라일라가 조심스레 말한다. "저도 믿고 싶지 않았는데요, 폴리가 그 사진 중 하나를 제게 보내온 걸 보고……. 제 사진이었어요. 핀치도 같이 있는…… 제가 정신을 잃었을 때 찍은 사진이에요. 정말…… 나쁜 사진이에요."

"이걸 어째." 나도 모르게 이 말이 나온다. 내 마음이 갈기갈기 찢어지는 것 같다.

가속페달을 밟는데 핀치의 자라온 모습들이 필름처럼 지나간다. 막 새로 태어나 내 팔에 안긴 완벽한 아기의 모습. 파르테논의 계단에 앉아 루타바가 스튜를 만들면서 잔뜩 신이 난 다섯 살 꼬마의 모습. 바닷가에서 자기 나이의 절반밖에 되지 않는 줄리의 딸들과 모래성을 쌓으며 노는 열 살 아이의 모습.

도저히 믿기지 않는다. 지금 일어나고 있는 이 모든 일들이. 점점 그리고 갑자기 변해버린 내 아들의 모습이.

그렇지만 사실이다. 우리는 종종 이렇게 가장 가까운 데서 일어나는 일들을 알아차리지 못한다.

차가 폴리의 집 앞에 들어서니 내 초점은 다시 폴리에게로 돌아온다. 이 상황에서 우리가 할 수 있는 일이 무엇인지를 생각한다.

집 안에 불이 켜져 있고 주차된 차도 두 대다. 희망적인 조짐이라고 받아들이면서도 여전히 최악의 시나리오를 무시할 수 없다.

"어떻게 하면 좋을까?" 내가 말한다. 라일라가 어른 같고 내가 아이 같다.

"글쎄요. 가서 초인종을 눌러 볼까요?" 라일라가 말한다. 앞쪽 창문으로 사람의 움직임이 보인다. "폴리였을까요?"

"글쎄. 폴리의 엄마일 수도 있을 것 같구나." 내가 말한다.

"그냥 가서 확인해보는 수밖에 없을 것 같아요." 그녀가 말한다.

"그러자." 나는 그렇게 말하지만, 공포심에 온몸이 마비될 것만 같다.

반면 라일라는 벌써 차 문을 벌컥 열고 내리는 중이다. 그 집을 향해 저벅저벅 걸어가는 모습을 보면서 라일라의 용기에 감탄한다. 나도 라일라의 뒤를 따라 내린다. 라일라가 초인종을 누를 때쯤 나도 현관에 도달한다. 아이의 단호한 옆 얼굴이 얼마나 아빠를 닮았는지 새삼 느껴진다.

몇 초 후 누군가 현관 쪽으로 다가오는 발소리가 들린다. 스미스 씨의 눈을 바라보니 숨이 멎을 것 같다. 그의 이름이 뭐였는지 까맣게 잊어버린다.

"안녕하세요, 니나." 그가 인사를 건넨다. 놀람과 혼란스러움이 뒤섞인 표정은 화가 난 듯 보였지만 침착하다. "무슨 일로 이 늦은 시간에 오셨습니까?"

내가 입을 열어 대답하려는데 그가 시선을 라일라에게 옮기더니 이렇게 말한다. "그리고 너는……?"

"라일라 볼피입니다. 사진 속의 여자애요." 빠르면서도 지독하게 사무적으로 말한다. "하지만 지금은 그것 때문에 온 것이 아닙니다, 스미스 씨. 두 분께서 전화를 받지 않으셔서 왔어요. 폴리도 그렇고요. 그리고 저는, 아니 우리는 폴리가 걱정되어서 왔습니다."

그는 미간을 찌푸린다. "무슨 일로 내 딸 걱정을 한다는 거지?"

"저, 그게…… 폴리가 아까 제게 전화를 했었어요. 지금 폴리가 많이 힘들어하는 것 같았어요……."

"당연히 힘들어하지." 그가 그렇게 말하며 나를 거칠게 쏘아본다.

"폴리, 집에 있나요?" 라일라가 집요하게 묻는다.

"있다. 자기 방에 있어." 이제 그는 대놓고 성난 얼굴을 한다. "하지만 이 일에 관해서는 하고 싶은 말이 없을 거다."

그러는 사이 폴리의 엄마가 그의 어깨 뒤로 모습을 드러낸다. "그래. 그건 우리도 마찬가지예요." 그녀가 말한다.

"알고 있습니다." 내가 말한다. "이런 식으로 주제넘게 굴어서 죄송합니다. 하지만 한 번만, 아이가 잘 있는지 확인해 주실 수 있으실까요? 라일라는 폴리에게 무슨 일이 생겼을까 봐 걱정하고 있는 거예요."

"그게 무슨 뜻으로 하는 얘긴가요?" 남편을 밀치고 나선 스미스 부인의 목소리가 얼음처럼 차갑다.

"따님이 어쩌면 자신을 다치게 했을 수도 있다는 말씀을 드리는 중입니다." 내 목소리에 공포감이 그대로 묻어난다.

부부의 얼굴이 극적으로 바뀌더니 갑자기 몸을 돌려 나선형 계단을 뛰어 올라간다. 스미스 씨는 두세 계단을 한꺼번에 밟고 올라가고 그의 아내도 그 뒤를 바짝 쫓아간다. 나는 몸이 얼어붙는 기분이 들지만 정신을 차리고 라일라를 돌아본다. 라일라의 얼굴에 내가 느끼는 감정이 고스란히 실려있다. 일 초 후, 끔찍한 비명소리가 들려온다. 처음에는 폴리의 이름을 부르더니 그다음에는 우리에게 신고해달라며 미친 듯이 외친다. 라일라가 나보다 먼저 전화기를 찾는다. 911. 세 자리 번호를 누른다.

"긴급상황입니다." 라일라가 떨리는 목소리로 천천히, 그리고 분명하게 말한다. "여기 누군가 자살을 시도했어요……. 네, 방금이요……. 여자…… 열일곱 살…… 주소요? …… 잠시만요." 라일라가 나를 쳐다본다. 라일라의 눈이 두려움에 커다래졌다.

머릿속이 하얗다. 길 이름조차 떠오르지 않는다. 내가 대체 왜 이러지, 그렇게 생각하는데 라일라는 이미 고함을 치며 계단을 뛰어 올라가는 중이다. "주소가 필요해요! 911과 통화 중이에요!"

한층 더 발작적인 비명소리가 들려온다. 그리고 아무 소리가 나지 않는다. 몇 초 후 라일라가 계단 위쪽에서 다시 나타나더니 팔을 휘저으며 내게 외친다. "브라우닝 부인! 차를 빼세요! 앰뷸런스가 오고 있어요!"

충격 상태에서 나는 그저 시키는 대로 할 뿐이다. 내 차로 달려갔다가 다시 현관으로 돌아와 서성거리며 기도를 한다. 폴리와 라일라 모두를 위해.

29

라일라

 어떻게 받아들여야 할지 도무지 모르겠다. 이곳, 그리고 초 단위로 달라지는 급박한 상황. 몇 시간 전만 해도 폴리는 철천지원수였는데 나는 지금 옅은 그레이 라벤더색으로 칠한 그녀의 널찍한 침실 한켠에 서서 고통 속에서 사투를 벌이는 그녀의 생명을 지켜보고 있다. 그녀의 죽음과 함께 끝나버릴지도 모르는 이 순간.
 그녀의 부모님도 이 자리에 함께 있다. 물론 두 분 다 히스테리 상태다. 구급대원들이 도착했지만 여전히 진정될 기미를 보이지 않고 있다. 거친 여성 대원 두 사람이다. 〈그레이 아나토미〉 같은 드라마나 영화에서 숱하게 많이 본 장면이다. 폴리의 바이탈을 체크한다. 캐노피 침대(레스토레이션 하드웨어 가구점의 청소년용 카탈로그에서 내가 찜해두었던 것과 똑같은 모델이다) 위에 누운 그녀를 들것에 옮겨 싣는다. 커다란 가위로 그녀가 입고 있는 검은색 운동복 상의의 앞부분을 반으로 자른다. 유리병 같은 것들이 들어있는 패키지를 뜯는다. 거기서 튜브를 꺼내어 폴리의 목 안으로 밀어 넣는다. 그러는 사이 두 사람은 내가 알아들을 수 없는 의학용어들을 주고받고 동시에 스미스 씨와 부인이 가까이 오지 못하도록 저지한다.

어느 순간 폴리가 경련을 일으킨다. 그러자 그녀의 어머니가 완전히 이성을 잃고 소란을 부린다. 구급대원 한 명이 내게 도와달라고 외친다. "이분, 저쪽으로 좀 모셔가 주세요." 그녀가 지시한다.

"스미스 부인, 이러시면 안 돼요." 나는 황급히 몸을 날려 스미스 부인의 팔을 잡으며 말한다. 그리고 다시 뒤로 빠지려던 찰나 나는 보고 싶지 않은 장면을 보고 만다. 핏기 하나 없는 얼굴로 사지를 완전히 축 늘어뜨린 폴리의 모습. 그렇지만, 다행히도 죽은 것처럼 보이지는 않는다. 자는 것 같다. 그러고 보니 나는 죽은 사람을 한 번도 본 적이 없다. 제발, 내가 처음 보게 될 시체가 폴리가 아니길. 나는 간절한 마음으로 기도한다. 폴리는 이렇게 죽어버리면 안 된다.

눈길을 다른 데로 돌리려고 하니 수면제인 앰비엔과 위스키 빈 병이 눈에 띈다. 내가 이 방에 처음 뛰어들어왔을 때 그녀 아버지 손에 들려있던 병이다. 지금은 침대 옆 방바닥에 놓여있다. 엄마의 수면제와 아빠의 위스키. 구급대원이 처음 도착하여 질문을 통해 수집된 정보들이다.

약병에는 몇 알이 남아있었습니까? 술병에는 위스키가 얼마큼 차 있었나요?

열두어 알은 충분히 되었을 거예요.

우리가 원했던 것들

스미스 부인이 말했다.

반병쯤 있었습니다.

스미스 씨가 말했다.

그 두 가지의 조합은 폴리가 의도한 것이었을까. 위기의 상황에서 대화 상대가 되어줄 수 없었던 두 사람에게 원투펀치를 날린 것은 아닐까. 아니, 어쩌면 폴리와 부모님과의 관계도 나와 아빠의 관계 같았을 수도 있다. 너무 사랑하는 부모님에게 수치스러운 딸이 되느니 차라리 목숨을 끊는 편을 선택한 걸지도 모른다.

이 방법이 얼마나 더 나쁜 결과를 가져왔는지 폴리가 볼 수 있었더라면. 혹시 위험한 순간을 넘기고 살아난다고 하더라도 이 고통이 부모님에게 얼마나 큰 것인지를 그녀가 알았더라면······.

그레이스 집에서 맞이 가서 뻗어있는 나를 데려와야 했던 아빠 생각을 하지 않을 수 없다. 그런 딸의 모습을 보는 게 얼마나 마음이 아프셨을까. 나는 앞으로, 무슨 일이 있어도, 다시는 아빠에게 그런 짓을 하지 않겠다고 다짐한다. 나 자신을 훨씬 더 아끼고 잘 돌보리라. 더 나은 선택을 하리라. 더 아빠를 닮으려 노력하고 덜 엄마 같아지리라. 내가 아빠를 위해서 최소한 그 정도는 해야 마땅하다.

어느새 브라우닝 부인이 곁으로 와서는 내 손을 잡는다. 그러고 보니 부인은 폴리에게 등을 돌리고 서서는 들것이 방을 빠져나가 계단을 내려가서 앰뷸런스에 실릴 때까지 한 번도 돌아보지 않는다. 브라우닝 부인과 나는 그 뒤에 방을 나와 베란다에서 멈추어 선다. 여전히 손을 잡고서 폴리의 부모님이 구조대원 한 명과 함께 들것이 실린 앰뷸런스 뒤편에 올라타는 것을 지켜본다. 다른 구조대원은 재빨리 운전석에 올라타 차를 출발한다. 우리는 그곳에 돌처럼 서서 앰뷸런스가 요란한 사이렌 소리와 붉고 번쩍이는 불빛을 뿜으며 달려가는 것을 지켜본다.

다시 적막이 찾아온 후 나는 몸을 돌려 스미스 가의 현관문을 닫아준다. 그리고 우리는 브라우닝 부인의 차로 걸어가 올라탄다. 두 사람 모두 앞유리만 멍하게 응시하고 있다.

"폴리, 괜찮을까요?" 브라우닝 부인에게 하는 질문이지만 사실은 혼잣말이기도 하다.

부인은 고개를 흔들더니 눈물을 훔친다. "나도 모르겠어, 라일라. 만일 폴리가 괜찮다면, 그건 다 네 덕분이야."

"그리고 부인 덕분이죠." 내가 말한다. "도와주셔서 고마워요."

브라우닝 부인이 내 눈을 들여다보며 말한다. "당연한 일을 한 거야. 그리고 라일라, 언제든 도움이 필요하면 내가 도와준다고 약속할게."

"고맙습니다." 그렇게 말하는데 폴리가 내게 보내온 사진이 다시 떠오른다. 때마침 브라우닝 부인도 그 얘기를 꺼낸다.

"라일라. 핀치가 찍었다는 사진들 있잖니. 그거, 꼭 학교에 알려야 한다. 알고 있지?"

나는 부인을 쳐다본다.

"꼭 그래야만 해. 폴리를 위해서 그리고 너를 위해서. 이런 일을 겪은 적이 있는 세상의 모든 여자들을 위해서." 부인이 잠시 말을 멈추더니 멀리 바라본다. 그리고는 다시 내 눈을 응시한다. "우리를 위해서."

"우리요?" 내가 말한다. 그 말이 의미하는 것은 딱 한 가지뿐이다. 하지만 나는 확실히 하기 위해 다시 묻는다. "브라우닝 부인도 그런 일을 겪어보셨다는 말씀이세요?"

부인은 아무 말도 하지 않고 차를 빼서는 우리 집 쪽으로 운전하기 시작한다. 부인은 차를 몰면서 밴더빌트 신입생 시절 자기에게 일어났던 일을 내게 들려준다. 같은 학교 남학생에게 강간을 당한 끔찍한 이야기다. 그녀는 당시 너무나 수치스러웠고 그런 일이 벌어진 것이 자신의 잘못이었다고 생각했기 때문에 신고하지 않았다고 말한다. 그리고 그 후에 벌어진 모든 일들도 들려준다. 그 사건 바로 이튿날, 당시의 남자친구와 헤어진 이야기. 가장 친한 친구 한 명에게만 이 이야기를 털어놓고 평생 비밀로 해달라고 부탁했던 이야기. 가슴 아픈 일에서 벗어나 핀치의 아버지를 만나고 연애하고 결혼하면서 그 상처를 극복하려 한 이야기. 자신의 인생이 얼마나 완벽해 보이길 애썼는지 그리고 그렇게 완벽하기를 간절히 바란 이야기. 그녀는 그녀가 과거에 가졌고 지금도 여전히 가지고 있는 꿈들에 대해서 나에게 이야기한다. 그녀는 사랑에 대해서 이야기한다. 그리고 그녀는 진실에 대해 이야기한다. 그녀는 진실에 대해 아주 많이 이야기한다.

우리 집에 도착할 때까지 그 이야기는 계속 이어진다. 나는 부인이 차를 집 앞에 세울 때까지 아무 말도 하지 않는다. 나의 첫 마디는 그녀를 위해서, 그녀의 고통을 지워주고 싶은 마음에서다.

"핀치, 그렇게 나쁜 사람 아니에요, 브라우닝 부인." 내가 말한다.

부인은 내 말을 믿지 않는 얼굴이다. 마냥 슬퍼 보인다.

"그게……. 제게 일어난 일은 부인께 일어난 일에 비하면 아무것도 아니라고요."

"그럴 수도 있겠지." 부인이 말한다. 다시 눈물을 흘리고 있다. "하지만, 라일라. 핀치가 한 짓은 이미 충분히 나쁜 짓이야."

나는 뭐라고 말을 해야 할지 모른다. 부인 말이 맞기 때문이다. 그래서 그냥 오늘 나를 도와주서서 감사하다고 다시 한번 말한다. 부인이 같이 있어 주어서 얼마나 고마웠는지 모른다고.

"라일라, 무슨 소리니." 부인이 내게로 몸을 기울여 나를 안아주며 말한다. "이 일은 네가 한 거야. 정말 자랑스럽구나."

"고맙습니다." 내가 말한다. 그리고 폴리가 정말 괜찮을지 부인에게 다시 묻는다.

"그래, 괜찮을 거야." 부인이 대답한다. "그리고 라일라?"

"네?" 나는 부인을 바라보며 다음 말을 기다린다.

"네가 오늘 밤 살린 생명은 한 명이 아니야. 그 이상이란다."

30

니나

집에 돌아오니 핀치와 커크가 패밀리룸에 앉아 TV를 보면서 떠들고 있다. 폴리가 자기 목숨과 사투를 벌이고 있다는 사실도 모른 채 저러고 있는 모습을 보니 구역질이 난다. 나는 곧장 통로를 지나 침실로 가서 짐을 싸기 시작한다. 작은 더플백을 가져다가 기본적인 물건들만 챙긴다. 청바지와 티셔츠 몇 벌, 잠옷, 양말, 속옷, 세면도구. 그리고 손가락에서 결혼반지를 뺀 다음 커크가 그동안 내게 선물했던 모든 보석과 함께 그의 침대 탁자에 올려둔다.

나는 나중에 돈 문제로 다투게 될 때 이 순간을 기억해내야 한다고 스스로에게 말한다. 정당한 내 몫은 받아야겠지만, 솔직히 커크에게서 아무것도 받고 싶지 않은 심정이다.

나는 방을 둘러본다. 이 집을 처음 구입했던 때가 떠오른다. 이 집에 이사 들어오던 날 얼마나 기뻐했는지. 가구, 양탄자, 미술품

등을 하나씩 사서 꾸미는 그 과정은 더 행복했었지. 그 생각을 하니 나 자신이 천박하게 느껴져 부끄러워진다. 수치와 역겨움의 가느다란 경계선을 넘나드는 감정이다. 그러다가 깨닫는다. 나는 단 한 번도 남들에게 잘 보이고 싶어서 혹은 예쁘고 좋은 것이 탐나서 쌓아둘 요량으로 집을 꾸민 적은 없었다. 나는 그저 아늑한 가정을 꾸미고 싶었던 거다. 내면의 아름다움과 진실함을 가진 그런 집. 우리에게 의미 있는 무언가로 충만한 그런 집.

하지만 지금은 모든 것이 거짓처럼 느껴진다. 거짓이 아니었던 부분들까지 이제는 모두 오염되어버렸다. 망가져 버렸다.

가방을 챙겨 나가려는데 발소리가 들린다. 문간에 얼굴을 내밀기 전에 이미 핀치임을 알아챘다. 분명 제 아버지가 보냈으리라. 지시를 받지 않고서는 스스로 나를 찾아올 리가 없다.

아니나 다를까, 핀치가 내 가방을 물끄러미 보더니 이렇게 말한다. "엄마? 뭐 하세요? 아빠 말씀이 엄마가 우리를 떠나신다던데, 사실이에요?"

아이의 눈을 쳐다보고 있으니 마음이 무너진다. "난 네 아버지를 떠나는 거야. 그리고 이 집도. 하지만 핀치, 엄마는 널 떠나지 않아. 무슨 일이 있어도 엄마는 널 두고 가지 않아."

"가지 마세요, 엄마." 그의 목소리가 어느새 커크의 목소리처럼 굵어졌다. "아빠를 떠나지 마세요. 아빠에게 이러지 마세요. 저에게 이러시면 안 돼요."

나는 아이에게 소리를 지르고 싶다. 그를 붙잡고 흔들며 네가 여자아이 하나를 죽일 뻔했다고 말하고 싶다. 나는 그러는 대신 그에게 다가가 두 손으로 그의 얼굴을 잡고 이마에 키스한다. 핀치의 달콤하면서 소년 같은 내음을 들이마신다. 너무 많은 것이 변해버린 지금이지만 이 냄새는 언제나 그대로다.

"엄마, 저한테 이러지 마세요." 그가 다시 말한다.

"핀치. 엄마가 널 괴롭히려고 이러는 게 아니야. 오히려 너를 위해서 하는 일이야."

"폴리가 거짓말하는 거예요, 엄마." 그가 말한다.

하지만 이전과 달리 이번에는 내뱉은 말에서 공허함이 느껴진다. 이제 더는 나를 설득하려는 노력조차도 하지 않는 것일까? 라일라가 핀치에게 이미 사진에 관해 얘기했을 수도 있겠다. 우리에게 증거가 있다는 사실을 그가 알게 되었을 수도 있다.

나는 고개를 저으며 이렇게 말한다. "아니, 거짓말은 네가 하는 거야. 폴리가 아니라."

핀치의 아랫입술이 떨린다. 뭐라도 말하기를 기다리지만 아무런 말이 없다.

"핀치, 가서 솔직하게 털어놓으렴." 나는 애원한다. "잘못된 걸 바로잡거라. 프린스턴은 중요한 게 아니야. 중요한 건 사람이다. 미안하다고 말하기에 늦은 시점이란 없다는 걸 기억하렴."

핀치가 희미하게 고개를 끄덕인다. 내 말을 알아들은 건지 아니면 내 기분 맞춰주려고 하는 건지 알 수는 없다.

어쨌건 이 싸움은 오늘 끝낼 수 있는 싸움이 아니다. 나는 내일 다시 시작할 것이고 아무리 힘들어도 이 싸움을 계속할 작정이다. "아침에 보자." 내가 말한다. "심리하는 동안 학교에 가 있을게."

"알았어요, 엄마." 핀치가 말한다.

나는 아들에게 다가가 볼에 키스하며 속삭인다. "우리 핀치, 넌 언제까지나 엄마의 아기야. 그리고 무슨 일이 있어도 엄마는 너를 언제까지나 사랑할 거야."

핀치가 무슨 말을 하려는 듯이 숨을 들이마신다. 하지만 아무 말도 하지 못한다. 그가 울고 있기 때문이다. 우리 둘 다 울고 있다. 나는 잘 자라고 속삭인다. 그리고 나는 핀치를 지나 곧장 현관을 빠져나온다. 한때 우리 가족의 집이었던 그곳을 떠난다.

다운타운에 있는 옴니호텔에 체크인하려는데 프런트 데스크의 젊은 여자 직원이 내 신용카드가 지불 거절 상태라고 알려준다. 직원이 나 대신 대단히 곤란해한다. 나는 그녀에게 인생의 파도에서 신용카드 거절 같은 것은 아무것도 아니라고 안심시켜 주고 싶다. 앞으로 무슨 일이 일어날지 알 것 같다. 나는 다른 카드도 거절될 걸 뻔히 알면서도 그녀에게 다른 카드를 내밀어 본다.

정말 어이가 없다. 너무나도 커크다운 방식이라 헛웃음이 난다. 이래서 줄리가 만반의 준비를 갖추고 시작하라고 했나 보다. 줄리는 커크가 이렇게 구질구질하게 나오리라는 것을 너무나도 잘 알고 있었던 거다. 나는 잠시 물러서서 그녀에게 전화를 걸까 하다가 별안간 내 가방에 현금 만 오천 달러가 그대로 있다는 사실을 기억해낸다. 그래서 나는 그 현금을 써서 체크인을 마치고 엘리베이터를 타고 18층으로 올라간다. 내 성인기의 대부분을 보낸 도시가 한눈에 들어오는 방이다.

지금처럼 외롭고 황폐한 적이 있던가. 밴더빌트에서의 그날 밤도 포함해서 말이다.

하지만 어떤 면에선 내가 선택한 길에 대해 지금처럼 강한 확신을 가진 적도 없는 것 같다. 나는 샤워를 하고 잠옷으로 갈아입은 후 침대에 든다. 커튼을 닫지 않아 침대에 앉아서도 불빛이 번쩍이는 내슈빌 시내가 훤히 내다보인다. 전화가 울린다.

톰이다.

말할 수 없이 큰 안도감이 밀려온다. 전화를 받는다.

그는 첫 인사도 없이 곧장 폴리가 괜찮을 것 같다고 알려준다. "오늘 밤은 병원에서 지내야 하지만 안정을 찾았다고 합니다."

"아아, 정말 다행이군요." 내가 말한다. "어떻게 아셨어요?"

"라일라가 그 집 부모 연락처를 수소문하여 소식을 알아냈습니다."

역시 라일라. 그녀에게 다시 한번 감탄한다. "라일라와 잠깐 얘기할 수 있을까요? 아직 자지 않는다면요?"

"아이는 이미 잠들었습니다." 톰이 말한다. "힘든 하루를 보냈으니까요."

"정말 그래요." 오늘 아침 부모님 댁 주방에서 엄마와 서서 이야기를 나누던 순간이 아주 오래전 일처럼 까마득하다.

"오늘의 가장 황당한 이야기, 들어보실래요?" 그가 묻는다.

"네, 들려주세요." 나는 베개를 고쳐 베며 귀를 기울인다.

"당신과 라일라가 막 집을 나선 직후에 누가 갑자기 찾아왔는지 아세요?"

"누가 왔던가요?"

"라일라 엄마요." 톰의 웃음소리가 냉소적이다. "깜짝 놀래키려고 갑자기 방문했다나요."

나도 같이 웃는다. 이 상황에서도 웃을 수 있구나. "커크처럼 답 안 나오는 분이로군요."

"더하면 더했지, 덜하진 않을 겁니다." 그가 말한다. "적어도 당신 남편은 집을 나가버리진 않았잖아요."

나는 침을 꿀꺽 삼킨다. 듣고 보니 나나 톰의 전 부인이나 다를 게 뭔가 하는 생각이 든다. 하지만 난 포기하지 않았다는 점에서 다르다고 자신을 타이른다. 나는 지금 내 입장을 분명히 하고 있다는 점에서 다르다. 나는 대화의 초점을 얼른 라일라에게로 되돌린다. "오늘 밤 따님의 용기가 대단했다는 말씀을 꼭 드리고 싶어요. 라일라, 진짜 용감했어요."

"네, 아주 괜찮은 아이죠." 그가 말한다. "그리고 니나, 당신도 용감했다고 라일라에게서 들었습니다. 핀치와 사진들 이야기까지 전부요. 그리고 당신이 우리 딸을 지지해주었다는 얘기도요."

그에게 너무 미안하다고 말하는데 울컥하며 눈물이 난다.

"그 마음 잘 알고 있습니다." 그가 말한다. "하지만 지금 이런 얘기가 도움이 될지 모르겠지만…… 핀치에게 여전히 희망이 있다고 생각합니다."

눈물이 내 얼굴을 타고 줄줄 흘러내린다. 나는 그에게 어째서 그렇게 생각하는지를 묻는다. 그의 대답을 기다리며 '친구'의 입에서 어떤 말이 나오건 친구의 말을 믿어보기로 한다.

"왜냐하면," 톰이 마침내 입을 연다. 내 귀에 들려오는 그의 목소리가 부드럽다. "당신이 그 아이의 엄마니까요."

에필로그

라일라

고등학교 졸업 후 지난 10년간 내슈빌을 찾은 게 몇 번 되지 않는다. 대부분 아빠가 나를 만나러 왔기 때문이다. 왜 그랬는진 잘 모르겠지만 고향에 대한 애정이 없어서라기보다는 내 생활이 너무 바빠서 그랬던 것 같다. 일단 대학 생활이 그랬고 그 후에는 로스쿨 다니느라 바빴으며, 지금은 맨해튼 검찰청에서 일하느라 그렇다. 핀치 브라우닝 혹은 10학년 때 일어난 그 사건과는 전혀 무관하다고 자신 있게 말할 수 있다. 고대 역사일 뿐이다.

물론 지금도 이따금 핀치 생각이 난다. 그의 지하실, 폴리의 자살 기도, 특히 미스터 Q가 아빠와 나를 교장실로 불러서 핀치가 처벌을 면하게 되었다는 소식을 전하던 날. 그것도 완전 무혐의. 미스터 Q는 눈물이 그렁그렁한 채로 8명의 학생과 8명의 교직원으로 구성된 명예위원회가 '증거불충분'으로 결론을 냈다고 얘기해주었다. 너무나 충격적인 소식이었다. 핀치가 자기 성기를 내 얼굴에 올린 그 사진 말고 어떤 증거가 더 필요하냔 말이다. 한마디로 그들은, 포토샵이었다는 핀치의 주장을 가뿐하게 받아들여 성기 주인을 찾자고 과학수사대까지 동원할 필요 있냐는 결론을 내린 거다.

만일 폴리의 부모님이 그 사건 이후 폴리를 다시 원저에 보냈거나 혹은 나머지 사진을 모두 학교로 보냈더라면 상황은 완전히 달라졌을 것이다. 아니, 그래도 마찬가지였을 수도 있겠다. 핀치가 그만큼 유리한 입장이었단 얘기다. (아니면, 정말 아빠 말대로 브라우닝 씨가 세기의 벨 미드 뇌물공략 작전을 쓴 걸지도 모른다.)

몇 달 동안 아빠와 나는 이를 두고 법적 소송까지 가야 하나 고민했다. 적어도 프린스턴에 투서라도 넣으려고 했다. 하지만 결국 다 털어버리고 내 길을 가기로 했다. 보니 할머니의 도움으로 나는 핀치의 운명이 내 인생에 아무런 지장을 주지 않는다는 점을 설득하여 아빠의 마음을 돌리는 데 성공했다. 어차피 자기 업보는 자기 몫이다. 아니면 말라지. 그 인생이 어떻게 되건 내겐 내가 살아내야 할 삶이 따로 있었다.

나는 같은 논조로 아빠를 설득하여 원저에 남았다. 여러 가지 면에서 옳은 결정이었다. 하나, 나는 원저에서 정말 재미있게 지냈다. 그레이스와 나는 계속 친한 친구로 남았고 (최근 나는 그녀의 결혼식에서 들러리를 섰다) 우리처럼 강하고 생각이 비슷한 다른 여자아이들을 우리 그룹으로 끌어들였다. 또 하나, 나는 공부를 썩 잘했다. 덕분에 차석으로 졸업하면서 스탠퍼드에 입학했다. 아빠는 그게 원저 덕분이 아니라 다 내 노력 덕분이라고 말하지만 내가 그곳에서 받은 수준 높은 교육과 교장 선생님이 써준 빛나는 추천서의 영향이 없었다고 하기는 어렵다. 그리고 그곳에서의 삶은 진짜 세상으로 나가기 위한 훈련소와도 같았다. 그곳에서 나는 누구나 어디서든 어둠 속의 한 줄기 빛과 같은 희망을 찾을 수 있다는 사실을 배웠다. 어디에서든 미스터 Q나 니나 아줌마처럼 좋은 분들은 있기 마련이다.

미스터 Q와는 여전히 연락하면서 지낸다. 이미 은퇴하셨지만 우리는 이메일로 위기에 빠진 세상 소식이나 뉴욕타임스 카툰 따위를 주고받고 있다. 그렇지만 우리는 둘 다 희망적인 태도를 버리지 않는다. 아마도 그 희망의 일부분은 내가 원저에서 보낸 암흑기 동안 그에게서 배운 것일지 모르겠다.

아빠와 나는 그 역경과 소란 속에서도 니나 아줌마와 좋은 관계를 유지했다. 아줌마는 이혼 소송이 마무리된 후 아빠와 함께 새로운 사업을 시작했다. 작은 디자인 전문 회사다. 아빠는 목공을, 아줌마는 디자인과 장식을 맡았다. 아빠는 아줌마 덕분에 자신의 목공 기술에 상업성을 더할 수 있었다. 두 분의 협업 중 가장 멋진 것은 나무 위의 집을 지어주는 일이다. 보니 할머니의 뒷마당에 있는 것과 같은 나무집 말이다. 아빠와 아줌마의 고객들은 대부분 부자고 그중에는 연예인도 몇몇 있다. 하지만 두 분이 한 일 중 내가 제일 좋아하는 일은 학대여성보호소에서 자라는 아이들에게 나무집을 선물로 지어줬던 프로젝트다. 니나 아줌마의 고향인 브리스톨에 있는 보호소였다. 사진으로 본 그 나무집은 으리으리한 나무집이라고는 할 수 없었지만 사진 속 아이들의 기쁨은 내게 고스란히 전해지는 것 같았다.

두 분의 사업, 그리고 무엇보다 일로 인한 기쁨은 빈 둥지 증후군을 겪는 두 분 모두에게 좋은 치료제가 되어주었다. 나는 아빠가 나를 몹시 보고 싶어 한다는 것을 잘 안다. 니나 아줌마가 핀치를 그리워하는 마음은 그보다 더할 수도 있다. 왜냐하면 핀치는 프린스턴에 다니는 내내 엄마와 거의 연락을 끊고 살았기 때문이다. 엄마가 자기가 아닌 내 편을 들었다는 데 대한 응징이었는지 아니면 자기 아버지를 떠난 것에 대한 복수였는지는 모르겠지만 두 사람의 관계가 한동안 악화 일로를 달린 것이 사실이다.

아빠 말에 따르면 그럼에도 니나 아줌마는 절대로 핀치를 포기하지 않았다고 한다. 아들이 돌아올 때까지 매주 그에게 손으로 쓴 긴 편지를 보냈다니 말이다. 그리고 어느 순간 그는 엄마에게 돌아왔다. 아빠는 그런 핀치의 변화에 대해 회의적인 척한다. 아줌마가 없는 자리에서 아빠는 핀치가 진심으로 돌아온 게 아니라 브라우닝 씨의 재정 비리 관련 스캔들과 관련이 있을 것이라고 말한다. 하지만 나는 아빠 역시 핀치의 변화를 믿고 싶어 한다는 걸 잘 안다. 아빠도 나처럼 '어머니의 사랑'이야말로 사람을 변하게 하는 가장 단순하고 또한 강력한 힘이라는 믿음을 가지고 있다는 걸 난 안다.

이런 생각을 하는 사이 어느새 우버 택시가 에이번데일 길로 들어선다. 아빠가 베란다에 서서 나를 기다리는 중이다. 한때 끔찍한 낙서가 갈겨져 있던 바로 그 자리다. 아빠는 손을 흔들며 내가 차에서 내려 계단을 올라오는 모습을 지켜본다.

"아빠가 공항에 간다니까, 너도 참." 아빠가 고개를 절레절레 흔들며 중얼거린다. 내 고집에 대한 불평이다. 그러고는 나를 한참 동안 꼭 안아준다. "와줘서 고맙구나." 아빠가 말한다. "우리 딸 많이 바쁠 텐데."

"당연히 와야죠." 내가 말한다. "만사 제치고 올 일이잖아요."

"별것도 아닌데 그러는구나." 아빠가 괜히 하는 소리다. 오늘 밤 아빠는 디자인어워드 시상식에서 니나 아줌마와 함께 상을 받을 예정이다. "하지만 니나에겐 큰 의미가 있는 일이지. 그리고 잊지 말거라. 네가 오는 건 비밀이니까."

"알아요, 아빠." 내가 웃으며 말한다. "한 번만 더 말씀하시면 백 번이네요."

"그랬나? 아빠는 그저 오늘 밤이 완벽하길 바라는 마음뿐이다."

"아빠는 아줌마에게 참 다정하시네요." 내가 말한다.

"이런 대우를 받을 자격이 있으니까. 니나는 정말 최고야." 아빠가 대꾸한다.

아빠 입에서 이런 칭찬의 말이 나오다니 믿기지 않는다. 그러고 보니 궁금해진다. 두 분 사이에 어떤 낭만적인 기류가 흐르지는 않는지. 사실 지난 세월 내내 궁금해하긴 했었다. 맨날 그냥 친구 사이라고, 절친이라고 우기지만 어떤 면에서는 단순한 친구 이상인 게 분명하다.

"그러면…… 그도 오나요?" 나는 핀치를 두고 묻는다. 아빠는 분명 핀치도 초대했을 것이다.

"아니." 아빠가 고개를 저으며 말한다. "일이 있어서 못 온대. 무리이기도 하지. 지금 런던에 살고 있으니."

"런던?" 핀치가 뉴욕보다 더 나은 유일한 도시인 런던에 자리를 잡았다니 왠지 신경이 거슬린다.

"그래. 거기서 일을 한대. 금융 쪽으로."

"그렇군요. 뭐 어쨌든." 내가 어깨를 으쓱하며 말한다. 니나 아줌마를 생각하면 실망스러운 일이지만 나를 생각하면 다행이다. "그래도 우리끼리 좋은 시간 보내면 되니까요."

몇 시간 후, 아빠와 나는 프리스트 센터의 로비를 걸어 들어가고 있다. 아빠는 딱 한 벌 가지고 있는 제대로 된 정장을 입고 옅은 파란색 넥타이를 맸다. 니나 아줌마가 골라준 게 분명하다.

"니나는 터너 코트야드에 있다는구나." 아빠는 문자를 읽으며 허둥지둥 서두르는 모습을 보인다. "거기가 행사 장소인데. 너 이따가 거기 찾아올 수…"

"그럼요, 아빠." 내가 말한다. "걱정 마세요."

"니나가 이쪽으로 걸어와서 너를 발견하기 전에 내가 얼른 그쪽으로 가는 게 좋겠다."

"가세요, 얼른." 내가 말한다. "저는 혼자서 잘할 수 있어요."

아빠가 내 볼에 키스하고는 고맙다고 말한다. 어느새 허둥거리던 모습은 사라지고 흥분으로 가득하다. 아빠가 받는 상이기도 하니까 말이다. 아빠 혼자서 목공 일과 우버 운행을 병행하던 시절을 생각하면 정말 대단한 발전이다.

아빠가 간 후 나는 바에 들어가 샴페인 한 잔을 시킨다. 내슈빌에 돌아오니 참 좋다. 좀 더 자주 왔으면 좋았을 걸 하는 생각이 든다.

바로 그때 급히 로비로 들어서는 그를 발견한다. 머리가 짧아지고 안경을 쓴 데다가 약간 살이 붙어서 다른 사람 같다. 좀 더 어른스러워진 것도 같고. 아무튼 어딘가 달라진 듯 보인다. 하지만 가까이 다가오는 모습을 보니 여지없는 예전의 핀치다. 사람은 좀처럼 변하지 않는다는 말이 사실인가 보다.

본능적으로 몸을 숨겨 피하고 싶었지만 나는 용기를 내어 그의 눈을 정면으로 바라보며 그를 향해 걸어간다.

"안녕, 라일라." 그가 숨을 헐떡이며 말한다. 얼굴이 벌겋게 달아올라 있다. 그는 나를 포옹하려다가 아차 싶었는지 멈춘다.

"못 온다더니 왔네?" 내가 말한다.

"그렇게 됐어." 그가 어정쩡하게 웃으며 말한다. "나 이 일로 회사에서 잘릴지도 몰라. 하지만 이렇게 왔네."

나도 같이 미소를 짓지만, 완전히 진심은 아니다.

"내 편지 받았니?" 그가 묻는다.

나는 고개를 끄덕이며 그렇다고 말한다. "고마워." 하지만 그 편지가 고맙다는 말은 아니다. 그냥 오늘 이 자리에 와줘서 고맙다는 말이다. 비행기 냄새 풀풀 풍기는 커다랗고 구겨진 외투 차림으로 여기 테네시까지 날아와 준 것에 대한 인사다. 그의 어머니를 위해 와준 것 말이다.

그는 고개를 끄덕인다. 슬퍼 보이면서도 결연한 얼굴이다. "그럼, 우리 올라갈까? 아저씨가 8시에 시작한다고 하시던데, 맞지?"

"맞아." 나는 슬쩍 시계를 보며 대답한다. 2분쯤 빨리 가게 맞춘 시계다. 나는 샴페인 잔을 비우고 간이테이블 위에 내려놓는다. 그리고 핀치를 따라 연회실로 향하는 계단을 올라간다.

조명은 어두웠지만, 객석을 둘러보았더니 보니 할머니를 비롯한 아빠와 같이 일하던 친구들이 보인다. 내가 얼굴을 모르는 사람들도 있다.

단상에 오른 사회자가 아빠와 니나 아줌마를 소개하며 두 분이 미국 전역의 학대여성보호소들을 위해 진행했던 프로젝트에 관해 이야기한다. 단수가 아닌 복수다. 브리스톨에 있는 한 군데에만 해 준 일인 줄 알았는데 아니구나.

"와아." 나도 모르게 입 밖으로 소리를 낸다. 핀치가 내 소리를 들은 모양이다. 곁눈으로 보니 고개를 끄덕이고 있다.

"진짜 대단하다." 그가 중얼거린다.

잠시 후 아빠와 니나 아줌마가 모두의 박수를 받으며 무대에 함께 오른다. 아줌마는 오드리 헵번 스타일의 담청색 드레스를 입어 아빠의 넥타이와 색을 맞췄다. 그러고 보니 두 분의 명함 글씨도 같은 색상이다. 아빠는 한 손을 니나 아줌마의 등에 댄 채 아줌마를 에스코트하며 걸어 나오고 있다. 아빠는 언제나 아빠만의 방식으로 신사였지만, 이런 모습은 한 번도 본 적이 없다. 자신감 넘치고 빛나는 모습이다. 두 분 다 환하게 빛나고 있다.

아빠가 먼저 마이크를 잡고 모두에게 감사 인사를 한다. 그리고 한 발 뒤로 물러서니 아줌마 차례다. 니나 아줌마는 두 사람이 같이 사업을 시작해서 걸어온 여정에 관해 이야기하며 어떻게 두 사람이 각자의 열정을 추구하면서도 서로를 도우며 여기까지 왔는지를 들려준다. 무대 뒤편으로는 나무집과 평온해 보이는 쉼터에서 함께 웃고 노는 여성들과 아이들의 모습이 담긴 슬라이드들이 지나가고 있다. 니나 아줌마는 우리가 얼마나 쉽게 물질만능주의의 노예가 될 수 있는지를 강조하며 우리 모두 삶 속에서 아름다움을 추구하고 살아야 한다고 얘기한다. 안식처와 가정, 그리고 언제든 우리 편이 되어줄 사람들에 대해서 이야기한다.

아줌마가 소감을 마치고 모두에게 다시 한번 감사 인사를 전한다. 객석에서 박수가 터져 나오는데 내 눈이 눈물로 글썽거린다. 들킬 위험을 무릅쓰고 슬쩍 왼편을 돌아보니 놀랍게도 핀치의 얼굴에 눈물이 흐른다.

그는 여전히 니나 아줌마를 바라본 채 나에게 이렇게 말한다. "미안해. 내가 정말 미안해……."

그리고는 그가 얼굴을 돌려 내 눈을 똑바로 바라본다. 그 순간, 그리고 처음으로 나는 그를 용서한다. 어쩌면 아직은 전부 용서하지 못할지도 모른다. 이 밤의 북받쳤던 감정이 사라지면 나중에 어떤 생각이 들지 나도 알 수 없으니까.

그가 내게 뭔가를 더 말하고 싶어 한다는 것이 느껴졌지만 지금은 때가 아니다. 그가 다시 입을 열기 전에 내가 얼른 말한다. "두 분, 정말 멋지지 않아?"

"정말 그래." 그가 말한다. 우리는 다시 시선을 니나 아줌마와 우리 아빠에게로 돌린다. 아빠의 손은 다시 아줌마의 등 뒤로 가 있다. 아줌마를 보호해주고 싶어 하고 자랑스러워하는 모습이다.

"아줌마가 날 살렸어." 내가 말한다. 입 밖으로 처음 내보는 말이다.

"나도 알아." 그가 말한다. 그의 눈에서 눈물이 멈추지 않는다.

어쩌면 그는 지금 자신의 어린 시절을 떠올리는 중일지도 모른다. 그리고 니나 아줌마가 나의 인생을 구해주었던 그때 그 사건도. 하지만 아마도 나는 그가 그의 어머니를 생각하고 있기를 바란다. 그녀가 그를 구하기 위해 얼마나 노력했는지를.

옮긴이의 말

흔한 칙릿(Chick Lit - 여성의 일과 사랑을 주제로 한 소설 장르)이려니 하며 본 책이었다. 첫 장부터 좋은 차에 명품 드레스, 사교계, 파티, 아이비리그, 그리고 특권층의 삶.

니나와 톰 그리고 라일라.
성별도 나이도 사회적 지위와 역할도 각기 다른 세 사람이 각자의 입장에서 과거와 현재 그리고 미래를 바라본다. 현재의 모습만 보면 완전히 다른 듯 보이는 세 사람이지만 그들의 과거를 가만히 들여다보면 과거 그들의 선택은 어쩌면 더 나은, 더 높은 위치를 꿈꾸었기에 내린 것이라고 볼 수도 있겠다. 한마디로 결핍이 동기가 된 선택이었다. 이 이야기는 어쩌면 우리의 모습을 그대로 닮은 이들이 실패와 상처를 통해 자존감을 회복하고 진짜 자기 모습을 찾아가는 이야기다.

성폭력과 인종 차별, 계층 간 갈등. 우리가 무심하여 보고도 알아보지 못했거나 혹은 알면서도 불편하다는 이유로 모른 척해버리기 쉬웠을 숨은 폭력들이다. 작가는 세 사람의 서로 다른 시점을 통해 우리가 가진 여성, 인종, 약자에 관한 편견을 드러내면서, 못 본 체하고 싶어 하는 우리에게 가면을 벗으라고 도전한다.

하나의 사건을 통해 세 주인공의 가슴 속에 오랫동안 묵혀두었던 상처들이 수면 위로 떠오른다. 숨고 도망가던 과거와 달리 직면하고자 하는 이들의 용기를 보며 나는 용기가 가진 치유의 힘을 보았다. 폭력과 상처는 성별, 나이, 지위와 상관없이 누구나 무력하게 만들 수 있지만, 우리 안에 숨은 용기라는 힘은 꼭꼭 숨은 희망을 끄집어낼 수 있을 만큼 강하다.

정의, 치유, 회복, 화해, 용서. 이 책이 담은 가치들이다. 진부하게 들리는가? 어쩌면 우리는 이것들이 진부해서가 아니라 부담스러워서 모른 척하고 싶어 하는 걸지도 모른다. 이 가치들은 힘이 없어 보이기도 한다. 오늘날 우리가 살아가는 사회에서 추구하는 가치들과는 달라서다. 그렇다고 이러한 가치들이 더는 존재하지 않는다는 뜻이 아니다. 앞으로도 누군가에 의해서 계속해서 지켜질 가치들이다. 돈과 권력보다 이러한 가치를 추구하고 수호하는 이들이야말로 진짜로 힘이 있는 '가진 자'다. 타협과 증오와 원망과 응징은 겁쟁이들의 몫이다.

그런 면에서 이 책이 반갑다. 이런 가치를 지켜주었다는 점에서 그렇다. 성공과 부와 권력을 위해서라면 수단과 방법을 가리지 말라고 외치는 세상 속에서 정신없이 달리고 있는 우리지만, 어쩌면 우리 모두가 정말로 원하는 것은 그런 가치들이 아니었을까.

2021년 패서디나에서 문세원

우리가 원했던 것들

초판 1쇄 2021년 03월 15일

지은이 에밀리 기핀
옮긴이 문세원
펴낸이 김운태
기획·관리 박정윤
편집 김운태
북 디자인 심플리 그라픽스
표지 일러스트 박종웅

펴낸곳 도서출판 미래지향
출판등록 2011년 11월 18일 제2013-000129호
주소 서울시 마포구 마포대로 53 B동 1603호
전자우편 kimwt@miraejihyang.com
대표전화 02-780-4842
팩스 02-707-2475
홈페이지 www.miraejihyang.com

ISBN 979-11-85851-15-0   03840

값은 뒤표지에 있습니다.
잘못된 책은 구입하신 서점에서 바꾸어 드립니다.